ソフト経済小説で読む超高齢化社会

―21世紀ネバーランド政策―

水之夢端
椋田　撩　著

晃洋書房

目次

Prologue

夜の海が、底の方から轟々《ごうごう》と鳴っていた。音は大きくはなかったが、ボートを漕ぐ男たちに一抹《いちまつ》の不安を与えていた。

音の割に、海は凪《な》いでいた。中天にうっすらと月が見えた。薄雲に覆《おお》われ、光が薄いヴェールのように降り注いでいる。海鳴りは、月の出る晩にはよくあることだ――乗員の一人が言った。その男が元漁師だということは、乗員の誰もが知っていた。

ボートが岸を離れ、どれくらい経つだろう。一隻《せき》に一〇名。二隻で合計二〇名。乗り込んでいるのは顔に深い皺《しわ》の刻まれた熟年の男たち。皆、少なくとも六十五歳を過ぎている。だがどの顔も逞《たくま》しい。日に焼け、潮に晒《さら》され、汗と疲労で汚れていたが、目は死んでいない。彼らはボートの左右に坐《ざ》し、自分に任されたオールを一心に操《あやつ》っていた。

轟々という音は、いつまでも続いた。そのうちに誰も気に止めなくなったが、唯一元漁師だけが首を傾げた。

――普通の海鳴りとは違う。

「おい」漁師は皆に何かを伝えようとした。

その時。

突然、闇の奥から烈光《れっこう》が差し掛かり、ボートを真っ白に照らし出すと、反対側に抜けていった。

辺りは闇にかえった。空気が張り詰める。

――さては見つかったか？

さっきからの海鳴りは、エンジン音に違いない。元漁師は眩《くら》んだ目をグッと凝らし、仲間の乗るもう一隻のボートに目をやった。しかし姿はどこにも見えなかった。月明かりを頼りに海面を見渡しても、木端《こはじ》一つ浮いていない。波の乱れた跡もない。音もなく消えた――まるで海底の巨大生物に丸呑みされたかのようだ。

「……やられたか」

残された一〇名が呆然《ぼうぜん》としていると、再び光がボートを掠《かす》めた。先方がサーチライトでこちらを探しているのは明らかだ。

ボート上、殺した声が飛び交う。

「まずいな」

「どうする」

「見つかるわけにはいかん」

「諦めるわけにはいかん」

ぼんやりしていたら、この船も消されてしまう。乗員たちは決心した。彼らは一人また一人、自ら海に飛び込んでいった。船を捨てて泳ぐのだ。

消えた一隻について、誰も何も言わなかった。彼らはあらかじめ作戦を練っていた。二隻で行動していれば、片方の船が攻撃を受けたとしても、もう一隻は助かる。そのことを見越し、目立つのを承知で、二隻で行動していたのだ。

一〇名は、右も左もわからない真っ暗な海上に浮かんでいた。

やがて、

「こっちだ」

一人が斜め上を指さして言った。

「なぜわかる」

「星の位置から方角がわかるんだ」

九名が見上げる。夜空には満天の星が輝いていた。

「星が読めるとはな。お前さん、親父が漁師だったのか？」

「そうだよ」男は苦笑し「この年で、オヤジに助けられちまったな」

男は小さい頃、漁師だった父親から星のことを聞かされていた。目を閉じると父親の声が耳に蘇《よみがえ》る。

――あれがオリオン座、あれが北斗七星。あそこの距離を五倍したら北極星。あの星が出てきたら、もうすぐ冬……。

もしかしたら父は漁師を継いでほしくて言っていたのかもしれない。だが男は力仕事を嫌って一般の会社員になった。

やがて父が亡くなった。当時はまだ六十五歳になった高齢者を隔離する例の忌まわしい政策は、始まっていなかった。よって、男に遺産が渡った。しかしそれから月日が流れ、彼が六十五歳を迎えると――新たに定められた政策によって、全てが水の泡となった。

「オヤジの頃までは、故郷を枕に死ねたんだなァ」

「グズグズ言ってる場合じゃない。行くぞ」

一〇人は波を立てぬように注意して泳いだ。


ここから本土までどれくらいの距離なのだろう。サーチライトの光があるということは、巡視船がいるということで、すなわち本土との境が近い――と信じたい。とにかく泳ぐしかない。彼らはこの日のために厳しい訓練を積んできた。泳ぎは達者だし、体力も十分にある。

前方の空を眺めながら泳いでいると、水平線に近いあたりの星が何かに遮《さえぎ》られているのがわかった。闇で分からなかったが、その方向に山があったのだ。つまり、陸がある。

誰かが頭の中で電卓を弾いた。

「今泳いでいる位置から陸までの距離は、およそ五キロ弱だ」

高齢者にとっては簡単な距離ではないが、鍛え抜かれた彼らなら泳ぐことは可能だった。むしろ彼らは陸だと知って気を楽にした。

しばらくして一人が言った。

「何かおかしいぞ」

「どうした」

「俺の身体、すり傷だらけなんだ」

「え？　あれ？　俺もだ」

「おお、わしもだ」

皆、めいめいの手足に目をやった。すると、全員の身体に無数の擦《す》り傷ができていた。

ここは海の真ん中だ。手足を切るような岩礁《がんしょう》はない。

「みんな、しずかに！」

誰かがシッと風を切る音をたてた。十人は泳ぐのを止め、あたりの様子をうかがった。すると、自分たちの周りに大きな黒い影が動いているのが分かった。

「これって……」

「サメに囲まれているかもしれないな」

　鮫肌という言葉があるように、サメの肌はざらついている。泳いでいるサメに触れて手足に擦り傷を作ることがあるというのは、聞いたことのある話だった。もっとも、肌がざらついている生物はサメに限ったことではない。しかし、十人の周りをゆっくり回っているところなど、いかにもサメらしい漁のやり方だし、それにサメは夜に捕食活動を行う習性があるという。

　十中八九サメだ。誰もが思った。それでも十人は冷静であった。夜中の海を越えて脱州を企てるくらいである。サメのことなど想定の範囲内なのだ。

　十人は身を寄せ合い、固まって泳ぎはじめた。

　サメは自分より大きい生物を襲わない性質がある。固まって泳ぐことでこちらを大きな一匹の生物に見せかければ、撃退することができるだろう。

「もしサメが後を付けてくるようなら、逆に襲いかかろう」

　誰かが言ったこの言葉も、想定の範疇《はんちゅう》だ。

　昔、海に放り出された漁師が泳いで岸まで帰ってきたニュースがあった。途中、サメに襲われたが、逆にサメの首を絞め、追い払うどころか死に至らしめた。サメは浮袋《うきぶくろ》がないため、泳ぎ続けなければ死んでしまう。ニュースは「漁師はサメにしがみついて窒息死させた」と報じた。


　大きな影は、その後も十人の後を付けてきた。暗くて正体はわからないが、五メートル近くあるようだ。

「しつこいな」

「仕方ない。撃退してくるよ」

　誰かがそう言い残し、影の近くへ泳ぎ寄った。すると、闇の中で一瞬、海中から大きな口が開いたかのように見えた。

　そしてそのまま、彼は戻らなかった。

「おーい……」

　影は暗い海中に身をやつし、どこに行ったかわからなくなった。九人は顔を強張らせ、目的の方向へ泳ぎ始めた。消えた男のことは、もう考えなかった。目的の成就のために、振り返ることは許されなかった。


　どのくらい時が経っただろう。

　ついに、彼らは夜の海を泳ぎ切った。彼らは早足で浜辺に上がった。彼らは緊張を途切らせることなく、手近な岩陰に直行し、寄り集まって身を潜《ひそ》めた。

　誰かが声を殺して言った。

「落ち着け」

「落ち着いてるよ」

「嘘をつけ。さッきから身体が震えているじゃないか」

「しょうがないだろ。そういうお前だって」

「お前だって、何だ」

　男はムキになって言い返したが、自分でもわかっていた。声が上ずっている——久々に足を踏み入れた本土。もう決して戻ってくることはできないと思っていた陸地にたどり着いた。抑えきれない感動が、涙や身体の震え、声の上ずりにあらわれていた。

だが、次の瞬間。

九人の視界を、またも白い閃光がまたたいた。咄嗟《とっさ》に目を覆う。だが顔をそむけても、違う方角から強い光が照らし出す。

——囲まれているッ？

ぐるりを取り囲む無数の光源は、徐々に近づいてくる。光の環はその外周を狭めつつ、九人を円の中央に追い詰めていった。

逃げ道は無い。

「もう……駄目だ」

一人、また一人と、砂地に膝をつく。

Σ

長年議論が紛糾《ふんきゅう》し、ようやく国会で可決・施行された高齢者移住政策は、世界で例のない内容から「ネバーランド政策」と表現されているが、実際は棄老《きろう》政策以外の何物でもない。日本ではこんにち満六十五歳以上の男女は北海州に移住させられることになっている。権力や財産の有無に寄らず、まったく問答無用に、全ての高齢者が指定区域に移送される。そんなことが当たり前になってから、一体どのくらい経つだろう。

北海州はかつて「北海道」と呼ばれた日本の一地方自治体だった。最近では「北海道」と記された地図を見ることも無くなった。いや、むしろ「北海州」そのものすら表記されない地図がほとんどだ。

北海州は北国で冬が長く、住むには厳しい。そのような場所に「高齢者」というだけで強制的に連行される。北海州の人口は、本土のわずかな行政担当者を除き、六十五歳以上が一〇〇%である。経済状態はすこぶる悪い。労働人口が少ないため、発展する可能性は限りなく少ない。それでいて本土からの経済的・人道的な支援はほぼない。六十五歳以上は文字通り政府によって捨てられたのだ。捨てたものに誰が餌を与えようか。

無論、北海州に送られた高齢者たちの中には、怒りを抑えられない者もいた。

——日本には日本古来の美徳がある。長幼《ちょうよう》の序《じょ》はおろか人倫に反する政策などに従ってたまるか！

制度の転覆を計って運動を企《くわだ》てる者が後を絶たない。だが、北海州には本土のスパイが大勢いる。同じ高齢者だって安心できない。不穏《ふおん》な動きは当局によって火の手を起こす間もなく揉《も》み消された。その背後には、高齢者同士の密告があった。

今回の海を渡って捕まった九人のように、本土に密航しようとして命を落としたり、連行されたりした高齢者は数多く存在する。

それにしても、九人の居場所はなぜこうも早く見つかってしまったのか。種明かしは簡単だ。実は初めから脱州を企てている者は九人だけで、他の十一人は本土のスパイだったのである。船ごと消えた一〇人も、サメに飲み込まれたと思われる男もスパイ。サメのように見えた影も、実は本土の潜水艇をサメに見立てたものである。

政府は蜂起《ほうき》と同じくらい脱州を警戒していた。特に沿岸部は、州から針一本漏らすことのないよう徹底的に固めている。州の内情が外に知れ渡ったら、国内外からどんな批判を受けることか。政府とて、政策の非人道性をわかっていないわけではないのだ。

脱州そのもののみならず、計画段階での対策もぬかりはない。州のあらゆる高齢者に脱州の不可能性を刻みつけるため、泳がすだけ泳がして、あと一歩のところで手を下す。そして、いわゆる「北の果て送り」にすることで、州の全ての高齢者に「脱州など無駄な抵抗」「あのザマなら州に骨をうずめた方がマシだ」と思い込ませるのである。

ちなみに――。

経済学には「コミットメント」という言葉がある。

コミットメントとは、ある一定の行動をとることを宣言し、それを信用させることで、周囲にも一定の行動をとらせることを目的に行われる。

今回の本当の脱州者九人のうち、誰がリーダーだったのかはわからないが、これだけの人数の者に、かくも危険なチャレンジを挑ませるくらいなのだから、相当に信用の厚い人物がリーダーだったと考えることができる。

今回の場合、リーダーの「脱州する」というコミットメントが、かなり強い影響力を持ったと考えられる。仮に信用の無い者が「脱州する」とコミットメントしたとしても、誰も一緒に行動を起こそうとは考えない。

信用は人を動かす大きな力になる。

Chapter.1　諦　念

「一体、毎日何をして過ごせばいいんだ?」

薄暗い十六畳のフローリング。カーテンの隙間《すきま》から朝の光が差し込み、埃《ほこり》が靄《もや》のように漂っているのが見える。壁に嵌《は》めこまれたテレビには何やら番組が映し出されていたが、根澄進一《ねすみしんいち》にはそれが一体何をやっているのか、視《み》えてはいるのだが理解することはできなかった。音声も流れている。耳には届くが頭にはさっぱり入ってこない。

彼の身体は、部屋の中央のソファに横たえられていた。ソファはくすんだグレー。角々《すみずみ》に毛玉ができている。何かしら匂う。だが、いつも使っているので鼻が慣れて何も感じない。

この姿勢のまま、どのくらい時間が経っただろう。

根澄進一は不覚にもまた同じセリフを口にした。

「一体、毎日何をして過ごせばいいんだ?」

それはもはや意味を持つ言葉ではなく、単なる音の羅列、あるいは空気振動の規則的なコード進行でしかなかった。しかも、それを発声する進一自身も、ほぼ無意識・無感覚だった。

ふと、隣の部屋で音がした。クローゼットの滑《すべ》り戸が桟《さん》を走る音。シュルルルル。カッタン。妻の初音《はつね》が一日を開始する音だ。進一は顔を曇らせ、テレビのリモコンをオフにした。そして億劫《おっくう》に身体を起こし、

——そろそろ、どこかへ行こうかな。

とぼとぼと、部屋を出て行った。


長年勤めた地方の役所を六〇歳で定年し、ずっとこんな日が続いている。最初は「やっと自由だ」と思った。だが、突然手渡された自由は孤独も同然だった。趣味も無く、人付き合いも無く、人生にさしたる目標も無い。虚《うつ》ろな日々の連続である。

仕事を生きがいにしてきた男性ほど、引退後に何をすれば良いのかわからなくなるという。ならばそうならないように、現役のうちに何か手を打っておけばいいじゃないか——誰でも思いつく理屈だ。だが、そうは言っても現役時代は忙しく、とてもじゃないがそんな暇は無い。

——つまりどう頑張ったって、この状況は避けられないってことか。こうなりゃそもそも社会の方に問題があるんじゃないか?

引退したからといって必ずしも知力体力が著しく低下するわけではない。人生を充実させられるだけの気力はまだまだ残っている。でもそれを活かすことはできない。社会に居場所を失った人間は、自分自身に生きる理由を見失う。

「ああ。俺、一体何のために生まれてきたんだろう」

手の平を見る。手相には長い生命線が、グーッと親指の下まで深い曲線を描いている。進一は哀しい気持ちになる。どれだけ長生きしたところで、大事なのは中身じゃないか。これまでずっと、がむしゃらに働いてきたというのに——。

　進一は今日も近所の公民館へ向かった。定年してから毎日のように足を運んでいる。朝が来ると、外へ出掛けないと落ち着かない。長年勤め人をやってきた人間の悲しい性《さが》だ。本当はスーツを着て出たいところだが、そこまでやったら本当にどうしようもない感じがして、何とか普段着を貫《つらぬ》き通している。

　公民館はいい。役所勤めが長かったためか、公的な施設が一番落ち着く。民間の施設と違い、入口が暗く、ＢＧＭも流れず、空調は節約されてうすら寒い。館内のどこもかしこも、無目的な淋しさが漂う。しかし、それがいい。

　進一は日当りのいい共有スペースに足を踏み入れた。おもだった週刊誌と新聞がタダで読める。彼はラックから適当に新聞を抜き取り、とあるテーブルの一角に座った——よく考えらいつも同じ場所だ。ふと周りを見渡す。四人掛けのテーブル席が六つ、壁際にパイプ椅子が七、八脚。四人の男の姿が目に入った。皆、進一と同年齢くらいの男だ。いつもと同じ顔ぶれで、これまたいつもと同じ場所に座っている。いかにも同じ境遇の人間たち、「定年孤独族」である。たぶん、みんな心の中で互いのことを「いつもの顔」と呼んでいるに違いない。そうやって互いの存在を横目で確かめ合い、苦渋の境遇が自分だけでないことを慰《なぐさ》めとしているのだ。

——みんな、これから先のことをどう考えているんだろうな。

　おそらくここにいる誰もが、間近に迫る北海州への移送と、その先に待ち構える死を気に掛けているに違いない。そして、今という無為《むい》の時間を持て余し、「さっさと時間が過ぎないものか」と願っているのではなかろうか。この矛盾は一体何なのだろう。進一はそれを「静かなる自暴自棄」と名づけ、彼らの顔を一つ一つ見比べた。最後に窓に映った自分と目が合い、背筋がゾッとした。

　皆、黙々と新聞や週刊誌に目を落としている。

　ここにいる者は誰一人として言葉を交わすことはなかった。

——世の中、人と人との付き合いが少なくなったなあ。

　進一はぼんやりと世情《せじょう》を思った。

　インターネットが普及し、調べ物や買い物は家に居ながらにして済むようになった。昔は調べ物をする時は人に尋《たず》ねたり、図書館に足を運んだりしたものだ（思い返せば、進一が初めて妻・初音と知り合ったのは図書館だった）。インターネットでの買い物は、高齢で歩きまわれない人からは「便利になった」という声がある反面、人と接する機会を着実に減じている。

　便利になった一方で、人の心は脆《もろ》くなった。ネットの恩恵に浸《ひた》り過ぎて他者から離れている時間が長くなると、いざ他人と関係性を築こうとする時に億劫《おっくう》になる。それが募《つの》ると傷つくことに耐性が無くなり、そのリスクを負ってまで人間関係を構築したいとは思わなくなる。

　それでなくてもナイーブになっている定年者たち。他人と新たな厚誼《こうぎ》を育むなんて、面倒なことこの上ない。だから誰ともしゃべらないのだ。

——人間関係か……。

　進一は新聞をテーブルに置き、窓の景色を見た。景色といっても大したことはない。周辺は住宅地である。木造二階建ての家が、あっちにこっちに、その間に、さらにその向こうに並んでいる。それぞれの家に、それぞれの人間が住んでいる。家族があって、社会があって。人間の営みが広がっている。

――そういえば、俺って今、初音しかしゃべる相手がいないな。

瞼《まぶた》の裏に、長年連れ添った同い年の妻の顔が浮かんだ。

進一と初音は二十四歳の時、図書館で知り合い、翌年結婚した。付き合っている頃の初音は楚々《そそ》として何事にも恥じらい、三歩下がって夫の影を踏まずというタイプに思われた。だが、結婚生活が始まってみると、今まで猫を被っていたのか、実は社交的で活発、感情表現のはっきりしたサバサバした女性であることが明らかになった。

根澄家は子宝には恵まれなかったが、夫婦はそれを悲嘆すること無く、ただひたすら、それぞれの「いま」を生きた。

現役時代、進一は毎日あくせく働いた。進一の勤めたとある地方自治体の役所は、民間企業並みの成果主義で、どれだけ地元で効率的な公共事業を行えるか――それが職員の評価基準だった。役所には二十一世紀初期のように「何もしないのが一番」という風潮《ふうちょう》は無かった。進一は成績優秀で、部内表彰されたことも一度や二度では無い。「仕事さえちゃんとこなしていれば、他人様から後ろ指をさされることは無い」それが親の教えだった。そのせいか、仕事以外に何か別の喜びを求めることも無かった。進一の自意識はそれで十分満足だった。

一方初音は、進一の給料がそこそこあったので働く理由も無く、友達と地元のサークル活動に参加したり旅行に行ったり、いろいろ忙しそうにしていた。初音は「人生は一度きり。楽しまなきゃ損」という哲学の持ち主である。進一とは同じ屋根の下にいながら、違う価値観で生きてきた。

そんな生活が十年ばかり続いたある時、進一は数年前に役所を定年した先輩のおたくに挨拶に行ったことがあった。先輩は遠くを見つめるような目をして、ぽつりと言った。

「役所に勤めていた時、俺は目の前ばかりを見て、足元を見ていなかった」

「どういうことです？」

「妻の俺を見る目が冷たいんだよ」

進一は、かつて「熟年離婚」という言葉を聞いたことがあった。

――結局、男というのは、金を持ってくることと、家に居ないことが価値なのか？　ウチはどうなんだろう……。

我が家に思いを馳《は》せる。進一も初音も社交的な性格で、一見すると仲の良い夫婦に映る。だが現実には、普段全くといっていいほど会話が無い。進一は初音の話を聞いても興味が持てず、初音も同様だ。お互い話すことが無いため、まるで家庭内別居のような生活が続いている。もちろん夫婦の営みなんてあろうはずもない。

――これじゃまるで下宿のおばさんだな……。

進一は初音の顔を思い浮かべてそう思った。毎日仕事から帰ると、初音は家の管理人のようにそこにいる。風呂と食事、寝床が準備されている。「下宿」と例えるからには無料ではない。下宿料は毎月の給料から天引きされる。住み込み管理人・初音の生活費と一緒に。

やがて進一は定年を迎えた。仕事の無い新たな生活の始まりに、胸がときめいた。しかし、初音にとっては、金を持ってこない老いた男が日中家に居るという不快な時間の始まりだった。その苛立《いらだ》ちは彼女の行動に如実《にょじつ》にあらわれた。

ある昼下がり、進一がリビングのカーペットに寝そべっていると、突然掃除機で頭髪《とうはつ》を吸い上げられた。

「あたたたたっ」

とっさに顔を上げると、初音の無愛想な顔が進一を見下ろしていた。

「あ、間違えたわ」

一体何と間違えたのか。まるでゴミのように扱われている。しかも「ごめんなさい」の一言も無い。

別の時は、進一がテレビのリモコンを入れた途端《とたん》、背後から騒音と呼ぶに相応しい金切声《かなきりごえ》が聞こえてきた。初音の歌声である。

「テレビをつけたところ見てただろ？　今歌う必要があるのかい」

すると初音、

「私、カラオケサークルにはもう十年以上通ってるのよ。アンタがこの時間に家にいるようになったのは最近のことでしょ？後から私の時間に入り込んできといて、文句言わないでくれる？」

進一は文句を言う気も失せ、テレビを消して表へ出た。

――だめだこりゃ。

関係を修復するとか、夫権《ふけん》を回復するとか、もはやそういうレベルではない。妻を専業主婦のまま長年放置したのがまずかった。ご近所サークルのぬるま湯みたいな人間関係に浸《つ》かっているのを黙認していたばっかりに、妻はこんなにも嫌味で傲《ごう》慢《まん》な人間になってしまったのだ。せめて子どもがいたら――それを思うと、自分にも非があるような気がした。

灰色の定年生活が始まって四年が経過した。年が暮れて一月、進一は満六十五歳を迎えた。いよいよ北海州へ移送される日が近づいてきた。

役所勤めの頃は、立場上、北海州移送を執行する側にいた。いろんな顔を見送ってきた。これだけ見ておけば、いざ自分が送られる時の心の準備になるだろう――そう思っていたが、違った。すこぶる憂鬱《ゆううつ》だった。そもそも棄老政策について、進一の意見は世論同様、断固反対だった。しかし役人というものは、上の方針に否応無《いやおうな》く従わなければならない。嫌だと言えば、辞めろと言われるだけだ。職務を円滑に進めようと思うなら、本音を口の外に出すことも憚《はばか》られる。

思い返せば、この政策の執行については随分《ずいぶん》嫌な思いをした。もともと棄老政策は国の事業だ。だが、政府は法定受託《じゅたく》事務としてその遂行を地方自治体に下ろしてきた。すると同時に市民の政策に対する反感も、自治体に向けられることになる。進一は役人というだけで政策反対派の白い眼の対象となった。

「あんたら役人、血も涙もねえ」

「結局お上は、市民なんて税金製造器くらいにしか見てないのね」

「向こうに送られたら、あんたらのこと呪ってやるから」

――俺はホントは反対派なんだよ！

定年を迎え、この重責《じゅうせき》から解放されたと胸をなで下ろしたのも束《つか》の間《ま》、今度は自身が北海州に送られる側になった。

北海州に送られるということは、社会の足手まといになったことを意味している。進一は悶々《もんもん》とした。「まだ働けるのに」という悔しさ、「もう老境か」という切なさ、それに「さんざん税金を貢がせといて、なんて国だ！」という怒り。

――でもまあ、決まったことだから仕方が無い。

諦めの速さはある意味役人育ちの徳である。

――それにしても、北海州とは一体どんな所なのか。

進一の周りでは、すでに多くの人が北海州へ送られていた。兄も行ったし先輩も行った。そう考えると、向こうには知り合いがいっぱいいるわけである。

逆に本土は進一より若い人間ばかりだ。本土には六十五歳以上の人間は一人もいない。つまり現在六十四歳の進一は、本土における最高齢者の一人である。長老格と言えば聞こえはいいが、実際は孤独でしかない。

進一はときどき前職の自治体の宴会に招かれることがあったが、毎回意気消沈《いきしょうちん》して一次会で席を抜けた。若手と話をしてもかみ合わず、かといって若者文化に合わせようとしても土台《どだい》無理だった。進一は自分のコミュニケーション能力が定年生活で劣化したのだと思って悩んだが、よく考えたら原因はそこではなく、腹を割って話せる相手がいないことだと気付いた。

――ああ、北海州に行った人たちと話をしたい……。

――いっそ早くあっちに行ってしまいたい……。

人は、寿命で死を目前にすると、これと同じような心境になるという。確かに、本土での生を現世と例えるなら、北海州はあの世だ。

だが、いたずらにあちらに行きたいと願っても、北海州がどんなところなのか皆目《かいもく》わからない。情報が無いので、想像のしようもない。想像できないと、自然と不安でいっぱいになる。

――北海州は北国だ。雪深い寒い土地に違いない。きっと高齢者に暮らしにくい環境だろう。住居はどんな風なのか。食糧事情は、経済は、保険は、保障は、病院は、介護は……。

政府及び自治体は「必要最低限の施設はあります」と繰り返していた。進一も役所でそんなポスターを見たことがあった。だが、何をもって必要最低限なのか、誰が定めた基準なのか、役人である進一自身が知らなかった。もしかしたら、政府内部では明確に示されているかもしれない。少なくとも地方自治体にその情報は下りてこなかった。高齢者を見送る際も「必要な設備は揃《そろ》っておりますので」と、手を振るので精一杯だった。

無論、何が揃っているのか知りもしなかった。

それにしても、あれだけ大勢の人間が北海州に移住しているにもかかわらず、向こうの情報が一切ないというのは、一体どういうことだろう。

Σ

ガコン、ガコン、ガコン――。

幅二メートルほどのベルトコンベアが、物騒《ぶっそう》な音を立てて動いている。ベルト上をゆっくりと流れてゆくのは、横たえられ人、また人。皆、仰向《あおむ》け・気を付けの姿勢で、虚空《こくう》を見つめている。進一はその様子をほぼ真上から見下ろしている。

次々に流れてくる人々。よく見ると、みんな顔じゅうに深い皺が刻まれている。白髪、眼鏡、歯がすっかり無い人もいる。彼らは全員、高齢者だった。進一が眺めていると、たまに見知った顔があった。前の上司、近所のタバコ屋のおばさん、大学時代の先輩、よく行った居酒屋の女将《おかみ》。

――あっ！

進一は次に流れてきた人物を見て思わず声を上げた。なんと、ベルトの上にまごうことない自分の姿があったのだ。俯瞰《ふかん》している自分の目の前に我が身が見えることに不思議さを感じる余裕も無かった。

どこからともなく女性のアナウンスが聞こえてきた。

『棄老政策視察団のみなさま。北海州立人間ドックでは、完全オートメーション化したプロセスで無用高齢者をＣＴ・エコー・ＭＲＩにかけます。復旧不可能な個体は自動排除し、焼却まで一貫して行う仕組みです』

――なん、だ、と……。

見ている前で、前の上司が箱型のトンネルを潜《くぐ》った。すると、ブーブーと、いかにも失格を意味する警告音がした。次の瞬間、箱の側面が開き、上司の身体がポイと投げ出された。身体はそのまま深い闇の底に落ちていった。まるで不良品の選別だ。

――次は、まさかッ！

視線を上げる……次は自分だった。流れる、箱に入る――唾《つば》を飲む――ウィーンと音がして……。

『ブーブー』

「……うわぁあっ！」

目の前に暗闇が広がった。

「ちょっと、あんた、どうしたの？　起きて」

進一は上体を起こした。全身汗びっしょりだ。傍《かたわ》らに進一の顔を覗《のぞ》き込む初音の姿があった。

「すごくうなされていたわ。一体どんな怖い夢を見たっていうのよ」

「ええと……」

――棄老政策視察団……？　北海州立人間ドック……？

そんな単語が記憶の片隅《かたすみ》にわだかまっている。

「初音」進一は妻の方を向いた。

「何？」

「ちょっと聞いてほしいことがある」

玄関先に段ボールが二つ。持っていけるのはこれだけである。バスから出てきた制服姿の男に段ボールを指し示す。男はそれを肩に担《かつ》ぐと、バス側面の収納に運んでいった。

「初音、何やってんだ！　バスが来てるぞ！」

「はァいッ！　わかってるわよ！　ったく」

家の中から初音が出てきた。どんな所へ行くのかわからないとはいえ、やはり女性だ。最低限の身づくろいをして彼女は出てきた。といっても、かなり雑だ。髪はところどころはねているし、化粧は肌にのっていない。目はぼんやりと虚空を見るようで、足取りにも力が無い。

「わ。酒臭いな」

「何。悪い？」

初音はギロリと進一を睨《にら》みつけた。

「私はね、あんたと違って友達が多いの。夕べは私のために盛大なお別れ会が催《もよお》されたのよ。それで二時まで飲んでいた。よいでしょ？　北海州なんて、言うなれば浄土の旅よ。昨日はさしずめ生前葬。そりゃあ盛大にやってくれたわ。ところであんた、町内のこのブロックで今日北海州に渡るの、何人いるか知ってる？」

「いや。知らないな」

「知らない？　ほんと、疎《うと》いわね。それでよく自治体になんかいられたわね。私とあんたの二人よ！」

「そ、そんなに少ないのかい？」

「このブロックでと言ったでしょ？　町内全部みたらもっとい

「どうしたの、改まって」

「……北海州について、きみはどう思ってる？」

その晩、進一と初音は真剣に話をした。

こんなことは久しぶりのことだった。子どもが無く、お互いに無関心で、今となってはなぜ結婚したのかもわからないような二人。それを再び結び付けたのが北海州の話題だったとは。もっとも、近々同じ境遇を迎える者同士で考えを確かめあっただけで、錆《さ》びついた人間関係が変化することはなかった。


そして、ついにその日は訪れた。

午前十一時三十一分。バスは事前に通達された時刻ちょうどに、進一の視界に映り込んだ。

「おーい、初音。来たぞ」

玄関の外でずっと通りの先を見つめていた進一は、家の中にいる初音に呼びかけた。

北海州への移送はバスで行われる。満六十五歳になる年度の通知日に、迎えのバスが該当者宅を一軒一軒訪問する。バスが到着する時間はそれぞれ異なるので、あらかじめ各家庭に文書で通達される。根澄家ではそれが十一時三十一分だった。

大きなシルバーのバスが排気ガスの匂いをさせて停まった。五〇人ばかり乗れる大型である。窓には全てカーテンが掛けられていて、中の様子はわからない。無機質なハザードランプの点滅が、旅の慌ただしさを予感させた。

いよいよ北海州へ行くのだ。進一はにわかに緊張を覚えた。

るわよ。で、あんたは夕べ、どこで何してたの？」

　進一は口を噤《つぐ》んだ。唇が微《かす》かに震えた。昨日は公民館から帰るとすぐに眠った。イベントの前日は早寝をするのが長年の彼のスタイルだった。最後の日だというのに公民館通いすら変えなかった。いつもと同じテーブルに座り、同じように新聞を読んだ。生き方なんて、そう簡単に変えられるものではない。いよいよ明日——焦る気持ちがあったのは確かだ。だが何もできなかった！

　通知日の前日をどう過ごすかは人それぞれだ。酒場をハシゴする人もいれば、同窓会のように集まってどんちゃん騒ぎをする人たちもいる。でも最も多いのは家族と共に過ごすケースだという。

——せめて子どもがいれば、俺は独りではなかったろうになあ。

　進一はため息をついた。初音は忌々《いまいま》しげに

「つまんない男ね！　北海州《来世》でもあんたと一緒なのかしら！」

「お前、いい加減にしろ。みっともない」

「そろそろ時間です。二人とも、早く乗りなさい」

　制服の男が口を挟んだ。

　乾いた命令口調に進一の背筋はピンと伸びた。初音は男に憎《ぞう》悪《お》の一瞥《いちべつ》をくれ、舌打ちしてバスに乗り込んだ。進一は初音の後についてバスのタラップに足を掛けた。目の前のふらつく妻の背中——いくら別れの酒といったって、大事な日を前にこれは無いだろうに。けれども、よく考えたら彼女は酒にめっぽう強いはずだった。少なくとも進一より数倍はいける口である。その彼女がかくも酔態《すいたい》をさらすくらいだから、相当飲んだのだろう。彼女の内面には計り知れないストレスがあったのかもしれない。

　初音だって、北海州が怖いのだ。

　そのことは進一も知っていた。

　進一が悪夢にうなされたあの晩、夫婦で夜通し話したのはそのことだ。二人は逃亡も考えた。しかし、車で逃げようにも日本は島国、海を渡るしかない。ならば海外の知り合いを頼り亡命することもできた。だが、夫婦は最終的には北海州に行くことにした。亡命は危険だし、第一北海州が悪い所と決まったわけではない。北海州から寄せられる情報が何も無いのは「便りの無いのは良い報《しら》せ」ではなかろうか。向こうに行けば知り合いが少なからずいる。彼らが帰ってこないところを見ると、向こうがよっぽどいいのかもしれない。それに、これまで日本の全ての六十五歳が移住しているのに、自分らだけこれを避けるのは、国民としてどうだろうか——。

　これらは北海州移住を間近に控えた六十五歳のほとんどが抱く北海州観だった。いずれも現状を肯定的に捉《とら》えているだけで、どうにかして自分が納得できる考え方を採っているに過ぎない。やはり誰もが心の中で憂鬱だった。

「？」

　バスに足を踏み入れ、進一は訝《いぶか》しく思った。車内は真っ暗だった。足元にごく小さな補助灯があるだけ。制服の男が先導するのだが、彼の姿はすっかり闇に溶け、足音と仄《ほの》かな熱気を頼りに従うほかなかった。途中で初音が座らされ、そのちょっと後ろに進一は座らされた。座った途端、シャッとカーテンで覆われた。バスの中は一人ひとり完全に区分けされ、他人を認識できない。たくさんの人が乗っている気配はある。だが、話し声は全く聞こえない。

鬱屈《うっくつ》する空気と暗闇に、進一は堪《たま》らず唸《うな》り声を上げそうになった。

一瞬、甘い香りが鼻腔《びこう》を突いたかと思うと――、

ずっと遠くで「ブルン」とエンジンが廻《まわ》る音がした。

急激な眠気に襲われ――

やがて、車内が小刻みに揺れはじめた。

進一はしばらく眠気に抗《あらが》ってみたが、敵《かな》うはずもなく、吸い込まれるように意識を失った。

Σ

通称「棄老政策」いわゆる「高齢者の集団移住制度」について、いまさらその詳細を説明はすまい。だがこの物語を進めていく上で、なぜこのような政策が立案され、当たり前のように実施されているのか、その概略は語られる必要がある。

事の発端は、政府の経済政策における誤算、経済介入の失策だった。

二〇一X年、政府は、不足しがちな年金を何とか捻出するため、年金資金運用の株式割合を大幅に引き上げた。同時に日銀は円を大量に発行し、株価を支えた。

確かに、二〇二〇年の東京オリンピックまでは、株価は安定していた。国際的イベントの開催で市場は活気づくはず――国民もそう信じて疑わなかった。

しかし、オリンピックが終わった後、株価は暴落。連動して国債も暴落した。民間ではなく公的機関が株価を買い支えるといういびつな構造に、そもそも無理があった。また、国債の暴落により政府は容易にお金を調達できなくなった。政府はオリンピックまでに実体経済を立て直そうと考えていた。実際に目途《めど》はあった。だから公的資金を投入してまで株価を保っていたのだ。

ところがすべての目算は狂った。

公的資金バブルは完全崩壊――新聞は次のように書き立てた。

「年金炎上！」

「ダメノミクス！」

「社会保障は神話化した」

株式投資に充てられた年金資金は壊滅的な打撃を受けた。一部の「日出処《ひいずるところ》の国の大和思想」をいつまでも固く信じる連中は「日本は世界一だから」「まさか親方日の丸が」「以前にもこんなことはあった」と呑気《のんき》に構えていた。が、今回はわけが違った。本当の本当に、高齢者に年金を支給できる経済状態ではなくなった。しかも日本は超高齢社会に突入していた。現役世代は高齢者を支えるので精一杯。経済を立て直す力はもう残っていなかった。

国民生活は日に日に悪化していった。

ある日、ついに年金支給が滞り始めた。

最初は遅配《ちはい》だった。国会ではすでに長きにわたり支給年齢の引き上げや減額が議論されてきたが、与野党は選挙を意識して抜本的な打開策を論じるのをいつまでも足踏みしていた。そうこうしているうちに、一部で実際に支給できないケースが起こり、幾人《いくにん》かの高齢者が先を悲観して自ら命を絶った。この年、年金関連の官庁職員の自殺率は前年度の二八九％に達した。総理や閣僚がメディアを通して何を言おうとも、日々聞こえてくる死者数の報道に追いつかない。もはや政治家にまともに耳を貸す者はなかった。

政治不信の中で、世論には強硬論とも言うべき思想が持ち上がり始めた。

「高齢者は経済発展の上で全く役に立たない」

「若者がどれだけ稼いでも、高齢者に吸い上げられる」

「経済を立て直せない根本的な原因である高齢者をどうにかすべきだ」。

世論は徐々に統合され、ついには「高齢者は社会にとってのお荷物だから社会から完全に隔離し、現役世代だけで社会を創り上げるしかない」という極端な思想に達した。

世論が固まると、政治へ影響する。

選挙である。

――高齢者に楽園を。若者に活躍の場を。

このフレーズは「棄老論」「最高の晩節」の著者で、過激な若手評論家として売り出していた釈迦谷丈見《しゃかたにたけみ》が、初めて衆議院議員選挙に立候補した時のスローガンだ。一見、口優しい文句だが、実は高齢者を隔離し、若者中心の国づくりを意図するものである。

そんな過激な釈迦谷が選挙区トップ当選を果たした際は、与党の保守陣営も驚きを隠せなかった。与党議員の一部は、すでに幾度かメディアの討論番組で釈迦谷と対峙し、コテンパンにやられていた。釈迦谷が国会議員になったことで、議論の舞台はメディアから国会へ移った。

釈迦谷の主張は選挙前と変わらず「棄老政策の推進」であった。彼は自ら呼びかけて棄老政策研究会を発足、党を問わず若手議員で勉強会をしたり、棄老法案を作成し国会に提出したりもした。法案の骨子《こっし》は「北海道を経済特区の北海州とする」「満六十五歳を迎えた国民はいかなる理由があろうとも北海州へ移住する」といった内容である。

棄老論には賛否両論があった。「非人道的である」と非難される一方で、「認めたくはないが、現実的だ」とする意見もあった。この論争は何年も続いた。議論が重なるにつれ、国民の感覚はその過激さに鈍くなっていった。人々はいつの間にか「高齢者を何とかする」前提で話をするようになっていた。釈迦谷の政党が与党第一党となった際、高齢者の人権にまつわる憲法条文の変更について、改正を問う国民投票も行われた。折《おり》しも日本の高齢者と若者の割合ほぼ同数であったため、これは否決されたが、これ以降、高齢者と若者の間に対立の構図ができあがってしまった。

時は流れ、釈迦谷は満六十五歳を迎えた。

日本の財政はすでに振り切れていた。年金はとっくに破たんしていたし、政府は次に国民健康保険に手をかけようとしていた。

国会では世代交代が進んでいた。釈迦谷が議場を見渡すと、六十五歳以上が半数をわずかに下回っていた。

釈迦谷は思った。

——いま法案を提出すれば、きっと可決できる。

釈迦谷は超党派の「棄老推進」議員を引き連れ、総理に直談判し、政治判断を願った。かつての若者派で、高齢者の排除を唱えてきた議員たちが、自分たちが高齢者側になったのを機に、自らその第一号に名乗り出たのだ。彼らは本気だった。そうしなければ、日本経済は本当に壊滅してしまう。滅私《めっし》の志《こころざし》である。

総理は涙ながらに署名した。メディアは釈迦谷一派を高潔《こうけつ》の士として祭り上げた。

おそらく、彼らが若者派として台頭していた頃、自分らが排除される側の高齢者になるという実感は無かっただろう。せいぜい、一旦高齢者を排除しその間に本土の経済を再建、自分らが高齢者になる前に、経済力を取り戻し、高齢者を救済する——と考えていたに違いない。国会議員だけでなく、当時の若者全てが、まさか自分が排除される側になるとは思ってもみなかっただろう。


かくして棄老政策は通称を「21世紀ネバーランド政策」として施行された。

この政策の基本は、経済特区制度を敷いて北海道を北海州とし、六十五歳以上の高齢者を強制的に移住させることである。同時に高齢者の残す財産を本土に吸収する。不動産は子孫に相続するか、内容によっては政府が没収する。現金資産は半分を国が税金として徴収し、残り半分を北海州へ持ち込むことが許された。

この当時、ほとんどの国民は銀行に金を預けず、自宅に現金を持っていた。二〇××年代の公的バブル破たんの際、政府は預金封鎖を実行し、預金の一定割合を強制的に政府に納めさせた。年齢に応じ一〇代なら三%、二〇代なら五%と段階的に引き上げ、六十五歳以上に至っては五〇%も吸い上げた。誰もが馬鹿馬鹿しく思い、それ以来銀行に預けなくなったのだ。

棄老政策が開始されて数年後、政府から経済の統計資料が発表された。それによると、高齢者を排除したことは、経済に絶大なプラス効果だった。

介護や医療費など高齢者への負担が無くなったことにともない、税率が大幅に下げられた。これまで、若者世代はどれだけ働いても大部分を税金で持っていかれるので「いっそ、働かない方がいい」「働いたら負けだ」と、労働意欲を上げられずにいた。また、日本は年功序列が強く、高齢者の意見を尊重する傾向にあるので、若者は自発的に意見を主張しづらかった。言い換えれば、社会は若者の自由で柔軟な発想が活かされない状態にあった。棄老政策はその弊害《へいがい》を全て取り除いた。若者は労働意欲を駆り立てられ、ニート問題もまた着実に解決の方向に向かっていた。

政府は高齢者が残した資金を活用し、技術・産業分野の研究開発に多額の予算を組んだ。その結果、世界に先駆けてメタンハイドレードなどの燃料資源の開発に成功。技術革新が新しい産業を立ち上げ、日本は戦後まれにみる好景気を迎えた。

社会が活気を取り戻し、男女の恋愛の機会も増えた。結婚件数・平均出生率はどんどん上昇した。経済が充実している上に、手厚い保障が出生を加速させ、人口における若者の割合は増大した。若者が増えれば労働人口が増える。ＧＤＰが大幅に伸び、数十年ぶりに世界トップスリー入りを果たした。もちろん進捗率は世界一である。

気がつけば、日本は経済パラダイスになっていた。

Chapter. 2 北海州

その日が四月一日だという根拠は一つも無かった。もしかしたら誰かの呟《つぶや》きが耳に流れ込んだのを、そのまま信じ込んだのかもしれない。あるいは、今目の前で百人ばかりの人間相手に何かをのたまっている、岩の上のあの男が、はっきりとそう言ったのかもしれない。

頭がどんよりとしている。進一は、いつから自分がここに突っ立っているのか、そして何をしているのか、ピンとこなかった。なんだか深い眠りから目覚めたばかりのような気だるさがあった。

「……（ほら。ちゃんと聞いときなさいよ）」

囁《ささや》きと共に右腕に軽くヒジ鉄が当てられる。隣を見ると、初音が怖い顔をしてこちらを見据《す》えている。彼女の目も、どこか気だるげだ。

——たしか、初音のだるさは二日酔いだ。

それもあやふやだ。第一、あのバス——バスに乗ったのは覚えている——が出て、どのくらい経ったのだろう。今日が四月一日というのなら、一週間くらい経過していることになる。でも怪しい。そんなに長い間、食事はどうしていたんだ？　呼吸は？　排泄は？　全然腹も減っていないし、身体が匂うこともないし……。

二分くらいいろいろ考えたが、何もわからなかった。進一はそこでようやく周囲を見渡してみるという基本的な確認手段を思いつき、実行に移った。

そこは森の中だった。森といっても、鬱蒼《うっそう》と茂《しげ》る木立《こだち》の中にいるのではない。森の中にぽっかり開けた原っぱだ。空から見下ろせば円形脱毛のように見えるに違いない。小学校の運動場くらいの広さはある。天には青空が広がっている。細い雲がのんびり流れていく。時折小さな鳥が二羽、おそらくつがいだろう、互いをつつき合い、どこかへ飛んでいった。

原っぱには大勢の人々が——後から聞いたら八十一人だったそうだ——、軽自動車くらいの大きさの岩の上に立つ一人の男を見ている。その岩は、円形脱毛のちょうど真ん中位に位置している。男は帽子をかぶっている。逆光のため顔は真っ黒で見えない。野太い声がよく響き、外だというのにはっきり聞こえる。

「一度しか言わない。心して聞くように。ただいまより『日本経済の再生に関する法律』第三条第三項『高齢者の集団的移住制度』に則《のっと》り、北海州移住者への通知を行う。これは法律で定められた通知だから、皆さんには聞く義務があります。こらソコッ！　聞かないと罰則があるぞ！」

誰かが指さしで怒られ、辺りの空気がビリッと締まった。

——そうだ、俺は高齢者になり北海州へ移住することになったんだ……ってことは、ここが北海州なのか？

進一はごく幼い頃にたった一度、両親に連れられて北海道に来たことがあった。もっとも、その時の記憶は無い。「行ったのよ」と母親に聞かされ「そうなんだ」と思う程度である。多くの人が北海道のことを忘れ去り、いまや地図にも掲載されない中、進一はたった一つのその事実によって、北海道への関心が普通の人よりいくらか高かった。気まぐれで古本屋を訪れたりすると、まれに古い北海道の観光案内を見つけたりする。つい手に取り、中をパラパラとめくる。本には、中空を指さす欧人の像や、三角屋根の時計台など、物珍しい写真が掲載されていた。立ち読みで得た知識によると、北海道には札幌という大都市があり、当地の政治や学問の中心だったらしい。

　進一はそういった知識から、北海州の移送先は当然札幌なのだろうと、なぜか勝手に思い込んでいた。

　しかし、周りを見渡しても、原っぱと木ばかりで、都会どころか家一軒見当たらない。海が近いなら潮の匂いがするはずだが、野草の匂いしかしない。耳を済ましても、岩の上の男の声と、飛び交うつがいの鳥のチッチッというさえずりだけだ。

――札幌じゃなければ、一体ここはどこなんだ？　何なんだこの田舎は！

　岩の上の男は、時折手元の資料に視線を落としながら、滔々《とうとう》と条文を読み上げた。彼の傲然《ごうぜん》たる余裕は、よく通る声によくあらわれていた。腹の底から声が出ていた。本当は、手元の資料など見なくても、全てを諳《そら》んじることができるのだろう。

　一方、聴衆の方は神経を尖《とが》らせて男の一言一句を聴いている。皆、目をひん剥《む》き、耳をそばだて必死にメモを取っていた。

「（疲れたわ。ほら、交代！）」

　隣で初音が声を殺して言った。胸元にボールペンと小さな紙の切れ端を押し付けられた。紙には初音の小さな文字がびっしりと書き込まれている。進一は言われるままに、眼前の男の話の続きを書き写していった。

　話を聞いているうちに、進一の頭は明晰《めいせき》を取り戻していった。男の話は聞けば聞くほど驚くようなことばかりで、とてもぼんやりしていられる話ではなかった。

　岩の上の男の話が終わった。誰もがその後質疑応答の時間が設けられると思っていた。だが男はさっさと下がり、岩の裏手の梯子《はしご》から降りようとした。

「おい！　待ってくれ！」誰かが口火を切った。

「住むところはどこなんだ？」

「食べ物を作るのは！」

「医療はどうなってる！」

　怒号に近い声で様々な質問が飛び交った。岩の上の男は高齢者たちを振り返り、一瞬面倒な顔を見せ、再び前に出てきた。そして大きな声でひと息に回答した。

「住むところはこちらで用意した。一人ひとり割り当ててある。この後、地図を見せるから各々見に来るように。なお、住居と同じように、一人ひとりに一定面積の畑と森林が割り当てられている。海については自由だが、経済水域は五海里まで。これらを上手く活用して自給自足の生活を送るように。

医療は、かつての病院を取り壊さずに残しているから、そこを活用して欲しい。医者については、こちらでは用意していない。確か移住者に元医者がいたと思う。今、病院ではその人が医師をしているはずだ。以上」

「おい！　待てッ！　まだ聞きたいことがある！」

「政府の要綱《ようこう》ではこれ以上の回答義務は無い」

「いい加減にしろ！」

　聴衆たちは声を荒げた。誰かが一際《ひときわ》高く叫んだ。

「俺たちは『北海州に来れば安心だ、特に不安はない』、そう言われて来た！　話が全然違うじゃないか！」

　男は淡々《たんたん》と答える。

「これは国が定めたことです。ご理解をいただきたい。私も六十五歳になれば、あなた方と同じようにこの地へ送られます」

　抑揚《よくよう》のない回答に、八十一人は返す言葉を失った。

「じ、じゃあ、教えてくれ！」

　進一の右後ろから、甲高《かんだか》い男の声が飛び出した。

「本土の商品は、こちらでも販売されているのか？」

「北海州と本土の間で定期的に貿易が行われている。その貿易を通じて、必要な商品を購入できれば問題は無いはずです」

　今度は女性の声。

「私は難病を抱えています。どうしても必要な薬があるのですが」

「それも病院を通じて貿易で入手することが可能なはず。同じ病気の人を見つけてどうしているのか聞いてください」

「うう……。わかりました」

　――貿易？

　進一は奇妙だと思った。

　――同じ国なのに、まるでよその国のような物の言い方をして、一体どういうつもりなんだ？　同じ日本人じゃないか！

「おいっ！　きみ！」

　抑えられなかった。進一は思わず手を上げ声を飛ばした。普段できるだけ目立たないことを信条にしていた進一だが、元自治体職員として、かくも投げやりな行政のあり方に、憤《いきどお》りを感じずにはいられなかったのである。

　岩の上の男は今にも下がろうとしていたが、反射的に顔を向けた。進一と男の目があった。

「質問は最後にしてください。何です？」

「何かをくれだとか、本土に帰してくれとは言わない。ただ……教えて欲しいんだ。今、ここでは、何が起こっているんです？」

「何を言っているんですか。あなた方は六十五歳になったから、法律で決められた通り北海州へ」

「そうじゃない！」

　進一の叫びが、辺りの空気を引き裂いた。

　八十一人全員が進一に顔を向けた。隣で初音が目を潤《うる》ませて夫を見ている。進一は注がれる視線にためらいつつ言った。

「……その、知りたいんだ。自分が今どこにいて、どんな仕組みの中に晒《さら》されているのかを……」

岩の上の男はしばらく進一を見つめていた。やがて

「わかりました。今、皆さんがどこにいるかはお教えすることはできませんが、それ以外の大まかな、いわゆる制度的なことに関して、少しだけお教えしましょう……」

男は、進一の目の奥に何かを感じたのだろう。さもなければ定められたこと以外の情報を移送者たちに語ることは無かったはずである。

彼は語った。その時進一の取ったメモを簡単にまとめてみると、こんな感じである。

Σ

現在、日本は一国二制度を採用している。本土と北海州は全く別の政策をとっており、はっきり言って別の国だ。本土は資本主義であり、北海州はなんでもない。敢《あ》えて何かしらの言葉を当てはめるとするならば、「どうぞご自由に」主義である。

北海州では独自の通貨が使用されている。「北海円」である。本土政府は切り捨てた北海州に「円」の使用を認めなかった。北海州の影響を受け「円」の価値が下がるのを嫌ったのである。北海円の為替相場は固定されており「一北海円＝一〇〇円」で換金する仕組みになっている。為替相場の変更は本土のみ主導権を持つ。

行政については、多少は本土の機関が張り出ている。通貨の管理、貿易実務の担当、必要最小限の警察や防衛等々。だがそれらの拠点がどこにあるかは明かにされていない。

唯一政府が力を入れているのは「教育」だ。政府は健康や介護などには一切税金を投入しなかったにも関わらず、教育機関だけは残した。いまや学校は居住者の憩いの場となっている。「高齢者に教養は要らない」「学校など金の無駄だ」との意見もあるが、「楽しみの場」としての必要性は、北海州の円滑な運営、すなわちガス抜きに、大きく寄与している――（このメモには若干進一の考えが盛り込まれている）。

「一国二制度って……単なる放置じゃないか」

男の語ったことは、本土にいた頃に知らされなかったことばかりだった。みな愕然《がくぜん》とした。その場に座り込む者もいた。唸《うな》り声を上げ頭を掻《か》き毟《むし》る者もいた。

男は岩の裏に下がった。誰もが「もっと情報を」と懇願《こんがん》した。しかし男は、もう岩の上には現れなかった。

進一は戦慄《せんりつ》した。

――つまり政府は住むところ以外は何も用意していないということか！　一切関与しないから、仲間同士で助け合って勝手に生きろというのか！　この不毛の地で、どうやって！

進一や初音をはじめ、今回北海州に移送された八十一名の高齢者たちは、事前に自分たちの財産を清算してきていた。なにしろ北海州には現金と段ボール一つ分の財産しか持ち込めない。北海州移送直前になると税務署がきて個人の総資産を鑑定し、その五〇パーセントを徴収していく。そして残った五〇パーセ

ントで北海州での生活を送るように言い渡される。年金制度はとっくに破たんしており、当然支給されない。政府の言い分によると、北海州で生活できること自体が、年金受給に相当するのだという。昔から北海道は食料自給率が高く、空気や水がおいしいと言われてきた。

「相応に働き相応に暮らせば、いかに高齢者といえども健康かつ文化的でいられる。だから年金は不要だ」

こんな強引な理屈が、当たり前のように貫かれていた。

＊

ここで読者には、もう少しだけ北海州の情報をお伝えしよう。

高齢者の移送開始以来、北海州にはすでに二千万人近くの高齢者が送られていた。現地での正確な死亡者数は報告されていないが、毎年二〇〇万人近くが強制的に居住させられていることから、人口はおおむね二千万人前後で推移していると予想されている。

今回、北海州に送られた高齢者は約百万人。彼らは地域単位に百人程度のグループに分けられ、北海州内にランダムに配置される。配置される地域は人のいない僻地ばかりである。

なぜ敢えてそのような場所に人を配置するか。これは本土で推進されている社会学研究の一環だった。

本土では、太平洋戦争終了後、首都一極集中型の国家形成が成された。その功罪は各界の専門家の間でまことしやかに囁《ささや》かれはしたが、実際に検証されたことはほとんど無かった。そこで北海州政策では全地域に満遍《まんべん》なく人口が散らばるようにし、本土とは異なる人口分布で北海州がどのような経済発展を遂げるか、調査しているのだった。

北海州に自動車は流通していない。高齢者たちが一度置かれた場所を離れ、別の土地に移住することはほとんど不可能に等しい。移動されては検証の邪魔になる。北海州で取られている制限された生活の一つ一つには、本土の一方的な意図があるのだった。

それから約一時間後、

「おお、老後を送るにはちょうどいい広さじゃないか」

丸木小屋のドアを開けた進一は、明らかな作り笑顔で初音を振り返った。彼女は進一の肩越しに室内を見遣《や》った。約十六平米のワンルーム。薄暗い天井は梁《はり》がむき出しで、蜘蛛《くも》の巣が掛かっている。丸木を組んだ壁はところどころから白光《はっこう》が差し込んでいる。どうやら隙間だらけらしい。

「ふん……早く入りなさいよ」

初音は進一の背を軽く推した。

平素《へいそ》の初音であったなら「こんなあばら家に住めなんて」と、怒りを露《あらわ》わにするところだ。だが彼女は怒らなかった。むろんそれには理由があった。

先ほど、八十一人のオリエンテーションが終わった後のこと。どこからともなく数名の役人があらわれ、大きな一枚の地図を広げた。地図といっても広幅の紙に幼稚園児が手書きでミミズを描いたようなお粗末なものだった。役人は「あなたはここ、お宅はあそこ」と、高齢者たちにそれぞれの住まいの在《あ》り処《か》を示した。根澄夫妻の家は森の先と言われた。方向が同じ人があり、共だって歩いた。途中で「俺の家はここだ」「私のはあれよ」と家を見つけて、一人また一人と抜けていく。その家々の実にみすぼらしいこと！　馬小屋みたいなものもあれば、公園のあずまやに板塀《いたべい》を貼りつけただけのようなものもあり、屋根がまともに全体に葺《ふ》かれている建物など、ほとんど無かった。

——一体俺らはどんな家を割り当てられることやら。

戦々恐々《せんせんきょうきょう》と歩くこと約三〇分。見つけたのがその丸木小屋だった。屋根も壁も、床もある。表にはちょっとしたデッキ部分もある。

「おたくらは夫婦だから、わりかし大きめなのが割り当てられたのかもな」

住まいがまだ先に割り当てられている人が、そう言い残して進んでいった。

あんなひどい家々を目の当たりにした後である。さすがの初音も怒りはしない。内心は安堵《あんど》していたはずである。

「前に誰か住んでいたのかな」

室内はやや黴《かび》臭かった。椅子や机、ちょっとした棚など、古い木製の家具が見えた。唯一真新しいのは、部屋の真ん中にデンと置かれた薪ストーブ。政府が一戸に一台ずつ支給すると、先ほどの役人が言っていた。コンロになる上、暖も取れるし照明にもなる。

つまりここには電気もガスも無い。

「薪割りはあんたの仕事よ」初音が言った。

「ああ、斧があるならね」

進一は部屋の奥まで進んで回れ右をし、入口を振り返った。ドアの陰に段ボール箱が見えた。見覚えがあった。こちらに来るにあたり、自分たちで梱包《こんぽう》した箱である。北海州に持っていけるのは一人一箱だけ——ルールに基づいて詰め込んだものだ。

二人は早速段ボールを開けた。荷物の中身は「最低限の生活は送れるように」とサバイバルグッズ一式、料理道具一式、衣類一式。

「あ、これは使えないかな」

進一はノートパソコンを取り出した。

「電気が無いからね。鍋敷きにでもするわよ」

「せめて残存バッテリーを使い果たすまでは、お願い」

と言ってみたものの、よく考えたらネットは無いし、プリンタが無いので出力もできない。

「好きにすれば」

初音は料理道具を取り出し、部屋の一角に自分なりのキッチンをこしらえた。進一は腕の中のノートパソコンをまじまじと見つめた。これまでずっとそれを使ってきた。それが使えないとわかると、妙に不安になる。

——習慣ってのは、恐ろしいもんだ。

進一はパソコンを置き、外に出た。

まだ肌寒いが、日差しは暖かかった。

家の前にはそこそこ広い原っぱがあり、その先には森林が広がっていた。原っぱは、しゃがんでみると土が黒くて柔らかく、きっと過去に誰かが畑をしていたようである。実は、どこの家もそばに畑と木立があった。つまりこれらは各人に均しく割り当てられているのだった。けれども、場所によっては土が駄目だったり、海の近くで塩害がひどかったり、農作業には向いていない場所もあった。しかし物は考えようだ。海に近ければ魚を獲ればいいし、塩が出ていれば製塩すればいい。自ら農業を営まずとも、それらを農作物と交換すればいいのである。

要は使い方なのだ。北海州ではそういう生き方をしろというのが、政府の言い分である。

北海州での生活が始まった。一日二日はあっという間に過ぎた。段ボールの中にインスタントラーメンを入れていた。非常食として用意していたのだ。二人は一日目から非常食に手を付けた。確かに非常事態に等しい状況ではあった。翌日、二人は表を歩いてみることにした。食べられるものはないか、あるいは食べ物を持っている人はいないか探すためだ。だが、行けども行けども木々と草、目に映るのは空と山並みばかりである。

「店なんて、ありそうもないね」

「歩くだけお腹が減って損よ」

しばらく歩いていると、こちらに向かってやってくる二人連れの男が目に入った。先日のオリエンテーションで見た顔だった。

「おーい。こんにちはー」二人は手を振ってきた。

「こんにちはー」進一も振って返す。

二人は駆け寄ってきた。筋肉質な男と痩せた男だった。筋肉質が親しげに話しかけてきた。

「ご夫婦は、一昨日一緒におられましたな」

「ええ。あなた方も」

話を聞いてみると、二人の男はこの近所に家を割り当てられているという。筋肉質なのが牛見《うしみ》、痩せ型で神経質そうなのが門木《かどき》と名乗った。根澄夫婦も自己紹介した。ご近所は大切だ。いろいろな情報を共有しあえる。

だが、進一は警戒を緩めなかった。本土ならまだしも、いかなる秩序がまかり通っているのか知れない北海州で、いたずらな交流は危険なことに思われた。下手に質問をし、相手の機嫌を損ねたら面倒だ。それに、二人とも素性が知れない。

とはいえ四人とも状況は同じである。身の回りは不条理なことばかり。お互いの理解を頼みに愚痴の一つも言いたくなる。しばらくは有用な会話を交わしていたが、やがて自分の言いたいことばかり言うようになった。

「昔、あれと同じ木が、わしが成績優秀者で表彰された時に……」

「食べられる植物についちゃ、俺にちょっとエピソードがあって……」

いかにも高齢者らしく、牛見と門木が自分語りをしようとした。

するとと初音、やにわに進み出て
「私だって、前にこんな森の中にいる夢を見たわ！」
進一は妻の発言にゲンナリした。
と、その時

カーン、カーン、カーン――


「おや？　これは何の音です」

遠くから、何かを打ち鳴らす音が聞こえてきた。高く乾いたその音は、雑木林の木々に反響して、くぐもりながらいつまでも続いた。

「これはきっと誰かが叩いているんだ。行ってみよう」

四人は急ぎ足で音の方へ向かった。

二百メートルばかり歩いて、赤土の斜面を左に折れた先に、人が大勢集まっていた。天は葉叢《はむら》が覆い、幾筋《いくすじ》もの木漏れ日が人々の顔に光の破片を散らしている。緑に包まれたその空間は、人いきれと草の香で暖かだった。

「これは何の集まりでしょう？」

「さあ？」

牛見を先頭に、門木、初音、進一の四人が人の群れを歩いていく。集まりの中にはオリエンテーションで見た顔もあった。誰かと談笑している者もあれば、怖気《おじけ》づいている者もある。全部で二百人くらいは集まっているのではなかろうか。ざわめきの中、先ほどから何かを叩く音が続いている。目をやると、低い枝に掛けられた四角い木の板を、すっかり禿《は》げあがった老人が木の棒で打っていた。規則的な調子だ。


カーン、カーン、カーン――


「皆の衆、静粛《せいしゅく》にーっ！」

その声に、その場にいた全ての人間が静まり返った。群集は木の板を打っていた老人の方を向いた。しばらくすると、脇から五人の老人があらわれ、正面に居並んだ。男ばかりだ。彼らは役人ではなく、進一らと同じ境遇――移送された高齢者だった。ただ、見るからに七〇歳代後半か、それより上だ。

真ん中にいた老人が進み出て、細い声を張った。

「今日、この中には、三日前に北海州に移ってきたばかりの『にゅーふぇいす』の方々がおられる。ようこそ、北海州へ。歓迎します」

辺りがどよめいた。老人は続けた。

「新人さん方は周りをよーぅご覧くだされ。皆さん方の周りには北海州の先輩がたくさんおられる。お互いこの近所に住まう者同士、持ちつ持たれつ、仲良うしてまいりましょう。わからないことがあったら何でも聞いてください。なんせ、北海州では独りでは生きていけませんからな」

その後、五人が入れ代わり立ち代わり何事かしゃべった。話す内容と雰囲気から察するに、どうやらこれは定期的な寄合の場であるらしかった。五人はこの寄合の長老格のようだった。

後から聞いたところによると、寄合は週に一回開かれているという。地域の情報を交換したり、ルールを定めたりする場らしかった。特に今回の寄合は、新人に対する寄合への勧誘の意味合いが強かった。

確かに長老の言う通り、北海州では一人では生きていけない。人間は大きな生活共同体に所属することで、はじめてその長所を活かして生活することができる。進一らもこういった集団に属していなければ、いずれ枯渇《こかつ》してしまうし、逆に共同体の側も一人でも多くの仲間を引き入れることができれば、集団を運営していく選択肢が増え、メリットとなる。

北海州にはこのような寄合集団があちこちに存在するという。集団ごとに独自のルールを制定し、それに則《のっと》って活動している。たった数十人の小さな集団もあれば、数千人を超える大集団もある。それぞれが独自のルールを持っているので、まるで北海州にいくつも国があるような感じだ。寄合同士にも力関係があるらしく、場合によっていろいろと面倒が起こることもあるという。

そんなことまで聞かされては穏やかではない。北海州で生きていくために集団に属するのは必須のようだ。一緒にいれば互いに便宜《べんぎ》を図れるし、有益な情報も得やすいだろう。もっとも他にも集団があるなら、一つずつ吟味《ぎんみ》してその中から一番良さそうなところを選びたい気もするが、新人に投げかけられる周囲の視線はそんな雰囲気でもなかったし、そもそも他の集団なんてどこにあるのかもわからない。

こうして誘われるまま、根澄夫妻と牛見・門木は集団に加わった。

「それでは終了。また来週この時間に会いましょう」

真ん中の老人の言葉を最後に、再び木の板が打ち鳴らされた。

その後、人々は三々五々《さんさんごご》散っていくかと思われたが、みんないつまでも居残り続けた。見ていると、めいめい、台や敷物を引き出して小間物屋《こまものや》を広げ、次々と軒《のき》を連ねていく。並べられる魚や山菜、いびつな形のパン。その他手作り陶芸、木の加工品など。

主《あるじ》らは、自分のテリトリーの前に立ち、行き交う人々に

「今朝はアジが釣れたよ」

「わらびもち～、わらびもち～」

「深めのお皿はいらんかね？　湯を張っても割れないよ」

売り声を飛ばしはじめた。

この寄合は、会議の場だけでなく、市場の役割も果たしているのだ。

「ここで食べ物を買えばいいのね」

初音は目をキラキラさせて周りを見た。

「収入を得るためにここで商売をしてもいいってことか」

門木がズルそうな顔をして言った。

「一体俺に何ができるかな」牛見が呟《つぶや》いた。

進一は目の前で繰り広げられる市場の活況をしばらく眺めていた。

ふいに後ろから

「おっと。あなた方は新人さんでいらっしゃいますなぁ」

一人の男が声を掛けてきた。振り返ると、やせた白髪の老人がいた。曇り切った眼鏡の奥に、細い目が垂れている。薄い唇から黄ばんだ歯を覗《のぞ》かせ、ニタニタと笑っている。

進一はおそるおそる返事した。

「おっしゃる通り、新人です」

「あなた方は、まだ北海円をお持ちじゃないでしょ」

「ええ。あいにく本土から持ってきたお金しか……」

「それはこっちでは使えません。円は北海円に換金しなくてはいけません」

「換金はどこでできるのですか？」

男は「待ってました」と笑みを強め
「換金は、ここらあたりじゃ私が一手《いって》に引き受けておるんです。換金したい円を預けていただければ、翌日には北海円をお渡しします。もちろん、一割の手数料をいただきますがな」

「あなたは両替屋さんですか？」

「いかにも。あ、申し遅れましたが私は竜田川貴康《たつたがわたかやす》と申します。みんなからは『竜貴《タッタカ》』と呼ばれております」

「それはどうも……じゃあ、お願いしようかな」

進一が言いかけると、初音が割り込み
「ちょっと待って。タッタカさん。換金場所を教えてくれれば私自分で行きますわ。教えてください」

進一は面食らった。なんと図々しい。だが、こういうところで生きていくにはこれくらい肝が据わっていなければいけないだろう。頼もしくも思える。

しかしタッタカは首を横に振り
「それは駄目です。私も商売でやっておりますのでね。しかも場所をお教えしたとして、そこへは誰もたどり着けますまい。だァれも――」

そう言って首をニューッと伸ばし、顔を初音に近づけた。

「やあ、気持ち悪い！」

「はっはっは……。どうやら嫌われましたな。どうします？　換金をされますか？　今なら手持ちが少しあるので、少額なら一日待たずとも換金して差し上げられます。新人さん歓迎キャンペーンですわい」

進一は初音を背後に庇《かば》いつつ苦笑し
「どうもすみません。ウチのが失礼なことを言って……じゃあ、これだけお願いします」

その後、四人はしばらく市場をブラブラした。いろいろな売り声が聞えてきた。

「体調が悪い時は言って欲しい。本土ではずっと鍼灸師をしていたよ」

「箱庭農業なら任せて。収穫の一部と月謝で教えてあげるわ」

「食べられる野草講座を開催するよ。友達と入るとちょっと安くしますよ」

みんな特技を活かして生計を立てている。一人ひとりの生活は決して豊かではなさそうだが、助け合いの気持ちと小さな一体感がそこにはある。

——俺には何ができるだろう。

進一は立ち止まって自分の手の平を見た。

Chapter. 3　運動会

寄合のあった次の晩。

根澄夫妻の丸木小屋には重い空気が漂っていた。部屋の真ん中の床に進一と初音が仰向けになっていた。二人とも疲労困憊《ひろうこんぱい》の態である。神経が高ぶって目はぱっちりと開き、天井を見据えている。そのうち初音は大きな寝息を立て眠りはじめたが、進一はますます気が高ぶり、まんじりともできないのだった。

進一はグッと目を閉じた。そして今朝からの一部始終を瞼《まぶた》の裏に思い出し、嘆息《たんそく》した。

――あんな残酷なことがまかり通るなんて……。

それは北海州にやってきてはじめて知る、恐怖と絶望の事実だった。

*

「明日は地域の運動会が行われる。全員参加するように」

昨日の寄合で長老格の一人が言ったことは、四日前のオリエンテーションでも触れられていた。四日前に聞いた時は、役人の横柄な態度と不条理への怒りで「ふざけるな！」くらいにしか思っていなかった。寄合では長老格の口調や物腰の柔らかさに、幾分《いくぶん》素直に耳を貸すことができた。

北海州では人とのつながりが不可欠だ。運動会を通じて交流ができればよい。進一はそう考えて前向きに参加することにした。初音も同じ考えで、むしろ「楽しそうじゃない。子どもに還《かえ》ったみたいで」と、喜んでいるように見えた。

「でもなあ……」進一が眉《まゆ》を顰《ひそ》めると、

「そんな難しい顔をして参加するよりは、いっそ楽しむつもりで参加した方が、気分も違ってくるよ」

それはそうだ。

翌日。快晴。

暑くも寒くも無く、まさに運動会日和《びより》である。

根澄夫妻は運動会の会場にやってきた。場所はオリエンテーションの行われた森の中の原っぱだ。すでに多くの高齢者が集まっていた。

「新人さんはこっちへどうぞ」

係らしき人が根澄夫妻を見つけて誘導する。ついていくと牛見や門木の姿が見えた。彼らは赤い襷《たすき》を掛けていた。夫妻にも同じものが手渡された。

「新人さん方は紅組ですよ！　さあ、この岩から左へ！」

原っぱの中央の岩の上に、齢《よわい》は百を優《ゆう》に超えているであろう仙人のような老人が、細い手足を大袈裟に動かして人々を誘導していた。その声はまるで五〇代のように張りがあった。

「北海州へようこそ！　皆さん、所属する寄合は決まりましたか？　北海州は住めば都、最高の晩節《ばんせつ》を健やかに送りましょう！」

「ねえ」初音が言った。「あのジジイ、どっかで見たことが無い？」

「うーん。言われてみれば確かに……」

だが、思い出すことはできなかった。

仙人の挨拶が済み、運動会の開会が宣言された。新人八十一人は、渡された襷《たすき》の示す通り、全員紅組だった。単純に移住年ごとの組み分けだった。

最初の競技は「徒競走」。原っぱに赤いコーンが円を描いて置かれていてその周りを駆ける。外周は二〇〇メートルとのことだった。

――長距離走ならまだしも、高齢者が短距離走なんて、心臓に良いわけがない……。

進一はおずおずと列に並んだ。徒競走の出番は若い年齢順、四人一組で行われる。

「よーい……」

パンと音がして最前列が一散に駆け出した。

進一の杞憂《きゆう》は無用だった。高齢者と言っても六十五から七〇歳くらいはまだ元気だ。走る走る。若い頃と違うとはいえ、手足を大きく振って駆けるその様は、壮健《そうけん》そのものだった。

進一と初音も難なく自分の出番を終えた。初音は一位、進一は三位。軽く肩を上下させ、他の人の競技を見守った。

様子が変わったのは七十一歳以降の部だ。彼らは開始前から鬼気迫る表情をしていた。進一は訝《いぶか》しく思った。

――たかが地域の交流だろ？　何をそんなに……。

だが、第一レースから思いもよらぬ事態が起きた。ビリを走っていた女性が前の男性の服を引っ張り、つまずかせたのである。

「あっ！」

進一は声を上げた。明らかに反則だ。八十一人の新人は、皆目を丸くした。しかし、八十一人以外の先人たちは、表情を変えず、転んだ男性を冷めた目で見つめているだけだ。それどころか、運動会の進行役も見ているだけで、転ばせた女性を注意しようとしなかった。目の前で起きたことなのに、平然としているのである。

「どういうこと？　こんな危険な運動会があっていいの？」

初音の言葉を、傍に立っていた男――例の仙人様の男――が聞いていた。彼は言った。

「七十一歳以上の部の徒競争で最下位になった者は、通称『北の果て』に送られることになっている」

「えっ？」

「北海州には健康診断をやる金も設備も無い。だからこうやって定期的に運動会を開き、健康な人と不健康な人を選別している。病弱な人は健康な人の生活を妨げるからな。我々は我々の生活を守るために、我々自身を裁くしかない」

「何だって？」進一は眩暈《めまい》を憶えた。

健康な人と不健康な人を選別する――進一は、ふと、ひとつの情景を思い起こした。それは、本土にいた時に見た悪夢、ベルトコンベアで人々が無慈悲に選《え》り分けられていくプロセスだった。全く無抵抗な人々が、心を持たない一つの基準によって、機械的に選り分けられていく。これは良し、これはダメ、次は良し、次はダメ。この運動会は、あの夢そのものではないか。

——まさかこんなことが現実に起こるなんて……。

「ねえ、おじいさん」

　初音が尋ねた。

「老人を捨てるための北海州に、また棄老施設があるの？」

　仙人は顔をしかめた。

「ご婦人、その『老人を捨てるための北海州』という考え方は改めたまえ。確かにあなたの言うように、ここ北海州は本土で『北の果て』と呼ばれ、人々から『人生の最果ての地』のように思われている。情報の無い本土なら仕方あるまい。でも実際はこんな風に、土地も家も、仲間もいる。言うほど荒《すさ》んではいないだろう？」

「この運動会を見て荒んでいないとは言えないわ」

「それはあなたの社会観・哲学の偏《かたよ》りだ」

「偏りですって？」初音は目を丸くした。「こんなやり方は、人間の命をあんまり軽く考えすぎじゃないかしら」

　ところが、老人は落ち着いた様子で

「北海州には高齢者しかいない。介護や看護となったら、する側もされる側も高齢者だ。いずれ共倒れになる。それでは北海州は立ち行かなくなる。でも、介護される側に犠牲になってもらえれば、健常者は疲弊《ひへい》しなくて済む。共倒れか、半分の人たちを救うか。どちらが効率的な選択かは明らかじゃ」

「しかし」

「生きるためだ。それとももっと他にいい方法があるというのかね？　あったら是非教えてほしい」

　初音は何も答えられなかった。

　一方、トラックでは転ばされた男が悲痛な声を上げていた。彼は幾人かのスタッフに囲まれ、手足を掴まれて連れ去られようとしていた。

「違う！　わしは健康だ！　自分で起き上がれる！　大丈夫だ！　おい、触るな！　やめろ！　ああ！」

　彼は抵抗虚《むな》しくそのまま連れていかれた。

　徒競走以外の競技も、さながら地獄絵図だった。綱引きは乱闘。騎馬戦は最初から襷を奪う気など無く、互いを引き倒そうとしている。どんな競技でも、転んだら間違いなく踏みつけにされる。原っぱには血と汗、涙、叫びと呻《うめ》きが渦巻いた。

　しかし徒競争だけでなく、団体戦もみんな必死になっているのはなぜだろう。先ほど、あの仙人は「北の果て送りを決めるのは徒競争だけ」と言った。

　その理由も、別の参加者の話からはっきりした。

　紅組白組のうち、勝った組のメンバーは北の果てに行かなくて済むというのだ。北の果てに連行されるのは負けたチームの徒競争でビリになった七十一歳以上。つまり、紅白戦で勝ちさえすれば北の果てに行く心配は無くなるのである。

　夕方ごろ、運動会の全種目が終わった。

紅組の勝利だった。

閉会式で参加者が全員整列した。よく見ると、白組の人数がいくらか減っているような気がする。どこからか啜《すす》り泣きが聞える。仲間を連れ去られた人の悲嘆《ひたん》の涙だろう。

――とんでもない運動会だ。

進一は心苦しく思う一方で、自分がその矛先に当たらなかったことにホッとしていた。

だが、事態はあらぬ方向へ展開した。

こんなアナウンスが聞えてきたのである。

「今回、八十一名の新人さん方が参加しています。彼らは若いという理由で、誰ひとり脱落していません。これでは運動会を開いた意味がありません。新人さんだけでもう一度二〇〇メートル徒競争をしてもらい、最下位の人には北の果てへ行っていただきましょう」

八十一人がどよめいた。全く予期しなかったことだ。「七十一歳以上のみ北の果てに送られる」という話はどこへいったのか。

「さあ、並んで並んで」

一、二年程度先輩の高齢者たちが、嗜虐《しぎゃく》の笑みを浮かべ、新人たちを取り囲んだ。

運動会の一部始終を目の当たりにして心底怯《おび》えきっていた八十一人は、疲れもあって、促《うなが》されるままに四列縦隊になった。レースは四人一組。四人に一人、計二〇人が北の果て送りとなる。

進一の胸は動悸《どうき》を速めた。さすがに同年齢が相手だと、若さがイニシアチブにならず、必ず勝てるとは限らない。不安げに隣を見ると、門木だった。いつも神経質な顔はますます張り詰め、黒目が微動《びどう》している。彼の体躯《たいく》は見るからに弱々しい。運動は不得手だろう。

――彼がいれば、ビリにはならないかな？

そんなことを考える進一に、この時ばかりは何の呵責《かしゃく》も起こらなかった。

レースが始まった。前の列から一組ずつ競技が進んでいく。怒号と悲鳴、転ぶ音、歓声が聞こえてくる。進一は目を閉じ頭を垂れた。とても直視できない。

あっという間に順番が回ってきた。進一は頭を上げ、スタートラインにつま先を合わせた。

四人のつま先が一列に並んだ。

「よーい、どん！」

「あッ！」

進一の足首に衝撃が走った。そのままもんどりうって転び、地面に叩きつけられた。態勢が崩れていく中、進一ははっきりと見た。スタートと同時に門木の脚がこちらに伸びてきたことを。

進一はとっさに頭を上げた。視線の先に三つのひた走る影が見えた。

――死んでたまるか！

進一は猛然《もうぜん》と起き上がり、両腿《もも》を駆《か》って門木を猛追した。

見た目がひ弱な門木はやはり遅かった。進一は残り五〇メートル付近で彼の背中に付けた。

一度は自分を死地に追いやろうとした門木だ。このまま襟首《えりくび》を掴んで引きずり倒しても構わないと思う。だがそこまでせずとも追い抜けるなら、このまま門木には自分の遅速ゆえに北の果てにいってもらうのが一番の罰になるような気もする。進一はそのまま門木と横一列になり、ゴール目前で抜き去ろうとした。

が、次の瞬間、

「ちょ、あッ！」

爆ぜるような女の声。進一の一歩前を走っていた女性の姿が、忽然《こつぜん》と消えた。門木が彼女の長い髪を掴み、力任せに手前に引いたのだ。女性は首を捩《よじ》られて地面に叩きつけられた。

そしてそのまま、誰かと、進一と、門木がゴールラインを駆け抜けた。

「畜生！　畜生！……」

女の声は、進一の耳にいつまでも付いていた。

＊

いつの間にか眠っていたようだ。

丸木小屋の中は寒かった。進一は身体を起こした。隣で初音が寝息を立てて眠っている。

――まったく。女って生き物は強いな。

初音は最後の徒競走、ぶっちぎりの一位だった。進一は自分の妻があんなに俊足《しゅんそく》だったとは知らなかった。本土の生活が続いていたら、生涯気づかなかっただろう。北海州に来てからは、嫌なものばかり見る思いだが、こと夫婦関係に関しては、よっぽど夫婦らしい夫婦に近づいているような気がする。

進一は初音の身体に毛布を掛けた。

夜は恐ろしいほど静かだった。その静けさは、明るい時刻の記憶を再び呼び覚ました。進一は今さらながら、朝から行われていた運動会が夢などではなく、現実に起きた惨劇《さんげき》だと実感し、身震いをするのだった。

ちなみにこの日、八十一人いた新人は六十一人になった。欠けた二〇人と白組で徒競走七十一歳以上の部最下位になった数十人は、閉会式までには姿が見えなくなっていた。閉会の挨拶で、例の仙人がこんなことを言っていたのが記憶に残っている。

「北海州には依然として沢山の問題があります。だが、諦めてはいけない。皆さん、どうか北海州を愛して欲しい。北海州の資源を活用できれば、素晴らしい国になるはずですから」

Chapter. 4 大　学

北海州にやってきて五日が経過した。春たけなわを迎え、日々過ごしやすくなっていった。自然に囲まれる生活も、最初は新鮮だったが慣れてしまえば何も感じなくなっていた。朝夕は小枝を拾ったり薪を割ったりした。井戸は裏手を少し行ったところにあった。運搬に苦労は感じなかったが、微妙に水が染み出す木桶《きおけ》には辟易《へきえき》した。

進一と初音はそこそこ物を持っていたので、特に不自由なく暮らしていた。とはいえ、ずっとこのままではいずれ窮《きゅう》してしまう。今は気候がいいが、夏や冬の厳しさは計り知れない。食べ物を生産する方法、購入する方法、備蓄《びちく》する方法……クリアしなければならないことは山ほどあった。

「ねえ、私、農業をしようと思うの」

ある時、初音が言った。

「え？　やったことあるの？」進一が問うと

「あるわけないでしょ、何十年一緒に生活してたらそんなセリフが出てくるわけ？　習うのよ。ほら、こないだ寄合に行った時、箱庭農業を教えるって言ってた人がいたでしょ。周りに生徒さんみたいな人たちがいて、共同野菜市を開いてた……」

「大丈夫かなあ」

「そんなこと言ったって、じゃあ私たちこれからどうするの？　農作物を作れたら、食糧に困らないわ。農作物を売って収入を得ることもできるし、物々交換もできるわ」

「それはそうだけど……」

「何が不安なの？」

「ここにいる人たちはみんなおかしいよ。その……倫理とか常識とか、欠けている。前も話しただろ。あの門木って奴」

「ああ。近所の人ね。そう言えば最近姿を見ないような」

「そりゃそうだよ。今さら俺に顔向けできるもんか。アイツ、運動会で俺に足を掛けて転ばしたんだ。追いついたから良かったものの、下手したら今ごろ俺は北の果てだった。門木はそんな奴なんだよ」

「へえ！　そんな風には見えなかったけどね。環境が人を変えてしまうのかしら」

「長らく住んでいるならそうだろうけど、アイツだって同じ新人だ。元々そういう奴なんだろう。とにかく、ここでは誰であれ、心から信用するのは危険だ」

「わかったわ」

初音は人間関係に深入りしないことを条件に、農業を学ぶことを決めた。講習会へは今度の寄合で申し込むことにした。

「ところで、あんたも何か考えているようね」

初音の問いに、進一はドキリとした。

「うん……実は、そうなんだ」

「何？　教えてよ」

「……怒らない？」

「何を子どもみたいなこと言ってるの」

「じゃあ言うから、意見があるなら最後まで聞いてからにしてよ」

　進一は唾を一つ飲み、

「俺、学校に行こうと思う」

「学校?」

　初音の目がテンになった。

　北海州に学校があることは、二人とも寄合の話に聞いていた。だが、学校がどこにあるのか、何を学ぶところなのかはわからなかった。

　学校と言うからには何かを学ぶところだろう。もちろん北海州についてもいろいろ教えてくれるはずである。そこで学べば、北海州で生きていくヒントを得られるかもしれない。それ以外にも有用な情報を知ることができたり、信用できる仲間と出会えるかもしれない。

「そういうわけで、行ってみたいんだ」

「あんたはそれでいいかもしれないけど」

　初音は不服そうだ。

「私が農業をやろうっていうのに、一人だけ生涯学習気取り? 農業は体力が要るわ。私、か弱い女よ。だのに男のあんたは妻を働かせて自分は学生さんになるっての?　笑わせないでよ」

「でもさ」

　進一は初音の「か弱い」に吹きだすのを堪《こら》え、

「確かに、今のことだけ考えるなら、二人とも実業に精を出すのがいいだろう。でもそれではこの先何かがあった時に、共倒れになる。まだ二人とも元気なうちに、片っぽは実業をして、もう片っ方が生きる知恵を集積しておく。そうすると両方とも永らえられると思うんだ」

「そりゃそうだけど……」初音はしばらく思案し「うん。いいわ。あんたの好きにすればいい。あんたはこれまで本土でずっと働いてた。確かに知識は必要ね。それに、北海州では夫婦逆転して、あんたもちょっと羽を伸ばすといいわ」

「ほ、本当かい?　ありがとうッ!」

　進一は初音に感謝した。もっとも初音の本音には、ウスノロな夫と農業をしてもイライラの種にしかならないから、一人で集中する方がいいという考えがあった。それに、収入を一手に管理できれば、自分好みに生活の舵《かじ》を取ることもできる。

——本土でも北海州でも、亭主元気で留守がいいのは変わらないわ。

　初音はやはり知恵者だった。

　木板を打つ甲高い音が森にこだまし、寄合の開催を知らせていた。

　寄合では、最初に長老格のお達しがあった。季節が変わると風向きが変わるので肥料桶の管理に気をつけろとか、火元に気をつけろとか、そんなことが伝えられた。

　その後、再び木板が叩かれ、寄合は市場に様変わりした。

「へい、お待ちどう。はいはい、じゃあ名前書いて。おや新人さん？　こりゃどうも」

　真っ先に人だかりができたのは、竜田川貴康の両替カウンターだった。カウンターといっても木桶《きおけ》を逆さにしてテーブルに仕立てている粗末なものだ。前には長い人の列ができている。

「タッタカさんのところは大繁盛ね」初音が言った。

「そうだ、ウチも両替しないと。今日は円を持ってきているよ」

　進一と初音は列に並んだ。並んでいる人の顔ぶれを見ると、この間運動会で選別された二〇人を除く新人がほとんど揃っていた。結局みんなこの寄合への所属を決めたようだ。

「いやあしかし」

　前に並ぶ男が隣の男に言った。二人は友人のようだ。

「わざわざ北海円に替えなくても、こっそり円で取引しちゃえばいいのにね」

「そりゃそうだけど、おまえさん、滅多なことを言うもんではないよ」

「え？　どうして」

「北海州には本土の監視役がかなり紛れているってことだよ。今のを聞かれたら、きっと」

「わぁ！　そりゃ怖いわ。……ハッ！　あんたはもしや、監視役じゃないだろうな？」

「フッフッフ。それはどうかな……なあんてね」

　そう言って二人はじゃれあっていたが、進一は笑えなかった。北海州では何も信じることができない。言動に注意しなければ、目の前の男が言うように、突然役人が暴れ込み、北の果てに連行されてもおかしくない。

　やがて根澄夫妻の両替の番になった。

「次の方いらっしゃい。おー、おたくらはこないだの」

「こんにちはタッタカさん」

「こんにちは奥さん。自分で両替に行くのはもう諦めた？」

「ううん。面倒臭くなっただけ。それにタッタカさんに替えてもらう方が信頼できて安心だわ」

「そら良い心がけだ。奥さん、今日は肌が綺麗だね」

　互いに見合って笑う二人。進一は初音のコミュニケーション能力に目を見張った。

　根澄夫妻は持ち金のほとんどをタッタカに預けた。北海円しか使えないなら、円を持っていても仕方が無い。本土の思い出に硬貨・紙幣をほんの少し残した。

「では明後日の朝、この場所に来てくれ。しっかり北海円に換えてくるから」

　その後、進一と初音は別行動を取った。進一は学校、初音は農業講習について、それぞれ情報収集を行う。

　進一は、人ごみに初音が飲み込まれていくのを見送って、久々に一人になったことに気づいた。

――そういえば本土ではいつも一人だったな……。

　つい数日前まで続いていた本土での憂鬱な時間や、公民館でのヒマつぶしを思い出す。あの頃と比べたら、初音とはよくしゃべるようになったし、いろいろ考えるべきことも増えたし、充実している気がする。しかし、多くの不安が生まれたの事実だ。生きる術《すべ》を探り出すためにも、なるべく早くに学校へ行きたい。

けれども、一体誰に訊《き》けばいいのだろう？　実際に通っている人に聞くのが一番よいのだろうが、見た目では誰が学生なのかわからない。とにかく古そうな人に「新人です」と甘えて尋ね回るしかない。市場ではあちこちに買い物の手を休めて談笑する高齢者の姿があった。彼らが狙い目だ。

「あの、私はこっちに来たばかりで何もわからないのですが……」

謙虚に尋ねる。しかし誰も彼も、

「学校？　関心が無いからわからないな」

「よしな。この年になって何を学ぶってんだよ」

「あんなところは道楽よ。市場にこそ学びが詰まっている」

ほとんどの人がまともにとりあってくれない。おまけに対応が一様に高齢者然《ぜん》としていた。「学校について知っていることを教えてくれ」と言っているだけなのに、それには答えず自分の考えばかり語る。しかも話し出したら止まらない。

──これだから年寄りは……。

進一は、こんな風にはなりたくないと思った。気を取り直し、別の誰かに声をかけようとした。

するとき、

カーンッ、カーンッ。

木板の音が市場中に響き渡った。

──おや？　寄合は終わったはずだが……。

市場に散らばっていた人々が、最初に寄合の行われた場所にどよどよと戻っていく。たぶんどこかに初音もいるのだろう。

進一は人々の群れに推し流されるように進んでいった。

「静粛に！」

木板を叩く老人の大きな声。前には五人の長老格。いつもと違うのは、その前に見慣れない白髪の女性がひとり、項垂《うなだ》れて立っていた。

「あの人は、どうしたのですか？」

進一は隣にいた人にそっと尋ねた。それは顔が歪み切った九〇歳近く見える老婆だったが、彼女はゴクリと音がするほど唾を飲み、

「罪には罰じゃ」掠《かす》れ切った声でそう言った。

張り詰めた空気の中、長老格の一人が前に進み出て言った。

「それでは臨時の裁きをはじめます。この者の罪状を読み上げます」

──裁き？　罪状？

長老は物々しく書状を読み上げた。それによると、いま面前に引き出されているその女──北海州暦十数年──は、深夜、隣家の畑に忍び込み、農作物をひとつくすねたということだった。進一は面食らった。

──それくらいでここまで晒《さら》し者にしなくても。あのしょげ方、かなり反省もしているようだし。謝罪だけでいいんじゃない

か？

しかし、群衆からはこんな声が上がった。

「北の果て送りだ！」

「こんな奴はいらない！」

「生きたまま死んで己を恥じれ！」

進一は驚いて周りを見渡した。人々の顔は憎悪《ぞうお》に歪《ゆが》み、殺気だった目は白髪女性に注がれていた。誰ひとり、その女性を擁護《ようご》しようとする者はいなかった。うなだれた女性は終始無言であった。

進一にとって意外だったのは、求刑が「村八分」「罰金」「ペナルティ」「禁固」といった懲《こ》らしめではなく、運動会で耳にした「北の果て送り」であることだった。

――それってつまり「死刑」と同じことだよな。畑泥棒がなんでそんなに重いんだ？

しばらくして長老格が「北の果て送り」を宣言した。群衆から拍手が沸《わ》き起こり、白髪の女性は泣き崩れた。数人の男性がやってきて、泣きじゃくる女性を取り囲み、担《かつ》ぎあげて連れ去った。

「これで再び平和になる」

「あんな奴が一緒にいたかと思うとゾッとするよ」

人々はそんな言葉を交わした。

進一はゾッとした。泣き崩れる女性の姿が瞼《まぶた》に焼き付いて離れない。呆然《ぼうぜん》としていると、人々の会話から、いま運ばれていった女性のいろいろな情報が聞えてきた。それらをまとめてみると……

彼女は本土では弁護士だったという。メディア出演や著作もあり、ちょっとは名の知れた人物だった。だが北海州では全くの無能だった。ここには法律が無い。彼女の持っている本土の法律知識など、何の役にも立たないのである。

それでも本土でかなり稼いでいたので、北海州へは相当な額を持ち込み、暮らしに不自由は無かった。だが北海州の人々は、この女性が自分の力では何一つ生産できないことを見抜くや否や、彼女に対してのみ食料の価格を吊り上げた。そもそもこの女性は人々が物々交換をする時も北海円で交換していたので、周りからは「金だけ持っていて自分では汗をかかない奴」と嫌われていた。

値段を吊り上げられても、生きるために食べないわけにいかない。女性は仕方なく一人だけ高値で購入を続けた。だが、金はいつかは無くなる。行く末を危惧《きぐ》した女性は、農家出身の人のもとを訪れ、農業を学びたいと願い出た。しかし農家の人はそれを拒んだ。なぜなら、この女性が農作物の作り方を覚えたら、自分らの稼ぎが減ってしまうからである。彼女は土下座をして頼んだ。雨の日も風の日も足を運んだ。だが願いは聞き届けられなかった。

そうしている間にも女性の財産は目減りし、ついに枯渇《こかつ》した。彼女は困窮《こんきゅう》のあまり盗みを働き、見つかって「北の果て送り」の憂き目に遭った――というわけだ。

この女性は技術を持たずにお金だけを持っていたため、淘汰《とうた》された。進一はうすら恐ろしいものを感じた。彼とて特に手に技術があるわけではない。

――これはまずい。早く何かを学ばなければ……。

「もしもし、ちょっと貴方」

市場へ戻る人の流れで、進一は後ろから声をかけられた。振り返ると一人の脂ぎった男が目を輝かせてこちらを見つめていた。

進一は足を止め、

「失礼ですが、どなたでしたっけ？」

すると男は居ずまいをただし
「おっと、私たちは初対面です。いきなり声をおかけして失礼しました。私は羽田芳巳《はたよしみ》と申します。あなたは……」

「根澄です」

「根澄さん、ですか。よろしくお願いします。実は、失礼ながら先ほどからあなたを目で追っていたのですが、学校についていろいろな人に尋ねておられましたな？　もしや学校に興味がおありですか？」

「ええ、まあ……」進一はうなずいた。

――あっ、そうだ。

思い出した。羽田と名乗るこの男、さっきちらりと見た記憶がある。いろんな人に大学について尋ね廻っていた時、木陰《こかげ》で数名の人間が集まって話をしていた。その中の一人だったはずだ。彼らはいかにも若々しく、それこそ「まるで大学生みたいだ」と思うほどだった。あまりに楽しそうにやっているので、進一は質問しようにも中に入っていくことができず、敬遠していた。そうこうしているうちに、例の北の果て送りの裁判が始まって――。

「ほう。そのお顔の様子から、どうやらビンゴのようですね」

羽田はいたずらっぽく笑った。

周囲はすっかり元の市場に戻っていた。ちょっと離れたブースの脇に、初音の立ち姿が見えた。誰かに一生懸命話しかけている。相手は前回の寄合で見かけた箱庭農業の男だった。

進一は意を決し、

「羽田さん。あなたの仰《おっしゃ》る通りです。私に学校について教えてくださいませんか」

羽田は大袈裟な身振りで、

「もちろんです。さあ立ち話もなんです。行きましょう。向こうの木陰にしませんか。私のお気に入りの場所なんです。ほら、あそこにちょっとしたレディがいるでしょう？　彼女は馬頭《ばとう》涼子《りょうこ》――今でこそ高齢者ですが、昔はきれいだった……と思います。え？　夫婦ではないですよ。彼女とは学校で知り合ったんです。でも名前で呼んでます。『涼子さん』って。何故って彼女ったら名字で呼んでもこっちを向いてくれないことがあるんですよ。馬頭が旧姓なのか、はたまた違う名字をいくつも経験しているのか……おっと、これ以上詮索《せんさく》するのは野暮《やぼ》ですね。さて、ものは考えようですが……」

羽田は一人でずっとしゃべっていた。進一はおしゃべり人間が苦手だが、羽田はなぜか不快ではなかった。

「あのう、まずお伺《うかが》いしたいんですが」

進一は、羽田のおしゃべりの合間を見つけて尋ねた。

「そもそも北海州にはどんな学校があるんですか」

「おっと、そうですね。新人さんならその質問は当然だ。では、かいつまんでお教えしましょう」


北海州にある学校は、政府が設立した『北海州大学』だけではない——羽田の話はそこからはじまった。

私立大学もある。その多くは、北海州に移住してきた元教職員が協力して立ち上げたものだ。入学したいものは学費さえ納めれば自由に入れる。試験は無く、学費はどこも大差は無い。

有名な大学は三つある。ひとつは先述の『北海州大学』。唯一公的に運営される総合大学で、規模も生徒数も最大である。

次に『クロード技術大学』。私立で、元農林水産業の経験者が集まって講師をしている。校名から創立者は外国人と思われがちだが、実は『玄人』をカタカナにしただけだ。私立『人間大学』は哲学・政治・経済など、人間に関する広範な分野を扱う。一見生活の役に立たないようだが、コミュニケーションが不可欠な北海州では重要だ。また、集団間の物流や本土との貿易についても学ぶことができる。

その他にも小さな大学はいくらもある。しかし現実に北海州の人々が「何を学びたいか」で大学を選ぶことはない。北海州は広大だ。「どの学校が近いか」で選ぶほかない。あまりに辺鄙《へんぴ》なところに住まわされた者は、はじめから学問への道は絶たれていた。

それ以前に、北海州に大学があること自体を知らない移住者も多くいた。


「——ということです。おわかりになられました?」

「ええ……、大体は」

進一の返事に羽田は苦笑を浮かべた。

「そうですよね。どうも口下手で……すみません。話すべきことを整理しますので、いずれもう一度チャンスをいただけませんか?

と、その前に……さあ、木陰に着きました。実はこの木陰、他の場所と違っていささか暗過ぎるでしょう? あまり強い日差しは、紫外線といって私たちの皮膚に良くないそうですよ。で、こちらが馬頭涼子さん」

「はじめまして」

その小柄な女——馬頭涼子は、笑顔で挨拶した。背が低く、太ってはいないが肉付きがよい。髪は黒々としてボリュームがあり、目鼻立ちがはっきりとしている。全体に高齢者とは思えない愛嬌《あいきょう》があった。「ど、どうも」進一は会釈をした。「根澄進一、です」

「おやおや!」羽田は手を打って言った。「先ほど私が名乗った時、名字しか教えてくれなかった。でも相手が女性だとフルネームになるとは! これは隅《すみ》に置けませんね」

「や、そういうわけでは」

「いやいや隠さなくても、女性と違い男性は、幾つになっても誇ろうとするものです——おや涼子さん、あんたもそんな顔をしなさんな。この殿方はね、大学に興味がおありなんですよ」

「まあ」

　馬頭は小さく驚きの声を上げた。

「ネズミさんも、大学へ行かれるの？」

「根澄です——まだ通ってはいないんです。ただ、興味はありまして」

「それなら一度、学校へ見学にお越しになってはいかがです？　一緒に私たちの大学に。ね？　芳巳くん」

「うん。実にいいアイデアだ。百聞は一見に如《し》かずと言うからね」

「ほんとにいいんですか？」

　進一の問いに、羽田と馬頭はうなずいた。

「ありがとうございます！」

　今日一日では情報すら集められないと思っていた進一は、一気に見学まで事を運べたことに喜んだ。

「で、ではもう少しいろいろ聞かせていただけませんか？」

「もちろんですとも！」

「いいですわ、ネズミさん」

　進一の頭からは、すでに女弁護士の悲劇など消え失せていた。


　次の日の朝。


　進一は、森の中をひた走る電車の中にいた。

　窓の外を、白樺の林がおびただしい横筋を描いている。時折葉が車体に擦《こす》れ、尖った音を立てる。規則的に続く固い揺れ、軋《きし》む音。

　さっきから羽田がいつもの調子でしゃべっている。

「……じゃあ涼子さん、あなたって人は、自分の眼で見えるものだけを信じて、見えないものは信じないと仰るんですね？　それだとあなたは自分の背中の存在を信じられないことになりますが、それでもよろしいんですか？」

　涼子は黙って微笑み、羽田の問いかけを窓の風景のようにやりすごしている。きっとこれも、いつもどおりの風景なのだろう。

　二人と向かい合わせに、進一は一人で座っている。

　今日は、学校を見学する日である。


　昨日、寄合が終わった晩、進一と初音はそれぞれに得た情報と成果を披露《ひろう》しあった。

「あたし、いきなりだけど受講許可が出たわ！」

　初音は勝ち誇った様子で言った。

「箱庭農業の先生は人の良いおじいちゃんで、生徒集めは番頭役みたいな人に一任してるんだけど、その人が調子のいい人でさ」

　そこからは彼女の武勇伝だ。受講料の値引きと収穫高の取り分割合で、かなり有利な数値を引っ張ってきたという。しかも売買上のロイヤリティも、初年度は免除にしてもらったとのことだ。

　進一は舌を巻いた。初音は自信満々に
「こういうのはテンポよ。会話のリズムがトントントンと運ぶうちに、半拍《はんぱく》ずらしてズバッと要求を差し込むわけ。そしたら相手は逃がれられないわ」

「そんな芸当、どこで覚えたんだよ……ハッ」

　思い当たる節がある。

　そういえば、結婚の時も、仕事を辞めて主婦になると言い出した時も、家を買う時も、進一の相続した不動産を売却する時も、たしか妙なリズムに飲まれ……。

——いけない……忘れよう！

「そ、それより、こっちの話も聞いてくれ」

「何？　何の話？」

「早速だけど、明日学校の見学に行くことになった」

「えっ？　もう見つかったの？」

「そうなんだ。『人間大学』っていう学校に通っている二人組と知り合って、明日案内してくれるって」

「大丈夫なの？　北海州の人は信用できないって、こないだ自分で言ってたけど」

「大丈夫さ。別に彼らに大事なものを預けたりするわけじゃないし、都合の悪いことがあれば、即刻引き返してくればいい」

「その大学は近いの？」

「ううん。電車で行くんだって」

「電車？　ここ、電車が走ってるの？」

「そうなんだよ。俺もびっくりした。ここから歩いて一時間くらいのところに駅があるんだって。そこから電車に乗って一時間半くらいで大学なんだとさ」

「へえ。この辺は、あんたと二人で散々歩いたけど、駅なんて見つからなかったよねえ」

「うん。……お、もうこんな時間だ。寝ることにするよ。明日は六時に寄合広場に待ち合わせなんだ。見学から遅刻するようじゃまずいからね。お先におやすみ！」

　そう言って早々と床に着いたものの、目は子どものように冴《さ》えて、眠りについたのは大分遅かった。それでも気が張っているので朝はしっかり目が覚め、待ち合わせには遅れなかった。本土で染みついた公務員生活のお陰かもしれない。羽田・馬頭は二人とも先に着いていた。挨拶を交わし、それじゃ行きましょうと歩き出す。一時間ばかりで駅に着いた。駅名はあるのだろうけれど、わからなかった。待つこと数分、やってきた電車に乗った——。


　そうして今、学校に向かっている。

　電車のスピードは、本土ではありえないほど高速だった。時折駅に停まり、三分ほどで発車する。このスピードなら駅と駅の間隔は相当な距離だろう。各駅停車だったが、途中で乗り降りする人はほとんどいなかった。

　進一は、電車の中でも二人からいろんな情報を得た。学校は週三日で、学生は電車運賃無料。気になっていた入学金は、全く高くなかった。進一は朝から嬉しい情報を盛りだくさんに聞いて、それだけで実りを感じた。マスコミもインターネットも無い北海州では、情報源は人の口しかない。それだけに、どんな些細《ささい》な情報にも、千金の価値があるように思われた。


「さあ、ここが校門です。我らが学び舎にようこそ」

羽田が手を差しかざした先に、人間大学のキャンパスが広がっていた。

「おお……見事な。こんなに広いとは思いませんでした」

眼前に広がる光景は、本土の大学とさしたる違いは無かった。緑豊かで、温かみある白樺の林。キャンパスには四階建ての校舎が立ち並び、その間を石畳《いしだたみ》が敷き詰められ、街路樹が植えられている。

大学と言ってもせいぜい本土の中学校くらいのものだろうとタカをくぐっていた進一は、すっかり嬉しくなった。

「おや、喜んでいただけたようですね」羽田が言った。

「ええ。何もかも想定以上です。建物も立派ですね」

「おそらく、元は『北海道』時代に建てられた大学の跡地なのだと思います。定礎《れいそ》箱に『昭和』なんて書いてありましたから。これはもう文化財クラスですよ。でもいい事ばかりじゃありません。建物の壁は近づいてみるとヒビだらけで。そうそう、こないだなんか、風の強い日に二階の雨どいが」

「芳巳くん」馬頭が口元に人差し指を立てた。そして進一の方を向きなおり
「さあ、中へ。今日はあなたも授業を聴講されたらよろしいですわ」

「いいんですか？」

「ええ。私たちも、最初は先輩からそうやって教えてもらったものです」

「見学だけじゃなく、授業を体験できるなんて」

授業にはまだだいぶ時間があるということだった。それまで羽田と馬頭がキャンパスを案内してくれた。確かに建物は近くで見ると老朽化が著しかった。ところどころ修繕してあるところもあれば、錆びた鉄筋がむき出しになっているところもあった。

人間大学のキャンパスは、いくら本土の大学同様の雰囲気であるとはいえ、構内の学生はみな高齢者だった。だが、誰もが若々しく活き活きとしている。装《よそお》いまでが若者風だった。それがまたちぐはぐで、まるでキャンパスごと玉手箱の煙に覆われ、学生の肉体のみ老いさらばえたかのようだった。進一がそんな感想を口にすると、羽田も馬頭もけらけら笑ってくれた。

進一は、彼らとも打ち解けていくのが快《こころよ》かった。

「いやあ、根澄さんは実にユーモアのセンスがある」羽田は両手を開いて言った。「あなたは学生なんかより、ユーモア学の講師になった方がいい」

「ハハ、ご冗談を。ところで、大学の入学式はいつあるのでしょう」

「そういったものはありません。学費を納めればその日から入学決定、身分は学生です。試験も面接もありません」

「そうなんですか？　でも学年はあるんですよね。単位を取ったり、進級するのは大変なのでは」

「それも心配ご無用です。学年は本土と同じ四年制です。進級には一年に六科目を取ることが条件です。全然負担になりません。卒業についても曖昧《あいまい》です。交流目的で何年も在籍している人だっています。本土でそんなことしたら、親のスネはボロボロになってしまいますね。私も若い頃は親父に『ホネクイシロアリ』と有り難くない学名をいただいたほどです」

「まあ。芳巳くん、何の自慢にもなりませんわ」馬頭が釘を刺す。

　羽田はペロッと舌を出し
「ま、そういうわけで、学費さえ納めれば何年でもいられるのです」

「学費を納めたその日から入学できるということは、今日申し込んでもいいんですか？」

「ええ。お金をお持ちなら」

「実は今日はそのつもりで、少し持ってきているんです」

「おお、驚くべき向学心ですね。それじゃ、さっそく事務局の方へ」

　すると馬頭、

「お二人とも待って。もうすぐ授業が始まりますわ。事務局は夕方までやっていますから、申し込みは授業を終えてからでも遅くないのでは？」

　確かにそれが賢明だ。授業を受けて内容が馬鹿げていたら入らなくてもいい。まずはお試しで聴講して、人間大学がだめなら他の大学を考える手もある。

「それじゃ、そうします」進一は同意した。

　馬頭は笑顔でうなずき、

「一時間目は『概論』です。芳巳さん、ネズミさん、そろそろ教室へ向かいましょう」

「根澄、です」


　進一ら三人は、大教室の一番後列に席を占めた。階段教室になっていて、最も高い位置だった。羽田いわく、この教室は全部で三〇〇人くらい収容できるという。

　ぞろぞろと生徒が集まってくる。みな高齢者だ。教室が半分くらい埋まったところで始業ベルが鳴った。正面右手から、脇に数冊の本を抱えた男があらわれ、教壇へ立った。

「みなさん、おはようございます」

　講師は本を置いて教室を一望した。彼も高齢者である。でも比較的若い部類だといえる。髪もあるし、背筋も伸びている。全体的に細身で、顔色は良く、目ヂカラもある。

　彼は出席者を一通り見渡し、

「これから九〇分の授業をはじめますが、この時期は本土の新人さんが大勢見学に来られる時期ということもありまして、ちょっとわかりやすいところで北海州の概要をやりたいと思います。二年以降の生徒さん方には、耳にタコかもしれませんが、何分私立なもんで、今日は私も営業マンでして（ここでざわめき程度の笑いが起きた）。ま、よろしくお付き合いください」

　彼はごく簡単に自己紹介した。元は本土の北海州行政の関係者だという。なるほどそうでなければ、北海州の概要なんて語れないだろう。

　授業が始まった。講師の口から語られる北海州は、進一の知らないことばかりだった。一方で「やっぱりそうか」と思うことも多かった。たとえばこれだ。

《北海州は無政府状態である》

　このことは、講師によってくどいくらい強調された。

　無政府状態はいかなる結果をたどるか――容易に想像できるのは、弱肉強食により淘汰が起こることだ。とはいえ、人間三人以上いれば、それはもう社会である。必要に応じて協調すれば、その時点で何かしらのルールや役割がうまれ、おのずから助け合うものと思えなくもない。

　事実、進一が所属する寄合集団だってそうだ。長老格の存在や裁判の開廷は言うまでも無く、市場で両替に列ができることも、ひとつの秩序のあらわれである。人以外にも、サルやネズミだって、群れて助け合う。そういったことを思えば、いくら無政府とはいえ、必ずしもシッチャカメッチャカな暴走状態に陥《おちい》るわけではない――と、進一は思った。

　だがそんな望みは講師の提示した一つのデータの前に瓦解《がかい》した。

《北海州では一日に約一〇〇〇人が事故死している》

　その数値は、わかっている分に過ぎず、氷山の一角だという。

　進一は愕然《がくぜん》とした。

――一日一〇〇〇人って、一か月で三万人、一年で三十六万人だぞ？　車すら走っていない北海州で、どうしてそんなに事故死するんだ？

　事故のほとんどは、北奥にある北の果てで起きているとのことだった。きっと相当危険な場所なのだろう。ただし講師は具体的な死因について語らなかった。わからないのか、教えないだけなのか。いずれにせよ、運動会や裁判で示された「北の果て送り」がどれだけ厳しい刑罰であるか、想像に足る。

　次に、講師は北海州の過去について触れた。

「北海州は、最近こそ落ち着いていますが、ちょっと前まで巨大グループがいくつも台頭し、本土史でいう戦国時代に近い状態でした」

　無政府状態の北海州において、当初、相互扶助的なコミュニティーはなかなか構築されなかった。その一方で、利害関係が一致する連中は徒党を組んで活動するようになったという。彼らは他集団を侵犯《しんぱん》し、土地や農作物、倉庫を奪って勢力拡大を図った。また、独自のルールを定めて集団の結束を維持した。

これが今現在北海州に無数に存在する「集団」のルーツである。

「そもそも北海州に来る人たちのほとんどは『本土に見捨てられた』と感じています。そういう精神状態が、北海州全体を荒んだ世界にしてしまうのです」

――そりゃ……無理もないなぁ。

進一はうなずいた。

次に講師は北の果てについて触れた。彼は黒板に次の一文字を書いた。

《死》

「北海州における『死』は、本土以上に複雑な観念を持っています。多くの人々が死を『そろそろお迎え』『墓まで持っていく』のように、ジョーク的に使う一方、深い部分では本土以上にタブーが色濃くなっています。身近ではあるけれど、シャレにならないくらい近接しているためです。よって、『死』を『死』と呼ばず、別の呼称で同等の意味を表わすようになりました。それが『北の果て』です」

講師はチョークで文字を書き足した。

《死＝北の果て》

「個人やグループの抗争では、最終的に負けた側が『北の果て送り』になります。先ほども申しました通り、あそこは危険で、死と隣り合わせです。北の果てに行くことが死を意味していることは、こちらの方ならほぼ全員が理解していることでしょう。北海州では破戒者《はかい》や敗北者に対し、直接手を下して死を与えることはありません。我々の精神は本土で培《つちか》われました。日本的美徳の中で育った以上、人を害して呵責《かしゃく》に苦しむのは仕方がありません。ですが、北の果て送りにすれば、事故として相手を抹殺《まっさつ》できます。直絶手を下さず、言葉にせずに、同等の効果をもたらす。そのために『北の果て』は好都合であり、『北の果て送り』の風習は後を絶たないのです」

その後、講師は話題を変え、こまごまとした知識を披瀝《ひれき》してくれた。北海州に納税義務があること、本土が気まぐれに施策を行うこと、民間銀行が参入したが政府に懐柔されたこと等々。どれもこれも中途半端で、うまくいっていないという。進一は納税があることに驚いたが、聞けばほとんどの人が払っていないか、あるいは払えないので、実質機能していないという。第一、徴税機関がどこにあるのかわからない。

こうして九〇分の授業は終了した。

進一は心底思った。

――俺は、何にも知らなかった。

それに気づいてしまったら、無知の状態であることが、どれだけ危なっかしく思えることか。

「さて、根澄さん」

羽田は大いに伸びをして進一に語り掛けた。

「どうでした？　初受講は。最初からあの先生を聴けたのはラッキーです。もっとも私は二度目だったので、もう眠くて眠くて」

「とても勉強になりました。案内していただいてありがとうございます。ぜひ入学したいと思います」

「おお、そうですか！　それは良かった。私も涼子さんも学友ができることはこれ以上無い喜びです。ねえ、涼子さん」

「ええ。大歓迎ですわ」馬頭はニッコリ微笑んだ。「それでは早速申し込みに行きましょう。その後、午後の授業も受けてみませんか？　今度は正式な学生として」

「そうします！」

　こうして進一は晴れて学生となった。実に四〇年ぶりの大学生である。その日はそのまま午後の授業を最後まで受け、夕陽に背中を見送られ、再び電車に乗った。行きと違い、帰りは早く感じられた。気分が軽くなった進一は、羽田・馬頭とも話が弾んだ。わからないことを尋ねると、彼らは何でも気前よく教えてくれた。そんな中、一時間目に触れられた「北の果て」に話が及んだ。進一は昨日の寄合で見た裁判の顛末《てんまつ》を思い出した。

「あの元弁護士の女性、ぼくはあまりに可哀想だと思ったんですが」

　目を閉じれば、あの女性の顔が浮かぶ。進一は瞼《まぶた》を開き、馬頭を見た。彼女も同じ女性だ。何か感覚的に通うものがあるのではないか――。

　しかし、馬頭の発した言葉は意外なものだった。

「わたくし前々から、あの女性が側にいるだけで嫌でしたの」

　馬頭はぽつりぽつりと語りだした。

　当初、あの女性には夫がいたそうだ。夫も元弁護士で金があり、二人して羽振りが良かったという。ところが、寄合市場が彼女に対して物価を吊り上げ出したのとちょうど同じ頃から、夫の姿が見られなくなった。しかし彼女の羽振りの良さは変わらず、それどころかニコニコして愛想も良かったという。誰もが訝しがった。それから十年近く経過しているが、いまだに夫の消息は知れない。今回、彼女が北の果て送りになるにあたっても姿を見せないということは、一体どういうことだろう……。

「あの男性はだいぶ年上で、動きも緩慢《かんまん》でしたから、彼女が何かしようと思えば、何でもできたでしょう。きっと、おそらく……」

「涼子さん。その話はよしましょう。きみはだんだん顔色が悪くなってきたよ」

　そう言って羽田は進一を顧《かえり》み、

「ここは変な人ばかりです。そんなんで驚いてちゃ、身が持ちませんよ。ねえ、根澄さん」

　進一はぎこちなくうなずいた。口の中がからからに乾いて、わずかな唾液を飲み干すのも苦しいほどだった。

Chapter.5 派閥

六月。北海州には梅雨と呼べる季節が無い。

聞けばこちらの夏は短いという。進一は、夏をいかに有意義に過ごすか、きちんと考えてみようとした。が、とりたてて何も思いつかなかった。

進一は週に三日学校に通い、残りは初音を手伝ったり薪を割ったりする日々だった。

——住めば都というけれど、自然環境に限って言えば、ここは言うほど悪い場所じゃないな……。

そんなある日。

進一が学校から帰ると、初音が暗い顔をして納戸《なや》の衣類をあさっていた。

「ただいま。どうしたの?」

初音は進一を振り返りもせず、

「来月、私の農業の師匠の栫谷《かこいや》さんが八十五歳になって『北の果て』へ赴くことになったんだって。それであさって簡単なお別れ会があるんだけど、何を着て行こうかと」

進一はびっくり仰天した。

「えっ? 今なんて言った?」

「だから、お別れ会があるから」

「その前だよ」

「栫谷さんが『北の果て』へ赴くことになって」

「『北の果て』って、何だい?」

「何だいって、北の果てのことよ」

「だよな? で、どうして行くの?」

「もう、あんた何聞いてるのよ! だから、八十五歳になったからって」

「八十五歳になったら北の果てに行くって決まってるのかい?」

「そうよ! あんた知らなかったの? 何しに学校に行ってるの」

進一は赤面した。八十五歳になったら北の果てに行くなんて、初耳だ。翌日、学校で羽田に訊いてみると、

「ええ、そうです」羽田は飄々《ひょうひょう》と言った。「北海州では年齢が八十五歳になると認知症が疑われることから、もれなく北の果てに行くことになります。この場合は直截《ちょくさい》に『北の果て送り』とは言わず、惜別《せきべつ》を込めて『北の果てへ赴かれる』なんて柔らかな言い方をしますがね」

「そ、そんなの、知りませんでした! 一体どういうことです?」

「根澄さん、興奮しないで。そう唾を飛ばされても困ります。

まあ、人間長生きをすると大なり小なりボケだしますから、若者の足を引っ張らないようにということでしょう。もっとも、若者といってもここじゃあ最年少は六十五歳ですがね」

「運動会の時に見たあの仙人のような老人。あの人はどう見ても百を超えているように見えますが」

「私にも見えます。……しかしあの人のことは、あまり言わない方がいいですよ」

「どういうことです」

羽田は声を殺し
「彼はきっと『本土絡み』なのですよ。壁に耳ありと言います。この話はこれでおしまいに」

その翌日が、お別れ会だった。

初音と進一は共だって栫谷の家に向かった。家は根澄家から歩いて四十五分くらいのところにある。建物は根澄家の二倍は広い。元は本土の公衆便所より小さかったものを、栫谷自身が年月を掛けて増築したという。

二人が到着すると、すでに十名ばかり集まっていた。彼らは一様に哀しい顔をしていた。真ん中に、ひじ掛けに座る栫谷その人がいた。

「よう来なすった。さあ、どこでも掛けて」

「妻がお世話になっています」

「いやはや、奥さんは筋がいい。持つべきものは、女房ですなぁ」

そう言って真っ白の顎髭《あごひげ》をしゃくった。

栫谷《かこいや》羊一郎《よういちろう》は、寄合における長老格五人衆の一人である。そして初音の通う箱庭農業の師匠でもあった。

本土でも農業を営んでいたという。親から譲り受けたわずかな痩せ土地を一代で大農場に育てあげた。北海州に来てからも、農業のノウハウをいかんなく発揮した。こんにち寄合集団が存続しているのは彼の功績に寄るところが大きい。

北海州における寄合集団・集落の衰退は、第一次産業スキルの有無に左右される――これは最近、進一が学校で習い知ったことだ。自給自足が命の北海州では、農業・漁業などの知識技術の有無で、生活ががらりと変わる。生産能力の無い集団は、生きるために他所の集団の物を奪い取るしかない。そうして傷つき、疲れ果て、滅んでいく。集団同士ならまだしも、これが極限に達すると個人同士の争いになる。最終的にその地域の人間が滅亡してしまうことになる。

ゆえに栫谷の農業スキルは、集団の命脈《めいみゃく》そのものだった。彼は持てる技術のほとんどを、同じ集落の仲間たちに実費程度の月謝で教えた。これにより集団全体の農業スキルが向上し、自給自足が可能な集団形成をもたらした。こんにち集団のメンバーが安定した生活を送れているのは、ひとえに栫谷のお陰といえる。

彼は農業を愛し、農業に勤《いそ》しむ人を愛した。自分の技術を恃《たの》みに威張ったり、割り前を貪《むさぼ》ったりすることは無かった。そういう人柄から人望も厚かった。

「最初、北海州に来た時は、そりゃ恐ろしかった」栫谷は皺《しわ》だらけの頬《ほほ》に深いえくぼをつくって言った。「でも、今振り返ったら、二〇年間、楽しかったよ」

「まあ！　この状況で『楽しかった』なんて、どれだけ心の大きい方なの？」初音は胸の前で手を合わせて言った。「何とかしてこっちにこのままいてほしいわ」

　周囲も同調する。

「全くです。小屋の奥に隠れて過ごすとか」

「役人にはなにがしか掴ませればいいよ」

「みなさんで栫谷さんを守りましょう」

「そうしよう、そうしよう」

　すると、

「待ちたまえ」栫谷は皆を制した。「そりゃ、いかんよ。決まりは決まり。北海州の平和は、年寄が遠慮してはじめて成り立つ。わしもこれまで多くの先輩方を見送ってきた。だから、喜んで行くとするよ」

　周囲から啜《すす》り泣きが聞こえはじめた。栫谷はその悲しい旋律《せんりつ》に耳を傾け、

「ただ心残りなのは、みんなを置いて行かねばならんこと。わしは農業について、知っていることの全てを伝えたつもりだ。しかし不安はある――磯貝さんの畑は来年はどうか。渡辺さんの稲はうまくいくか。根澄さんの葉物は土に合うか……心配しておったらキリが無いがの」

　進一は目頭が熱くなった。

――この人は、自分が死地へ赴くというのに、みんなのことを心配している……。

　栫谷は集団における平和と命の象徴で、絆そのものだ。彼がいなくなったら、集落はこれから先どうなるのか――。

　栫谷は、一同の懸念を感じ取り、次のように言った。


「皆、わしから学んだ農業を、次にやってくる高齢者に伝えてくれ。そして、彼らにもまた、次世代につなぐよう伝えるのじゃ。これで未来の仲間たちは飢餓に苦しむことなく、余生を送れるだろう。そうしてわしを含めたみんなが、生命の記憶として植物の根となり葉となり、永遠に大地に刻まれることになるだろう」

　堰《せき》を切ったように泣き声が起こった。

　北海州とはなんと残酷な土地であろうか。

　現在、日本では人は三度死ぬ。一度目は本土から北海州へ。二度目は北海州から北の果てへ。そうして最後に、肉体的な本当の死を迎える。

　進一は涙にかすむ視野の真ん中に、栫谷の横顔を見た。彼の顔は、落ち着いてはいるものの、疲れ切っているようにも見えた。一度本土で死に、北海州に生まれ変わって二〇年の歳月を生きた。それだけでも大変な労苦だったろう。それをまた全て捨て去り、最後の死に臨む人生。

――もしかして、今度こそ本当に死ねると思っているのでは……。

　栫谷の眼差しの先に浮かぶものを、進一は捉えることができなかった。

Σ

　数日後、栫谷は姿を消した。

　当局が人知れず連れ去ったものと思われる。どのようにして

いなくなったのか、誰も見た者は無い。まるで神隠しのような不気味さである。近隣一帯は、彼を失った寂しさと相まって一段暗くなった。

　人々の心とは逆向きに、気候は輝かしい夏に近づいていた。日中は暑かった。学校の無い日、進一は初音の畑の手伝いをした。彼は汗かきで、すぐに汗みずくになった。

「汗をかいたら水分補給よ」

　初音は桶に水を汲んで木陰に置いていた。水は裏の井戸のものだ。透明度が高く、味も申し分なく、本土に持っていったら間違いなく「名水百選」のような称号を与えられたに違いない。またどういうわけか、井戸の水は汲みあげてもいつまでも冷たく、なかなかぬるくならなかった。まるで宝石のようねと初音が言ったことから、二人で「宝石水」と命名した。

　太陽の光が、初音のシルエットを濃く染める。白手拭いでほっかむりする妻。顔は浅黒くなり、身体つきはいくらか逞《たくま》しくなった。六十五歳を過ぎても筋肉はつくのだろうか。彼女は時々木陰で休憩をした。桶の水をコップにすくい、がぶがぶと喉に流し込んだ。

「かぁっ！　うまい！」

　髪が揺れ、汗が散る。黒く照り返す肌は幾分若返ったかのようにも見える。そういえば、白髪が減っていないか？　ちょっと油断すると「きれいだな」と思ってしまいそうな時も、たまにある。

　とにかく初音は元気だ。

――適応するって、こういうことなのか。

　進一は感心しきりだ。

　根澄家は順風満帆《じゅんぷうまんぱん》だった。だが、近隣は逆だった。近頃では畑泥棒が増えたということだった。栫谷がいなくなり、人々の気持ちが荒《すさ》んでいるのではないかとも言われたが、実際はよくわからない。

「昨日、ついにウチもやられたんです」

　通学の電車で、馬頭涼子が眉をひそめて言った。

「おお、馬頭さんの物を盗むなんて。なんと心の荒《すさ》んだ、おお」

　羽田は哀しげに顔を曇らせた。

「でも芳巳くんも一昨日やられたって言ってなかったかしら？」

「そうなんです。手塩にかけたトマトでしたが、見事にやられました。しかもきれいなものだけ。今じゃ腐ったものばかりがぶら下がってまして、いい虫のエサです」

「お二人とも」進一が割り込む。「ウチは今のところ無傷で、何と言い様も無いのですが、それはシカとかサルとか、動物の仕業じゃないのですか？」

　羽田は頭を振り、

「たぶん違います。獣らしき足跡が無いですし、それに完熟ばかり狙ったりするもんでしょうか」

「人間の仕業なのは確かなんですか？」

「悲しいけれど、そうですね。というのも、やられているのは全部学校に通っている人の畑ばかり。つまりこうやって学校に行っている間を狙っているわけです。空き巣狙いですよ。汚い奴らだ」

「そういう意味では」馬頭が言った。「奥様がいらっしゃるネズミさんは、家を空けないから安心ですね」

「ネ・ス・ミ・です。いやあ、うちの妻の場合は、ドアに『猛犬注意』とでも貼っておきたいくらいですよ」

「ぷは。奥様を猛犬扱いとは」羽田が噴き出す。

「ご本人がいないところでなんてことを」馬頭は呆《あき》れ顔だ。

「根澄さん、同じことを涼子さんに言ってごらんなさい。大変なことになりますよ」

「芳巳くん！　あなたも何を言うんです！」

馬頭はゲンコツを握り、羽田の頭を横から軽くポカと突いた。三人はアハハと声を上げた。まるで子ども時代に戻ったかのような、愉快な通学電車だ。

「いやしかし」

進一は、羽田と馬頭をかわるがわる見て言った。

「お二人は、仲がとてもよろしいようですね」

「え？　まあ、悪くはないですよね」と羽田。

「だったらほら、世知辛《せちがら》い北海州、独りで生きるのは危険だらけですし、ね？」

「まあ、ネズミさんったら」

馬頭の顔がほのかに赤らんだ。羽田はニヤリとし、

「ははあ、そういう意味ですか」

妙な空気が座席を包む。進一は胸を張り、

「もし媒酌《ばいしゃく》がいるというなら、喜んで務めさせていただきますよ。ぼくはこう見えて、本土じゃ何組かくっつけたこともあるんです」

するとと羽田、人差し指を口元に立て、進一を制した。そして周囲をサッと見回すと、声を殺し
「ご厚情《こうじょう》はありがたいんですが、北海州ではもともとの夫婦じゃない人間同士がくっつくのは警戒されるようです」

「えっ？」

進一は息を飲んだ。馬頭は顔を引きつらせている。羽田は続けた。

「根澄さんのようにもともとの夫婦はいざ知らず、こちらで新規に家庭を持ったという話は聞いたことがありません。私はそれを疑問に思って、以前先人に尋ねたことがあります。そしたら……」

羽田は人差し指を天に向けてクイッと動かし、

「どこか遠くへ連れて行かれる、とのことです」

「だ、誰が連れて行くんです？」

「本土の誰か、じゃないでしょうか？」

「しかし、なぜ」

「さあ。わかりません。土地や家屋の分配の問題か、政治的な目論見でしょうか。あるいは色恋沙汰を避けているのかも。いい年をした高齢者が、痴情のもつれで殺し合ったりするのは、北海州の美観を損ねるとでも思っているのかもしれません」

ガタンゴトンと電車の揺れる音。

「事情も知らず、迂闊《うかつ》なことを言ってすみませんでした」

進一は頭を下げた。

「なあに、いいんですよ。ね？　涼子さん」

羽田は馬頭を顧みた。馬頭は
「ええ。……ただ、ネズミさんがいきなり変なことを言うから、私、ちょっとびっくりしましたけど」

はにかんだ様子で羽田と目を合わせた。

まんざらでもなさそうな二人。進一にはそれが切なくも見えた。


学校通いにはだいぶ慣れた。同じ寄合集団から学校へ通う人の数は徐々に減っていった。辞めていくのは、進一同様、新規に北海州へ送られてきた人々だった。当初は皆考えることが同じで、新天地について少しでも多くの情報を得ようと、学校に通い始めていた。けれども片道二時間以上かかる通学と、留守中何が起こるかわからない不安から、ひとりまたひとりと断念していった。気が付けば、新規参入組で人間大学に通っているのは進一だけだった。他の大学はわからない。

――ウチの寄合の人たちは、椊谷さんのお陰で自給自足できたから、学ぶ必要は無かったもんな。

学校に通い出すと、自分の所属する寄合以外の人間とも会うことになる。進一にも、すれ違えば会釈する程度の知り合いが、数人できた。しかしそれでも、他の寄合の人間と友人関係を結ぶのはためらわれた。相手が日頃どんなルールの中で生きているかわからないからである。


相手の価値観が知れないことへの不安は、本土でも当然あった。しかし本土には憲法・法律・条令など共有のルールがある。逸脱すると罰せられるので、過剰なコミュニケーションは制限される。ところが、ここ北海州には何一つ決まりが無い。決まりが無いということは、各人の行動を制限する基準が無いだけでなく、個々のルールを誰も否定できないことをも意味している。文字通り無法地帯である。北海州では、考えの違いが議論を経ずにそのまま争いにつながることもある。基準が無いから議論にならないのである。

そんな不安定な世界で、ひとたび価値観の一致する者同士が出会ったら、手を組むのは当然といえよう。それは在野《ざいや》の寄合のみならず、人間大学内でも同様だった。

人間大学には学生同士の集まりがいくつもあった。本土の大学でいう「サークル」である。だが、実態はまるっきり違う。彼らは「グループ」と呼ばれ、政治的な思想を帯びた集団だった。彼らのスローガンは、おおむねこんな風だ。

「本土と変わらぬ自由な価値観を！」

「独り占めの無い、共有の世界を！」

「正直者がバカを見ない北海州を！」

彼らがこのように政治熱を上げるのは、大学の教師が講義で繰り返しこんなセリフを述べるからだ。

「北海州は無政府状態で、ゆえに争いが絶えない。解決のためには、万人の良識を裏付ける統一ルールが必要である」

進一が聴いた限りでは、全ての教師が同じことを言った。最初に聞いた時は当たり前すぎて呆気《あっけ》にとられた。だが何回も聞いているうちに「ルールって絶対に必要だな」「そのために何をしなければならないか」などと考えるようになってくる。進一の場合、家に帰れば初音というリアリストの話し相手がいるので、そういった熱気は対話でいくらか冷める（初音いわく「ルールじゃお腹は膨れないのよ」等々）。だが学生のほとんどは独り者だ。帰宅後、就寝前、学校の無い日は一日中、一人ぼっちでそのことばかり考えていると、居ても立ってもいられなくなる。「ルールが要る！」「このままじゃだめだ！」。やがてグループに参加したり、新規に起こしたり、何らかの行動を起こす。

進一とて、ルールの必要性を思わないわけでは無い。それに、どこかのグループに入ってしまえば、人間大学の学生としてそれなりに充実したキャンパスライフを送れるような気もする。だが、グループにはそれを躊躇《ちゅうちょ》させる側面があった。

グループ同士の激しい抗争である。

一見平和そのものの人間大学キャンパスも、裏に回れば強請《ゆすり》、恫喝《どうかつ》、私刑など、血生臭い話が絶えなかった。しかもかなり頻繁だった。進一は一度、大怪我をして運ばれていく人を見たことがあった。彼は零細グループの首領格だったらしい。その人はその後、キャンパスから消え（おそらく北の果てだろう）、零細グループそのものも消滅したという。

グループはそれぞれ独自にルールを持っており、自分たちのルールこそ全北海州を治めるにふさわしいと信じている。他のグループのルールなどくだらない物だと思っている。つまりグループ同士は構造的に対立前提である。もっとも、現実にそんな高尚《こうしょう》なレベルでの対立が見られることは無い。ルールの違いはあくまで表面で、核心はテリトリー争い、食糧争い、水利権争いなど、原始時代と変わらない。

グループがそんなに危険なものなら、関わらない方が良さそうだ。だが、本土で長らく公務員を務めていた進一には「寄らば大樹の陰」という保身思想もある。

――地元では良い寄合に参加できてホッとしているけど、大学でもどこか大きなグループに加入しておいた方が、身のためかもしれないな。でもどのグループに入ればいいのか……。

皆目見当が付かなかった。

ところがある日、そんな進一の思いを察するかのように、羽田が言った。

「根澄さんは、大学内のグループに興味は無いのですか？」

「無くは無いです。最近ちょうど、そのことを考えていました」

「奇遇ですね。私もちょうど、根澄さんにグループの話をしようかと思っていたところでした」

進一は、そんな「ちょうど」があるものか思った。

「根澄さん。ちなみに、本土では大学へは？」

「はい、一応」

「ならば詳しい説明は無用ですね。学生生活の核は、若かろうと高齢者だろうと、人とのつながりです。グループに所属することで学生生活はより華やいだものになります」

「はあ。けど、ぼくは別にそこまで華美《かび》な学生生活に憧れているわけではありませんし……それに、本土の『サークル』と、こちらのいわゆる『グループ』では、かなり様子が違いませんか」

「それは当然です。なんせ、全然年齢が違います。中身の濃さなら『グループ』の方が数十倍は濃厚ですよ。こちらにいるのはみな、社会経験を十分すぎるほど積んだ人々ばかり。私たちを含めてね」

「実を言うと、ぼくもどこかに入るべきだとは思っているんです。でも、どこに入ったらいいかわからないし、それ以前に、グループと接触する機会が無い」

「そんなことだろうと思っていました」羽田は微笑んだ。「あなたは寄合の森で学校を探していらっしゃった時もそうでした。元来人が好いから厚かましく振る舞えないんですよね。本土ならそれでいいのでしょうけど、サバイバルじみた北海州では無用の気遣いですよ。


それはさておき、実は私と涼子さんは同じグループに入っていましてね」

「はあ」


進一は虚《うつ》ろに返事をした。二人が同じグループに所属しているのは何となく察していた。通学はいつも三人一緒だが、帰りはばらばらだったし、お昼も一緒にとるとは限っていなかった。だが、二人がいつも一緒なのはほぼ間違いなかった。


「先日、グループで友人関係の話になりまして、根澄さんの話をしたんです――お気を悪くされないで。悪口は言っていませんから――すると、リーダーが『ぜひ会ってみたい』と」

「え？　リーダーさんがそう言ったんですか？」

「はい。それで今日は、根澄さんをグループにご案内したいのですが」

「いきなり今日ですか？」

「はい。実はすでに涼子さんがグループの部屋に行ってまして、いろいろ段取りをしているんです」

「それはまた急な、う――ん……」


しかしここでためらっても仕方が無い。行けば、グループというものの雰囲気くらいは知ることができるだろう。入るかどうかはその時決めればいい。それに、進一は羽田も馬頭も良い友人だと思っていた。その彼らが所属しているのだから、悪いところでは無いだろう。

「じゃあ、ちょっと見学するくらいなら」

「おお、ありがとうございます！」羽田は手を打った。「さっそく行きましょう！　こっちです！」


連れて行かれたのは、キャンパスの最北にある五階建て校舎の裏だった。一面苔《こけ》だらけの校舎の壁と、雑木林に挟まれ、一日のうち一瞬たりとも日の差さない、暗くジメジメしたところだ。そこに木造二階建ての三角屋根の建物があった。元は学生寮か何かだったのだろう。周囲に割れた瓦が折り重なって落ちている。おびただしい量である。建物を仰ぎ見ると、屋根はただの板になっていた。

ひびだらけの壁に、錆びついた外階段が付いていた。腐食がひどく、今にも崩れ落ちそうである。

「一人ずつ上がりましょう」

羽田は階段をミシミシ言わせて二階部分まで上がった。進一も上がった。うっかり手すりに触れて、手の平にべっとりと錆がついた。

羽田の先導で廊下の突き当たりまで進んだ。

「さあ、到着です」

羽田は扉を開けた。広さは畳八帖くらい。部屋の真ん中に長机が二本。いくつかパイプ椅子が並べられている。暗くて飾りっ気の無い部屋だ。空気の流れも無く、まるで本土のさびれた連絡船乗り場の待合室のようだった。

部屋の隅の暗がりに、古びた家具調のデスクがあった。ニスが剥げ、ところどころ素地があらわれている。デスクの向こう、窓の横のすっかり真っ暗になっているあたりに、得体の知れない影が見えた。影はむくむくと動いて、やがて光の中に姿をあらわした。

「ようこそ。根澄進一さん、ですな?」

「わっ!」

進一は驚いて後ろに飛びのいた。足元で床板がメリッと鳴った。羽田は慌てて
「おっと、ここでは大きな動きは禁物です。上を訪ねたのに下の部屋へご降臨なんて、ちょっとの怪我じゃすみませんよ」

すると影が、

「ああ、羽田君。ちょっと静かにしたまえ。きみはいつだってやかましいよ……さあ根澄さん、おかけください。

申し遅れました。私は西井亘《とりいわたる》と申します。お見知り置きをいただき、以後ご別懇《べっこん》の程……」

一分後、西井亘と進一は、長机を挟んで話を始めていた。

西井亘――この地にいるからには六十五歳以上なのは明らかだが、目つきや表情、仕草から、六〇歳前でも通用しそうな男だった。精悍《せいかん》で、白髪交じりの頭髪は短く刈り揃《そろ》えられており、髭もすっかり剃られて、清潔感がある。凛々《りり》しいリーダーだ。

ちなみに進一は北海州に来てから散髪は寄合の元理容師に頼んでいる。ハサミが悪くひどい仕上がりだった。髭は三日に一回剃っている。毎日剃らないのは、本土から持ってきた貴重なT字剃刀《かみそり》をできるだけ長く使いたいからである。こちらにきてもう三か月。限界は近づいていた。

――北海州でこれだけ身づくろいを整えられるということは、それなりの人物なのだろう。

進一はそう理解した。

西井はリーダーといって偉ぶる様子は無かった。彼は実に紳士的な物腰でいろいろ質問してきた。進一は丁寧に答えた。進一の左側には、羽田と、いつの間にか馬頭が座っていた。

「ところで、根澄さんは、本土ではどのようなお仕事をされていたのですか」西井は尋ねた。

「地方自治体に勤めておりました」

「ということは、お役人さんですか」

「はい」

　進一は重い気持ちに囚《とら》われた。北海州では学歴や職歴より、手に技術があるかどうかが重要だ。地方自治体と答えたことで「役立たず」「穀潰《ごくつぶ》し」と思われたかもしれない。

　ところが
「素晴らしい。お役人さん出身者は、職務に忠実で、信用できる方が多い」

「はあ」

「人は六十五歳になると北海州へ移されますが、本土で重い罪を犯した者は直接『北の果て』へ送られます。よって、こちらには犯罪者はいないことになります。けれども、事実北海州には不届き者がゴマンといる。私もこれまでさんざん騙《だま》されてきました。

　北海州は本土と違い、自給自足・弱肉強食です。するとどうしても、生き馬の眼を抜く、寝首を掻くなんてことが、日常茶飯事になります。だから、仲間を求める際は、何よりも信用が重要になるのです。何かができるとか、何を持っているということも、いくらか大事ですが、最後の最後は、信用です。

　ああ、ところで、さっき私が言った『北の果て』という言葉、わかりました？　根澄さんがこちらに来たばかりなのを忘れて使ってしまいました。意味がわからなかったでしょう？」

「いえいえ」進一は手を振って答えた。「知っています。北海州のどこかにある棄老地のことですよね？」

「おお、ご存知でしたか。失礼しました。北の果てについては今後いろいろなところで知らされることになるでしょう。こちらに来てから、何か間近に体験する機会がありましたか？」

「ええと……」

　進一が思い出そうとすると、馬頭が
「ネズミさんがいらしてすぐ、例の運動会がもよおされました」

　酉井は表情を崩し、

「そうでしたか。それなら確実に目の当たりにしましたね。さぞかし大勢の先人が、泣き叫ばれたことでしょう」

「はい。先人だけでなく、私と一緒にこちらに来た二〇名ばかりの人たちも、連れ去られてしまいました」

「ああ、それはそれは……心中お察しします。しかし、あの運動会は不気味です。あのリーダー格の仙人じみた人物が一体誰なのか。どうしてあれほどまで北の果てを強要するのか。なぜ彼がその権利を牛耳っているのか……運動会は、謎に満ちています」

「はい……全くです」

——北海州にも「おかしいことはおかしい」と、はっきり言う人がいるんだな。

　それからしばらく世間話をした。寄合のこと、学校のこと、日常生活のこと。酉井の質問は奇妙なほど進一の生活に合致していた。羽田や馬頭が前もって情報をリークしているのかもしれない。一番驚いたのは、裏の井戸への言及だ。夫婦の間だけで呼んでいるはずの「宝石水」という名前まで知っていた。進一はそら恐ろしさを覚えた。

「さて、それでは」

　酉井は馬頭に向かって言った。

「根澄さんにメンバーを紹介してあげてください」

「わかりましたわ」

　次に進一に向かい、

「私はここでもうひと仕事しなくてはならないので、ひとまずこれで。また後でお目にかかります」

「どうも」

　進一は椅子から立ち上がった。馬頭に従い回れ右をする。視線の先に一枚の扉が見えた。

「それじゃ、私もお伴しましょう」羽田も立ち上がった。

　馬頭は扉を開けた。中は真っ暗だった。背後のほのかな光で、中がおぼろげに浮かんだ。ふた坪くらいの正方形の部屋で、家具は何一つ無い。正面に一枚の扉がある。どうやらこの部屋は、酉井の部屋と奥の部屋をつなぐ部屋らしい。

　三人は部屋に入った。背後で羽田が扉を閉め、馬頭が前の扉を開けた。

　先からスッと光が差し込む。

　同時に、賑やかな声が聞こえてきた。

「ここは……」

　進一は、目の前に広がる光景に息を飲んだ。

　一体誰が、あの崩れかけた外見から、これだけ広い空間を想像できただろう。

　そこには長い廊下が、ずっと先まで続いていた。幅は広く、一〇メートルくらいはある。大勢の人々が、壁を背に寄り集まっている。敷物に腰を下ろしたり、椅子にもたれかかったり、長机に頬杖《ほおづえ》したり。中には屋台風に囲いをこしらえ、カウンター越しに周りを眺めている者もある。話す者、笑う者、ふざけ合っている者、めいめい勝手気ままにしている。それが廊下の先まで延々と続いている。皆、楽しそうだ。もちろん高齢者ばかりである。

　――これって……寄合市場と同じ風景じゃないか！

「根澄さん、もう、お気づきのようですね」

　羽田が言った。彼は周囲に手をかざし
「ここはグループメンバーの屋内マーケットです。ちょうど私たちの寄合集団も、こんな風に市を開きますよね。でもあれは週に一度だけ。ここは常設です。いつだって営業しています」

　進一はあたりを眺め
「ここの人たちも、家に帰れば何らかの寄合に所属しているのですか？」

「人それぞれです。学内グループだけの人もいますし、両方所属している人もいます。両方で店を出す人もいれば、片方だけの人も。もっとも、私たちのように、どちらでも出さない人もいますがね」

「両方で店を出すなんて、大変でしょう」

「日用品を商う人は、単価が安いので、毎日商売しなくては干上がってしまいます。でも複数の商圏にまたがっていれば、それだけ需要に接することができます。中には私たちの寄合で両替を生業にしているタッタカさんのように、そう毎日あくせく働かなくてもよい人もいますが、そういった人たちは極めて珍しい部類です。

おそらくここにいる人たちは、毎日働かなくては生活がもたないから、こうして店を広げているのでしょう」

「毎日……」

「そうです。残念ながら我々のグループは、あまり豊かとは言えません」

進一の耳に「我々」という言葉が妙に残った。

ふと、傍らから、

「おい、羽田！」野次るような男の声が聞えた。

振り返ると、腕まくりして剃刀《かみそり》を研いでいる痩せた男がいた。男の前には空の椅子が二つ。背もたれにそれぞれ派手な柄《がら》の布が掛けられている。

羽田は微笑んで、

「おお、床屋の大将さん。ごきげんよう」

男はニヤニヤし

「珍しく肩で風切って歩いてやがる。相変わらずのキツネっぷりだな」

「相変わらずお口が悪い」

「何を楽しそうにその人と話をしてるんだよ」

「ああ、この方は根澄進一さんと言って」

「知ってるよ！　今日、グループにお客さんが来るってことは、もう何日も前から噂になってんだ。見ない顔だからきっとこの人だろうって思ってたよ。根澄さんですよね？　お初にお目にかかります」

「こ、これは、どうも」進一は目を丸くして応えた。

すると周りから次々に

「新入りさん！　ようこそ！」

「よく来たね！　酉井さんの話が長かったろう？」

「待ってました！　夫婦で北海州とはオツだね！」

「ワシらはもう歓迎ムードじゃよ！」

挨拶の雨が降り注ぐ。

――入会前提？

誰もが目をキラキラさせてこちらを見ている。こんなに目が輝いているのなら、よほど楽しい集まりなのか。だが、もしかするとその逆で、苦しみを分かつ新たな人身御供《ひとみごくう》を、偽の笑顔で引きずり込もうとしているのかもしれない。

――信じちゃいけない。でも、敵になるのはまずい。

進一は愛想笑いを振りまいた。

馬頭がひとりひとりの説明をしてくれた。

「あれが床屋さんで、あれが歯医者さん。あちらは鍼灸の先生です」

「全部でどのくらいいるのですか？」

「数えたことは無いけれど、四〇人くらいじゃないかしら。さらにあちらのブロックにいる人たちは、木彫り皿職人さんに落語家さん、お裁縫屋《さいほう》さんに、ええと、情報屋さん」

「情報屋さん？」

　進一は馬頭の指さす先に目を遣った。壁際の椅子に、浅黒いガッチリとした体躯《たいく》の男が座っている。半袖Tシャツの袖口をパンパンに膨らませる上腕は隆々《りゅうりゅう》として、汗を弾き返している。頭頂には毛が無く、耳の上に残る短く刈り込まれた髪は真っ白だ。それが浅黒い肌に映え、銀色に輝いている。顔はいかにも不愉快そうだ。他の連中のようにやんやと騒ぎ立てることなく、鬼瓦《おにがわら》のような顔つきで、周囲に目を配っている。

「彼だけ笑顔じゃありませんが、あまりぼくを歓迎していないということでしょうか？」

　馬頭は苦笑いして答えた。

「そうじゃありませんわ。あの人はいつもああなんです。枡田《ますだ》寅雄《とらお》さんって方なんですけど、若い頃はプロの格闘家だったんですって。その後廃業して警察官に。何かと頼もしい方だと思いますわ」

「『思います』って、馬頭さんは関わったことは無いのですか？」

「無くは無いのですけど、まあ、ほら、怖そうな顔ですし」

　三人は枡田の前を通り過ぎた。枡田は一瞬チラリと進一に目を向け、すぐに反らした。進一は身も凍る思いがした。

――まるで用心棒だ……しかし情報屋とはどういう商売なのだろう。メンバーに情報を伝えるのが仕事なのか？


　ひと通り歩き回った頃、どこからともなくポクポクと、木魚《もくぎょ》を叩くような音がした。周りの者は一斉に音の方に身を向けた。

「根澄さん、こっちへ」

　羽田は進一の袖《そで》を掴み、手近な壁際に引き寄せた。

「これから何が起こるです？」

「西井からメッセージがあります」

「メッセージ？」

「演説のようなものです。さっきのポクポクという音は、その合図なのですよ。あの音が聞えたら、こうして皆、壁際に立って扉を向くことになっているんです」

「はあ」

　郷《ごう》に入っては郷に従え――進一は言われるまま壁際に立った。左右に羽田と馬頭が並んだ。

　やがて奥の扉から西井が姿をあらわした。

　居並ぶメンバーは、さざなみのように祝福の声を発した。西井は声に応えつつ、廊下の中ほどまで進んだ。途中、西井は進一に気づき、脚を止めた。そして、大仰《おおぎょう》に首を回し、一同を見渡した。

「諸君！」

　廊下に響く西井の声。辺りは水を打ったように静かになった。西井は、進一の前で朗々《ろうろう》と語り始めた。

「私たちの身はすでに老い、傷はなかなか癒えなくなっている。だが、心の傷は違う。本土で飽きるほど積み上げた経験値、それに、微かに寄せる健忘の兆し――これらのお陰で、若い頃よりも痛手を感じなくなった。

しかし諸君、それではいけない！　我々は、常に己を奮い立たさねばならん。

北海州では尊厳よりも重要なものがある。まず第一に、生き抜くことだ。生きるためには何が要る？　食だ。食は大地を耕して得られる。だからこそ、もう一度取り戻さねばならない、あの土地を！」

「そうだッ！」どこからか合いの手が入る。

「先日の抗争劇で、我々のグループから六人ものメンバーが北の果てに送られた。おまけに畑は奪われ、代表耕作者だったヨシさんは土地を追われた。今、ヨシさんは、この集会所での避難生活を余儀なくされている。ヨシさん、いるかい？」

「ここに！」掠《かす》れ切った声。振り返ると、骨と筋だらけの老人が、竹節のような腕をピンと挙げてプルプルさせている。

「ヨシさん！」西井の声は上擦《うわず》っている。「アンタがいなくなったら、我々のグループから農業のノウハウが失われてしまう。生き残ってくれてありがとう！」

西井はヨシさんなる人物に向けて腕を伸ばし、拍手をした。周りから同様の拍手が起こった。ヨシさんは直立不動で立っていた。全身が小刻みに揺れていた。拍手の他に、鼻を啜《すす》る音もした。脇を見ると馬頭は目頭を濡らしている。

だが、

――何なんだ、これは……。

進一の頭はストップしていた。


いま眼前で起きている全てが、陳腐《ちんぷ》でえげつない安物の狂言のように見えて仕方が無かったのである。

西井は、あからさまに士気を鼓舞《こぶ》しようとしていた。受けた攻撃、流れた血と涙、報復の大義。小さな傷を大きく謳《うた》い、小さな咎《とが》を大きく責める。西井は声を高め、オペラのように謳いあげる。

「我らの行いには意味があり、刃向かう者には『北の果て』を与える義務がある。決断！　行動！」

さながら独裁者だ。自己陶酔《じことうすい》に打ち震える西井。カタルシスに咽《むせ》び泣くグループメンバーたち。羽田も馬頭も感極まっている。

しかし進一からすると、西井の吐き出す「土地だ、人だ、ルールだ」という言葉には、何よりも自分たちの欲望を優先させるいびつな正義しか見えなかった。しかも具体的に語られる方策は、「他のグループの土地を痩せさせる方法」だの「罠を見切って逆を取る方法」だの、小悪党そのものだ。

――くだらなすぎる。早くこの場から立ち去りたい。

そう思いはじめた矢先、進一の不快感を最大限にするひと言が、西井の口から発せられた。

「私たちは、土地の抗争で敗れはした。だが今後、水の戦いでは、私たちが常にイニシアチブをとることになる。なぜなら、我々の新たな仲間が水の恵みをもたらすのだ。その水は、『宝石水』と呼ばれている！」

――おい、ちょっと待って！　それはうちの裏の……！

進一は青ざめた。次の瞬間、自分がグループに招かれた理由を悟った。そう言うことだったのか……。進一は左右を見た。二人とも目を伏せている。

　西井の演説はますます熱がこもっていく。

「我々のグループは他と比べてメンバー数が少ない。土地が狭いのは仕方が無い。しかし、人間はどれだけ土地を持っていようとも、水が無ければ生きていけない。このアドバンテージを利用し、周囲にどんどん影響していこう。そして我々の起草する統一ルールを、北海州全土に行き渡らせよう！」

　演説が終わった。廊下の温度は五度くらいは上がっていたかもしれない。グループの連中はみな顔を紅潮《こうちょう》させ、互いの腕や肩を叩き「頑張ろう、頑張ろう」と呼びかけ合っていた。

　そんな中、進一はひとり冷めていた。西井の演説はどこを思い出しても独善的で、とてもじゃないが民主主義的なリーダーとは言えなかった。周りの連中もそれを聞いて喜んでいるくらいだから、並みの感覚ではない。もっとも「並み」というのは進一の信じる常識感覚で、北海州にはその感覚を保証する一切の基準が無い。やはりここは危うい場所だ。

　進一が顔を曇らせていると、目の前に西井がやってきた。

「根澄さん。どうです？　この熱気」

　グループの連中は、二人を取り囲むように寄り集まってきた。

「ええ、あの……」

　進一は目を伏せた。左右に馬頭と羽田が立っている。二人は進一に、希望に潤んだ眼差しを注ぎかけている。

「さあ」西井は右手を差し出した。「私たちのグループへ、ようこそ」

　進一は相手の足元を凝視して黙っていた。

　羽田が耳元で囁《ささや》いた。

「ためらうことはありません」

　馬頭も背中を推す。

「一緒に理想の北海州をつくりましょう」

　進一は顔を上げた。

「すみません。せっかくのお誘いですが、辞退します」

　あたりの空気が一変した。訝《いぶか》しがるたくさんの目が進一の全身を刺した。西井の目にも、疑惑の色が浮かんだ。

「根澄さんは、私の演説に、何かご不満でも」

「別にありません」

「あなたの意見を、ぜひ伺いたい」

「特にありません」

「ち、ちょっと待った」羽田が割り込む。「何も今日の今日で全部決めることはありませんよ。今夜よく考えて、それからでも」

「そうですわ」馬頭も落ち着かない。「ネズミさんはこちらに来てまだ日が浅いから、単語の意味がわからなかったり……私たちがじっくりお教えしますわ」

　だが進一は

「そうじゃないんです。入らない。それだけです」

「そうですか」

　酉井は身体を開き、廊下の先の扉を示した。

「ならば、お引き取りいただきたい」

　進一は頭を下げ、その場を辞去《じきょ》した。羽田も馬頭もついてこなかった。

　部屋を出て錆びた外階段を下り、キャンパスへ戻った。あんなグループに入るのは真っ平御免だ。だが――今日はとんでもない敵をつくってしまったかもしれない！。

　これからは、水も、家も、妻も、用心しなくては。

　進一はその日、残りの講義を受けず真っ直ぐ家路についた。

　まだ日は高かった。畑に初音がいた。彼女はほっかむりをして土と向かい合っていた。畦道《あぜみち》に立つ進一に気づき
「あら、早いね。ズル休み？」

「違うよ」

「元気無いね。何かあった？」

「何も無い」

「ふーん。でもそれ、何かあった時の顔だ」

「何でわかるんだよ？」

「何年妻をやってると思ってんのよ。それより、さっさと着替えて、こっち手伝ってよ」

　日が沈むまでのわずかな時間、二人は畑仕事に精を出した。

　初音は進一に何も尋ねなかった。いかにも無関心を装っているが、彼女にしてみれば何もかもお見通しだった。夫は嫌なことがあっても黙っているが、心に折り合いが付いたら自分から話し始める――初音は進一のパターンを熟知していた。

　そのことを、進一もよくわかっている。

　進一は下唇を噛んだ。女房を働かせ、無理を言って通い出した大学。行きたくない気持ちは募っていたが、辞めるわけにはいかない。

　だが、明日からどんな顔をして、羽田と馬頭に会えばいいのだろう？


　それから数日が過ぎた。

　怖れていた酉井グループからの嫌がらせは何も無かった。進一は徐々に警戒を緩めていった。

――ちょっと自意識過剰だったかもしれない。

　よくよく考えてみれば、賛同しなかったくらいで嫌がらせに及んでも、彼らに何のメリットも無い。進一は自分で思っていたほど重要視された人物ではなかったのかもしれない。そもそも彼らの欲していたのは水である。井戸は根澄家の裏庭ばかりではない。きっとどこか他所に、良い水源を見つけたのだろう。

　警戒を緩めたのには、ほかにも理由がある。

　馬頭との短い再会である。

　あの一件以来、羽田と馬頭に会うことはなかった。朝の電車もキャンパスも、進一は一人だった。

――俺に顔を合わせるのが気まずくて、避けているのかな？

　だがある時、キャンパスでばったり馬頭に出くわした。校舎の曲がり角で出会い頭だったので、やりすごすこともできな

かった。

　馬頭は気まずそうに
「あら、あの、その、あの、ネズミさん」

「どうも」進一は淡々と会釈《えしゃく》した。

　馬頭はさかんにまばたきをし、

「あの、こないだは、ほんとに、何というか」

「いいです。気にしていませんから」

「それならいいんですが、私としては……」

　あたりに注意を払う馬頭。

「ぼくと一緒にいるのが見つかったら、まずいんでしょう？」

「え？　いや、そんなことはないけど……ごめんなさい」

「何を謝ってるんです？」

「あの、私。ネズミさんのこと、お祈りしてますから」

　そう言って面を覆《おお》って駆けていった。

　……と、そんなことがあって、警戒を緩めたのである。

　彼女の言葉は、汲《く》みようによっては警句に聞こえなくはない。しかしまさか羽田ではあるまいし、彼女がそんな気障《きざわ》りな真似をするとも思えなかった。


　進一の大学生活は、正真正銘一人ぼっちになった。

　けれどもそのお陰で、進一は初めて自分の目で大学を見られるようになった。今まではいつも傍らに羽田と馬頭がいて、目にするもの全てに解釈を付けてくれた。けれども今は違う。二人のフィルタから解放され、自由になった気がした。

　一人で講義を受けるようになり、進一はいろいろなことに気が付いた。それらのいくつかを紹介しよう。

　まず第一は、二百人以上が収容できる階段教室での現象だ。人間大学ではほとんどの学生が何らかのグループに属している。彼らはいつも、教室の後方でひとかたまりになって受講している。弱小グループに属する人間は、個々でいると襲撃される恐れがある。授業中まで防衛のために集まっているのは、まるでイワシの群れようだ——もっとも、このことは以前から気付いていた。

　進一が新たに発見したのは、いつも一人ぼっちでいる学生が、進一の他にもいくらか存在すること、そして彼らは決まって教室の一番前で授業を受けていることである。

　もしかすると、講師の眼前であることも一つの防衛手段なのかもしれない。昔から生徒は先生の前では悪さをしないものだ。むろん北海州では先生と生徒の間に大きな差は無い。それでもなお先生に服従的になるのは、本土で長年培われた習性だろう。

　進一はそのことに気づいて以来、教室の一番前で授業を受けるようになった。前の方に座ってみると、意外な心持ちになった。周囲は一人ぼっちばかりで交流こそ無いものの、そこはかとなく同属意識的な空気が漂っていた。そのうち、落ちた消しゴムを拾ったり拾われたり、トイレに行く際に荷物を見たり見てもらったり、しゃべる程度の知り合いはできてきた。

　——これぞ大学って感じがするなぁ。

第二の気づきはキャンパスを闊歩《かっぽ》する学生たちの装いである。上下スーツでバッチリ決めている人がいると思えば、目も当てられないような人もいる――パジャマの人、よれよれのシャツ、風呂敷のスカーフ、裸足、繋ぎのズボンの中は裸身《はだかみ》――実に様々だ。彼らは単に「持っている服を着ている」だけなのだろう。

進一はというと、ボーダーの七分袖シャツに礼服用の黒スラックスといういでたち。

――ちょっと恥ずかしいかなぁ。

正直そう思う進一だった。

もちろん北海州にも服は売っている。しかし、衣類も貴重な物資である。新たに買って美しく着こなすより、今持っている服を大事に着続けることの方が、ここでは価値なのだ。

第三の気づきは「電気」だ。

大学とその周辺には電気が通っていた。このことに今さら気づいたのはおかしいように思えるが、事実、だいぶ長い間気づかなかった。教室は蛍光灯が灯《とも》っていたし、講師は授業でマイクを使っていた。壁付けの扇風機もあった。どれもこれも当たり前のように見えた。

だが、よく考えたら、我が家には電気が無い。

――そういえば、電車だって走ってる。

進一は駅の電線から線を引っ張って、家に電気を持ち込めないかと考えた。そうすれば諦めていたノートパソコンを使えるかもしれない。だが、歩いて一時間の距離分の電線なんて調達できそうにないし、そもそもそんなことをしたら本土の連中に目をつけられるかもしれない。

――そうだ、大学の側に住めばいいんだ！

ある夜、そのアイデアを初音に言うと、

「私が手塩にかけてる畑はどうすんのよ」

「あ」

「アンタって、自分のやりたいことしか考えていないのね」

「いや、その」

「もうこれからは、あんたに私のつくった野菜を食べさせないわ。口の中に電線を突っ込んで、電気でもしゃぶってればいいのよ！」

「ごめん……」

進一は平謝りに謝った。こちらにきて初めて真っ向から怒られた。確かに独りよがりなことを言ったと、進一は猛省《もうせい》した。けれども初音だって電気の無い生活には辟易しているはずだ。何とか電気を享受したい。

進一は頭を絞った。

――そうだ。充電式の電気製品なら、大学に持ち込んで充電してしまえばいいんだ！

だが大学の壁という壁を見渡しても、コンセントの差し込み口は一つも見当たらなかった。蛍光灯や壁付け扇風機はあるのに、コードの類《たぐ》いも、それらしい孔《あな》も無いのだ。

――盗電対策かな？　だったらこの近辺に住んでいる人と友達

になって、電気のお裾分けを願えばいい。

ところが、キャンパスの外は商店こそあるものの、人の住む家は無かった。この辺は住居に割り当てられない場所なのかもしれない。進一が訝しがって歩いていると、道の角に電気屋の看板が見えた。

――電気屋があるなら、どこからか電気が引けるに違いない！

「すみません！」

サッシを開けて中を覗く。誰もいない。進一は首を突き入れてガランとした店内を見渡した。部屋の片隅に一台の自転車が見えた。前輪から線がのびていて、そばに置かれた小さな箱につながっている。箱には、本土でよく見たあの懐かしい縦の二つ孔。その脇に炭で
《セルフ発電機　一〇分二〇北海円》

――漕《こ》げっていうのかよ……。

進一はガックリして店を出た。

電気については、それ以上考えないことにした。北海州に暮らして早半年。まだ冬を知らないが、電気の無い生活にはだいぶ慣れた。それに、仮に大学近辺で電気を入手できたとしても、このあたりはあまり近寄りたくない場所だった。グループ抗争の多発地域だったからである。ここでは昼となく夜となく、棍《こん》棒《ぼう》をぶらさげた高齢者が、徒党を組んで殴り合っているという。死者が出たという話こそ聞かないが、流血だ、北の果てだ、解散だと、穏やかならぬ噂は絶えなかった。巻き込まれたら大ごとだ。そんな危険を冒《おか》してまで電気を得ることは無い。

ついでに言えば、大学内だって安全ではない。とりわけ夜は注意が必要である。進一は以前「夜の大学はどんなだろう」と、敢《あ》えて長居をしてみたことがあった。日が落ち人っ気が無くなり、風が冷たくなった夜十一時頃、進一は警察官らしき連中に取り押さえられ、朝まで拘束された。進一のことを過激グループの一味とでも思ったのだろう。その時は素っ裸にされ、お尻の穴まで覗かれて無罪放免になったが、二度と馬鹿な好奇心を燃やすまいと思った。

Σ

朝。

進一はいつになくスッキリと目を覚ました。朝方はめっきり涼しくなった。

「あれ？」玄関の木戸《きど》を開いた進一は、小さく声を上げた。

すると後ろから初音が、カラの大ざるを抱え、

「ちょっとソコどいてよ。あたし外に出るんだから」

「ねえ、何だか木々の緑が薄まってないかい？」

「今頃気がついたの？　一週間くらい前からそんな感じよ。北海州の夏は短いって、いつも寄合でお爺さん方が言ってるじゃない。山の向こうはもう紅葉しているところもあるそうよ」

「へえ。もう秋か」

「秋もあっという間らしいわ。そろそろ冬支度をはじめなきゃ」

「え？　まだ九月になったばかりだよ」

「バカね。涼しくなってから始めても遅いのよ。本土でも冬物

衣類は年遅れで春先に買ってたんだから。主婦の知恵をなめないで。ほら、どいたどいた」

　進一は大ざるの先で突かれて表に出た。電気の失言以降、完全に地位を失っていた。

　初音が庭に足を下ろすと、家の軒下《のきした》から握りこぶしくらいの小さな黄色い毛玉がヨチヨチと歩み出た。そいつはピヨピヨ鳴いてあちこち蹴つまずきつつ、初音に近づいた。初音は顔をほころばせ
「ピーコ。おはよう。餌をあげるね」

　ピーコは夏前に根澄家にやってきた鶏の雌雛である。栫谷が飼っていた雛を弟子で分けることになり、初音がもらい受けてきた。たしかその夜も、進一は無駄口を叩いて初音の逆鱗に触れた。

「おっ。太らせて食べるっていうんだね？」

　嬉々として言う進一に、

「バカ！」

　初音は一喝《いっかつ》した。

「食べちゃったら一回で終わりじゃない！　ピーコにはおいしいタマゴをたくさん産んでもらうの！」

「ピ、ピーコって言うんだ。まるでインコだね」

「ピーピー鳴くからピーコよ。悪い？」

「悪くないよ」

「いい？　あたしは畑で野菜を作る。ピーコは身体を張ってタマゴを産む。それに引き換え、あんたは何にもしないんだから、序列はどうなるかわかってるわよね？」

「う……」

「ピーコは大事な家族なの！　あんた、勝手に食べたら許さないわよ！」

「わ、わかったよ」

「しめるタイミングはあたしが決めるわ」

　――おい。

　それから約二か月。ピーコも多少は大きくなった。といっても、黄色い毛玉がそのままわずかに拡大しただけで、鶏になる気配はなかった。雛の成長ってこんなに遅いのか。それとも北海州だからか？

　進一の前を、初音とピーコが通り過ぎていく。それは微笑ましく幸せな光景だった。


　穏やかな秋が訪れ、日々過ごしやすくなると、大学の授業も頭に入りやすくなってきた。進一は一人になって以来ずっと前の席で講義を受けてきた。いつも前の席で受講している他の人たちともだいぶ懇意《こんい》になっていた。大人しく真面目な人が多かった。

　彼らは授業中いつも前に揃うことから、一見するとまるで一つのグループのように見えた。だが実際は一人残らず「グループになど絶対に属したくない」と思うタチの人々だった。考えようによっては「グループに属さない」という信念の人間が集まったグループと言えなくもない。

誤解されやすいが、彼らは決して人間嫌いというわけではない。大学グループの殺伐とした側面と一線を画しているだけである。コミュニケーション能力も社会への興味関心も、むしろ高いくらいだった。

彼らは一日の最後の講義が終わると、しばらく教室に残って意見を交わした。話題のほとんどは北海州の未来を論じたものだった。

「どうすれば北海州は良くなるか」

「北海州は変わることができるのか」

「北海州に欠けているものは何か」

誰も彼も授業を前列で受ける優等生だけに、熱意と雄弁には目を見張るものがあった。彼らは北海州の未来を真剣に考えていた。けれども他のグループのように、自ら権力を志し、その手で北海州を変えようという者はいなかった。ただひたすら「良き晩節の地・北海州」の実現を願っていた。

彼らはこのような話題の時ですら、議論の輪から自分一人だけが突出することを嫌った。議論のなりゆきで自分に議長のような役目が降りかかろうとすると、口を閉じて全体の沈静を待つ。誰かが「あなたみたいな人がリーダーだったらいいのに」と言うと、勘弁してくださいと言う。日本人的と言えば日本人的だ。良し悪しはさておき、謙譲《けんじょう》が美徳として息づいている集団は、北海州広しといえども彼らをおいて他に無いと思われた。進一はそういうところが気に入って、彼らの輪に交わるようになった。

この集まりに犬鳴《いぬなき》哲志《さとし》という男がいた。アンチ・グループの中でもっとも知恵者であり、哲学者であり、論客であった。誰もが一目置いていた。

年齢は六十七歳。豊かな髪はコシがあり黒々としている。身体は痩せ気味で少し猫背だが、顔は艶《つや》やかで目に輝きがあり、若さを備えている。しゃべる時はちょっと考え——そんな時はうつむき加減になり、指で鼻先に軽く触れる——、聞き手が飽きていないか目を配り、理路整然《りろせいぜん》と話す。それはまるで、理解しそびれた人がいたら直ちに補足しようとするようで、生来的なリーダー気質をうかがわせた。本土では何を仕事にしていたのか不明だが、きっと集団の牽引《けんいん》役だったに違いない。

彼の言葉はいつも物事の芯をとらえた。だが、時に物議を醸《かも》すような意見を披露することもあった。

ある放課後。犬鳴は何気ないおしゃべりで、こんなことを言った。

「私はかねてから思っていたんだが（これは犬鳴が話す前によくつけるフレーズだ）、講義でも校内のグループでも、あるいは各地の寄合でも、『北海州に必要なのは統一ルールだ』ということが、さかんに言われている。だけど、本当にそうなんだろうか？」

「へ？」

その場には進一を含めて五、六人の聞き手がいた。彼らは一様に犬鳴の顔を見て、

「犬鳴さん、それ、どういうことです？」

「何は無くてもルールは必要でしょう」

「真意を測りかねますな」

「決まりが無ければ悪い奴らの天下ですよ」

めいめい疑問をぶつけた。

「みんな、待ってくれ」

一人が声を上げた。

「犬鳴さんが言うからには、何か理由があるはず。犬鳴さん、みんなに詳しく説明してください」

声を発したのは谷丈《たにたける》という男だった。彼も犬鳴同様六十七歳。欧米人のように顔が濃く、鼻は猛禽《もうきん》のくちばしのように尖っている。髪はすっかり銀色で、やや薄めだがきれいに後ろに撫《な》でつけられている。

進一は彼のことを授業中いつも目の片隅にとらえ、

──この人、誰かに似てるんだよな……はて？

しかし、思い出すことができないでいた。

「それではお話ししよう」

犬鳴は立ち上がった。

「私が北海州に来て二年が経つ。ここでは誰もがルール、ルールと言っている。にもかかわらず、なぜいつまでたってもルールは完成しないんだろう？　完成しないまでも、たとえば『誰それがつくった素案がいい』といった噂すら聞こえてこないのはなぜだろう？　みな『ウチのルールが一番』と、自分を推してばかりです。

我々は原始人ではない。ここに住む人間のほとんどは、本土で培った見識と道徳観で『良いものは良い』と、自分の意思を表明できるはず。よしんば『あいつがつくったのは真実でも摂理でも認めたくない』という輩がいたとしても、多数決を覆すような人数ではないと思うのです。良い素案はおのずと人々に広まっていくのが、自然じゃないでしょうか。

だのにルールはいまだに決まらない。おそらく、我々の思惑とは別のところに、ルールができない根本的な理由があるんだと思います」

「犬鳴さんは、その理由に思い当たる節があるんですか？」

誰かが尋ねた。

「いや、特に無い」

呆気《あっけ》ない回答に冷笑が起こった。犬鳴はそれを無視し、

「くわえて、かねてより思っていることがある」

「なんです？」

「そもそも、ルールとか法律って、そんなに大事だろうか」

進一は眉をひそめた。本土で長年地方公務員を務めた進一は、法令の重要さをよくわかっているつもりである。法律不要論は聞き捨てならない。

「ちょっと意見させてください」

「はい、ええと……根澄さん」

進一は立ち上がって言った。

「ぼくとしては、北海州に統一ルールが必要だという考えに全面的に賛成です。今、それを欠いている状態というのは、まったくけしからんと思いますよ。決まりが無くて何でもアリだっ

たら、世の中は混乱して発展できませんし、それどころか衰退の一途をたどると思います」

一同はウンウンうなずいた。犬鳴は

「私も『ルールは要らない』とまでは言いません。だけど……今の北海州に仮にルールができたとして、果たして発展するだろうか？　私には想像がつきません。現にどこの寄合にもそれなりにルールがあるが、誰の目にも『ここは発展してる』という寄合はあるだろうか？」

「全部を見ていないので何とも言えません」

「とにかくね、私の思うに、順番が逆なんですよ」

「順番？」

「そう。まず決め事ありきというのが、どうかと思う。講義で統一ルールを連呼するあの講師は元役人らしいけど、なるほど『決め事から入る』という発想はいかにも役人的だ」

進一はカチンと来た。

「では、どうすればいいのでしょう。同じく元役人であるぼくには難しい話です」

犬鳴はややうつむき、人差し指で鼻の先を数回触れ、

「まず……、どうすれば北海州が良くなるかを考えるべきです」

「え？　だから、良くなるためにルールが要るのでは？」

「果たしてそうでしょうか……？」

犬鳴は腕組みして考え込んだ。進一が周りを見渡すと、みな思案顔だった。犬鳴の出した命題の答えを考える者、そもそも犬鳴の言っている意味がわからない者、様々だ。

進一は不満でいっぱいだった。

――ったく。こんな人がいるからルールができないんじゃないのか？

谷は空気を察し、

「あ、あの、日も傾いてきましたし、そろそろ帰りましょうか」

周りの人々も、

「おお、そ、そうですね。それじゃ、どうも」

「さようなら」

「気をつけて」

「また今度」

進一も犬鳴に会釈して別れた。意見が対立しても直情的に絶交や暴力に至らない上、翌日はノーサイドになっているところが、アンチ・グループの良さだった。けれども、事実進一の腹の中は

――あの人の言っていることはまったくもって意味不明だ！

いつまでもわだかまっていた。

ところが、一週間も経たぬうち、

――なるほど、犬鳴氏の言いたかったのはこのことだったのでは？

と思わざるをえない、とある情景を進一は目撃することになった。

それは銀行でのことだ。

ちなみに、北海州にも銀行はある。銀行は資金融資を通じて

経済発展のきっかけをつくる上、利潤を上げやすい産業であることから、本土政府が直轄で経営していた。

「こっちじゃ利息は良くて〇・一％だよ」

寄合で両替屋の竜田川からそんな話を聞いた時、だったらタンス預金でいいやと思った。銀行が遠かったのも理由の一つだ。一番近いところでも、電車で大学と反対方向に一時間以上かかる。

ところが、栫谷がいなくなってから近隣で物騒な噂を聞くようになり、お金を手元に置いておくのが不安になってきた。それで口座をつくって預け入れるようになった。

ある日、進一が銀行に行くと、七〇歳位の男性が血相を変えてまくしたてていた。文句の相手は機械である。機械は本土の現金自動支払機のような形をしている。北海州の銀行には受付に人間はいない。手続きは機械越しに本土のコールセンターと会話して行う。

「そ、そそ、そんな金利は承服できんッ！」

男は禿頭を生え際まで真っ赤にして叫んでいた。

機械の小さなスピーカから、さばさばした女性の声が返ってくる。

「これは政府の決定です」

「政府だと？　だったらなおさら言おうじゃないか。俺はこの荒んだ北海州で事業を起こし、経済発展の一端《いったん》を担おうとしているのだ。いわば政府の味方だぞ。そう思えばこそ、低金利でも我慢して預金してやってたんだ。なぜというに、事業資金を貸してほしいからだ。それなのにこのバカみたいな金利はどういうことだ！」

「そう仰られても」

「預金じゃ年利〇・一％ぽっちなのに、借りる時は二〇・一％も取るなんて、まるで前世紀のサラ金だ！　違法だ！」

「違法ではありません。北海州の基準金利は一〇・一％です。銀行はそれより一〇％以上低い金利で預金を集めなければならず、貸す側はそれより一〇％以上の金利でないと融資できないと、法律で決められています。ですので、銀行預金は年〇・一％、貸付金利は年二〇・一％となります。貸付金利をそれ以上にしないうちは、まだ良心的と言えませんか？」

「良心、だと……」男の顔色が赤からどす黒く変わっていく。

「ともあれ、これは法律です」

「何が法律だ！　もっと大事なことがあるだろ！」

男は拳骨《げんこつ》を握ってスピーカのあたりをガンと殴った。

すると
ヴーッ、ヴーッ、ヴーッ……

「なんだなんだ？」

けたたましいサイレンとともに、裏手から数名の警官が駆け込んできた。彼らは男の両腕をつかみ、奥へ引きずっていった。

「俺が、何をしたっていうんだぁーっ！」

問答無用の態だ。おそらくこのまま北の果てなのだろう。

銀行を出て、その帰り道。

――ヤなもの見ちゃったな。

進一の耳に男の怒号がこびりついていた。「何が法律だ。もっと大事なことがあるだろ――」。そういえば、大学で犬鳴がこんなことを言っていた。「法律とかルールって、そんなに大事なのか――」。

進一はふと思った。

――もしかすると、北海州にルールができないのは本土が妨害しているからではないか？　犬鳴はそれを感じていて、あんな問題提起をしたのでは？　けれどもキャンパスで口に出すのははばかられたから言わなかったのか？

進一はゴクリと唾を飲んだ。

――いやいや、そんな馬鹿な。……だいいち説明がつかない。本土が北海州を妨害することに、何の意味があるというのだ。

Chapter. 6 大地震

北海州での初めての冬は、進一の想像を絶する世界だった。風は冷たいなどというレベルではない。痛い。雪量も壮絶である。みるみる積もってあっという間に景色が変わる。地平線は「雪」平線になる。うかつに表を歩こうものなら、吹雪で方角がたちまちわからなくなる。

本土時代、根澄夫婦は太平洋側に住んでいたこともあり、本格的な雪国生活を体験したことは無かった。新聞やテレビで見聞きしたことはあっても、身につまされる厳しさは身体に堪《こた》えた。

――こんなことなら、レクチャーを受けとけばよかった。

進一は後悔した。

寄合では秋口から冬の初めにかけ、東北・北陸出身者による越冬レクチャーが毎回催されていた。北海州の冬の恐ろしさを知らない新人たちは、挨拶代わりに最初の一、二回を受講しただけで、あとは不精《ぶしょう》をきめこんだ。先輩達の集まりが悪いことから、あまり大した内容ではないのだろうとタカをくくったのである。

「冬が来てからじゃ遅いんです!」

講師たちはそう呼びかけて受講者を募ったが、新人たちは軽視した。それが完全な間違いだった。先輩達は最初の一、二年でみっちり受講していたから受けなかったのである。

実際、この冬で、寄合メンバーのうち十数人が死亡した。大なり小なり、寒さや雪が原因の死であった。

根澄家にも危うい瞬間が二度あった。雪で屋根がたわみ、梁《はり》に亀裂が走った。別の時は、夜、用心に火を消したところ、真夜中に気温が急激に下がって凍死しかけた。雪かきと火の維持は絶対必要――進一は心に刻んだ。

そういう有益な情報も、あとから聞けば講習で教えられていたという。

「そんなの、一時間目のイの一番に教えられたぜ」

ある日、寄合でばったり会った牛見がそう言った。牛見とは、大学に通い始めてからは、ほとんど顔を合わすことがなくなっていた。交流が続いていたら、少しは教えてもらえていたかもしれない。

――大学だけじゃなく、寄合でのつながりもしっかりしとかなきゃ……。

進一はつくづくそう思った。けれどもそれは、初音にこそ任されるべき務めである。彼女はのべつ地域にいるのだから。

だが、進一はそのことを初音に願い出ることはできなかった。先の電気に関する失言で確定した家庭内のヒエラルキーは、北海州の冬山よりも厳しい様相を呈《てい》していた。無論、進一は最下位である。ヒヨコのピーコより低い。

――とにかく、生きて冬を越そう。

進一の願いは、この冬ただそれだけだった。

年が明け、やがて春が近づいてくる。

雪の降る日はほとんどなくなり、裸の木々はこずえにぽつりぽつりと芽を吹き出した。寄合では雪や凍結の注意が減り、代わりにクマへの警戒が促された。冬の盛りは豪雪で電車がしばしば運行を停止したが、今はそれもなくなった。行ったり行けなかったりの進一の大学通いは、元通りになった。

そして三月。

春の陽気が動物・植物を問わず、命あるもの全てに生の恩恵をもたらしかけた頃。

北海州ですさまじい地震が発生した。

真夜中のことだった。

進一は寝床についていたが、妙な胸騒ぎで目を覚まし、上体を起こした。隣を見ると初音も同じようにしている。

「ん？　どうした？」

「あんたこそ」

「何か、妙な感じがしないか？」

「……アタシもよ」

「おや？　音がしない？　山鳴りか？」

「え？　山鳴り？　あれ？　あれあれ？　あれあれあれッ？」

壁や柱がミシミシと音を立ててきしんだかと思うと、今度は家全体が大きく揺れはじめた。

「うわぁあぁああ……」

空間は上下を失い、メチャクチャに掻《か》き回された。まるで洗濯機の中だ。

大きな揺れが一旦おさまった。進一はとっさに火鉢を見た。火鉢はひっくり返ってあたりに灰をまき散らしている。傍に、紅くくすぶる炭が転がっている。進一は鉢を起こし、手近に落ちていた火箸で炭を中に掻き戻した。夜はまだ冷える。火の用心はしなければならないが、火を失うのも命取りである。

家の中は荒れ放題だった。吊り棚が落ち、衣類や木製食器が散らばっている。大きな家具は無いので、身動きが取れない状態ではなかった。家屋もきしんだだけで壊れてはいない。

隣にいるはずの初音がいない。あれっと思ったその時、表から初音が入ってきた。いつの間にか外に飛び出していたのだ。

彼女は大事そうに胸にピーコを抱いていた。


翌朝、家の中を初音と二人で片付けた。昼過ぎ、初音は畑の土がめくれていたので、木鍬《こくわ》でなおしはじめた。進一が手伝おうとすると
「アンタが触ると滅茶苦茶になるからダメッ！」

進一はしぶしぶ散歩に出掛けた。

林の中はほぼいつもと同じ風景だった。だがよく見ると、斜面が地滑りしていたり、老木が倒れたりしていた。いつもはやかましいくらいの鳥のさえずりが、今日は全く聴こえなかった。

――変化なし、と。

林の蔭《かげ》をぼんやり歩いていると、

「おおい」

遠くから呼び声がする。声の方に目を遣ると、木立の向こう

に人の姿があった。進一はすぐにそれが誰だかわかった。

「おお、牛見さん！　大丈夫でしたか？」

「なんとかね！」

牛見は雑木を掻き分け、進一のところまでやってきた。

「ああ、人を見るとホッとするわい」

「お互い無事で何よりです」

二人はしばらく立ち話をした。地震のこと、あたりの様子、寄合のこと。

とりとめのない話をするうちに、牛見が思い出したように
「そうだ。門木のこと知ってるかい？」

「え？　門木？」

忘れるわけもない。最初に北海州に来た時、牛見と一緒につるんでいた男。神経質で藪睨《やぶにら》み。運動会で進一に足を掛けてきた男である。

「さあ、会いませんし。知りませんね」

「そうか。はぁ……」

「彼がどうかしたんですか？」

「こないだ、北の果て送りになったよ」

「えっ？」進一は目を丸くした。

「これはあんたも知っておいた方がいいことだ。あんたが門木を嫌っていたことは知ってる。なんせ、あんなズルいことを仕掛けたから」

「知ってたんですか？」

「見ていたよ。あの時」

「知っておいた方がいいことって何です？」

「彼は病気になってな。本土にいる頃からの持病で、それが悪化したんだ。ほら、こっちは薬が手に入らないだろ？　で、病院に行った」

「病院？」

「そうだ。電車で四時間くらいのところに本土系の病院がある」

「本土系？」

「政府がやってるってことさ。銀行や、あんたの通っている学校と同じだよ」

「はあ」

「門木はその日のうちに帰ってきて俺に言った。『入院しなくちゃならないので、当分家を空ける』。アイツはあんな性格だから、誰にも好かれなくて、俺以外に物を言える相手が無かった。嫌われても仕方が無い部分もあるけど、付き合ってみるとちょっと可哀想なところもあってな。まあそれは良しとして、俺は、アイツが入院してしばらくして、見舞いに行った」

「うん」

「そしたら――」

牛見は視線を地に落とし
「看護師が『その人なら、とっくにここにはいません』と。その瞬間、俺はピンときたね」

「牛見さん。それだけで北の果てとは限らないでしょ」

「いや、それは楽観ってもんだ。間違いなく北の果てだ。俺だって最初はそう思わなかった。だが、寄合の連中に尋ねると、

十中八九北の果てだと」

「先人達も？」

「ああ。彼らはこう言ったよ。『いいかい？　北の果てに行きたくなければ、病んでも病院に行くな。あそこは生産性の無い人間を処分するという意味で例の運動会と何も変わらない。健康診断に行って何か見つかってそれっきりなんて人もいる』。つまり病気になったら、この地で苦しんでくたばるか、北の果てでくたばるか、どっちかなんだよ」

「治すって選択肢は無いんですか？」

「軽ければ治すだろうが、その程度なら寄合の元医者にすがった方が良いってもんさ」

「そんな……」

「もっとも、この辺の医者風情は、マトモな医療機器なんざ持ってやしないだろう。ヤバくなったらジ・エンドさ」

牛見はひとつため息をつくと
「とにかくね、俺はあの病院の看護師の言った『とっくに』という言葉が、今も耳に残って離れない。あんなに不気味な言葉は無い。また、それをスラリと吐ける口も、どうかしてる……」

進一は愕然《がくぜん》とした。散歩して、地震の被害を見届けるだけのつもりが、もっとひどい北海州の側面を知る羽目になろうとは。

次の日の朝、家から一時間かけて駅に着くと、電車は運行していた。昨日の大地震で運休とばかり思っていたので、意外だった。

「電車があったらそのまま大学に行くから。無かったら帰ってきて畑を手伝うよ」

「電車があるのを祈ってるわ」

出掛けにそんなやりとりをして気分を害していた進一は、正直家に帰りたくなかった。だから電車があってホッとしたが、初音の祈りのパワーに驚きもした。

電車は閑散《かんさん》としていた。羽田も馬頭もいない。乗客自体がかなり少ない。みな我が家の修繕や片付けに追われているのだろう。

大学に着いた。キャンパスの空気はざわついていた。どこもかしこも地震の話で持ち切りだった。この日ばかりはグループの垣根《かきね》も無い。中には普段敵対し合うグループ同士で語り合うシーンも見受けられた。

人々の噂によると、震源と思しき場所は、進一の住んでいるところから大学を挟んで、ちょうど反対側の等距離あたりらしい。家屋どころか山林まで崩壊し、平野部では土手が崩れて水が出たという。火が広がって山が丸裸になり、あたり一面焼野原だという噂もあった。

「友人と連絡が取れない、きっとアイツ死んだんだ」

教室の片隅で、そう言って泣き出す者がいた。悲嘆にくれる心理は周囲に伝播《でんぱ》して、しくしくと鼻を啜《すす》る音は教室中に広がっていった。

進一も悲しくなり、目頭が熱くなった。老境《ろうきょう》を迎え、何もかも奪われて僻地に流された俺たち。それが地震でますます惨《みじ》めにさらされ――この世に神は無いのか！

始業のベルが鳴った。前の扉が開き、講師が入って来た。

彼は教壇に立ち、教室を一望すると
「今日は講義はしません」

誰も何も言わなかった。講師は続けた。

「ご存知の通り、昨晩大地震が発生しました。被害は甚大です。学生さんの中にも、家を失った人が大勢いるようです。大学はこの件を受け、緊急会議を開き、学生諸君に対しボランティアを募集することにしました」

教室内は騒《ざわ》めいた。

「ボランティアは有志ですが、参加すると二単位に換算されます。ご希望の方、数を把握したいので、ちょっと立ってください」

通いたいから通うだけ――卒業することに大した意味の無い北海州の大学で、単位をちらつかせることにどれだけ意味があるか不明だ。だが、大学がボランティアへの参加に、単位という量的な価値を認めた点は大きい。よほど被害が甚大なのだろう。

進一の答えは決まっていた。無論、参加である。人助けをしたい、同朋《どうほう》に手を差し伸べたい――気がつくと、進一は立ち上がっていた。周りに目を遣ると、他の学生たちも軒並み立ち上がっている。みな講師の顔を真っ直ぐに見つめている。

この日、進一の一番の驚きは「北海州にもボランティアスピリットがある」ということだった。

午後、キャンパスの一角にボランティア受付ブースが設けられた。行ってみると、すでに人だかりができていた。雑踏の奥にスタッフの姿が見えた。大学の講師たちだった。

「ちゃんと読める字で記名してください」

「学年学科も書いて！　単位があげられないよ！」

「並んで順番にお願いします」

一体どれくらいの人数が押し寄せているのだろう。かなりの数である。みな同朋の受難に心を痛めているのだ。

進一も、十五分くらい並んだ末、記名した。その時、窓口に立った講師が言った。

「被害地域が広範にわたっていることと、迅速な救援が求められていることから、根澄さんのボランティア先はこちらで無作為に割り振ります。あさっての朝八時にここへ来て、あなたは、ええと、六号車のバスに乗ってください。いいですね？」

「はい」

「以上です。ボランティア証などは発行されません。現場で怪我をしても自己責任です。それと、朝、八時に間に合わずバスに乗り遅れても、諦めて帰らないこと。何か追っかけで作業が発生するかもしれませんから、待機していてください。それでは、あさってはお願いします。じゃ、次の方。ええ、まずはここに名前を……」

ところが翌々日の朝八時、大学に来てみると集まった人数は思いのほか少なかった。

　ざっと見た限り、五十人かそこらだ。

　進一のバスは二号車に変更になった。全員が乗り込み、バスは走り出した。

　車内は不気味なくらい静まり返っていた。沈黙の要因は揃っていた。みな朝が早くて眠い。ランダム編成でお互いを知らない。車内がガラ空きのため、一人で片側二席。けれども、居眠りをしている者は一人もいなかった。みな、血走った目を窓の外に向けていた。

　車窓の風景は震源に近づくにつれ、痛ましさを帯びていった。最初は木々が重なり合って倒れたり、山の表面が崩れている景色が続いた。やがて、焼け焦げた廃屋、折り重なる瓦礫《がれき》、打ち捨てられた家財道具、突っ立てられた竿《さお》、先にはためく赤いハンカチ、そして
「ううッ！」

　地面に並べられた犠牲者の脇を通った時は、車内に呻《うめ》き声が漏れた。

　トータルで二時間ほど走り、バスは停まった。

「これは……ヒドい」

　バスから降りた面々は、周囲を見渡して嘆息した。これまでの道のりで見てきた風景も酷だったが、実際地に足を下ろしてみると一層無惨《むざん》に見えた。

　一帯は海辺だったが、地震の直後、海面が上昇し溢れたという。畑も道も泥だらけで悪臭が漂っていた。建物は倒壊し、船は陸に上がって倒れていた。

「海を被ったんじゃ、田畑は全滅だな」

「生存者はいるのか？」

「何から手を着けていいのか、さっぱりわからん」

　口々に感想を述べていると、引率の講師が前に進み出て、

「この地域では幸い犠牲者が無く、ケガをした人がわずかにいるだけです。ですが、その方々が生活を送る家々はこの有様です。被災者の方々は避難所に逃れていますが、キャパシティを超えています。まだ使えそうな建物から順に修繕をしていってください」

「わかりました」

　復旧作業が始まった。ボランティアの中に本土で土木建築に従事していた人間がいて、彼が指揮を執《と》った。

　進一は指示を仰ぎ、汗と泥にまみれて働いた。彼は今、純粋に「困っている人のために何かしたい」という思いを抱いていた。長かった自治体職員時代の精神が、今なお息づいているのである。進一はここに来るまでの道々、車窓に映る被害状況を見て、純粋に感情移入しているのだった。

　作業が始まると、高齢者たちは意外に活気づいた。

「この壁は、あの板さえなおせば住めるよ」

「そっちの崩れた柱、手前の家に活かせるかもしれんぞ」

「あれは裏のブロックをうまく使えばしっくりくるさ」

　お互いに知恵を出し合い、復旧が進んでいく。

「おおい、みんな、ちょっと力を貸してくれぇ」

現場には岩や倒木、崩れた土塀《どべい》が散らばっていた。動かさなければ道が確保できない。一たび号令が掛かると、みな我先に駆けつけた。

「……せーのっ」

邪魔な大岩を、力を合わせて追いやる。じりじりと動く岩。

「よーし、ＯＫ！」

パチパチパチパチ……。

沸き起こる拍手。汗と泥にまみれた顔がお互いを見合い、自然とほほ笑みを交わす。普段の大学で見受けられない光景だ。

進一も拍手をした。

――お互いに名前も住まいも知らないのに、これだけいい仕事ができるなんて。やっぱり人間、長く生きているとイザという時は力を合わせるもんだなあ……。

そんな調子で作業は着々と進んだ。被害全体からみれば高齢者の働きなど焼け石に水だが、思ったより効率がよく、予定より多くの家々を復旧できた。

だいぶ陽が傾きかけた頃、講師が号令をかけた。

「みなさん、午後六時を回りました。今日の作業は終了です。バスに乗ってください」

みな、手を止めて顔を見合わせた。

「もうそんな時間か」

「そういや、今日はメシも喰ってないや」

「明日も頑張るか」

「そうしよう、そうしよう」

「こんな時、本土ならビールを飲んだんだろうなぁ」

アッハッハ……。

そんな陽気な面々も、帰りのバスでは疲れが出たようで、走り出して十分も経たないうちに、方々からイビキが聞えてきた。進一もクタクタだったが、気が張っていて眠気は無かった。窓の外は真っ暗だった。仕方なく目を閉じていた。

すると、後ろの席からひそひそ声が聞えてきた。その声は、寝ている者に遠慮するというより、聞かれてはまずいことを語り合っているような、そんな押し殺し方だった。

二人は前の席の進一が眠っていると思っているようだ。

「私はかねてから思っていたんだが、やはり――の教育方針は偏っている。第一、なぜ彼らは経済学を――せずに――を……」

ささやき声はかすれてところどころ聞き取れなかった。ただ、声の主がグッと怒りをこらえているのはわかった。これに対し、もう一人が声を発した。こちらはやや低い割れ気味の声だった。

「それについては、今――を調べている。他の大学も同じかどうか」

「私が地元の寄合で聞いた限りじゃ、どこも一緒だ。彼らは口を開けば統一ルールの重要性を」

「シッ！　声が高い」

「……とにかく、ルールも大事だが、他にもっと大事なことがあるはず」

二人のやりとりはしばらく続いた。

進一の目は、まぶたの裏でますます冴えた。

――二人の声、どっかで聞いた気がする……。

「そう言えば」低い声が言った。「おまえさんが常々唱えているあの説、まんざら妄想じゃないってことを裏付けるような話を聞いた」

「何？」

「やはり――の背後に、本土の――があって」

「それ、どこで聞いた？」

「それは言えねえ」

「くっ……きみの職業倫理には頭が下がる。だが……、やはりそうか。大学の背後に――が見え隠れしているのは明らかだ。前にも――が――で、――していたし……」

「早まるな。ソースは固いが、いまのところはまだ所詮《しょせん》噂だ」

「わかってるよ。あくまで仮説だ。その噂が事実だったとして……でも、それが北海州に何のメリットをもたらすというんだろう。与えるのは混乱と不信ばかりじゃないか」

「シッ！　……そんなこたぁ、俺は知らねえ。まあ、こっから先はおまえさんの領分だ。妄想に妄想を重ねてろ」

「嫌な言い方をするな」

それっきり声は聞えなくなった。進一もいつの間にか寝入ってしまった。

翌日も同じ時間に学校集合、同じ頃に現場についた。現場は昨日と同じ海辺の集落である。

進一は、昨日の二人を見出すことはできなかった。無理も無い。顔も背格好もわからない。手がかりは声だけだ。その声もヒソヒソ声。現場ではみな大きな声を掛け合っており、ヒソヒソを検証することなどできはしない。進一は五分も経たないうちに捜索を諦めた。

――惜しいなあ。非常に有益な話をしていたようだっただけに……勇気をもって割り込めばよかった。

ボランティア活動は昨日同様、朗《ほが》らか・和気あいあいの雰囲気で進められた。二日目の昼過ぎを迎える頃には、集落は目に見えて整いはじめ、一帯の見た目が変わってきた。実感が伴うと、作業効率はますます向上した。

みな実にいい顔をしている。誰もが笑顔。互いをいたわり、成果を共有している。

「いやぁ、参加してホント良かった」

「本土で被災したことがあってね。その時助けられたんだ」

「みなさん、本当に自主的に参加されていたんですね」

このボランティアには、北海州でもとりわけて人間味のある人たちが集まっている――進一はそう思った。彼らは「人の役に立ちたい」「助けたい」という気持ちを持って集まっている。だからこそ、額に汗することを厭《いと》わず、一緒に働ける喜びに浸《ひた》っているのだ。

――北海州に住む人がみんなこうだったら、きっと本土以上の楽園になるだろうに……。

だが、負の懸念もあった。いま、ボランティア同士は互いの名も知らず、学年学科も知らない。所属している集落や大学のグループも知らない。

ところが互いの情報を知り得たが最後、この温かな集まりは、おそらく醜いグループ抗争に堕《お》ちるに違いなかった。

――このボランティアが永遠に続けばいいのに。

進一はそんなことを思った。が、直ちに自分を恥じた。まるで延々とどこかが被災すればいいと願ったように思えたからである。

ボランティアは三日続き、終了となった。

最後の日の夕刻、集まって点呼を行っている時、被災地の寄合の長老が幾人かの代表格を引き連れてあらわれた。彼らは涙を流し、途切れ途切れに謝辞を述べた。ボランティアの面々は目を潤ませた。自分たちが誰かの役に立ったという事実に感動したのだ。

たった三日で言葉も要らないほど心を通い合わせた面々。帰りのバスでも互いをたたえ、懐かしい本土の歌を唄った。いつもそういう展開には顔を曇らせる講師も、この時ばかりは何も言わず、ハミングを交じえて笑顔を浮かべた。日が沈み、車内に薄暗い明かりが灯されると、喜びは最高潮を迎えた。面々は肩を抱き合い、褒めたり揶揄《やゆ》したり、互いにじゃれ合った。明日も明後日もこんな日が続けばいい。誰も言葉にはしないが、そんな心持ちであった。

ところが。

その翌々日、ボランティアの育んだ絆を打ち砕き、それどころか眠っていた人間の悪性をほじくりかえすような、忌《い》むべき事態が起きた。

ボランティア終了の二日後、大学はボランティア参加者の名簿を作成し、授業時間に配布した。それには参加者の氏名と学年学科のみならず、所属グループまで書かれていた。

名簿が配布された時の教室の空気といったらなかった。凍てついた空気に、最前列の進一は思わず後ろを振り返った。目を白黒させる者、唇を真一文字にして黙り込む者、青ざめてまともに名簿に目を遣れない者。その一分後、困惑はひとつ残らず憎悪に変わっていた。――あいつがあのグループだったとは

――まったくもって汚らわしい、腹立たしい、憎い、不愉快

――そんな奴と構い合ったなんて、嘆かわしい――。

誰もがそんな顔を浮かべていた。

――まったく！　なんてことをしてくれたんだ！

進一ははがみした。

大学は純粋に学生間の親睦《しんぼく》を深める目的で配布したのだろう。でも、よりによってグループ名をさらすとは。最低最悪のおせっかいだ。

教壇の講師も、場の異状には気づいているようだった。しかし、

「それでは、いつもどおりに授業を行います」

――何がいつも通りだ！

進一は、手にした名簿をクシャクシャと丸めようとした。

その時、名簿のある一点に目が止まった。

犬鳴哲志

進一は目を擦《こす》ってもう一度名簿を見た。間違いない。犬鳴の名前だ。

彼がボランティアに参加していたとは全く知らなかった。進一は他にも見知った名前は無いか、氏名の欄を目で追った。羽田もいない。馬頭もいない。その他には……。

一人見つけた。

枡田寅雄

たしかこの男は、酉井のグループで「情報屋」を務めている男だ。鬼瓦のような怖い顔だったのでよく覚えている。ボランティアにいればすぐにわかりそうなものである。だが犬鳴同様、現場で彼を見た記憶は無かった。

――ふたりとも、いたら絶対に気づく存在だが……。

進一は、ふと、初日の帰りのバスを思い出した。ヒソヒソ声で北海州の未来を語り合っていたあの二人。もしかしたら犬鳴と枡田だったのではないか。

そんな根拠のない推測が進一の頭に浮かんだ。

Chapter.7 疑 念

ボランティアが終わって四日が経った。

キャンパスの空気は良くも悪くも元に戻りつつあった。被災地の学生もちらほらと講義に顔を見せ始めた。弾むようなボランティアの記憶は徐々に薄れてゆき、以前のようにグループ抗争のきな臭い噂話が聞えるようになった。

そんな中、進一の頭の中から離れなかったのは、名簿の二人、犬鳴哲志と枡田寅雄のことだった。

枡田寅雄については、酉井のグループで一度顔を合わせたきりだ。あのいかつい風貌《ふうぼう》は一度見たら忘れられない。情報屋という仕事も気になる。そういえば、キャンパスで見かけたことは一度も無い。そもそも本当に学生なのか、そんな疑問さえ浮かぶ。

犬鳴哲志はここ最近姿を見せていなかった。最後に会ったのはボランティアの前日だ。進一は聞きたいことが山ほどあった。ボランティアの間どこにいたのか、一日目のバスでヒソヒソ話をしていたのはあなたではないのか、今回の名簿の配布をどう思うか――。

ある時、進一は教室で谷丈に尋ねた。

「最近犬鳴さんを見ないけど、どうしたんでしょう」

「さあ？　私も見ないなあって。もしかして北の果てじゃないか、なんて」

「そんな、縁起でもない」

「すみません。犬鳴さんに何か用件でも？」

「え？　別に……」

進一は口をつぐんだ。

――犬鳴も枡田も、実は本土のスパイなんじゃないか。

進一はいつしかそんなことをも考えるようになっていた。そのことを、誰かに言いたくてたまらなかった。

犬鳴が姿を見せないのは、枡田と共に新しいプロジェクトの実行に絡んでいるのではないか。だとしたら、近々、北海州で血生臭いことが起こるかもしれない。あるいは、あの二人が手に手を取って北海州から亡命を企《くわだ》てていたり――しかしそれは犬鳴らしからぬ行動のような気もする。

まあ、こんなことは全部空想だ。根拠は無い。誰かに言っても、荒唐《こうとう》無稽《むけい》と一笑に付されるか、「彼に失礼でしょう」と非難されるのがオチだ。まかりまちがって正解だったら、北の果てが待ち受けているかもしれない。いずれにしても言うだけ損である。

進一はほんの一瞬、谷にスパイ説を打ち明けそうになったが、胸にしまいこんだ。

ちなみに谷はボランティアに参加していない。名簿に犬鳴の名前があることすら知らないはずである。

「こういう時、本土だったら携帯電話を使うんでしょうがなあ」

谷はそう言って笑った。

「そうですねぇ。携帯なんてありましたね……」

ところがその翌日。

進一は五分ほど遅刻して講義室の後ろの扉を開けた。授業は始まっており、教室は半分くらい埋まっていた。ふと、最前列に目を遣ると、なんと犬鳴哲志の後ろ姿があるではないか。進一は驚いて扉を勢いよく閉めてしまった。バタンと大きな音がして、全員が振り返った。無数の顔が進一に注がれる。その中には失笑する犬鳴の顔もあった。

その講義はさすがに教室後方で受けた。講義が終わって進一は犬鳴の元へ駆けつけた。

「実は風邪を引いちゃいまして……」

犬鳴は頭を掻いた。

周りには、最前列で授業を受けるいつもの面々が集まっていた。彼らは気遣いの言葉を述べ、めいめい次の講義の教室へ散っていった。後に残ったのは犬鳴と進一と谷のほか数名だった。残った彼らは次の時間は講義が入っていなかった。

「ところで根澄さん」犬鳴は尋ねた。「ボランティアは、どうでした?」

「いやあ、疲れましたよ」

「でしょうね。あれだけ張り切っていたら、疲れないわけがない」

「え?」

「根澄さん、私がいたの、気づいてた?」

「や、それが。後から名簿を見て知ったくらいで……犬鳴さんは一体どこにいたんです?」

「恥ずかしながら一日目にちょっと屑《くず》拾いをしただけで。二日目から風邪でダウン。一日目の汗で冷えたんですよ」

「そうだったんですか」

——なあんだ。

スパイだなんだとさんざん考えた挙句、正解は風邪とは。一番ありそうな答えだ。自分がいかに北海州的な疑心暗鬼に毒されていたかが、よくわかる。

「そういえば」犬鳴は皆に向けていった。「一日目の帰りのバスで、枡田さんと長いこと話をしたよ」

「えっ?」進一の声が裏返った。

「おや根澄さん。枡田さんのこと、知ってますよね?」

「い、いや。その……存じませんね」

「意外だな。私はすっかり旧知の間柄だと思っていた——でも、それもおかしいな。私はなぜ二人が知り合いだと思っていたんだろう?」

「い、犬鳴さんは知り合いが多いから、こんがらかったんでしょう」

進一は笑って見せた。心中では驚きが波打っていた。あんな危険そうな人物と知り合いであることを隠しもしない犬鳴。二人の関係はますますわからない。

「で、犬鳴さん」谷が尋ねた。「枡田さんとはどんな話をしたんです?」

他の人間も興味津々に目を向けている。

——え？　みんな枡田のことを知っているのか？

進一はひとり取り残されたような気がした。確かに進一とて枡田のことを全然知らないわけではない。が、彼と直接話をしたことは無いし、犬鳴と枡田の交流も全く知らない。

——授業を最前列で受けている連中は固定したグループに所属していないとはいえ、まったく世間と没交渉じゃないんだな。

犬鳴は、がやつく面々を抑え
「みんな。あまり大きな声では言えないから頭を寄せて。これから言うことは他言無用。絶対に。ええ……あ、ほら。根澄さんも」

「え？　ぼ、ぼくも？」

「そう。あなたも」

「し、しかし、そんな大事な話を新参者の私なんかに言って、大丈夫なんですか？」

犬鳴はニコリとし
「根澄さん。今さら何を言ってる。あなたなら大丈夫」

「何を根拠に。もしかしたら、私はスパイかもしれませんよ」

「あはは」笑ったのは谷だ。「あなたはそんなんじゃない」

犬鳴も、

「根澄さん、私はあなたのことを信じているし、ここにいるみんなも同じだ。あなたは少なくとも、大学のどっかのグループに所属しているとか、悪い友達がいるということはない。でしょ？」

進一は黙り込んでしまった。人に信じてもらえることがこんなにも嬉しいこととは。

——やはり俺も、いくらか北海州に毒されているらしい。

「さあ、根澄さん。こちらに来て、私の話を聞いて」

「はい」

進一は犬鳴を囲む輪に一歩近寄った。


北海州の春は震災を境に加速した。過ごしやすくなっていく気候は野に山に恵みを垂《た》れる。進一が気ままに近所の畔《あぜ》を歩くと、畑ごとに種が蒔《ま》かれていた。どこもかしこも農作の準備が進んでいるのだった。

ところが根澄家の畑は一面荒れ土のまま。畔の隅っこの吹き溜まりで、ピーコが空鳴きしている。

その日、大学が午前中で終わった進一は、静かに木戸を開け、家に入った。中は暗く湿っぽい。部屋の奥から乾いた咳《せき》が聞える。進一が近づくと、初音が寝床から立ち上がろうとしているところだった。

「おか、えり……」

「寝ていなよ。無理して起きるな」

「でも、今日はまだピーコにごはんをあげてなくて」

「俺がやっとくから」

「アタシ、種蒔きもまだなのよ」

「いいからいいから」

「あと、それに……ゴホッ」

「ほら、言わんこっちゃない。横になって。治るものも治らないぞ」

初音は再び寝床に横たわった。

このところ、初音の体調は思わしくない。咳が出る。微熱が続く。目眩《めまい》がする。食欲が無い。一日中だるがっている——極めつけは「進一を口撃しない」。初音の進一へのドヤしは、彼女の健康のバロメータだ。それがこのところめっきり鳴《な》りを潜《ひそ》めている。

——まあ、年も年だし……。

進一は憐《あわ》れむような目で妻を見た。それは夫婦でありながら残酷なことかもしれなかった。しかし、死が間近にある北海州の人々にとって、現実は無慈悲で容赦無い。

初音の体調が少しいい時は、森の中を二人で散歩に出た。温泉が湧いていると聞けば、大八車《だいはちぐるま》を借りて妻を乗せて行ってみた。初音は力無くほほ笑んでは咳をした。そして声に出して「ありがとう」と言った。あまり優しさを掛けると、それはそれで彼女を傷つけることになりかねない。進一は丁寧に初音に接した。心のどこかで、前のようにドヤされる日が帰ってくることを願っていた。


北海州には梅雨と呼べる季節は無い——というのは、二十一世紀中頃までの話だろう。六月半ばとなり、進一の住まいも大学も、ずっと雨が続いていた。古老《ころう》に聞くと、この時期は今や北海州でも本土並みに雨が降るという。

初音の体調は天候にだいぶ左右されたが、悪いなりに自己管理ができるようになっていた。進一は彼女に成り代わり週末の寄合に参加したり、物々交換に赴《おもむ》いたりした。

大学へもさぼらず通った。

雨天が続くと学生の出席率は落ちた。特にグループに属している学生はそうだった。グループによっては、個々に割り当てられた土地を共有しているところがあった。通称「土地グループ」である。土地グループ同士は抗争が激しい。畑泥棒以外にも、嫌がらせや乗っ取りなど様々である。雨天は土地の見張りが手薄になりがちで、各グループとも増員して土地の見張りに力を入れている。それで授業に出てこないのだ。

グループに属さぬ進一らアンチグループは、たとえ土砂降りだろうと交通が機能している限り毎日真面目に講義に出た。彼らは日を追うごとに互いの距離を縮め、放課後に北海州の未来を真剣に語り合うことが多くなった。長雨により教室内の耳目《じもく》が減ったことも大きかったが、なによりオピニオンリーダーである犬鳴哲志の発言が周辺の関心を引き出した。ボランティア後に「枡田と話をした」と言ったあたりから、誰もが彼の言動に注意を向けるようになっていた。

「犬鳴さん、そろそろ枡田さんから新しい情報は入りませんか？」

その日、谷丈は最後の授業が終わるなり言った。外はザアザア降りだった。教室にはまだいくらか学生が残っていた。犬鳴は
「谷さん、そうせっつかないでくれよ。それに、声が高い」

「すみません。でも気になって」

「私だって気になっている。もしかしたら、二、三日のうちに何かもたらされるかもしれない。それまで待つように」

「はい……」

「彼はタダの情報屋じゃない。怪しい情報はある程度裏をとってから持ってきてくれる。こういうのは時間を掛けなくては」

そのうち、犬鳴の周りをいつもの面々が取り囲む。中には進一の姿もある。

犬鳴は話を始めた。

「聞くところによると、昨晩、某グループが敵対グループの闇討ちに遭い、八人がひどい怪我だそうだ」

そのことは進一も知っていた。闇討ちした側、された側以外のグループも、緊急防備のために出てきていないのだった。

進一は言った。

「まったく落ち着かない話です。北海州はこのままでは本当に地獄になってしまう。いち早く統一ルールを定める必要があると思います。ほら、今日だって講師が言っていたじゃないですか。『価値観の違いが争いを生む』って」

周囲はウンウンうなずいた。

犬鳴は一同を見渡し、いつものように「これは私がかねてから思っていたことなのだが」と前置きし
「根澄さん、価値観が違うことが本当に争いを生むのかな?」

「へ?」

「考えてごらんなさい。本土にいた時だって、価値観の違う人間はわんさかいた。でもだからといってすぐに殴り合いになったか——ならないでしょ? せいぜい互いに避けるだけ」

「じゃあ北海州の争いごとはなぜ起こっているんです?」

「さあ?」

犬鳴は肘《ひじ》を曲げて掌《てのひら》を天に向け、おどけたポーズをとった。

進一は顔をしかめた。

「ところで、その闇討ちの件なんですけど」

挙手して話しはじめたのは谷だった。

「あれって具体的に何がきっかけで起こったのか知ってる人います?」

誰もが首を振り、

「おおかた畑泥棒だろ」

「嫌がらせで塩を撒いたとか」

「ホントは何も無いんじゃないか? 闇討ちするためのウソの口実みたいなさ」

めいめい想像を言う。犬鳴はそれらをひと通り聞き、

「最後の、『ホントは何も無いんじゃないか』というのが、ある意味一番正解に近いのかもしれん」

「どういうことです?」谷は問う。

「これまで大学内で様々な抗争が繰り広げられてきた。私は枡田さんと知り合って以来、巻き起こる事件を逐一あたってきたが、意外なことに、きっかけとなった事件の犯人が明確にわかったケースは、ほとんどない」

「え?」

「土地を荒らされた、家を潰された、船底を抜かれた、私財を盗まれた——これらの犯行は事実行われている。でもいつも真犯人は出てこない。もっとも、ちゃんと調べるような機関もないのだが。

くわえて、授業では講師が、事件が起こるたびにいかにも哀しそうな顔をして『価値観の違いが争いを生んでいる』と強調する。学生はそれを頻繁に聞かされている。みんなもそうでしょう？ 我々は無所属だからあまり影響はない。だけど、被害を受けたグループはどうか。普段から散々刷り込まれているものだから、いざ何かおこると『犯人はきっと自分たちと価値観の違うグループに違いない……とすると怪しいのは某グループの誰それだ』と思いがちになる」

「あ……」

「さっきも言った通り、価値観の違いが争いに直結することはない。争いは、具体的に何らかの事件が起きた時に起こる。北海州では、確かに事件は起きている。だが、」

「犬鳴さん、どうも歯切れが悪いね。もっとはっきり言ってください」

「谷さん落ち着いて。これは非常に巧妙《こうみょう》なすり替えなんだ。ポイントは、多くの学生が『価値観の違う奴が敵だ』と思い込むように教化されていること。考えてほしい。もし北海州のどこかに、グループ同士が争い続けることを好ましく思う輩《やから》がいるとしたら？」

「そうか。いつも仮想敵が犯人とは限らないわけだ」

「そこだ。北海州で抗争のトリガーを引いているのは、必ずしも高齢者とは限らない」

「犬鳴さん」進一は唾を飲んだ。「それ、もしかして、大学の……」

「おおっと、それ以上は」

犬鳴は人差し指を口元にあて、

「今言ったのはあくまで仮説。まだ、それ以上言うことはできない」

それから一週間も経たないある日の放課後。犬鳴の周りにいつもの面々が集まっていた。取り囲んだ机の上には、はがき大の白い紙が置かれていた。

「これは？」谷が手を伸ばす。

犬鳴は指を伸ばして紙を滑《すべ》らし、

「まだだ」

「じれったいな。何です？」

「写真だよ。枡田さんが入手したものだ」

「どうしてわざわざ伏せているんです」

犬鳴は教室の中をくまなく見渡し、

「ちょっと刺激が強いんでね。そうそうお見せできない代物だ。だからみんなで写真をもっとギュッと囲んで、外から見えない壁になって」

集まった面々は早く見たくて言われた通りに肩と肩が触れるほど近接した。進一は中腰になって写真の正面に対峙した。犬

鳴は輪の外にピタリとついて、周囲を見渡し
「よし。じゃあ、写真の前にいる根澄さん。それをひっくり返してください」

「はい……」

進一は手を伸ばし、写真の隅《すみ》を指でつまんだ。そしておそるおそる紙を裏返した。

フレームの中はほとんど真っ暗だった。闇の中をドス黒い影がうねっている。画質が悪い。カメラの光感度を最高値にしているようで、微《かす》かでも明るいところは荒れている。

「何が映っているかわかる?」犬鳴の声。

進一は目を凝らし、

「場所は……畑ですか?」

「そのとおり」

「影は人ですね。何人か映っている。ええと……」

「わかりにくいかもしれない。補足説明をしよう」

犬鳴は自分の身体を輪の中にねじ入れた。ちょうど進一の隣まで来た。そして写真に神妙《しんみょう》に目を遣り、

「写真の場所は、とある土地グループが耕作している畑だ。先週起きた闇討ちリンチ事件の原因の一端となった場所と言えば、わかりやすい」

面々はどよめいた。

「その土地グループは、これまで何度となく畑を荒らされて、ほとほと困っていた。ところが去年、本土からデジタルカメラを持ってきていた人間がメンバーに入った。グループはカメラを自動シャッター式の監視カメラに改造し、畑に設置した。おおかた身内にエンジニアがいたんだろう。そうして撮られた写真が、これだ」

「それじゃ、この影は犯人グループなんですか?」

「それがね……よく見たまえ」

みなの視線が再び写真に注がれた。闇の中、微かな光の帯が何かの側面に沿って白いうねりを描いている。左下から右上へ――先の半円の領域に、細かな光と影の凹凸《おうとつ》がある。それは複雑に絡み合い、人の目鼻を浮き上がらせている。進一はその面《めん》相《そう》らしき滲《にじ》みをじっと見つめていたが、

「あッ、この人は!」

「根澄さんは気づいたようですね」

すると、ひとり、またひとり、驚きの声をあげていく。最後はどよめきの渦になった。

そこに映っていたのは、大学の講師の顔だった。

「情報を付け加えると」

犬鳴は声をできるだけ小さくして――そうすることでみなにも同じようにしてもらうことを意図して――言った。

「講師の他に映っているのは警察。見ての通り、みんな手に棒を持って畑をひっくり返している。種を撒いたばかりの畑だから、作物泥棒であるはずがない。明らかに嫌がらせだ」

「講師や警察が何のために」

「たぶん、他のグループと喧嘩をさせるためにやってるのさ。北海州の高齢者同士がまとまらないようにね。まとまられると

一部の人間に都合が悪いんだろう」

「その一部っていうのが、大学や警察なんですか?」

「写真を見る限りはね。あるいはもっと上層に何かがあるのかもしれない。どちらも本土政府の出先みたいなものだしね」

「本土が? まさか、そんな……」

進一は言葉を飲んだ。

犬鳴は手を伸ばして写真を伏せた。そして一つ息を吸い、

「私はかねてから思っていたんだが、警察も大学も常々『北海州のために』と言うわりに、地域の寄合と協力して何かをやったというのを見聞きしたことが無い。誰かある? 寄合と大学がコラボしたとか、寄合と警察が一緒に事業をしたっていう話」

誰も答えなかった。進一も聞いたことが無かった。春先のボランティアを思い出したが、最終的に名簿のせいで大混乱に陥った。あれは確信犯的だったと言えなくもない。

ついに——犬鳴は言った。

「私は、この大学こそが悪の根源だと思う。これまで私が言ってきたように、大学はいつも『統一ルール』をのたまうくせに、自分では何も動こうとしない。そんなに必要なら大学が起草すればいいじゃないか。でもそれをしない。むしろ煽《あお》るように授業でルール、ルールと繰り返すばかり。むしろグループ同士を煽り、炊《た》きつけている」

進一はうなずいた。

「その点は、ぼくも全く同感です。しかし、彼らは何の理由があって」

「根澄さん、理由はわからない。けれどもここまできたら、もう理由以上の話だよ。だってほら、証拠は出てしまった」

犬鳴は写真を指さした。

その後、興奮は冷めやらず、議論に議論が重ねられ、気がつけば進一の最終電車はとうに過ぎていた。困っていると犬鳴が
「じゃあ今夜はウチに来ます? ウチの方の電車はまだありますよ」

犬鳴が独り者だということを、進一は以前聞いたことがあった。

「じゃあ、お願いしようかな……」

「犬鳴さん、私も乗り逃したよ」谷丈が脇から顔をのぞかせた。

「はいはい。いいよ」

ちなみに谷の妻はまだ本土におり、年齢的にまだ当分来そうにないとのことだった。よほど若い奥さんをもらったと思われる。

進一は初音の顔を思い浮かべた。携帯電話の無い北海州では家に連絡することができない。もっともこれまでも無断外泊したことはあったが、初音は何も言わなかった。「いい大人でしょ」という態だ。そういえば本土でもこうだった——やや哀しくなる。

彼女の体調が気になるが、まあ一日くらいは大丈夫だろう。

二両編成の電車は、夕暮れの海沿いをひた走った。

進一が車窓に目を遣ると、闇が水平線から空に染み出るように溢れていた。日没が近かった。

進一の隣には犬鳴哲志と谷丈の姿があった。二人は窓からの夕陽を浴び、電車の揺れに合わせて身体を揺すっていた。

犬鳴が尋ねた。

「根澄さんは、こっち方面は初めて？」

「ええ」

「どうりで景色ばかり見ている」

「実は北海州に来て海をのんびり見る機会が無くて。ボランティアも海辺でしたけど、あの時はあんまりそういう気分でもなかったし」

「なるほど」

「ところでこの海は、何という海なんでしょう？」

「たぶん、陽が昇るから東の海、太平洋だと思う」

「よく考えたら、ぼくは自分の住まいが北海州のどのあたりで、何というところなのかも知りません」

「ほとんどの人がそうだろう。今向かっている私の住まいはちょうど北海州の南東あたりに位置しているらしい」

「北海州の南東？」

「そう。古老の言うには、北海州全土をざっくりと菱形に描いた時、右下の辺にあたるとか」

「右下……」進一は頭の中に北海州の地図をイメージした。

「ってことは」

谷が口を挟む。

「この海をまぁっすぐ南に泳いだら、本土に辿り着くってことですかね！」

犬鳴は谷に目を遣り

「そういうことになるけど、泳ぐなんて無謀だね」

「筏《いかだ》でもダメですかね」

「ダメだろうね……そういえば、昔授業で講師が言ってた。『九人の呆《あき》れた男』の話。知ってます？」

「何です、それ？」

「おや？　根澄さんは聞いたことがない？　昔の脱州計画の話です」

「そんなことがあったんですか？」

「その昔、九人の高齢者が本土へ渡ろうとしたそうです……」

犬鳴は内容を思い起こしつつ物語を始めた。

――その昔、九人の屈強な高齢者が、北海州からの脱出計画を立てた。志を同じくする仲間がひとりまたひとりと増え、最終的に二十人になった。とある月夜、二十人はこっそり造った二隻の船に十人ずつ乗り込み、南の沖へ漕ぎ出した。しかし途中で一隻が忽然《こつぜん》と姿を消した。「本土の攻撃に違いない」。怖れおののいたもう一隻の十人は、船を捨てて泳ぎ出した。途中サメに襲われて一人を欠き、九人になった。この時点で気づけばよかった――その九人は最初に脱出を企てた九人だった。彼らは波に揉まれ、なんとか本土まで泳ぎ着いた。しかし上陸した砂浜で包囲され――

「この話のオチは」

犬鳴は神妙な顔をして言った。

「後から加わった十一名は、全て本土の諜報員《ちょうほういん》だったたってこと」

「え？」進一は目を丸くした。「それじゃあ最初の九人はずっと監視されて、脱出計画は本土に筒抜けだったたってこと？」

「そう。講師はそこを強調していた。本土の情報網はケタ違いだ。だから『バカな考えはよして、大人しくしているのが得策だよ』と。きっとそれが言いたかったんだろう。それにもうひとつ。仲間と思っている人間も、もしかしたら本土のスパイかもしれないってこと」

「げえ」谷は顔をしかめ「それって、たとえば今隣にいる犬鳴さんや根澄さんだって信用できないってことですか？」

「そういうこと」

「講師の奴、いったいどれだけ不信感を植えつければ気が済むんだ……って、犬鳴さんも根澄さんも、まさか本土のスパイじゃないでしょうね！」

進一は「とんでもない」と首を振った。犬鳴はおどけた様子で
「さてどうだか？　そもそも谷さん。あなただってスパイかもしれない」

「ち、違いますよ！」

谷は真っ赤になって首を振る。犬鳴はヘラヘラと笑って
「わかってる。谷さんも根澄さんもスパイじゃない。でも恐ろしいことだよね。不信を根づかせるなんて。それが奴らのやり方だとすると、敵は凶悪な心理学者だと言える」

「敵……」

進一は言葉を繰り返した。犬鳴は「おや？　言い過ぎた？」と、わざとらしく口元を抑えた。

犬鳴の家に着いた頃は、すっかり夜もふけていた。犬鳴は夕食に固めのパンと肉の干物、それに「家の裏で栽培している」という紅茶を出してくれた。紅茶は渋くて目の覚めるようだったが、不思議と口に馴染んでいつまでも飲んでいられた。

三人は時を忘れて語り合った。話題の中心は北海州で繰り返される抗争だった。

なぜ争いが絶えないのか――三人はすでに「価値観の違いが争いを生む」という学校側のレトリックを見破っていた。それを裏づける写真の出現により、争いの火種は必ずしもグループ同士に無いこともわかった。

しかし、それにしても抗争が多すぎやしないか。確かに一度植えつけられた敵愾心《てきがいしん》はなかなか拭《ぬぐ》い去れないだろう。互いの不信感が募っている状態では、相手の行動が全て良からぬものに見えることもあるかもしれない。だからといって小さな火種が大火につながるようなケースがあまりにも多すぎる。北海州の人間はそんなに血の気が多い連中ばかりなのだろうか。

進一はこの点について考えを述べた。

「本当はみんな権力が欲しいんじゃないでしょうか」

「なるほどね」谷がうなずく。「つまりここは戦国時代。各グループとも天下統一を狙っている、と」

「そう。自分たちの意のままになる世界をつくりたいという魂《こん》胆《たん》があるから、何をきっかけにしてでも他者に喧嘩をふっかけて、相手勢力を自勢力に組み入れようとしているんじゃないでしょうか？」

犬鳴は首を横に振った。

「権力を求めるから争いが起こるんじゃなくて、争いがあるから権力を持ちたいと思うのではなかろうか。だって、もし誰もが互いを認め合い尊重する社会なら、人は権力を持ちたいと思うだろうか」

「ううむ……」

進一は二の句を継げなかった。進一はこれまで、本土での体験や歴史教育を通して、争い事は権力の奪い合いだと思ってきた。犬鳴の説はそれと真逆だ。争い事があるから権力を持ちたいと思う――つまり、権力は不安定な社会における護身用の武器であり、大義を示すお守りである、というのである。

――確かに、その方が自然かもしれない。

進一は素直に認めた。そしてもう一つの〈互いを認め合い尊重する社会なら誰も権力を持ちたいと思わない〉という考察も、大いに納得できた。確かにそんな状況なら権力を行使する理由も機会もない。むしろ権力は権力者にリーダーシップという責任を与える。大学の進一らの集まりがまさにそうではないか。みな互いを認め合っている。誰もリーダーになりたがらない。むしろ適度に距離を置いたり、譲り合うくらいのものである。

犬鳴は話を続けた。

「お互いを認め合う社会には、相手への思いやりが必要だ。ひとりひとりが相手を思い、相手を認める。そんな社会は争いとは無縁になる。私が理想としているのは、そんな社会だ」

「思いやり、か」進一は大きくうなずき、「確かにそんな社会が実現できたらいいでしょうね。でも……」

「でも？」

「さすがに理想論ですよね」

大学での数名の集まり程度なら可能かもしれないが、北海州全体ともなると……。進一は今の北海州に思いを馳せ、理想論を受け入れる余裕は無さそうに思えた。

長い夜だった。

いつも三人は休み時間や放課後の限られた時間で会話するだけだったが、今夜は時間を気にせずに語り合うことができた。進一は本土にいる頃から「人と仲良くしてもあまりロクなことは無い」と考え、新しい友人との付き合いは極力避けてきた。しかし、犬鳴と谷は今まで接した人間とは違って見えた。職場のように上下は無く、貧富の差も無い。他の高齢者のように大昔の自慢話をすることもなく、ただひたすら、いま何が一番大事か、それだけを考えている。こんな仲間が増えれば、北海州はたちどころに良くなるに違いない。

――もっと仲間を増やすべきだ……。

進一の頭に一人の男の顔が浮かんだ。

「そういえば、例の枡田さんという人物ですが」

「うん」犬鳴はうなずいた。

「確か情報屋ということでしたよね。あんな写真を入手するとは、よほどの人物だと思います。けれども彼ほどの人物がどうして西井のグループに属しているんですか?」

進一は言ってからハッとした。この間大学で枡田のことなど知らないと言ったばかりだ。これではもともと知っていることを白状したようなものだ。

しかし犬鳴は訝しがらず
「彼は本物の諜報員ですからね」

「どういうことです?」

「彼は情報を得るためなら思想の違いや体裁など気にしない。西井グループは大学内で一、二を争う巨大グループ。飛び交う情報量が多いから、諜報活動にはもってこいです。それに、首領の西井は北海州の不思議の一つ『運動会』について探っているという」

「運動会?」

その単語を聞いただけで、進一は気分の悪くなる思いがした。北海州に来て四日後に行われた、弱い高齢者をふるいにかける残酷なカーニバルだ。

犬鳴は続けた。

「枡田さんも運動会の謎を追っているから、二人はお互いそばにいれば何かと情報を入手しやすいんですよ。

私の思うに、北海州の持つ様々な謎の根幹は、運動会にあると思う。中でもその主催者と思しき、仙人のような風体の老人……いつか会って、暴きたいと思います」

傍らで谷が息を飲んで聞いている。顔色が優れないのは、彼にも嫌な思い出があるのだろう。

進一は話を変えた。

「ところで、例の写真を見て思ったんですが、あの講師がグループ間の火種を生む奴だとわかったからには、これ以上大学なんか行きたくはありませんね。あんな奴の授業を聞くと思うと反吐《へど》が出ます」

すると犬鳴は、

「根澄さんの気持ちはわかります。でもちょっと待って。北海州の大学や警察はどんな動きをするか知れたものじゃない。もし我々――いつも教室の真ん前で授業を受けている面々が、時を同じくしてごっそり姿を見せなくなってみたまえ。大学は怪しんで警察と一緒に探りにかかるに違いない。北海州の警察のこと、罪状なんか無くても怪しさだけで逮捕したり拘束したりするに決まってます。最悪北の果て送りも考えられる。だからこれまで通り授業には出るべきです」

「確かに仰る通りです。けど嫌だな……」

「考え方を変えれば、今の状況はむしろ好機だと思う。こちらが証拠の写真を握っていることを講師は知らない。我々はこれまで通り授業を受け、その背後で写真をうまく使って行動すればいいのです」

「行動?」

「そう。この写真を大学のグループをはじめ、多くの学生たちに見てもらう。見せるにあたり、まず我々がいかなるグループにも所属していないことを伝えます。我々が写真を捏造《ねつぞう》する必要の無い立場であることを示すんです。

きっと誰もが写真を見て驚くでしょう。抗争の原因が自分たちの想像と違うとわかってね。そうやって人々の誤解やグループの誤解が解けていけば、抗争は減っていくでしょう」

「そりゃ確かに減るでしょう。あれを見せつけられちゃったら。でも」

「でも？」

「グループと大学との間の新たな闘争につながりませんかね」

「そうかもしれませんね」

犬鳴はにんまりと笑みを浮かべた。進一は戦慄《せんりつ》した。彼はおそらくそのつもりなのだ。

翌朝。

進一ら三人は電車に並んで座っていた。三人ともコクリコクリと舟を漕いでいた。トンネルに入って轟《ごう》々《ごう》と音が響いた。進一は目を覚ました。短いトンネルだった。車窓に広がる海。眩《まぶ》しさに目を細める。

進一は、ぼんやりと昨夜の出来事を思い返した。

こじんまりとした犬鳴の部屋。

手作り行灯《あんどん》のほのかな明かり。油の匂い。

『例の写真を多くの人に見てもらおう』

犬鳴の発案に進一と谷は一も二も無く同意した。しかし写真は一枚しかない。すると

『来たまえ』

犬鳴はそう言って部屋の片隅の棚を動かした。五十センチもずらすと、下に空洞が見えてきた。闇に梯子段《はしごだん》が下りている。犬鳴はろうそくに火を灯《とも》し、降りていった。進一と谷も後に続いた。地下には十二畳くらいの石室が広がっていた。

『もとは礼拝堂だったらしい』

犬鳴はろうそくを手近な台に置いた。部屋の中央に、布を被せられた高さ一メートルほどの物体があった。犬鳴は布を外した。

『これは……』進一は目を見張った。

目の前にあらわれたのは、白いプラスチックボディ、左右にトレイ、手前に小さなディスプレイが付いていて、その下に引き出しが備わっている。デジタルプリンターだ。

『これを使って写真を複写しよう』

『どうしてここにこんなものが』

『いろいろなルートがあってね』

『しかし電源が無いと動きませんよ』

犬鳴は床の一角にある黒い箱を指さした。

『大学のそばに、客が自分で自転車を漕いで充電できる店があってね。よく行くんですよ。ちょっと高いけど、健康維持にもなるし』

三人は早速写真の複写に取りかかろうとした。電源があり、インクもあり、紙も薄汚いなりにあるにはあったが、ヘッド部

分のつまりがひどかった。何度刷ってもおかしな線が無数に走り、元の画がわからないほどである。三人はヘッド部分を取り外し、外から小枝を拾ってきて突いたり擦《こす》ったりして掃除した。それでなんとか見るに耐える印刷性能まで持ち直し、印刷を開始。地下室にいたために時間の経過がわからず、夢中になって刷り終えて上に戻ると、空がしらじら明ける頃だった。

そういうわけで、三人が通学電車で居眠りしてしまうのも無理はなかった。

電車はまもなく大学に着く。

進一はコピーの束の入ったカバンに触れた。

――うまくいけばいいが……。

見せたとしても、きっといろいろ疑われるに決まっている。細工写真じゃないか？　もしかしたら新興のグループと見なされるかもしれない。どこかのグループの差し金じゃないか？　しかし昨夜、犬鳴は進一の不安を察して言った。

『個々に疑われるのは仕方が無い。だが、この写真が周知され、話題になれば、少しずつ何かが変わってくる。小さな理解者の集まりが、大きな力になる』

異論は無かった。ほかに思いつく手段も無かった。

小一時間後、講義棟の裏にいつもの面々が集っていた。犬鳴は昨夜進一と谷に語ったことを全員に伝え、印刷した写真を数枚ずつ配った。

「一人でも多くの人にこの写真を見せてほしい」

面々は力強くうなずき、それぞれ散っていった。犬鳴と谷もどこかへ消えた。

進一は一人になった。手には写真のコピーが十数枚あった。手汗で少しクッタリとしていた。だが、進一の足はどこへも向かわなかった。動き出そうにも行く先を思いつかなかったのである。北海州に移り住んでもう少しで丸一年。大学に入ったのはそれからしばらく後だし、はじめのうちに連れ立っていた羽田や馬頭は音信不通。最近は今の面々とだけ行動しており、ほかに知り合いはいない。写真を見せようにも見せる相手がいないのである。

手をこまねいていても、時間が過ぎていくばかりだ。一人でも多くの人に写真を見せなければ。

今の知り合いを除き、進一が知っている集まりは、一つしかなかった。酉井亘のグループである。険悪な別れ方をし、羽田と馬頭とも袂《たもと》を分かった。できることなら関わりたくない。しかし、北海州の未来のため、行く先を選《え》り好みしてはいられない。

――ほかに行くところは無い。

もっとも酉井グループは巨大勢力らしいから、理解してもらえればこんなに心強いことはない。それに、見せる写真は枡田が入手したものだ。枡田は酉井グループの一員。写真の信憑《しんぴょう》性《せい》を疑われたら枡田を呼んでもらって確認してもらえばいい。

――よし。

キャンパスの最北、一日中校舎の影になる雑木林の一角。

二階建・三角屋根の木造建築は、前に見た時と全く同じ様子でそこに建っていた。周囲は白樺林で、白い木肌が日陰を余計寒々しくしている。地面には瓦《かわら》の破片が散らばっている。進一はカシャカシャと音を立て、歩を進めた。

「おや、根澄さん」

建物の影から姿を現したのは羽田芳巳だった。笑顔だが目は笑っていない。くねくねした仕草はなりを潜め、距離を置く様子は敵意すらうかがわせている。

「一体ここに何の用です？」

進一はそれには答えず、

「羽田さんがお一人なんて珍しいですね。馬頭さんはご一緒じゃないんですか？」

「質問に答えなさい。あなた、いまさらここに何の用です」

「西井さんはいらっしゃいますか？」

「いません。いたって会うもんか」

「それは残念です」

「用があるなら私が承《うけたまわ》っておきますが」

「それじゃ、枡田さんはいらっしゃいますか」

羽田の表情が忌々《いまいま》しげに歪《ゆが》んだ。彼は進一を睨《にら》み付け、建物の影にスッと身を滑らせた。

——外階段を使わなくても中に入れるのかな？

進一はその場にしばらく立っていた。すると一階の手前の扉からドカドカと足音が聞え、勢いよく扉が開かれた。

「貴様かッ！」

あらわれたのは枡田寅雄だ。筋骨隆々《きんこつりゅうりゅう》、袖《そで》からのぞく二の腕は汗を弾いて輝いている。抉《えぐ》るような目付きが進一に向けられている。傍らで薄ら笑いを浮かべる羽田は小さく見えた。

「ふっふっふ。ご要望のとおり、枡田さんをお呼びしましたが」

「あ、あの」

進一は枡田の威圧感にすっかり気圧《けお》されてしまった。手にした写真のコピーを見せようとしたが、動揺で手指が思い通りに動かない。まごついているうちに枡田はズカズカと歩み寄り
「わざわざソッチからやってくるとは、ご丁寧にどうもなァ」

太い腕をニュッと伸ばし、グローブのような手で進一の下顎《したあご》を掴んだ。

「いだだだだッ！」

進一の足が宙に浮いた。痛さのあまり全身が強張り、手にした紙束をギュッと握りつぶした。枡田は進一の身体を、まるで脱いだジャケットを肩に掛けるようにヒョイと担ぐと、ノッシノッシと建物に入って行った。廊下を何度か曲がり、とある部屋に入った。そこで進一は床に叩き落とされた。

「いったたた……」

「あとでタップリわからせてやっからな」

顔を上げると、枡田が見下ろしていた。その隣に羽田の姿があった。羽田は枡田に
「枡田さん。この顔、覚えがある？」

「いや、知らん」

「ちょっと前に私と馬頭さんとでここに連れてきたことがあるんだが、覚えてないの？」

「いちいち覚えているもんか」

「情報屋にあるまじきセリフだな」

「なんだと？」

「でも、さっき確かに、彼の口からあんたの名前が出たんだ」

「知らんものは知らん。あんたもしつこいな」

「おーこわ。まあいい。処分《いい》はリーダーが戻ってからにしよう」

二人は部屋から出た。進一の目の前で扉が閉められた。カタンと音がした——カンヌキが掛けられたようだ。

そこは床も壁も天井も合板の黴《かび》臭い部屋だった。パイプ椅子が二つ、机が一つ。扉は一枚のみ。天井が高く、天井ギリギリのところに明かり取りの小さな窓がついている。

——ああ、出だしから失敗した……。

進一は写真のコピーを小さく折りたたみ、ポケットに突っ込んだ。ズボンはごわごわになったが両手が空いた。顎《あご》や腰がジンジン痛んだが、徐々に和らいでいった。進一は床に大の字になった。

どのくらい経っただろう。

うつらうつらしたり、天井を見つめたりしていると、ゴトゴトとカンヌキを外す音がして、扉が開いた。

「こんにちは……」

ぬうっと顔を出したのは、気の良さそうな丸顔の男だった。男はニコリとし、「はあ、あなたですか……」と言った。あまり冴えない様子だが、きっとグループの兵隊役か何かに違いない。

進一は観念し、

「いよいよ私をどこかへ連行するんですか」

「いいえ。ここに一人取り押さえられていると聞きまして」

「もしや逃がしに来てくれたんですか？」

「まさか。そんなことしたら私が大変な目に遭います。それにあなたも逃げようなんて思わないことです。グループには凄腕情報屋がいます。どこに逃げても見つかって、痛い目に遭うだけです」

「じゃあ一体何の用です？」

「あなたは髪もひげも伸び放題だ。私は床屋なんですが、どうです？」

「もしかして、商売をしに来たんですか？」

「何かおかしいですか？　稼ぐためなら何でもやります」

進一は戸惑った。事実髪もひげもぼさぼさである。北海州に来てからあまり手入れをしていない。痒《かゆ》かったり煩《わずら》わしかったりする。

「……じゃあ、お願いしようかな」

このままここで無為《むい》に過ごすよりはマシだろう。進一は男に髪を切ってもらうことにした。

その床屋のカットは独特だった。普通全体的に切ったり梳《す》いたりしてボリュームを落としていくのに、まるで畑の草刈りの様に端から順に落としていく。

　床屋は鼻歌交じりに言った。

「あなた、前に一回グループのマーケットに来ましたよね」

「覚えてます?」

「ええ。来る前から噂になってましたから」

「そうなんですか」

「ネズミが来るネズミが来るって。みんなで殺鼠剤《さっそざい》集めたもん」

「馬頭さんから聞いたんですね」

「え?　わかります?」

「それにしても、クシ無しでよく切れますね」

「手グシでもできます。だてに何年もやってませんよ」

「ハサミ一本しかお持ちじゃないようだが、ひげはどうやって当たるんです」

「ハサミを斜めに当てたら剃《そ》れるんじゃないかなあ」

「かなあって、いつもどうやってるんです?」

「いつも?　いつもは……うーん……」

「あの、もしかして理容師免許とか持ってます?」

「そういうの、北海州では関係無いでしょ」

「ちょ、あんたねえ」

　頭の右半分を切り終え、左だけもっさりと残っている時、外から声が聞こえた。

「?」

　突然、目の前の扉が開かれた。あらわれたのは西井亘だった。

　西井は細い目で進一を見据え、

「ははあん、あんたが闖入者《ちんにゅうしゃ》だね?」

　西井は、散髪途中の髪型と伸ばし放題のひげのせいで、目の前の男が前にも会った根澄進一だとは気づかないようだ。

　床屋は手を止め、進一の耳元に顔を寄せ、

「ごめん。ここまでだ」と囁《ささや》いた。

「そりゃないでしょ。こんな中途半端で」

　だが、床屋は道具をしまうと逃げるように部屋から出て行った。

「さあて、おかしなおつむりのお前さん。」

　西井は腕組みして言った。

「白状しなさい。あんたは一体どこのスパイだ?　吉田グループか?　芦田グループか?　ちゃんと言ったら酷い目には遭わさないぞ」

　進一は西井の目を見て
「私はどこのグループでもありません」

「じゃあ何の用でこの辺をうろついていたんだ」

「ええと、それは……、あっ」

　進一は写真のことを思い出し、ポケットに手を突っ込んだ。そもそもこれを見せにやってきたのだ。しかし、小さく折りたたんでポケットに無理に突っ込んだため、なかなか取り出せない。進一が躍起《やっき》になっていると、扉の外から
「おおいッ!　さっきの奴はまだいるか!」

　枡田が怒りの形相で部屋に入ってきた。枡田は落ち着かない様子で西井に目を遣り、

「酉井さん。さっき表をうろついてた奴をこの部屋に閉じ込めていたんですが、見ませんでしたか?」

「目の前の彼じゃないのかね?」

「うん? ……あっ。いつの間にか変な頭になりやがって。どうりでわからなかったわい。酉井さん、コイツ、俺に任せてください。俺にゃ身元も何もかもわかってるんです。二度とこちらに手向かいできないように教え込んどきますから!」

「じゃあ頼むよ」

「ほらッ、来やがれ!」

枡田は太腕を伸ばし、またしても進一を肩に担ぎあげた。

「わわわっ! ど、どこへ連れて行く!」

——あああ、もうおしまいだ!

進一は枡田の肩に揺られながら、覚悟を決めた。せっかく犬鳴や谷と興《おこ》した行動だったのに、何一つできないうちに終わってしまうとは。家には体調の悪い初音もいるのに……。思い残すことは無数にある。ここで殺されるのか、北の果てへ送られるのか。北海州で始まった第二の人生は、早くも終止符を打たれようとしていた。

枡田は進一を肩に建物の外へ出て、白樺の林をずんずん進んでいった。草や木の枝が進一の身体を掠《かす》めていく。しばらくして不思議なことに気づいた。枡田は、進一に枝葉がかからぬように、大きな腕で払いのけているのだった。そういえば、午前中に建物に担ぎ込まれた時はひどく乱暴に扱われたが、今度はやけに穏やかなような気もする。

やがて枡田は足を止めた。彼は進一のお尻を手で支え、ヒョイと地面におろした。進一は二本の足で柔らかな土の上に立った。

「?」

進一はキョトンとして枡田を見上げた。

枡田はいかつい顔を申し訳なさそうに歪め、

「すまなかった」と、頭を下げた。

「ななな、なんです急に」

「いくら事情が事情とはいえ、最初はわからなかった——それは勘弁してほしい。だが二回目は、他に手が無かったんだ」

「ちょ、何のことだかサッパリわかりません。頭を上げてください」

「すまん、このとおり!」

「だから、その……?」

やりとりが続く。と、白樺林の奥の方から高らかな笑い声が聞こえてきた。進一は声の方を振り返ってぎょっとした。

「いやあ、驚いたよ。根澄さん」

十メートルほど先の木立に立っていたのは、誰あろう犬鳴哲志だった。

「い、いい、犬鳴さん!」

「根澄さん、落ち着いて。まさか酉井グループに単身乗り込むとは思わなかった。無茶をするなあ」

進一は犬鳴と枡田に交互に目を向け、

「これは一体どういう事なんです?」

「ホント、九死に一生ですよ」

　犬鳴は説明を始めた。

　――犬鳴と枡田は、互いの志を知るようになってからは定期的に落ち合って情報交換をする仲だ。今日はちょうどその日で、枡田は羽田の注進《ちゅうしん》で進一を建物に押し込めた後、犬鳴に密会した。犬鳴は枡田に「今日から仲間が例の写真を持って回っている」と言った。枡田は「ついさっき、ボランティアで一緒だった男を取り押さえた」と告げた。犬鳴は男の様子を伺ううちに、それが進一であると確信した。

『枡田さん、たぶんその人は仲間だ。前に言った根澄進一だよ。写真を見せようと思って西井グループに行ったんだ』

　枡田も進一のことは少し知っていた。以前グループ棟にやってきたことも覚えていた。だが、その頃と今では進一の様子が違った。今はひげも髪も伸び放題。以前はひげだけは剃っていた。

　犬鳴は苦しげに
『根澄さんは北海州に来て日が浅い。西井グループの恐ろしさをわかっていないんだよ』

　枡田は焦燥《しょうそう》の面持ちで
『グループの手前、簡単に逃がせやしない。出掛けている西井が戻る前に逃がせば俺が疑われるし、遅すぎたら彼はきっと葬《ほうむ》られる』

『彼は大事な仲間だ。何とかできないか？』

　二人は計画を立てた。その結果、枡田は西井が戻ったギリギリのタイミングで進一を奪還《だっかん》し、犬鳴は近場で待機する、という段取りになった――。

「と、いうわけです」

　犬鳴は話を締めくくった。

「そうでしたか」

　進一はいくらか落ち着きを取り戻した。

「すまん。知らなかったんだ。このとおり！」

　枡田は深々と頭を下げた。

「頭を上げてください。事情はわかりましたから。……けれども、西井グループはぼくが脱走したと思って追ってきませんか？」

「それなら大丈夫だ」

　枡田は日頃、抗争相手の要員を捕まえると、ひどい目に遭わせて帰しているのだという。敵方は帰ってきた仲間の有様を見て戦々恐々《せんせんきょうきょう》、矛《ほこ》を収める。これが抗争の延長の抑止力になっている。このように、帰すのが日常になっているので、今日に限っておかしいとは思わないだろう。

「一体どんな目に遭わせてるんです？」進一は尋ねた。

「まあ、いろいろだ」

　枡田は得意げに腕をたくし上げ、力こぶを見せた。

「二人とも」犬鳴は言った。「行こう。三人一緒にいるところを誰かに見つかったら面倒だ」

Chapter.8 希望

夕方、写真を持って回ったメンバーは再び集結した。

面々は自分たちが回った手応えを語り合った。

「写真を見せたら怒り出してね、大学許すまじって」

「喧嘩してたグループに詫《わ》びを入れなきゃって青い顔してさ」

「いろいろ思い出してこらえきれずに泣き出した人もあったよ」

犬鳴はみんなの中央に立ち
「で、みんな肝心なことは伝えましたか?」

「ええ、もちろん」

「伝えた、伝えた」

「犬鳴さんから指示があったとおり、一週間後の正午に人間大学駅前広場に集まるよう声をかけました」

進一はその話を知らなかった。どうやら自分が拘束されている間にできた決め事らしい。

ふと誰かが
「そういやあ、根澄さんは酉井グループに突入したって?」

「ほんとかい? そりゃ蛮勇《ばんゆう》というものだよ」

「よく無事に帰ってきたね」

「知らないって怖いことだねえ」

進一は赤面して小さくなった。

犬鳴は眉をひそめ、

「みんな。根澄さんのことをいろいろ言うのは止めてくれ。みんなは怖がってあそこに近づかなかっただけだろ。根澄さんの行動は危なっかしいけど、一途さは認めるべきだ。私の掴《つか》んでいる情報によると、酉井グループにもこちらの理解者が何人かいる。そういう人々に誰か写真を見せに行きましたか?」

一同沈黙した。犬鳴は進一に目を遣り
「根澄さんも、困ったら尋ねてほしい。心を開きあった仲なんですから」

進一は恥じ入って「今後、気をつけます」と、頭を下げた。が、心の中では犬鳴の言葉に感激していた。

すると、

「うッす」

唐突に枡田寅雄があらわれた。面々は挨拶して輪に迎え入れた。枡田は面子の中に進一を見付け
「根澄さん、今日は本当にすまなかった」

深々と頭を下げた。筋骨隆々の偉丈夫《いじょうぶ》が身体を小さくして詫びる姿に、事情を知らない面々は「何があったんだ?」と目を丸くした。

犬鳴が言った。

「枡田さん、来てくれてよかった。一週間後、人間大学駅前で集会を執り行う。打ち合わせたいこともあったんだ」

「俺もそのつもりで来たんだぜ」

メンバーは枡田を加えて話し合いを始めた。日時と場所をおさらいし、演台の位置、発表内容や順番等々、事細かに決定し

た。しかし、集まる人数が予測できないので、基本的に「臨機応変」ということになった。

　ひと通り、話し合いが終わった。

　息の抜けたところで、進一が枡田に尋ねた。

「以前から気になっていたんですけど」

「なんだね？」

「枡田さんほどの方なら、西井グループに組みしていなくても立派に諜報活動はできるでしょう。なのにどうして、あんなところに？」

「あそこにいるとたくさんの情報に接することができる。諜報活動には一番だ。それに、俺はグループに用心棒として金で雇われている。俺にだって生活はある。金は大事だよ」

「そうだったんですか……お金ねえ」

「そう、お金！」

　犬鳴が声を上げた。みんなが顔を向ける。

「西井は本土では実業家としてかなり成功した人物らしい。北海州に来てからも商才と財力で巨大グループを築き上げた。富は重要だよ。西井グループは金があるから、用心棒を雇えるし、いろいろな物を整えられる。恩恵にあずかろうと人も集まるから、ますます富や力が集まる。西井は何もかも承知でやっているんだ。経済こそが、秩序をもたらすということを」

「経済？」進一が繰り返す。

「そうだよ。経済さ。根澄さん、以前あそこの商店街を利用したことがあるって言ってたよね」

「あります。ついさっきまで利用してたんです。このお恥ずかしい中途半端な髪型はそのおかげですよ」

「私の理想は、あの商店街を北海州全体規模でやることです」

「商店街を？　全土で？」

「そう。いま各地域の寄合や大学グループに目を遣ると、商店街や市場の機能を持っているところは確かに多い。けれども、抗争をしあっているから、市場同士が協力してさらに大きなマーケットになることは無い。むしろ敵対して互いの価値を削り合っている。

　もし、商店街や市場が手を取り合い、より良いサービスや商品を提供できれば、つまり巨大な経済コミュニティができれば、どんなに素晴らしいことか。そうなれば北海州はますます住み良くなるはずです」

　犬鳴の弁に、進一は聞き入った。瞼《まぶた》を閉じると理想郷の北海州がありありと浮かんでくる。本土で多種多様に経験を積んだ高齢者たちが、自分のできることを通じて貢献しあう。自然の豊かな北海州で、人生の終盤を満たされて過ごす。そんな楽園である。

　そのためには手を取り合い、お互いを思いやり――。

　進一は力強く言った。

「それ、実現しましょう、犬鳴さん」

「ああ。必ず。まずは一週間後だ」

「はい。どれだけ仲間が集まるか――」

進一が一日ぶりに家に帰ると、西の空は暗くなろうとしているのに、明かり一つ灯《とも》っていなかった。扉を開ける。静まり返っている。奥の小部屋を覗き込む。敷きっぱなしの寝床に初音が横たわっている。病人特有の匂いがした。彼女は目を閉じ、胸を微《かす》かに上下させていた。

「初音」進一は囁くように妻の名を呼んだ。

小さな呻《うめ》きとともに、布団の皺《しわ》が弱々しくうねった。

「帰ってきたの？」

弱々しい掠《かす》れ声。

「ごめん」

「何を謝っているの」

「その……ゆうべ帰らなくって」

「なんだ、そのこと」

初音はゆっくりと上体を起こした。窓から差し込む夕方の微かな光が、頬骨《ほおぼね》の浮いた初音の顔に奇妙な形の影をかたどった。進一は胸を押しつぶされる思いがした。

「俺、もう学校辞めるよ」

「何言ってんの？　バカじゃないの？」

「だって、きみがそんな具合じゃ、俺はとてもじゃないが……」

「とてもじゃないが、何なのよ」

「きみには看病が必要だと思う」

「本土の頃を思い出しなさいよ。あたしがどうなってたって見向きもしなかったじゃない」

それはお前も同じだ——口まで出掛かったが飲み込む。

初音はうつむいて言った。

「あんた、ちょっとずつ変わってきているよね」

「なんだよ、いきなり」

「たまに話してくれるじゃない。学校のこと、グループ同士の喧嘩のこと、いろんなお友達のこと」

「ああ」

「いま、そのお友達と大事な仕事をしてるんでしょう？」

「うん」

「そんならそれを、最後までやり遂げなさいよ。それが終わらないのに大学辞めるなんて、おかしいよ」

「それじゃ看病は」

「看病なんかいらない。あたしは大丈夫だから」

「何を根拠に大丈夫だって言うんだ？」

「病院に行ったら北の果て送りになるかもしれないでしょ？　かといって藪《やぶ》医者に掛かったら損がいくばかり。ってことは、何もしないでこうしているのが最善ってことじゃない」

「おい、それじゃ……」

「こんなこと言うの癪《しゃく》だけどさ。あたし、こっちにきて幸せなんだよ」

「言っていることがわからないな。どこが癪《しゃく》でどこが幸せなんだ？」

初音は口の端に笑みを浮かべて言った。

「あんたも気づいていると思うけどさ。こっちに来て、あたしたち前よりもずっと夫婦らしくなったよね。本土にいた時は子どももないし会話もなくてさ。ホントのこと言うと、あたし、妻でいるにはだいぶ強がらなきゃ神経が持たなかったよ。つまり、あたしをこんな荒っぽい性格にしたのはあんたなんだからね。そのあたしが、あんたに向かって幸せだっていうのが、癪《しゃく》じゃなくてなんなのよ」

　そこまで言って初音は咳《せ》き込んだ。進一は背中をさすり
「あんまりたくさんしゃべるな。わかったから」

「二人で向かい合って食事をとる時、あんたが学校のことを話してくれるでしょ。その時思ったんだ。『ああこれが夫婦の幸せなんだ』って。聞いているうちに夫の気持ちに感情移入していく——実にのんびりしているけど、なかなか得がたい幸福感。話を聞いているうちに、夫であるあんたが今大学で何かをしようとしているのを、妻であるあたしが応援したい気持ちになるのは当たり前じゃない」

「初音」

「だから、たとえあたしが死んだって、大学を辞めるなんて許さないからね」

　進一はこぼれおちる涙を拭いもせず、じっと初音を見つめていた。初音の目にも涙が溢れていた。彼女は力なく微笑むと、右の拳骨《げんこつ》を弓の様に引き絞り、エイッとばかり進一の肩を殴った。

「いでッ！」

「めそめそしてる暇があったら、ピーコに餌！　あたしに食事！」


人間大学駅は大学名を冠しているが、大学まで徒歩で三〇分はかかる場所にあった。

　駅の辺りがもともと何という地名だったのか知る者はなく、調べようとする者もいない。わずかな情報によるとその昔は炭鉱町だったらしい。が、その痕跡を示すものはほとんど残っていない。唯一と言えるのが駅前広場に屹立《きつりつ》するレンガ壁である。高さ三メートル、幅四メートル、厚さ六十センチほどの一枚の壁面で、上辺は犬歯《けんし》の様に鋭角《えいかく》に削られ、天に向かって牙を突き立てている。おそらく以前ここにレンガの建物があったのだろう。それが崩壊、風化を経て、現在に至っている。いかにもモニュメントのような佇《たたず》まいである。全体的に白っぽく、眩しい。それで学生たちは「光の壁」などと呼んでいた。

　犬鳴らが集会を呼びかけて一週間、早くも開催の日がやってきた。

　進一はこの一週間、毎日大学に赴いて精力的に人に会った。かといってあまり大っぴらには動けなかった。やっていることは大学批判である。大学に知られたら全てが水泡《すいほう》に帰《き》す。それどころか、我が身に危険が及ぶかもしれない。大学に立てつくことは、北海州の行政機構を敵に回すこと、すなわち本土政府に刃向かうことになる。進一は犬鳴から聞いた「九人の呆れた男」の逸話を思い出した。決してぬかってはならない。

　進一にはもうひとつ、しくじるわけにいかない理由があった。初音のことである。

　初音の身体は日々弱っていった。少しでも初音と一緒にいる

時を増やしたい。そのためにも、無事かつ迅速にコトを済ませたい。

ついに迎えた集会の日、出掛けようとする進一の背中に、初音が声を掛けた。

「何かのために生きるのと、何かのために死ぬのでは、どちらが高尚《こうしょう》？」

「ヘンなことを聞くね」進一は苦笑いした。「生き死には結果だよ。とにかく何かのために、命を燃やすことが高尚なのだと思う」

「フッ」

「何かおかしかった？」

「あんた、ホントに大学生みたいね。高齢者なのに。青臭いわ」

「きみの質問も十分青臭かったよ」

「あたしは残りの人生、あんたの望みが叶うのを見届けるために生きるよ。だからあんたは、自分の望みを叶えるために、死ぬ気で生きて」

「重いなあ」

「さあ、行ってきな！」

と、背中をドンと叩かれて二時間半後。

進一は人間大学駅の駅前広場に立っていた。

時刻は午前十一時。集会の開始予定の一時間前である。

——さすがに誰も集まっていないだろう。

予想通り、駅前広場は普段同様、閑散《かんさん》としていた。道行く人は少なく、剥げた地表から乾いた白砂《はくさ》が見えている。

光の壁の方に目を遣ると、犬鳴の後ろ姿があった。進一は近づいていった。

「こんにちは、犬鳴さん」

「ああ、こんにちは根澄さん」

犬鳴は光の壁を向いて立っていた、首を後ろに反らせ、天に牙を突きたてる突端をじぃっと見つめている。進一が近づいても振り返らず、姿勢を崩さない。

「どうしたんです？」

進一は犬鳴の隣に立ち、彼と同じように壁の突端に目を遣った。

「いやなに」

犬鳴はいつもよりいくらかリラックスした様子で言った。

「ちょうどさっき、あのてっぺんと太陽が重なったんだ。するとこの壁が逆光で真っ黒になってね。途端に涼しくなった」

「はあ。今日は暑いくらいだからちょうどいいですね」

「うん。ま、思ったのは——壁って何だろうね？　壁は物を見えなくするけど、何かから守ってくれもする」

「何だかよくわかりませんが」

「私にもわからんよ」

進一は犬鳴の隣に立ち、そのまま一緒に壁の突端を見つめた。

しばらくして
谷丈の声した。

「二人ともお早いですね」

「今来たばかりですよ」進一は答えた。

「二人で何を見てるんですか？」

「あの壁のてっぺんです」

「何かあるんですか」

「いや、別に」

犬鳴が口を開き、

「谷さん、あのてっぺんだけどさ。今でこそあそこがてっぺんだけど、その昔はきっとあそこから上があったんだよ」

「はあ。そうですね」

「我々は、今はそれを目にすることができなくても、一つの痕《こん》跡《せき》から全体のイメージを構築することができる。もっと高いところのね」

「どういうことでしょうか」

「さあどういうことだろう」

進一は、自分の隣に谷が立って同じように天を向いたのを感じた。

太陽はほぼ中天にあった。広場は全体に白く輝いた。ひとり、またひとり、短い影を引きずって人が横切っていく。広場の一角の切り立ったレンガ壁。その根元に三人が立っている。首を反らせ、壁のてっぺんを見ている。行き交う人々は三人につられて壁のてっぺんに目を遣るが、もちろん何もない。

――おかしな連中だ。

通行人は怪訝《けげん》な顔をして立ち去る。

どれくらい時間が経っただろう。

「おう！」

進一は声の様子から枡田だとわかった。枡田は三人には加わらず、壁のすぐ脇の地面にあぐらをかいた。そのうち、いつも前の方で授業を受ける面々が続々と集まってきた。彼らは天を仰ぐ三人に声を掛けると枡田の近くに腰を下ろした。

太陽は高まり、日差しはますます眩しくなった。進一の頭を一筋の汗が、こめかみから耳の後ろを抜け、首筋からうなじを降りていった。

――周囲がざわついている……もしかしてかなりの人数が集まってるんじゃないかな？

進一はすぐにでも頭を下ろし、広場の様子を見たいと思った。が、もう少しこのままでいようと思った。犬鳴も谷も同じ姿勢を止めないので、進一もやめるわけにいかなかった。

「おう、お前ら」

突然、聞いたことの無い声が聞えてきた。気配から察するに三、四人連れだ。汗のにおいがムッと立ち込める。進一らは姿勢を崩さず、黙っていた。その男は壁と三人の間――一メートル半くらいのスペースがあった――に入り込み、

「お前さん方、ここがどういう場所だかわかってるのか？　命知らずなこったなァ」

低い声で言い放った。時折、視界を黒く長いものが行ったり来たりする。それはしばらく左右に揺れていたが、やがて進一の正面に位置を定め、天地を貫く一本の姿となった。それは何本も釘を打ち込まれた角材だった。

進一は動じなかったが心の中ではうろたえまくっていた。

――やれもうおしまいだ。どうやら大学に発覚したか、広場を縄張りにするグループに嫌われたか……。

黒目をウンと横に動かす。犬鳴や谷にも角材が向けられている。しかし二人ともまったく動じる様子が無い。命を賭けた戦いである。これしきのことでひるんではいけない。

前を向く。

角材の影がスッと天に翻《ひるがえ》る。

――もう駄目だッ！

進一は目を閉じた。

「やめろ、猪山《いのやま》」

枡田の声。

角材は――落ちてこない。進一は目を開いた。角材は依然として視界にある。

「なぁんだ、枡田の兄ィ。そこにいたのか」

「黙って見ていれば乱暴な真似をしやがって。言っただろう？　そいつらは本気だって」

「ああ。どうやらそのようだな」

角材は視界から姿を消した。乱暴者は声のトーンを抑えて言った。

「あんたらの覚悟はわかった。物騒な北海州のことだ。相手を試してからじゃなきゃ、おちおち信用なんてしてられねえのよ。悪かった」

枡田が付け加えて言った。

「犬鳴さん、谷さん、根澄さん。そのままの格好でいいから聞いてくれ。今お前さん方を試したのは猪山大悟《いのやまたいご》。例の畑荒らしの写真の撮影者だ。俺同様ちょっとガラが悪いけど、本土じゃ俺の警察時代、格闘家時代のライバルでパートナーだった」

「知っているとも」犬鳴は答えた。「猪山さん。お名前は枡田さんから伺っていました。写真を使うにあたって、まずはあなたにちゃんと話をしておくべきだった。ご挨拶が遅れてすまない」

「いいよ。枡田の兄ィから聞いていた。役に立ててくれて嬉しいよ。それより、俺も同志に加えてくれよ」

「もちろん歓迎する。谷さんも根澄さんも、異存はないね？」

「ええ」谷は答えた。

「もちろん」進一も同意した。

「そうか、ありがとう」猪山は嬉しそうに言った。

枡田はカラカラと声を立てて笑い
「猪山。良かったな。仲間になれたんだから、そんな物騒なものは放り捨てて、こっちに来て座れ！」

猪山が仲間になると、にわかに周辺が騒がしくなった。どうやら猪山の連れていた仲間が例の写真の複製を持っていて、広場を訪れる人に見せて勧誘しているようだった。人間大学駅を利用する人はほぼ学生である。写真の与える影響は大きい。

「う、ウソだろ？」

「あの講師が？　畜生め！」

「ってことは、俺たちは騙《だま》されてたのか？」

驚きの声があちこちから聞こえてくる。レンガ壁の突端を見つめる進一の耳は敏感にそれらの声を捉えていた。

「おい、お前さん方」枡田が言った。「そろそろ正午だぜ。いい加減に頭を下ろして、広場の方を向いたらどうだ」

犬鳴は落ち着いた様子で「もうそんな時間か」と言った。が、まだ頭を下ろさずにいる。谷は壁を見上げたまま、

「どれくらいの人が集まってるんだろう？　すごい雑踏《ざっとう》のようだけど」

進一は
「この感じだと、五、六十人はいるんじゃないかなぁ」

「えっ？　そんなに名前覚えられないよ！」谷は驚いた声を上げた。

「谷さん、根澄さん」

犬鳴は力を込めて言った。

「それじゃ私が合図するから、三人一緒に振り返ることにしよう。……せーの、それ！」

靴が砂地を滑り、三人はレンガの壁に背を向けた。

その時、一陣《いちじん》のつむじ風が広場の砂を巻き上げた。進一は腕で顔を覆った。上腕を乾いた砂が掠めてゆく。やがて風が落ち着き、砂塵《さじん》は地に吸い込まれていった。

目に、周りの様子が少しずつ映し出されていく。

進一は唖然《あぜん》とした。

眼前にひしめく大勢の人、人、人。右から左まで視界に収まらない。それがずっと向こうの建物のさらに向こうまで、十重《とえ》二十重《はたえ》に続いている。広い広場が狭く見えるほどである。たった一時間でこれだけの人数が集まるとは！

「何が五、六十人だ」枡田が言った。「俺が本土で格闘家をしていた頃、試合でとあるアリーナを満員にしたが、その時と同じくらいだ。ざっと二、三千人はいる」

「そ、そんなに？」進一は目をパチクリした。

「口コミはバカになりませんね」

犬鳴は冷静な口ぶりだったが、目は興奮に揺れていた。


その頃。

キャンパスに午後の最初のベルが鳴った。

講師は講義室に入るなり異状を察した。学生の数が少ない。いつもの半分もいない。電車が止まったか、災害でも起こったか。そんなことがあれば大学に連絡が来るはずだが、聞いていない。講師は教壇に立ち、教室を見渡した。

いつも一番前で授業を受けている学生の姿が、一人もいない。

講師はピンときた。ここ最近、彼らは授業が終わっても教室を去らず、かたまって話をしていた。一体何を話していたのか。真面目な連中だから授業の復習でもしているのだろうと思っていた。けれども、そうでは無かったようだ。

三日ほど前、講師はとある筋から「学内に良からぬ動きをしている集団がいる」という情報を入手していた。集団は一枚の写真を見せて回っている、それには講師らしき人の姿が映っているという。

『講師さん、警察と畑を荒らしに行ったでしょ？　その写真ですよ』

情報の提供者は学生だった。彼はその写真を自分の手に持ってはいなかったが、確かにこの目で見たという。

『証拠がありませんね』

『認めたくないなら認めなくてもいい。でも講師さん、放っておくと大変な目に遭うよ』

学生は暗に金を要求してきた。講師は彼を警察に引き渡し、北の果て送りにした。だが一度覚えた不安はなかなか消えない。

――チッ。気になるな。

講師は「今日は自習にします」と言って教室を出て行った。後ろの席にいた羽田芳巳は、隣の馬頭に一言二言耳打ちをし、二人して後ろの扉から出て行った。

Σ

「次の集会は来週の同じ時間、三つ先の駅前です」

群衆は犬鳴の次回予告を聞き、駅前広場から立ち去り始めた。

集会は約一時間にわたって行われた。熱のこもった犬鳴の演説に、聴衆の心は揺さぶられた。参加者のほとんどは人間大学の学生だった。事前に写真を見せられてやってきた者もいれば、通学途中でたまたま出くわし、そのまま参加した者もいた。集会が終わったのは午後一時くらいで、大学に行けばまだ講義を受けることができた。だが一人として大学に向かう者は無かった。これまで大学が「統一ルール」を謳《うた》い文句に人々を煽《あお》ってきた事実を知った以上、怒りが込み上げて行く気が失せたのだった。

それに、大学がこの集会を黙認するとは思えなかった。参加者にはきっと厳しい処断を下されるに違いない。そもそも体制に挑戦的な集会であることから、参加すること自体危険が予想された。警察があらわれて、取り締まりと称して荒っぽいことをする可能性もあった。

集会を終えた犬鳴らは、駅の外れまで移動して一息ついた。

「人、集まりましたね！」

進一は興奮冷めやらぬ様子で言った。

「うん。あれだけ大勢のッ……ゲホゲホッ！」

犬鳴は苦しげに喉《のど》を抑えた。

「犬鳴さん、しゃべりっぱなしだったからなあ」

谷は水筒を差し出した。犬鳴は喉を鳴らして水を飲んだ。

枡田は腕組みをし、

「俺はこれからしばらく犬鳴さんと行動を共にすることにするぜ」

「それがいい」猪山はうなずいた。「大学や警察から見れば、俺らは反乱分子。とりわけ犬鳴さんは一時間顔を見せっぱなしだった。生命を狙われかねない」

犬鳴はしゃがれた声で「たのむ」と言った。

「それじゃ、一週間後に三つ先の駅前で！」

メンバーは散会し、進一は帰りの電車に乗った。

午後の早い時間の車両は、進一ひとりきりだった。彼は疲れた身体をシートに委《ゆだ》ね、揺られながら思った。

――どうして警察は広場に来なかったのかな？

駅前にあれだけの人数が集まったのである。内容に関わらず警察が様子を見に来てもおかしくない。それに、今日の大学は空っぽに近かったはずだ。大学から警察へ連絡が行って、辺りの警《けい》らが強化されてもいいはずだ。

まあ、来なかったのならそれでいい。ちょっと気持ちの悪い感じもするが、集会は無事に済んだのだ。進一は心底ホッとしていた。

ガチャリと音がして、車両連結部のドアが開いた。

進一が振り返ると、

「おや、これはこれは」

そう言って揉み手をするのは、誰あろう羽田芳巳である。馬頭涼子の姿もある。

羽田に会うのは、酉井グループの建物に乗り込んで枡田と悶《もん》着《ちゃく》して以来である。あの時のいやらしい態度は目に焼き付いている。進一は不快な気持ちを抑え、そっぽを向いた。

「いやだなあ、根澄さん。そっちを向いちゃ」

羽田は進一の隣に腰を下ろした。進一は逆方向を向いた。するとそこには馬頭の顔。進一は二人に挟まれてしまった。

「正直、ぼくは今あなた方と話をしたくない」

「そんなことを言わないでください」

馬頭は哀れっぽい声で言った。

「私たちは勘違いをしていたんです。あなたが枡田さんとお知り合いとは、気がつかなかったんです」

「枡田さんと知り合いだったら何だって言うんですか」

「私たち酉井グループは、枡田さんの威信で成り立っているようなもの。彼は武神です。その枡田さんとお知り合いであることは、何にもましてスペシャルなことです」

「彼と私が知り合いだって、どこで知ったんです」

「私、羽田さんと一緒にあなたの様子を伺っていたんです。駅舎の裏でお仲間のみなさんと話をしていたでしょ？　あの大集会の後に」

「なぜ見張るような真似をするんです」

羽田が答えた。「なぜって、学校に知らせるためですよ」

進一は平静を装い、

「ふん。学校だろうが警察だろうが、突き出すなら突き出せばいい。ぼく一人がどうなろうと、今日は大勢の人に真実が伝えられたんだ。構うもんか」

「そうカッカしなさんな」羽田は手を振って言った。「今のはジョークです。少しばかりタチが悪かったことは謝ります。そうじゃなくて、私たちは根澄さんに聞きたいことがあるんです。だからこうして、嫌われているのも承知で話しかけてるんです」

進一は黙っていた。羽田はにこやかに続ける。

「あの犬鳴という男は、信用できる人物なのですか？」

進一は憮《ぶ》然《ぜん》として答えた。

「少なくとも、ぼくは信じています」

「枡田さんは犬鳴氏のことをどう考えているんでしょう」

「二人の絆は固いと思います。今日の集会も、二人の力で成し遂げられたようなものです」

「ほう……」

羽田は目を閉じた。彼は枡田が西井グループに属しながら他の人物と連絡を取り合っていた事実さえ、理解に苦しむようだった。

進一は羽田の眉間《みけん》の皺《しわ》を見て言った。

「枡田さんは腕っぷしは強いし、頭の回転も速い、けた外れの人物です。あなた方もよくご存知でしょう？　その彼が支えようとしているのが犬鳴さんなんです。どれだけの人物か、それでお判りでしょう」

「実は」馬頭が口を開いた。「私たち、ここ最近の学内の動向を見て、もしかしたらあなたがたの行動は、理に叶っているのじゃないかと思い始めているの」

「どういうことです？」

「どうと言われても、とても漠然としているのだけど……それに、言えないこともあります」

「言えない？　グループ内部で何かあるんですか？」

「ええ……。実は西井も迷っているんです」

進一は驚いた。あの西井が関心を示しているというのか？

羽田は眉をひそめ
「涼子さん、あなたは話が早過ぎる。こういうのは周辺をジリジリ埋めつつ確信に近づいていくもんです」

進一は呆れて言った。

「やれやれ。羽田さんはいちいち裏がありそうで、聞いててもしゃべってても肩が凝ります」

「根澄さんも皮肉屋になられましたな」

「あなたの魂胆はともかく、馬頭さんの意見に応えるとすると、西井さんのグループが仲間になってくれたら頼もしいし、犬鳴さんも喜ぶんじゃないかな……と、思います」

「おお、それを聞きたかった！」羽田は手を打った。

「素晴らしいわ！」馬頭は手を合わせた。

「ぼくらは来るものは拒みませんから、グループでよく話し合ってみてください」

「そうします。いやあ、根澄さんが話のわかる人で良かった」

「ところで、もしぼくの答えが色よいものじゃなかったら、どうするつもりだったんです？」

「もちろん、あなたを学校に突き出すところでした」

「ひどいな。洒落になりませんよ」

羽田はニヤリとし
「洒落なんか言うつもりはありません。ここは北海州。生き馬の目を抜く大地です」

進一は家の扉を開け、「ただいま」と言った。初音は椅子に掛けていた。今朝より顔色が幾分《いくぶん》良い。

「おかえり。なんか良いことでもあった？　顔に描いてあるよ」

進一は集会がうまくいったこと、羽田・馬頭の二人と会ったことを話した。

「あの二人に会えて良かった。当分は大学に近づかない方がいいことを教えてくれた。俺を含め主要メンバーは目を付けられているんだそうだ」

「じゃあ、大学通いは中止なんだね」

「うん。大学へは行けないけど、やるべきことはいっぱいある。二回目の集会の開催も決まったんだ。一週間後の正午に、人間大学駅の三つ先の駅前広場で行われる」

「そう」

「それまでは、きみの看病に徹するよ」

「大丈夫よ。あたしはあんたなんかの……ゲホッ」

進一は妻を寝床に横たわらせた。

その晩は妙に冷えた。家のあちこちで風が音を立てた。進一は裏に貯めていた白樺の皮を壁々の隙間に張り付けた。その後、初音のそばに腰を下ろした。

「ねえ、あんた」初音は夫に目を向けた。

「ん？」

「あたし、決めたんだけど」その声は弱いながら芯があった。

「何を決めたんだい？」

「北の果てに行くわ」

「へ？」

「あたし、北の果てに行くわ」

初音の目は真剣そのものだった。進一は困った顔で、

「何を言ってるんだ？　弱気になるなよ。気候がよくなれば、また表を歩けるようになるさ」

「病気とか、そう言う意味じゃないの」

初音は上体を起こした。

「あたし、思ったんだ。あんたが身を賭して北海州を変えようとしているのに、妻の私が足を引っ張ってたら、みんなに恨まれるって」

「そんな大袈裟な」

「今後、抗争みたいなのが発生したら、あんただけじゃなく、あたしの身に危険が及ぶこともあるかもしれない。あるいは、あんたの身に何かあったとして、病気が深刻になったあたしが独りだけ残されても、どうしようもない」

進一は黙っていた。

「もしあんたがどこかへ出掛けている時、急にあたしに『お迎え』がきたらどうするの？　あんた、そういうのわかってて大学に行ったりこんな活動したりしてるの？」

「それは……」

「いいの。その件はあたしがこの間『やれ』って言ったことだから。今言いたいのは、そういうことじゃなくて、あたしはあたしの人生を自分自身で決めたいのよ。自分の頭がしっかりしてて、身体も多少動くうちに」

「北の果てがどんなところだかわかったものじゃないぞ」

「先刻承知よ。でも問題ないわ」初音は不敵な笑みを浮かべた。

「あんたが北海州を変えて、北の果てという仕組みにもメスを

入れて、迎えに来てくれればいいじゃない」

進一は呆気《あっけ》にとられた。

「――といっても、あんたもあたしも高齢者。おまけにあたしは病人。迎えを待つといっても二年が限界だわ。あんた、二年以内に北海州を変えてよね」

「二年！」

「そうよ。そのかわり、できなかったらあんたも二年後に北の果てに来るの。どんなに元気でも、どっかのリーダー格になって金や物資で溢れてたとしても、北海州を変えることができなかったら、ピーコと一緒に来て。待ってるから」

進一は初音の顔をまじまじと見た。妻は笑うでもなく哀しむでもなく、陰影《いんえい》のある表情で夫の顔を見つめていた。

「あんた、わかった？」

「ああ……。けど、けど」

「けど、何よ」

進一は堪《たま》らなくなり初音の布団に面を突っ伏した。目頭が脈打って喉がつまる。しばらくは顔を上げることができそうになかった。

うなじに熱っぽい妻の手が乗るのがわかった。

翌日、進一は久しぶりに地元の寄合に足を運んだ。大学一辺倒で半年近く寄りついていなかった。近頃は初音も参加していなかったので、根澄家の訪問は寄合の人々の目を引いた。

「あれま、根澄さんのご主人じゃない？」

「久しぶりねえ、元気にしてた？」

「ええ、まあ……」進一は愛想笑いで切り抜けた。

木板が叩かれ開会となり、長老の挨拶が始まった。五人いた長老のうち三人が変わっていた。そういえば、地元寄合の名士だった栫谷羊一郎が北の果てへ消えて久しい。懐かしい人のことを思い出して、進一はしんみりとした。

集会が終わると市が立った。雑踏の中で羽田に出会った。進一は彼を木立の陰に引っ張り込んで尋ねた。

「かくかくしかじかで、妻を北の果てへ送りたいんです。どうしたらいいでしょう？」

羽田は目を丸くした。

「本気ですか？」

「妻は心臓に鉄筋が入ってます。一度決めたらゼッタイに揺らぎません。それに、妻の気持ちもわかるんです。協力してください」

「根澄さんの奥さんなら私も存じ上げていますが……自分から北の果てに行くなんて、前代未聞です。それでしたらタッタカさんに尋ねたらいいと思います。あの人は北海州の裏に通じる人だから」

二人は両替屋の竜田川を訪れた。彼のところには相変わらず行列が並んでいた。竜田川は机越しに講釈師《こうしゃくし》然と構え、目と口と手を別々に動かして一度に二、三人の要望を捌《さば》いていた。

「すみません、タッタカさん！」

「よお、根澄さん、久しぶり！　奥さんは元気かい？」

「それが……」

進一は言葉を濁《にご》してうつむいた。すると竜田川は顔色を変え
「何かあったんですか？　――おい、あんた方、今日はもう店じまいだ。急用でな。さあ、帰った帰った！」

竜田川はブーブー言う客を全部追っぱらってしまった。

「根澄さん、奥さんに何があったんだ？　聞かせてくれ」

「実は……」進一は事情を話しはじめた。

羽田は両替屋の小屋の脇に立ち、聞き耳を立てていた。

やがて話が終わった。

「なんてこったい」

竜田川は目を潤ませて進一の手を握った。「根澄さん、あんたァ絶対に成し遂げなきゃならないよ。初音さんは傑物《けつぶつ》だ。最初に会った時からそう思ってたよ。……わかった。北の果ての件、俺が手筈《てはず》をとってやる」

「本当ですか？　ありがとう」

「礼なんて止せ。涙ァ浮かべてるじゃないか」

最初のうち、進一は物事を大っぴらに知らせずに済まそうと思っていた。しかし、寄合で妻の安否を気遣う声を聞くうちに、そういう人たちの気持ちを無視するのは良くないように思われた。帰宅して妻にそれを話すと、「当然だけど、古代の皇帝のように華々しく送られるのがあたしの好みよ」と言う。これを翌日タッタカの他、羽田や馬頭に話すと、じゃあ寄合で生前葬みたくやろうかという意見が出た。この案がどこからか漏れ（たぶん羽田だろう）、とある長老の耳に入った。長老は初音の決意に驚き、前例の無い生前葬の計画に関心を示した。

「これまで『北の果て』といえば人生の終局を意味していた。しかしそれが自ら望まれて行われるのであれば、かつて本土で議論された安楽死の問題同様、画期的なことだ」

それから数日が経過し、次の寄合。

長老の挨拶が始まる前に、タッタカは進一の耳元に口を寄せ
「奥さんの迎えの来る日が決まった」

「いつです？」

「五日後。午後とだけ。時間はわからん」

「どこに来るんです？」

「わからないが、どこにでもくる。北の果て送りが決まった人間は、例えどこにいようとも、必ず決められた日に確保され、輸送される」

木板が叩かれ、寄合が始まった。挨拶で長老が初音の生前葬の開催を発表した。事情が説明されると、ほうぼうからすすり泣く声が聞こえてきた。

「皆の衆、別れの挨拶は五日後の会葬で交わすように。それまでは、夫・進一君と二人きりの時間を過ごさせてあげてくれ」

それから四日間、進一と初音は水入らずで過ごした。手押し車に妻を乗せて近くの温泉に出掛けたり、お互いに手料理を振る舞ったり。本土では考えられなかったほど仲睦《むつ》まじい日々に、進一の哀しみは募った。すると初音はそれを察し「あたし、待ってるからね。しっかりやるのよ」と言った。そう言う時の

彼女の目は潤《うる》むようだった。彼女もこみ上げる哀しみを堪《こら》える
ために、自分に言い聞かせているのだった。
　四日間はあっという間に過ぎた。寄合で行われた生前葬は、
初音の望み通り賑々《にぎにぎ》しく催された。初音を主役に、傍らに進一
を座らせ、全員で食事をした。食材も料理の労も全て初音を大
事に思う人々からの提供だった。食事の途中には、歌や踊りが
披露された。これも有志の企画だった。
「まるで結婚式みたいだね」
　進一がそう言うと、初音は恥ずかしそうに微笑んだ。
　朝に始まった宴会は、昼を挟み、日没近くまで続いた。する
と、どこからともなく白の軽トラックが姿を現した。
　誰もが一瞬でピンときた。
　運転席から男が降りてきた。ごましおの不精髭《ぶしょうひげ》で、目元の
暗い老人である。彼は寄合の参加者に一瞥《いちべつ》もくれず、初音に荷
台に乗るよう促した。初音は言われるままに荷台によじ登った。
「運転手さん、早く出して」
　男は荷台のアオリを固定し、運転席に戻った。
　エンジンが掛かった。
　人々は涙を流していた。しかし泣き声を上げる者はいなかっ
た。進一は瞼《まぶた》に力を入れ、初音の姿を目に焼き付けようとした。
ちょっとでも表情を崩せば、涙が溢れそうになる。初音はそれ
を見て
「最後になって、なに怖い顔してるのよ！」
　進一は真っ赤になり、「だって、俺……」
「バカね！　泣きたい時は泣けばいいのよ！」
　進一の心がブワッと崩れかかった。と、その時、トラックが
動き出した。
「みんな！　笑顔で！　さよなら！」
　小さくなるトラック。荷台のシルエットは、延々手を振って
いる。どこまでも小さくなって、芥子粒《けしつぶ》のように小さくなって、
やがて森の陰に消えた。
　寄合の森は、突如わき起こった泣き声に、木々の梢《こずえ》を震わせ
た。

　翌朝、進一は大きなリュックサックに必要最小限の生活用
具・衣類を詰め込み、我が家を後にした。
　今日は二回目の集会の日である。
　前回は物珍しさが手伝って人が集まっただけなのかもしれな
い。二回目はどうなるか——甚《はなは》だ不安だった。それに、この
一週間、進一は初音に付きっきりで、犬鳴にも谷にも会ってい
ない。その間に何か変わったことは無かっただろうか。予定の
変更などはなかったろうか。
　また、今日から犬鳴の家に厄介になろうと勝手に荷物をまと
めて出てきたが、犬鳴は受け入れてくれるだろうか。
——彼の家には最近枡田さんも転がり込んだんだ。あと一人増
えるくらいなんでもないだろう。
　楽観的に電車に乗り込む。車内で羽田と馬頭に会った。昨日
のお別れ会では一緒に涙を流してくれた。進一が礼を言うと

「それより根澄さん、あなたに渡そうと思っていたものがあるんです」

「なんです?」

羽田が差し出したのは一枚のカードだった。

「これは学生証ですね。ぼくは自分の物を持っていますが」

「あなたが奥様との時間を過ごしていた間に、大学は狩りをはじめたんです」

「狩り?」

「そう。集会グループ狩りです」

「集会グループって?」

「あなた方のことです。いつの間にかそんな呼び名が付いたんですよ。ほら、この学生証を見てください。隅の方に小さな赤い丸印が付いているでしょう? 二、三日前に全学生に押印されたんです。近頃大学に出てきていない根澄さんをはじめ授業を前の方で受けていた方々の学生証には、印が無い。学生証は電車のパスになるわけですが、この印の無い学生証で電車を降りようとすると、捕まります」

進一は驚いた。ついに大学が動き始めたか。

「根澄さん、これはあなたの学生証のレプリカに印を模造したものです。これがあればあなたは捕まらない」

「ありがとうございます。でも、どうしてそこまで……」

馬頭はウインクし
「私たちはあなた方の仲間ですから。当然ですよ、ネズミさん」

「あの、根澄です」

馬頭の発した「仲間」という言葉の真の意味がわかったのは、それからまもなくのことだった。

進一ら三人は、集会の行われる駅で下車した。新しい学生証で改札を抜けた。駅員は大きな荷物を訝《いぶか》しがったが、何も言わずに通してくれた。

ホームから駅前広場に向かう。駅舎の中にいながら、すでに轟々《ごうごう》とざわめきが聞こえる。相当な数の人間が集まっているようだ。

「根澄さん!」

呼ばれて振り返ると、駅の壁際にメンバーが集合していた。犬鳴、谷、枡田、猪山……

「あッ!」

進一は目を丸くした。なんと、そこに西井亘の姿があったのである。

西井は進一に頭を下げた。犬鳴は歩み出て、

「根澄さん。西井さんは我々の仲間になってくれました。グループのメンバーがあなたから話を聞き、それで決めたということです」

傍らで羽田と馬頭がニコニコしている。西井は興奮した様子で話し始めた。

「我々はこれまで見えない力に踊らされてきた。何者かの意図により、延々と抗争を続けてきた。私は黒幕の存在にうすうす気づいていたが、多くのグループは、それに気づかず、流血沙汰《ざた》を繰り返してきた。

そんな中、犬鳴氏は黒幕の存在を想定し、しかも暴き出した。これほどの慧眼《けいがん》が北海州におられたとは。私はすぐに同志になることを決意したのだよ」

「はあ……」

西井は右手を恭《うやうや》しく差し出した。しかし進一は握り返すに至らなかった。西井は手を引き、

「いやはや、無理も無い。先日の非礼もあるし、その前にも強引な勧誘をした前科があるからな。根澄さん、とにかく、私は今日からあなた方の仲間になる。どうかよろしく」

「それは……どうも」

進一はしぶしぶ頭を下げた。

「実はね、根澄さん」犬鳴は空気を変えるように言った。「私は先週の中頃からたびたび西井さんと話す機会を持っていたのだが、氏は北海州における重大な発見を語ってくれたんだよ」

「重大な発見？」

「そう。あまりにスケールが大きすぎて、私もすっかり見落としていた。でも、それで何もかも辻褄《つじつま》が合うんだ」

「それは何です？」

「私が説明しよう」西井は前に進み出た。

彼が話したのは大まかにこういうことだ。

北海州の大学・警察ならびに行政機関は、夕陽に映し出される巨大な人影みたいなもので、見た目と異なり実際は非常に小さく、我々が戦々恐々《せんせんきょうきょう》とするほどの力など持っていない――。

「私は度重なる抗争を戦ってきたが、相手は全て我々同様高齢者の集団だった。また、枡田さんの調査によると、我がグループと関係の無い抗争も、全て高齢者グループ間のいさかいだった。ひとつとして、北海州の警察が暴徒を鎮圧したとか、仲裁に入ったことはない。そこで気づいたのだ。北海州の権力は虚勢《きょせい》に過ぎないのではないか、と」

ついで犬鳴が言った。彼は西井に完全な敬語で話した。

「実はこの一週間、私は枡田さんと生活をすることになってホッとしていました。あれだけの集会を催したのですから、なんらかの処分があるだろうと覚悟していたのです。少なくとも、警察が踏み込んでくるくらいはあるだろうと。でも、それは無かった。他のメンバーの安否を確認しても通常通りだし、近所に見慣れぬ人影を見かけることも無かったのです」

「そう、まさにその点だよ。目下、私のグループでは羽田君と馬頭君にこれまでどおり大学に通ってもらっている。大学の動向を知るためだ。二人によると、大学は学生証に押印をしたり、授業で『例の連中とは付き合わない方が身のため』と脅しを掛けたりしているという。集会に対する明らかな嫌悪感を見て取れるが、実際に誰かが捕まったとか懲罰を受けたという話はひとつもない」

「それどころか！」羽田が割って入る。「大学は前の集会以来、講義で『統一ルール』について一言も言わなくなった。毎時間少なくとも五回は口にしていた言葉を、すっかり言わなくなるなんて！　しかも、最近の授業は自習ばかりです。もしやその

間に集会への制裁準備をしているのではないかと思い、探りを入れたのですが、講師は職員室でぼんやりしているだけです。……というより、この大学の講師って、一体何人いるんでしょう？　あれだけ学生がいるのに。私は八人くらいしか見たことがありません」

「それは講師に限った話じゃねえ」枡田は言った。「俺はここに来てからずっと諜報活動をやっている。諜報の最良の手法は、ターゲットの中に味方をつくることだ。俺は北海州の警察内部に仲間をつくろうとあたってみたが――確かに何人かはいる。けれども、思った以上に出会うことが無い。本当はほとんどいねえんじゃないかというのが、俺の見解だ」

　この後、馬頭涼子も猪山大悟も自分の意見を述べた。二人の話は見解というより事実そのものだったが、西井の説を裏づけるには十分だった。

　進一はすっかり驚き入り

「皆さんのおっしゃることが本当なら、これは大発見です」

「そうです」犬鳴はみんなを見渡した。「我々は北海州のことを『監視付きの牢獄《ろうごく》』のように思い込んでいた。その枠内で『統一ルール』などの空虚《くうきょ》な夢を与えられ、無邪気に殴り合ってきた。だが、本当は北海州行政にそんな力は無い。彼らは我々に『北海州は監視が厳しく逆らうと損だ』というイメージを流してピリピリさせ、相食《あいは》ませていたんです」

「なんて話だ！」

　谷は怒りの声を上げた。進一も怒りを覚えた。だが、ひとつ腑《ふ》に落ちないことがあった。

　進一は、誰へ、ということなく尋ねた。

「じゃあ、『北の果て』とか『運動会』というのは、どう説明するんです？」

「それは……」西井は眉をひそめた。「私見だが、おそらく北海州と運動会は、全くの無関係ではないにせよ、別個の意思が介在しているように思われる」

　進一は声を落として言った。

「先週、私は妻を北の果てに送ったのです。妻が行くと言ってどうしても聞かなかったので……」

　沈痛な空気が流れた。

　枡田が口を開き、

「まさか自分から行くなんて、キモの座ったカミさんだ。一度くらいお会いしたかったものだな……。

　おっと、犬鳴さん、そろそろ開会の時間だぜ」

「おお、そうだ」

　犬鳴は顔を上げた。駅舎の外から規則的な手拍子が聞こえる。人々が待ちわびている。

「西井さん」犬鳴は言った。「今話した北海州の虚勢の話を、みんなの前でしてくれませんか」

「わ、私が？」

　西井は目を丸くした。

「そうです。あなたの知名度、カリスマ性は、ここにいる誰よりもずば抜けている。いまこそ、あなたの影響力が必要です」

「しかし、この集まりはお前さんが作り上げたものだ。私なんぞ」

「いいからいいから」

犬鳴は西井の背後に回り、背を押して外へ向かった。


その日の集会は、犬鳴が口火を切り、西井亘が講演をした。集まった群衆の数は一週間前とは比べ物にならなかった。人の海は駅前を起点に、最後尾が霞《かす》んで見えるほど広がっていた。西井が登壇すると、群衆の呼吸は轟々《ごうごう》と音を立てた。西井亘は、良い意味でも悪い意味でも、北海州では知られた存在である。少なくとも人間大学の学生で知らない者はいない。その彼が、まさかこの場に姿をあらわすとは、誰も予想していなかった。

「皆さん！」

西井の演説は実に手慣れたものだった。抑揚《よくよう》といい、発声といい、言葉のチョイスといい、完全に聴衆を制御していた。西井は犬鳴に託された通り、北海州の虚像について自説を述べた。群集は大学や行政への怒りを募らせた。高まった憤懣《ふんまん》は群集の自制を危うくするほどだった。誰かが声高に叫んだ。

「畜生！　大学め！　何が統一ルールだ！　みんなで今からあそこをぶっ潰しに行こう！」

するとと西井、まなじりを険しくし
「ならん！　我々の為すべきことは、理想の実現であって、怒りの矛先を叩くことではない」

突然口調を変えた西井の迫力に、群衆は押さえこまれた。

「我々はこれまでどれだけ血を流してきたか。その結果、一体何を手に入れたというのだ。だのに、今また血の刃を向けようとして、何の解決になろうか！

我々はまず、自らの理想を見出そう。その前に、私は宣言する。私は金輪際《こんりんざい》、抗争を行わない。抗争は敵方の思う壺だからだ。どうです、皆さん。私の宣言に賛同し、理想の建立に投じようという方はありませんか！」

西井の声は一人ひとりの心に刺さった。静まり返った群衆の中から、ひとつ、またひとつ手を打つ音が聞こえてきた。それは徐々に数を増し、拍手の波音となり、最後には激しい夕立のように降り注いだ。

進一はこの様子を脇の方で見ていた。

——犬鳴さんもすごいが、西井さんの求心力にもすごいものがある。

「すごいね、西井さんは」

振り返ると犬鳴の姿があった。彼は、群集の拍手を一身に受ける西井の立ち姿に、清々《すがすが》しい目を向けていた。

「彼の言う通り、私たちは北海州の情報操作によって『囚人のジレンマ』に陥《おちい》っていたのだ」

「囚人のジレンマ？」

「そう。ゲーム理論の有名な例示だ。二人組の犯罪者が別個に捕えられる。それぞれ、『相手のことを共犯だと白状すれば、相手の罪は重くなるが、お前の罪は軽くしてやる』と取引を持ち掛けられる。結果、二人とも白状し、両人とも重い罪に問われてしまうという話だ。相手を思って自白しなければ、二人とも軽い罰で済んだかもしれないのに、自分可愛さで仲間を捨て、結局二人とも損をしてしまう——哀れで滑稽《こっけい》な話だよ。北海州の場合は、グループ同士の疑心暗鬼《ぎしんあんき》が高じるあまり、相手のために何かを考える余裕なんて無くなっていたんだ」

「はあ……」

言われてみればその通りだ。思いも寄らない心理状態が北海州に影を落としていたのだ。

「ところで根澄さん」

犬鳴は駅舎の柱に置かれたパンパンに張ったリュックや手提《さ》げバックに目を遣った。それらは全て、進一の荷物だった。

「今日はどうしてこんなに荷物があるんです？」

「あっ。ええと……」

すっかり忘れていた。今日から犬鳴の家に転がり込もうと思っていることを、まだ本人に伝えていなかった。

進一はなるべく沈痛な様子で事情を話した。すると犬鳴は

「なるほど。さっき、奥さんが北の果てに赴かれたと聞いて、いろいろ大変だったんだなぁと思っていたが……その荷物は、家を捨ててきたというわけか」

「いや、捨てたわけじゃないんです。そのうち何かに利用できればと思っています。まあ、独りであそこに住み続けても切ないだけですし。そこで、そのう……できれば犬鳴さん・枡田さんと共同生活をさせてもらえればと思って」

進一は恐縮して肩をすぼめた。

犬鳴は顔をパッと明るくし、

「実に結構なことだ！　これで毎日語り合える。歓迎しますよ！」

集会は一時間ほどで終わった。しかし、群衆は二時間経っても三時間経ってもその場に残っていた。とめどない怒りが、知らない者同士をして語り合わしめていた。犬鳴ら集会の主催者も、駅舎の陰にひっこんで今後について話し込んでいた。時折人がやってきて、助力を申し出たり、今後の展望を尋ねに来たりした。中には「握手してください」と手を差し出す人もいた。

日が翳《かげ》り、夕暮れは駅前にひんやりとした風を運んできた。ようやく人々が帰り始めた。また次の集会で会いましょう、別れの挨拶を交わし、長い影をひきずっていく。その後ろ姿は高齢者だけに疲労を隠せないが、生き甲斐に満ち、どこか晴れ晴れとしていた。

「あなた方は人々に希望を与えている」

西井は犬鳴や進一、谷らを順々に見てそう言った。

「今日の功労者は誰が何と言おうと西井さん、あなたです」

犬鳴は手をかざし西井を称えた。進一も笑みを浮かべ、

「西井さん、ぼくは勘違いしていました。あなたは素晴らしい仲間です。よろしくお願いします」

そう言って手を差し伸ばした。西井はその手を固く握り返し

「ありがとう。根澄さんに快く迎えていただけるかどうかが一番の気掛かりでした。私がもっと身軽な身なら、あなた方と同

じ屋根の下に暮らし、一日中語り合いたいところだが、私には私についてきてくれるグループメンバーがいる。彼らはみながみな、あなた方のように強くはない。だから今後は、私個人だけでなく、組織全体として受け容《い》れていただきたい。このとおり！」

酉井は深々と頭を下げた。

「ブラボー！」

突然、谷が両手を挙げて奇声を発した。みなが驚いて振り向く。すると谷は顔を赤らめ

「いや、あまりに感動したので、つい大声を出してしまった。失敬」

そう言っておずおずと後ろに数歩下がった。ちょうど後ろにあった進一の荷物の端っこに、踵《かかと》がコツンと当たった。

コッ、コケッ。

「なんだッ？」

谷は、足元から聞こえた不思議な声に飛び退いた。みなの視線が進一の荷物に集中する。怪しくうごめく大きな麻の手提《さ》げ袋。しばらくひとりでにゴソゴソ動いていたが、やがて袋の口からニュッと顔を出したのは――一匹のニワトリだった。

「ピーコ！」進一は声を上げた。

「どうしてこんなところにニワトリが？」犬鳴は目を丸くした。

「驚かせてすみません。うちで飼ってたニワトリでして。本当によく寝る奴で、時を告げるのも寝坊するんですよ。朝からずっと袋に入れてたんですけど、電車の中でも起きなくて。谷さんに蹴られてようやく目が覚めたみたいです」

「ってことは、ウチにくるのは根澄さんだけじゃなく、ピーコちゃんも？」

犬鳴は意外にも顔をほころばせている。どうやら動物好きのようだ。進一がホッとしていると、

「まあ、オンドリじゃありませんこと？」

背後から女性の声がした。

振り返ると、進一の知らない女性がいた。健康的に太った、色の浅黒い女性である。犬鳴は彼女の顔を見て、

「おや、こんにちは。――根澄さん、こちらは私の近所にお住いのご婦人だよ。集会を聞きに来てくださったんだ。この方もニワトリを飼っていて、たまに卵をいただくんだ」

「へえ、そうですか」進一は愛想を浮かべ「うちのピーコは名前は女の子ですけどオンドリで、卵は産まないんですよ。いいなあ」

ピーコはコッコッと鳴きながら、辺りをうろついている。酉井は身を屈めて手を差し出し、ほれ、ほれ、と言っている。女性はその様子を見つめ

「それじゃ、あなたさま、ピーコちゃんをウチで預からせていただけませんか。ウチのメンドリとつがいにすれば、やがてヒナが生まれますわ。メンドリが産まれたら、うんと卵が取れますわよ」

「それは素晴らしい！」犬鳴は目を輝かせた。「それぞれのニワトリは、このままだとただのペットか、寿命が来るまで卵を生産するだけで終わる。けれども飼い主が手を取り合うことで、ニワトリも卵も永遠に増え続ける環境が整う。これぞまさしく連携だよ」

「それはまさに私の目指している社会だ」

西井が腰を上げて言った。

「根澄さん、あなたは私のグループに来た時に見たでしょう。商店街の様子を。あれはまさに連携を具体化した社会。人々が手を取り合い、自分のできることをして社会に参画する。そうやって一人一人が自己の存在意義を確かめつつ、社会全体の底をあげていく」

「なるほど」進一はうなずいた。「それじゃ、奥さん、ぼくはこれから犬鳴さんたちと長い戦いに明け暮れることになりますから、その間だけでもいいので、ピーコを預かっていただけますか。もちろんエサ代はお支払いいたします」

「まあ、エサ代なんていいのよ。犬鳴さんのおうちに寄宿されるのなら、たまに卵をお持ちしますわ」

「ありがとうございます！」

進一は頭を下げた。

傍らで身を屈めてピーコを見つめていた谷は、語り掛けるように言った。

「お前、よかったなぁ。オンナのところへ行けて。犬鳴さんのところに引っ越していたら、間違いなく枡田さんの胃袋行きだったぞ」

「おい、てめえ」

枡田の低い声に、谷の笑顔が固まった。

夕方の駅舎に屈託《くったく》の無い笑い声が響いた。

集会は晩夏から秋の間にかけ、定期的に週に一度行われた。数を重ねるたびに参加人数は増えていった。

集会は各所の駅前広場を利用して行われた。駅の近くに住む人の中には、食事や飲料を販売する者もあった。集会の運営側はそれを拒まなかった。会に集まる大勢の人々の喉を潤し、食べ物を提供してくれるのは、むしろありがたかった。何しろみんな高齢者である。いくら北海州の厳しい風土や自給自足の生活に鍛えられているといっても、限界はある。補給は不可欠だ。

それでも集会中に脱水症や貧血で体調不良を訴える人は少なからずいた。

「これは放置できませんよ」

進一は事態を重く見た。全体の福祉を実現するには、前提として個々の安心が保証されていなければならない。そこは元公務員である。進一はドクターの常駐を訴えた。

すると西井が

「次は我が身のことだしね」

と、さっそく自分のグループに声を掛け、元医者を募った。すぐに十人ばかり集まった。足りないので看護師も募った。たちまち五〇名ばかり確保できた。

「さすが酉井さんだ。あっという間に医療団が結成された」

　進一が感心していると、犬鳴が、

「始まりは根澄さんの気づきだった。あなたは社会に対する観察眼を持っている。その背後には優しさがある」

「ほめ過ぎですよ」進一は照れ笑いをした。犬鳴は腕組みし

「それにしても、これだけ集団が大きくなったのだから、医療団だけじゃなく、お金を管理したり、メンバーや加盟グループを統率したり、ある程度のカタチをとらなければ。今後多くの人間を動員するのは難しくなるでしょう。せめて全体のリーダーは必要だと思う」

　進一も全く同感だった。

　集会参加者は増加の一途で、運営のメンバーに加えてくれという声も後を絶たなかった。中には大学のグループや地域の寄合が、組織で加盟させてくれと申し出てくるケースもあった。そういうところとはリーダーと会談を持つことになるが、現状、集会側はリーダー不在で、とりあえず代表格の酉井か犬鳴が対応をしている。これでは相手方に不信感を抱かれかねない。

――そういえば、今のグループが講義を前の列で受ける集まりに過ぎなかった頃は、誰一人リーダーの必要性を感じていなかったなあ……。

　初集会以来、進一らを取り巻く状況は大きく変わっていた。多くの人々の期待を集めている今、リーダー不在のままで立ちいかないことは、おそらく誰もが理解していることだろう。

　進一は、ぜひ犬鳴にリーダーになってもらいたかった。そもそもこの運動をはじめたのは彼だ。犬鳴以外に誰が相応しいだろう。

　ある時、進一はそのことを犬鳴に伝えようとした。しかし犬鳴は同じタイミングで

「私は集会のリーダーに酉井さんを推《お》そうと思う」

「えっ？」

　進一は呆気にとられた。犬鳴は進一の思いがはじめからわかっていた。犬鳴は落ち着いた口調で理由を話した。

「酉井さんは本土では知らぬ者の無い超有名企業の創業者。世の中の酸《す》いも甘《あま》いも知っている。今は集会が形作られようとしている大事な時。彼でなくてはリーダーは務まらないでしょう」

「けれどもぼくは犬鳴さんの方が」

「ご指名はありがたい。でも、今の状況で私は適任ではない。私は酉井さんのバックを支える方が向いていると思います」

「そう……でしょうか？」

「でもね、根澄さん。集団の足腰がある程度固まってきたら、いつまでも酉井さんが適任ということもない」

「じゃあ、その時は犬鳴さんに」

「それはわからない。その時が来てみなくては」

「はあ……」

「将来を予想すると、私よりも根澄さんが適任かもしれない。いや、きっとそうなる」

「ぼ、ぼくが？」

進一は唾を飲んだ。何かを言おうとしたが、犬鳴の目があまりに真剣だったので、言葉が喉に引っ掛かって出てこなかった。


次の集会で二つの重要な決定が発表された。

この集会がリーダーを戴《いただ》くことになったこと、初代リーダーに西井亘が就任したことである。

満場の拍手の中、西井は就任演説に立った。

「これまで、我々が名を持たない集まりであることは、それ自体ひとつの態度であった。しかし、かくも巨大化した以上、何らかの名を持たねば、我々自身の同一性が保たれない。みなさん、今後我々の集まりを『協働《きょうどう》』と呼ぶことにしようと思うが、どうだろうか！」

轟々《ごうごう》と拍手が起きた。もちろん、グループ単位の加盟各位には根回しがしてあった。それらは全て犬鳴がお膳立てをした。彼は自分で言った通り、バックを見事に支えていた。

協働グループという名を得て、集会は性格を帯びていった。これまで単に「徐々に大きくなっていく新しい動き」に過ぎなかった集会は、様々な意見を束ねる知的な集団に進化していった。

名を得て最初に活発な議論が交わされたのが、「踊らされる北海州」論である。

これは、「北海州の大学や行政は、なぜ高齢者同士に疑心暗鬼を生じるよう仕向けたのか」という疑問について、様々な意見を総合したものである。大筋の結論はこうだ。

——本土政府が疑心暗鬼を植え付けた背景には、北海州の経済発展を妨害する意図、すなわち本土経済の安定のために北海州を消費地として維持する狙いがある——。

これを聞き、とある男性が「そういえば」と前置きして言った。

「俺は本土でずぅっと農業をやってたんだけどね。本土は景気が良かったから、キツい農業をやろうなんて人は減る一方だった。けれども人は食物がなくちゃ生きてはいかれない。政府は希少な農家が廃業しないように、あの手この手を尽くしとったよ。金も貸せば嫁も世話してくれたなァ。それだけじゃない。生産高を上げるために、バイオ研究も盛んだった。肥料は怖いくらい効いたね。おかげで農作物はバンバン育った。ところが、不思議なことに、大豊作になっても我々の収入は変わらなかった。いつも相場は一定よ。普通、豊作貧乏ちゅうて、値が落ちそうなもんだがね。おかしいと思っていたが、あれはもしかして北海州に売り付けとったのかもしれんね。

ウチの畑の一部で政府の実験農場を請け負った。遺伝子組み換えの苗とかね。実験だから実っても出荷はしない。政府が回収に来たけど、どこに持ってってたのかねえ。まあ、もらうモンはもらったから、後はどうでも良かったがね……」

同様の意見は農業に限らずあらゆる分野の産業から聞かれた。無論、真偽は探りようがない。けれども十中八九そうだろうと、みんな思っていた。

協働グループは日を追うごとに巨大化し、地理的な影響範囲を拡大していった。地域に点在する寄合集団の中には、それを面白く思わないところもあった。寄合によっては、偶然に技術者が揃《そろ》っていたりして、単独で運営できているところもあった。彼らは大学や警察と懇意《こんい》にして身の安全を確保しつつ、周辺の小集落に上納を迫るなど、まるで土豪《どごう》のようにあたりに睨みを利かせていた。

「土豪勢力には勧告文を出す」

酉井はそういう集まりに対し強硬路線をとった。武力をちらつかせ、強引に加盟させるのである。

進一はこれが気に入らなかった。これでは元の疑心暗鬼の時代と同じである。もう抗争はしないのではなかったのか。

「根澄さん、これは無論考えがあってのことだよ」

直談判に出向いた進一に酉井は答えた。

「私は本土にいる時に会社を経営していたのだが、競合と凌《しの》ぎを削り合う中で、あることに気づいた。それは、ライバルと協調関係を築こうと思ったら、穏便《おんびん》にしようとするだけが方法ではなく、張り合う時は張り合わなければならないということだ」

しかし進一は納得しなかった。

「それじゃお互いに意地になって報復合戦になり、ますます戦いが続く。仇討《あだうち》の連鎖になってしまうじゃありませんか。やはり話し合いが一番です」

「普通の人はそう思うだろう。私だってはじめはそう思っていた。社会には『みんな仲良く』『絆』『思いやり』なんて標語が溢れているからね。無理も無いよ。

でも現実は違う。仮に、とあるグループが攻撃を仕掛けてきたとしたまえ。もしそこで反撃しなければ、『こいつらは反抗してこない』と思い、ますます攻めの手を強めてくるだろう。それでもなお無抵抗でいると、こちらは疲弊《ひへい》の一途で、そのうちに本当に弱小グループになってしまう。そうなったら話し合いの機会を求めても、相手にされなくなる。そうなったらおしまいだ。いずれ征服されてしまう。

けれども、相手の攻撃に対し、こちら側から反撃の意思を明確に示せば、相手も報復を警戒して容易には攻めてこなくなる。競り合う過程で互いの力を認めるようになれば、そこから協力・協調の可能性も生まれてくる」

「そんなものですかね」

「私は何も暴力を推奨しているわけではない。力でくれば力であたり、話し合いでくれば協議のテーブルに着く。相手がどのような行動に出るかを予測した上で、自分の損害が最も少なくなる行動を選択するんだ。いわゆる『酉流ゲーム理論』というやつで、経営者には必須の思考法だよ」

進一はどうも腑に落ちなかった——というより認めたくなかった。いかなる思考法であれ、武力を用いることを少しでも許すような理論に、未来を託せるものだろうか？

だが現実は酉井の言う通りだった。酉井の強硬路線に対し、いくつかのグループが暴力で反抗してきた。協働グループは攻撃に毎回報復した。だがそれは相手を攻め滅ぼすほどではなく、目には目を、歯には歯を、された分だけの仕返しをした。しばらくいざこざを繰り返していると、どちらかが言い出して和平となる。そんなことが相次ぎ、二か月後には人間大学内のグループはほぼ全て協働グループに加盟していた。関係はすこぶる良好だ。

——きれいごとだけじゃ、世の中は変わらないんだなあ。

　西井の西流ゲーム理論をまざまざと見せつけられた進一は、すでに無根拠な平和主義者ではなくなっていた。報復が案外協調に近い行為であるとは驚きだった。進一は西井に敬服した。

「あなたは本土で経営をされていただけに、ロジカルで冷静です。演説ではあんなに熱く語るのに」

　西井は照れくさそうに、

「人を動かすには感情的に見せるのが効果的だからね。根澄さんだから種明かしするけど、私は本来は内向的な性分なんだ。演技するのはいつでも恥ずかしいよ」

Chapter. 9　真　実

協働グループの領域では、西井の主導で商店街システムが拡がり、少しずつ活況を見せていた。基本体系は旧西井グループのマーケットで、犬鳴は新たなルールとネットワークづくりに尽力した。伝統のない北海州に全く新しい経済の理念が生まれつつある。

西井と犬鳴は名コンビだった。二巨頭の陰で、進一は勉強の日々だった。グループの幹部にいるとはいえ、北海州にきて一年とわずか。いまだにわからないことが多い。北海州の地理と歴史をもっと知りたい。しかし参考になる資料はほぼ皆無だった。本土のようにICTが敷かれているわけではないので、情報収集は書物を読むか人に聴くかのいずれかしかない。だが書物はほとんど無いし、人に聴いても知っていることがバラバラで脈絡が無い。

「よし。散らばっている情報を集めてまとめよう」

進一は編纂室《へんさんしつ》を立ち上げ、北海州のあらゆる情報を集積することにした。犬鳴は大賛成で、住処《すみか》の一角を編纂室として衝立《ついたて》で区切ってくれた。情報屋の枡田も「非常勤だぜ」と釘を刺して参加してくれた。

西井もアドバイスをくれた。

「人の噂話を集めていても限界がある。人間大学の図書館ならまとまった蔵書があるはずだ」

「でも大学に近寄ったら何をされるかわかりません」

「私のグループの羽田君と馬頭君を使うといい。二人は表立って協働グループに所属させず今も大学に通っている。こういう時のためにね」

「なるほど。彼らに図書館の本を借りてきてもらいましょう」

羽田と馬頭は二つ返事で協力してくれた。借りた資料の複写も手伝ってくれた。カメラを持っている猪山大悟は、図表を撮影した。犬鳴家の地下室のプリンターも活躍した。編纂室は日に日に資料を増やしていった。

編纂室には多くの人が加勢してくれたが、正規の室員は二人だけだった。進一と、谷丈である。

谷は、犬鳴の家から三〇分ほど歩いたところに一人で住んでいた。犬鳴と同年齢であり、進一より年上である。

——きっと良家の坊ちゃんに違いない。

進一は初めて会った時からそう睨《にら》んでいた。おおらかでゆったりとしており、苦労の跡は微塵《みじん》も無い。だが不思議と金を持っている。集会を催すようになるまでは、仕事もせずに大学に通い、犬鳴らのサロンで安閑《あんかん》としていた。

くわえて自由人だった。協働グループの幹部であることは、別段役職に拘束されることでは無かったが、誰もが自主的積極的に参加するものだった。ところが谷は生来ののんびり屋で、集会などよほど大きい仕事でない限り、時間にルーズだった。

生涯のほとんどを公務員で過ごしてきた進一にとって、それは怠慢《たいまん》でしかない。しかもたいして働かない。編纂室の作業もほとんど進一の一人現場である。

――これだから……。

進一は嘆《たん》じた。まあそれでも、いま携わっている北海州の歴史資料編纂は興味深く楽しかった。むしろ谷は傍にいてもつまらぬことをウダウダ言うばかりなので、一人の方がよかった。

ある日、進一は犬鳴とともに大学図書館の資料を見ていた。図書館の資料は質・量とも優れていた。しかしどれも、北海州行政に都合よく作られているように見えた。

一冊また一冊と目を通していくうちに、進一は判の大きな薄手の本に辿り着いた。ふちが綻《ほころ》んで全体に黄ばんでいる。かなり古いものらしい。中はほとんど写真で、下部に小さく注釈が付いている。「某年某月某日、某所にて〜」事実のみが記載されている。北海州行政によって何らかの意向を付け加えられた形跡は無い。

「おや、それは面白そうだね」

犬鳴が進一の肩越しに本を覗いて言った。

「ええ、どうやら歴史写真集のようです」

進一はページをめくっていった。

・初期の寄合風景
・人間大学の設立
・新しい駅の除幕式
・北海州制度開始以来百艘《そう》目の船が到着

ページをめくるごとに、時代がさかのぼっていった。

「これはスゴイ資料ですね」進一は瞬きすら忘れた。

「うん。次、めくって」犬鳴の息遣いが荒い。

「はい……あ、これって本土じゃないですか？」

「そうだね。国会議事堂だ。ほら、こっちが北だよ。スカイツリーが見える」

「本当だ。次のこれは、どこかの港ですかね」

わくわくしてページをめくる。何ページか進んでいくと、

「あれ？　ここ破られていますね。ページ数が飛んでる」

「本当だ。しかも何ページかまとめて抜き取られている」

破り捨ては、ページをめくるたびにひどくなっていった。北海州が始まった頃までさかのぼると、ほとんど失われていた。あるのは北海州の草花や山林など、歴史と関係の無い写真ばかりだった。

「肝心なのが無い！」犬鳴は手を伸ばしページを無造作にめくって言った。「この本を破いた奴は、意図してこんなことをしたに違いない。きっと後世に知られたくない写真が載っていたのさ……ん？」

「どうしました？」

「ほら、この破られたギザギザのところ。おかしいと思わないか？」

進一は犬鳴の指さすところに目を遣った。

「うーん、手で無理に引きちぎったみたいですけど……」

「紙の表面は古くなって変色しているが、切れ目の繊維のところは白い。そんなに昔に破られたものじゃない」

「大学の仕業でしょうか？」

「大学が大学の持ち物を破損するだろうか」

「じゃあ個人の仕業ですかね？」

「たぶんね。……おや？　このページ、くっついているな」

犬鳴は、最後の方のとあるページの端をつまみ、爪を立てて強引に引き剥がした。

「あっ！」

犬鳴は声を上げた。

そのページには、どこかの海をバックに撮られた数十名の集合写真が掲載されていた。キャプションは次のように書かれていた。

・高齢者の集団移住制度に伴う北海州渡航団の第一号

「これは……貴重な一枚ですね」

進一は固唾を飲んだ。犬鳴は目を血走らせ、

「五十数年前の写真だ。ページがくっついていたせいで、破かれずに済んだんだな」

進一は写っている人の顔を順に見ていった。みな笑顔である。北海州もこの頃はまだ夢を見られる場所だったのだろう。グループ抗争も北の果ても無かったに違いない。写っているのはみな高齢者だが、目は若々しく輝いて見えた。

「おや？」

進一は、一人の男の顔に目を止めた。

「犬鳴さん、集合写真の要《かなめ》に座っているこの男……どこかで見たことありませんか？」

「どれどれ」犬鳴は進一の指し示す顔を見た。「これは……確かにどこかで見たような……」

「誰でしょうか？」

「うーん……」

二人が首を傾げていると
「すみません！　遅くなりました！」

玄関の方から声がした。進一と犬鳴が振り返ると、部屋の入口に谷丈の姿があった。

「あーッ！」

二人は顔を見合わせて驚きの声を上げた。

写真の人物はまさに谷と瓜二つなのだった。

「どうしたんです？」

谷は二人の側に歩み寄り、写真集に目を遣った。彼は一瞬表情を凍てつかせたが、すぐに笑顔になり、

「た、たいそう古い写真ですね」

と、軽い調子で言った。

進一は写真に写る一人を指差し、

「どうして谷さんがここに写ってるの？」

「私？」

谷は写真を覗き込んだ。やがて、ぎこちない笑みを浮かべ、

「やだなあ。確かにぼくに似ていますけど、この写真、相当古いものですよ。北海州渡航団第一号となっている。ありえないです」

「それもそうだな」犬鳴はうなずいた。

進一は写真と谷を交互に見比べ、

「確かに、この人物が谷さんだったとしたら、今ではもっとヨボヨボのはずだね」

「でしょう？」谷は大袈裟に呆れて見せた。「ヨボヨボどころか、とっくに冥土《めいど》の人ですよ……。さ、さあて、次の集会が近いから、資料を準備しなくちゃ。ええと、本を借りていきますよ。家に持ち帰ってやりますんで……」

谷はそう言うと棚から資料を引っ張り出し始めた。進一と犬鳴は谷に背を向け、再び写真に夢中になった。

「それじゃ、お先です」

谷の声。やがて、玄関扉の閉まる音がした。

――珍しいなあ、谷さんが自分から仕事しようとするなんて。

進一はもう一度写真を見た。谷にそっくりのこの男、集合写真の中央に位置しているからには、よほど重要な人物に違いない。一体どんな人物なのだろう。

それから五分も経たないうちに、また玄関扉の開く音がした。

「こんにちは。次回の集会の打ち合わせに来たよ」

床板を軋《きし》ませてあらわれたのは西井亘だった。彼はつぶらな目を向け、

「二人とも、一体何を見ているんだい？」

すると犬鳴、

「羽田さんに大学から借りてきてもらった資料ですよ。古い写真がいっぱい載っていて、なかなか貴重なものだと思います」

そう言って西井を写真集の前に促した。西井は首を伸ばして写真を見下ろした。

「北海州渡航団第一号？　いやはや、よくこんな古い写真を見つけたものだ」

進一は要の人物を指さし
「さっきまで、ここに写っている人物が谷さんに似ているといって大騒ぎしていたところです。ほら、ご覧なさい。似ていませんか？」

西井は言われるままに視線を動かした。

「あっ！　こいつは！」

何かに打たれたように身体を強張らせた。

「西井さん、この人を知ってるんですか？」犬鳴は尋ねた。

「もちろんだ。これはだいぶ若いけど、面差《おもざ》しは今も変わらない」

「え？　まさか今も生きているんですか？」

「ああ。ピンピンしてるさ。渡航団の第一号だったのか…」

「だ、誰なんです？」

「何を言っている。みんな一度は会ったことがあるはずだ。これは運動会を主催している人物だよ」

「えっ？　あの仙人みたいな老人ですか？」

「そうだよ！」

進一は写真の人物に目を凝らした。運動会で見た老人は古木のようにシワシワで、一見似ても似つかない。が、目鼻立ちや骨格に注意してじっくり見ると、確かに同一人物に見えなくもない。長らく運動会を探っている西井が言うのだから、間違いはあるまい。

ということは、谷と運動会の仙人も瓜二つということになるが——この時は進一も犬鳴も、その点について何も言わなかった。

しばらく写真を見つめていた西井が言った。

「我々がこのタイミングで写真に巡り合えたのも、何かの縁かもしれない。協働グループは今や北海州の未来を左右する力を持っている。だがその中で、解明されていない事が二つある。一つは北の果て、もう一つが運動会だ。いまこそ運動会にメスを入れよう。この写真を手に、運動会と交渉し、北海州の未来に新しい一ページを加えるのだ」

部屋は重々しい雰囲気に包まれた。犬鳴は進一を振り向き、

「最近いつ運動会が催されたかわかる？」

進一は手近に置かれたノートを開いた。ごく最近の出来事を記録しておくことも、編纂室の仕事である。

「ええと、二週間前に、大学から西へ二百キロの集落で行われたそうです。その前は一か月前、大学の北四〇キロくらいのところ」

犬鳴は腕組みし、

「二週間おきというのは定型なんだな。問題はどこで行われるか、だ。西井さん、どうしましょう」

「うむ」西井は少し考え、「次回の集会で運動会の情報を募集しよう。開催される近隣なら遅くとも一週間前から噂が流れだす。噂が立ったらいち早く伝えてほしいということ、伝えるんだ」

それから二か月が経過した。

西井は週に一度の集会で、毎度運動会の情報提供を呼び掛けた。ところが、噂は全く入ってこなかった。それどころか、運動会が開催されたという話すら聞こえてこなかった。

「どうなってるんだ？　なぜ運動会が開催されない？」

ある日の集会が終わり、西井はやきもきして言った。犬鳴は首を傾げた。谷は黙って突っ立っていた。

進一は手製のカレンダーに目を遣り
「本来なら四回行われているべきものが一度も無いというのはおかしいですね。まあ、高齢者をふるいにかけて北の果てに送る非情なイベントが行われないのは、良いことではありませんか。ねえ、谷さん」

「そ、そうだね」谷は小さくうなずいた。

「それにしても、わざわざこのタイミングで行われなくなるとは」

西井はどうしても腑に落ちないようだ。

「確かに」犬鳴が口を開いた。「まさか、我々が運動会の情報を

求めたから、運動会が行われなくなったとか……」

　こうして運動会は再び謎の海に沈みこんだ。

　進一の言う通り、無いに越したことの無いものだけに、ほとんどの人間がその状況を歓迎した。酉井と枡田はいつまでも腑に落ちない顔をしていた。この二人は北海州に足を下ろして以来、ずっと運動会の謎を追い続けてきた。これほど手掛りの無い案件は無かったが、今回古い写真を見つけたことで、謎の解明が進展するものと大いに盛り上がっていた。それが一気に減じられ、悶々《もんもん》としているのである。

　無い物を追いかけていても仕方が無い。

　協働グループには他にもたくさんの仕事がある。幹部連中は再び忙しい日々に戻っていった。


　ある朝。

　空には灰色の雲が低く垂れこめていた。風は無い。ほとんど葉を落とした白樺の林は、ずらりと並ぶ痩せこけた人の群れのようだった。空気が冷たい。時候を考えれば、そろそろ雪になってもおかしくない。

　犬鳴家のかまどには、もう朝の火が入っていた。パチリパチリと薪のはぜる音のする中、犬鳴・枡田・進一の三人は、朝食の支度をしていた。男ばかりの所帯だが、みな北海州生活でひと通りのことはできるようになっている。人間、年を取っても必要に迫られれば何でもできるようになるものだ。

　三人が粛々《しゅくしゅく》と動いていると、玄関から
「おはようございます！」溌剌《はつらつ》とした女性の声がした。

　同時にコンコンとノックの音。

「ぼくが出ます」

　進一は玄関へ赴き扉を開けた。すると、

　コケッ、コケッ。


「わ！　何だ？」

　扉の向こうにいたのは、一羽のニワトリだった。真っ白な羽毛に包まれ、赤いトサカは凛々《りり》しく、鋭い目で周囲を伺っている。

　進一はあたりを見渡した。人の姿は無い。

——まさか、このニワトリが人の声を発したというのか？

　すると、

「おはようございます」

　扉の脇から一人の女性が顔を覗かせた。

「おお、あなたは」

　進一は彼女に見覚えがあった。ニワトリのピーコを預かってくれている女性である。

　彼女は満面に笑みを浮かべ、

「根澄さん、お久しぶりです」

「これはどうも……ってことは、これ、もしかしてピーコですか？」

「そうですよ。立派になりましたでしょう？」

「いやあ、見違えました」

ピーコはコッコッと鳴いて進一の足元を行ったり来たりしていた。ヒヨコの頃のモコモコした産毛《うぶげ》はもう無い。どう見ても立派なオンドリである。女性はピーコに目を向けて言った。

「ピーコちゃんのおかげで、うちの飼育小屋には今やたくさんのヒヨコちゃんがいます。その子たちが大人のニワトリになったら、タマゴがたくさん採れることでしょう。ありがとうございます」

「いやあ、お礼なんて。全てあなたの働きです」

やがて奥から犬鳴と枡田があらわれた。ニワトリの鳴き声を聞いて何事かと出てきたのである。

「あらみなさん、おはようございます」女性は一礼した。「この間、根澄さんにお借りしたピーコちゃんがこんなに大きくなりまして。ヒヨコちゃんもたくさん生まれたので、今日はお礼に伺いました」

「それはわざわざご丁寧に」

犬鳴は笑顔で応えると、しゃがんでピーコの前に指をかざした。ピーコは指先に近づいて、くちばしでツンツン突いた。

「実は」女性は改まって言った。「今日はピーコちゃんを根澄さんにお返しに来たんです。それに、お礼と言ってはなんですが、可愛いヒヨコちゃんを何匹か持ってきたんです」

彼女は後ろ手に持っていた編み籠《かご》を前に出した。中からピヨピヨとさえずりが聞こえる。

「ほら、可愛い鳴き声が聞こえるでしょう？　みなさんは集会などで大変でしょうから、きっと心の癒しになりますよ。もちろん、大きく育ててお腹が空いたら……ね？　お礼ですので、どうぞご自由に」

進一は犬鳴と枡田を振り返った。しゃがんでいる犬鳴は神妙な目で進一を見上げていた。枡田はヒヨコの籠をじっと見つめている。

進一は女性を向き直り
「お気持ちはありがたいんですが、ぼくたちは集会活動で大忙しで、ヒヨコちゃんを飼う余裕は無さそうです。せっかくですが――」

「あら、そうですか……」

「状況が落ち着いたら、ぜひいただきに伺います。あと、勝手なことを言うようですが、もうしばらくピーコを預かってもらえませんか？　今お返しいただいても世話ができませんし。お願いします」

「まあ、お礼に伺ったのは私ですのに、頭を上げてください。わかりましたわ。任せてください。じゃあ、ピーコちゃんを、もう一度ウチの家族に戻しますね。ヒヨコちゃんたちも大人のニワトリまで育てておきますわ」

「私からも、そうお願いしたい」犬鳴は立ち上がって頭を下げた。「ピーコちゃんは我々協働グループの象徴的な存在。その お母さん役は、あなたしかいない」

「お母さんだなんて。子育ては本土でウンザリですわ」女性はカラカラと笑った。「それにしても、みなさん方はホントにお忙しそうですね」

進一は答えた。

「数日後に次の集会が行われるので、今は準備が目白押しなんです」

「ご苦労さまです。昨夜も遅くまで明かりをつけて――、あれは会議ですか？　大勢集まっていらっしゃったようだけど」

「え？　昨夜ですか？」

「あれ？　違いましたっけ？　――ああ、ここじゃなくて、谷さんのお宅でしたね。あなた方はいつでもどこでも一緒に居られるから、私、わからなくなっていましたわ」

――会議？　谷さんの家？　一体何のことだ？

進一が答えに窮《きゅう》していると
「そ、そうだったねー。遅くまで会議してたねー」

犬鳴は進一に目配せして言った。脇で枡田が憮然《ぶぜん》としている。

「でしょう？」女性は涼しげに言っている。「しかも、最近は連夜じゃありませんか。私たちは年寄りだから、朝は早いものですけど、あれだけ続いたらお身体に障るでしょう。気をつけてくださいね」

やがて女性はピーコを連れ、帰っていった。

三人は部屋に戻るなり、顔を見合わせた。

「一体どういうことだ」

枡田が低い声で言った。顔には怒りで赤みが差している。

「私にもわからない」犬鳴はフンと鼻息をついた。「言えることは、極めて不愉快だということだ」


進一も同感だった。

協働グループが会議を持つのはいつも犬鳴の家である。谷の家で行われたことは一度も無い。仮に、谷が他のメンバーと会議を持ったとしても、その報告が酉井や犬鳴をはじめ主要メンバーに伝えられていないのはおかしい。グループ内では情報を共有し合う約束が結ばれている。もし女性の言うのが事実で、他メンバーと会議をして無報告なら、谷の行為は裏切りにあたる。

「俺は以前からアイツは何か怪しいと思っていたんだ」枡田は眉間《みけん》に皺《しわ》を寄せて言った。「妙にふわふわしてるくせに、いつも大事な時にはちゃんといる。あのふわふわはわざとで、実はスパイなんじゃないかってな。ああ、だんだんハラが立ってきた。俺、今からアイツの家に行って、いろいろ吐かせてやるよ」

「まあ待て」犬鳴は枡田を制した。「谷さんは今日の午後五時にここに打ち合わせに来ることになっている。枡田さんは、彼がこっちにいる間に谷さんの家に潜入して、怪しいものが無いか調べるといいよ」

「フン。先に一発ぶん殴ってやりたい気もするが、その方が穏便か」

「ちょっと待ってください」進一が口を挟んだ。「さっきあの女性が言ってましたよね、大勢で会議をしていたって。谷さんが独りで暮らしているとは限りません。枡田さん独りで大丈夫でしょうか」

た。

「俺を見くびるなよ！」

枡田は進一に拳を握って見せた。進一は反射的に身をすくめた。

「相変わらず短気だな」犬鳴は口元を歪《ゆが》めて言った。「根澄さんがきみを見くびるわけがないだろう？　それより、今の根澄さんの質問で、私はちょっと厄介なことに気づいたんだが」

「何だ？」枡田は拳を握ったまま尋ねた。

「きみが強いのはともかく、単独行動はできるだけ避けるべきだと思ってね。だから谷さんの家にはきみと一緒に私か根澄さんのどちらかがついて行けばよいと思った。

だが、そうすると、ここが一人になる。ここにはいろいろな資料がある。他にも、三人の財産、グループの資金の一部も保管してある。一人で留守番するのはあまりにも不用心だ。そこで誰かを呼んで、ここの番をしてもらおうと思ったが――」

「そんなのいくらでもいるだろ。酉井とか羽田とか」

枡田はぶっきらぼうに言った。

すると犬鳴は目を細め、

「もし彼らが、谷さんの家に集まっている連中の一人だとしたら？」

「そ、そんな馬鹿な」枡田の口元が歪んだ。

「違うという確証は無い」犬鳴は静かに言った。「いい？　いま信じられるのは、ここにいる三人だけだ」

進一はゴクリと唾を飲んだ。彼もそのことに気づいていた。

「――じゃあ、こうしよう」

枡田は人差し指を立てて言った。

「五時に谷がこっちに来ている間、俺は奴の家を偵察に行く。中を調査できそうなら着手する。人の気配があったら止すよ。まあ、誰がいようが俺が負ける気遣いは無いがね」

「きみがその気になれば誰にも負けないのは承知してる」犬鳴は薄笑いを浮かべた。「だが、運よくきみの拳から逃れた奴が、逆上して私や根澄さんに襲い掛かってきたら、私らはお手上げだよ」

「ふッ。俺の目が黒いうちは、あんた方を危ない目には遭わせない」

「聞いたかい？　根澄さん。頼もしいねえ」

犬鳴の言葉に、枡田は満足気に鼻をしゃくった。彼はそそくさと着替えを済ませ、朝食もとらずに家を出て行った。

「五時まではだいぶ時間がありますがね」

進一は時計を見て言った。まだ午前中である。

犬鳴は淹《い》れたてのコーヒーを啜《すす》り、

「五時までじっくり周辺を調査して、外に怪しいものが無いことを確かめてから侵入するつもりだろう。彼はああ見えてかなり周到なタチなんだ」

「それにしても、犬鳴さんは枡田さんの使い方がうまい」

「なあに。彼の性格は、十分にわかっているからね。それよりも、谷さんが家で人を集めて何をしているのか、それが気がかりだ」

　太陽は、傾いたとはいえ、まだだいぶ高いところにあった。

　海から遠くない丘の上、葉の落ち切った白樺林がまばらな影を揺らすところに、谷の家はぽつんと建っていた。鋭角な三角屋根、窓は格子《こうし》付きで、元々人家だったようだ。

　屋根が半分しかない馬小屋のような家を割り当てられた枡田には、まずそれが忌々《いまいま》しかった。

　時刻は午後四時半を回っていた。枡田は家から百歩以上離れた岩陰に身を潜め、谷の家を見つめていた。格子窓の向こうに目を凝らす。人影は見えない。十分ほど前、谷丈が家を出て行った。彼以外に人がいないのは確かなようだ。

　枡田は岩陰を飛び出した。巨体だが俊敏《しゅんびん》で足音は立てない。あっという間に戸口まで辿り着くと、扉に耳を当てた。そして大きな手でノブを包むように握り、丁寧にひねった。小さくパチリと音がした。枡田が腕を引くと、ノブは扉からぶっつりと離れ、手の中に収まっていた。枡田はそれを家の前の干し草に放り捨てると、扉をゆっくりと手で押した。木戸は抵抗も無く開いた。

　――さて、仕事にかかるか。

　枡田はざっと制限時間を計算した。谷はつい十分前に家を出たばかり。ここから犬鳴の家まで徒歩で三十分はかかる。犬鳴の家に着くのは、おそらく五時頃だろう。それから打ち合わせが約二時間、雑談して三十分、帰り道がまた三十分……ということは、戻ってくるのは九時くらい。枡田が仕事をできるのは、都合三時間ということになる。

　枡田は手初めにリビングをあたった。十二畳ほどの広さで、毛の剥《は》げたカーペットが敷かれている。部屋の真ん中にテーブルが置かれている。部屋の隅に型崩れした衣装ケースが数段。窓の下に書き物机がある。

　――贅沢なところに住んでやがる！

　捜索が始まった。家具の中は言うまでも無く、カーペットの裏、床板の下、天井は羽目板まで外し、つぶさに調べた。奥にもう一部屋あって、そこには何も置かれていなかったが、壁を剥《は》がしたり床を打ったり、見られるだけのものを見た。しかし、どこからも怪しいものは出てこなかった。

　すぐに二時間が経過した。日が暮れて部屋は真っ暗になった。枡田は携帯用のＬＥＤライトを持っていた。酉井グループの電気技術者に頼んで、ゼンマイで充電できるようにしたスグレモノである。スイッチを入れると、ギトついた光があたりを明るく照らした。

　――俺がここまで探して何も出てこないのだから、谷はシロなのかもしれん。

　時間が無い。枡田は再度リビングを見渡した。衣装ケース、カーペット、テーブル……全て一度は調べ上げたものだ。

　最後に、書き物机に目を止めた。

　――あの机、大きさの割に抽斗《ひきだし》が小さいな。どういう構造になっているんだ？

　枡田は書き物机の両端を抱え、持ち上げてみた。すると、作り付けかと思っていた机はヒョイと持ち上がった。しかも意外に軽い。枡田は机を床に下ろし、抽斗《ひきだし》を引いた——中身が空っぽなのは調査済みだ。何度か出し入れをしてみる。抽斗《ひきだし》はやけに浅いところでガチッと引っ掛かる。力を込めてグイグイ引くが、それ以上は出てこない。枡田は力任せに引っ張ってみた。すると、抽斗《ひきだし》の底板がバリッと音を立てて割れ、その下に隠れたスペースがあらわれた。

「おやッ？」

枡田は外れた抽斗《ひきだし》を打ち捨て、奥に目を遣った。中から何枚もの紙の束が出てきた。全て一方の側面がギザギザに破れている。手に取ってライトをかざす。どの紙にも写真が印刷されている。写真の下には短い注釈が添えられている。紙の下の方を見ると、小さく数字が書かれている。ページ番号のようだ。

「これは……！」

間違いない。この間、犬鳴や進一が血眼になって見ていた写真集と同じ体裁だ。枡田は二人から写真集の件を聞いていた。抽斗《ひきだし》の紙束が、本の破られたページなのは明らかだった。

——本を破いたのは谷だってのか？　やっぱりアイツ、何かを隠していやがるなッ！

破かれた紙片を一枚一枚めくっていく。とある写真に目が止まった。一人の精悍《せいかん》な男が幼子を抱いて笑っている。男の顔は、集合写真の人物同様、谷丈に瓜二つだった。

——酉井の言うには、このオッサンが運動会の胴元《どうもと》だということだったが……畜生、俺だって運動会をずっと追いかけているのに、なぜその情報を掴めなかったんだ？

枡田は苛立ちのまま写真のキャプションを目にした。

・北海州制度の創始者にして移住第一号の衆議院議員　釈迦谷丈見君。（抱かれるのは愛息のタケル君）

枡田は息を飲んだ。

——愛息のタケル君……だと？

その時、入口の方で床板を軋《きし》らせる音がした。数人の足音だ。話し声も聞こえる。

枡田は焦った。谷丈が帰ってくるには早すぎる。もしかすると同居人が帰ってきたのかもしれない——そんなはずはない、食器も寝具も一人前しか無かったのだから。

そんなことを考えている暇はない。足音は徐々に近づいてくる。枡田は身を隠そうとしたが、周りに身を寄せられるものは何も無かった。窓の外に飛び出そうにも、羽目殺しの窓枠を破っている暇は無い。そうこうしているうちに、足音の主たちがリビングに入ってきた。枡田の目の前に三人の男たちが居並んだ。

部屋の空気が固まった。

枡田は目を見開いて相手を見た。みな高齢者である。中央の一人は松枝のように細く皺だらけの仙人風で、あとの二人は枡田同様腕に覚えのありげな老将然とした男たちである。身体つきはどちらも枡田よりひと回りは大きかった。一人は立派な顎《あご》髭《ひげ》を蓄えている。

仙人風の男が声を発した。

「御身は、どなたじゃな」

枡田はピンときた。

――こいつは運動会の親玉じゃねえか。……ははぁ、谷の奴、もしかしてこいつの……。隠してやがったってことか。どうりで俺の手元に何一つ情報が回ってこねえわけだ！

枡田が黙っていると、仙人風の男は部屋の中をざっと見渡し、

「こんなに家を荒らして……御身はタケルの知り合いか？　それとも盗人か？」

「知り合いと言えば、知り合いさ」枡田は答えた。「だがな、アイツが裏切り者だってことが、今わかったところだ」

「ほう」仙人風の男は口元を歪めて言った。「ならば御身は敵ということじゃな。おい、お前たち」

仙人の左に控えていた男が、腕をまくって枡田に飛びかかってきた。枡田は鉄拳を軽くいなし、相手の手首におのれの右手を添えると、

「えいッ！」

気合もろとも投げを打った。男は中空で一回転し、床に叩きつけられた。それを見て、顎髭を蓄えたもう一人が飛びかかった。枡田は身を低くして相手の脇下から背後にまわり、反り投げ一閃。男は背中から床に打ち据えられた。

ものの十秒で二人の男は床に伸びた。

「降参じゃ」仙人風の男は両手を挙げた。

枡田は指の骨を鳴らして仙人風の男を見遣り

「あんたには、いろいろ話を聞かなきゃならないことがある」

「こんなわしに、何を聞きたいというのか？」

「これだよ」

枡田は破かれたページの紙束を、相手の目の前に突き出した。

仙人風の男は、力無く笑みを浮かべ、

「知られてしまったようだな。わしをこれからどうする気だ？」

「黙って俺についてこい」

「どこへ連れて行く気だ」

「どこでもいいだろ」

仙人風の男は床に伸びている二人に目を遣った。呻《うめ》き声をあげているが、大きな怪我はない。枡田は部屋にあった麻縄《あさなわ》で二人を縛り上げた。

「御身はかなりの腕前の持ち主のようだな。この二人を簡単にのしてしまうとは」

「なあに、チカラにはチカラだ。だが、今度はあんたが裁かれる番だぜ」

「なぜわしが裁かれねばならないのだ」

「それはやがて明らかになる。さあ、行くぞ」


九時。

犬鳴の家には、進一、西井、谷丈が集まっていた。五時から延々と次回集会の打ち合わせが続いていた。谷は時計に目を遣り落ち着かない様子だった。犬鳴と進一は、わざと会議をもたつかせて進めていた。枡田の仕事のための時間稼ぎである。

「もうすぐ九時ですね」

谷丈は揉み手をして誰へともなく言った。

「きょうはこれでおしまいにするか」何も知らない西井が言った。

「でも次回のこと、何も決まり切っていませんよ」と進一。

谷は眉を八の字にし
「最近私の家の周りは、夜になると人喰い熊が出るとかで」

「それならこの辺りもそうだよ」犬鳴が言った。「ここいらのクマは火を怖れない。むしろ襲い掛かってくる。谷さん、表はもう暗いけど、明かり無しで帰れるかい？」

「え……。でも」

「それとも、急いで帰らなきゃならない理由でもあるの？」

「や、そういうわけでは」

ふと、玄関扉の開く音がした。犬鳴は首を回し、

「おや？　枡田さんが帰ってきたかな？」

「ようやく本題に入れますね」と進一。

谷は表情をいっそう暗くした。

ギシリギシリと床板の軋む音。やがて部屋の入口に枡田が姿を現した。彼は入口に立ったまま、憤怒《ふんど》の形相《ぎょうそう》で谷を睨み付けた。谷は消え入りそうな声で「お、おかえり」と呟いた。

「『おかえり』じゃねえよ。このバカ」

枡田は舌打ちして後を振り返り、

「おい、入んな。爺さん」と声を掛けた。

枡田の後ろから、松枝のように痩せて節くれだった仙人風の男があらわれた。

「あッ！」

谷の顔色が変わった。目をぱちぱちさせ、何かを言おうと口を開くが、声が出ない。仙人風の男は「タケル」と呟いたが、あとは諦めたような顔をして、頭を横に振った。

枡田は犬鳴に、持ち帰った破れたページを見せた。進一と西井も横から覗きこんだ。枡田は太い指で一枚の写真を指さし、そのまま目の前の老人と谷丈に指先を向けた。

「これはッ！」

西井の声が裏返った。彼は仙人風の男に顔を寄せ、まじまじと見つめた。

「部屋に入ってきた時から、見たことがある顔だと思った。紛れもない、運動会の主催者だ。そして、そのあんたが、北海州制度設立者である釈迦谷丈見なのだなッ！」

仙人風の男はこくりとうなずき
「いかにも。わしが釈迦谷丈見である」

「ついに見つけたぞ……運動会の……最大の謎の……！」

西井は興奮を隠せなかった。犬鳴も進一も釈迦谷丈見を凝視している。傍らで谷が目を潤ませて怯えている。

「谷さん」

犬鳴は鋭い目を谷に向けた。

「あんた、なぜ黙っていたんだ？」

「な、何をです？」

「しらばっくれるんじゃない！　あんたは釈迦谷丈見の息子な

んだろ?」

　谷は顔をひくつかせ、声も出ない様子だった。犬鳴は続けた。

「こないだからぷっつり運動会が行われなくなったのは、あんたが父親に我々の情報をリークしていたからだ。大学の写真集のページを破っていたのも、あんただな。私たちはあんたを根っから信じていた。だのに、どういうわけだ。ほかにも隠していることがあるんじゃないか?　答えろ!　谷!」

　掴みかからんばかりの剣幕である。進一はそんな犬鳴をこれまで見たことがなかった。谷は真っ赤になってうつむいていた。

「お前さん」

　釈迦谷は犬鳴に呼びかけた。その声は弱々しかった。

「そう倅《せがれ》を責めんでくれ。何もかも、わしがおるからこそ起こったことだ。わしが頼んだこともあるし、タケルが良かれと思ってやったこともある。いずれにしろ、わしに原因がある。話ならわしがする。倅《せがれ》を責めてはくれるな」

「あんたにも訊《き》きたいことはある。だが、あとだ」

　犬鳴の目は厳しかった。すると

　谷がようやく声を上げた。

「犬鳴さん!」

「一体私たち親子が何をしたっていうんだ!　そりゃ、黙っていたことも、父に伝えたこともある。だけどそれのどこがルール違反だっていうんだ?　北海州にはルールは無い!　それじゃなくても、私のやったことがどれだけ人道に反しているというんだ!」

　一同は沈黙した。進一は思った。確かに、谷のやったことに、おかしなことは無い。彼が破ったものといったら、協働グループとの信頼関係と図書館の本数ページ。谷が釈迦谷の息子だからといって裁かれる理由は無い。

　けれども、釈迦谷丈見には裁かれるべき理由がある。運動会という残酷な弱者切りは、北海州で余生を送る全ての高齢者に不安を投げかけた。現に、北の果てに送られた人間はゴマンといる。その後、彼らの生命がどうなっているのか。その責任如何《いかん》によっては、釈迦谷は戦争犯罪者並みに裁かれる理由がある。

「釈迦谷さん」

　進一は落ち着いて尋ねた。

「私たちの世代は、かなり若い時分に、あなたについて習った記憶があります。北海州制度を作った政治家だ、と。しかし、北海州に渡ってからのあなたについて、何一つ聞き知っておりません。

　教えてください。あなたはなぜ、北海州制度なんて政策を思いついたんです?　なぜ運動会なんてものを続けているんです?　それともやはり、あなたは本土のスパイなのですか?」

　釈迦谷は進一にゆっくりと顔を向けた。進一の目の色に、釈迦谷は何か得心《とくしん》したようだった。彼は細く乾いた唇を動かし、しみじみと語り始めた。

――百年を超える人生を生きてみて、いまだに人間について驚くべき発見がある。それは、はるか昔の記憶が徐々に薄れてゆくのでなく、むしろ鮮明に浮かび上がってくることだ。際立って覚えているのは、やはりあの日のこと——初めての北海州渡航便に乗り込んだ日のことじゃ。当時タケルは十歳くらいだったかな。港に見送りに来てくれたのが久々の再会で、最後の邂逅《かいこう》だったと記憶している。それからまた五十数年以上も離れ離れになるわけだが……。

タケルには小さい頃から可哀想な思いをさせた。政治家のわしはいつも過激な論調で、家に石を投げられるのは日常茶飯事だった。タケルがわしの倅《せがれ》だとわかれば、学校でいじめに遭うのは必定。それでタケルには「釈迦谷」でなく「谷」という苗字を名乗らせ、他人の家に預けた。生活は不自由なく送れるように手配したが、多感な頃にはいろいろと可哀想な思いをさせたと思う。

五十数年前、わしは総理に直談判し、「高齢者の集団移住制度」の法案を可決させると、第一陣として北海州に向かった。実はこれは第一号渡航団ではない。いろいろと御膳立てもあるので、先んじて入植した。わしらは自分たちのことを零号渡航団と呼んだ。

新天地に足を下ろしたわしらは、さっそく高齢者が豊かに暮らしていける仕組みを作ろうとした。最初にやったことは、今の御身らと同じように、グループをこさえた。社会を作り、個々人の適正を最大限に利用して、北海州の経済活性を実現するためだ。高齢者はノウハウの塊《かたまり》じゃからのう。渡航団が第二、第三と続けば人口が増える。自然とノウハウが蓄積する。本土が技術革新すれば数年遅れで北海州にも技術が渡ってくる。わしの想像通り、北海州は五年も経たないうちに十分な経済発展を遂げた。

ところがじゃ。ある頃から、本土が北海州に嫌がらせを仕掛けてくるようになった。交易で不平等な条件を強要したり、北海円を固定相場にしたりした。そのうちに大学や警察など本土の行政機関が喰いこんできた。

政情が不安定になってくると、グループ内での内紛やいじめなどが起こりだし、ついには独立してグループを立ち上げる輩《やから》もあらわれた。

わしは気づいていた。こういった異変は全て、北海州の経済発展が本土の脅威《きょうい》になると懸念する本土の連中の策略である、と。北海州が勢いを増せば、世界経済は本土より北海州を重視するようになる。本土にとってそれは死活問題。彼らは生き残りのため、捨てた親にさらに刃先を向けるに及んだ。非道非情とはいえ、自国経済の保全のために当然の手段に出たとも言えよう。

だが、それではこちらがたまったものじゃない。わしは北海州全土に呼び掛けた。

「悪しき意図と戦おう！　いまこそ結束を！」

しかし、時すでに遅し。本土の工作は予想以上のスピードで北海州を侵食しておった。すでに千を超えるグループが誕生し、毎日各地で抗争を繰り広げておった。

わしのグループはぼろぼろと崩れるように弱小化していった。あの頃を思い出すと毎日地獄じゃった。命は狙われるし、食糧は奪われるし、田畑は荒らされ、家屋は焼かれ――さすがのわしも恐れをなした。ちょうどその頃じゃった。本土から打診が来た。

「国家のために、もうひと肌脱がないか」

わしの弱さと虚栄心を見事に突いた文句じゃった。わしのグループは、衰退したとはいえ、かろうじて北海州で最大勢力を維持しておったから、そこに白羽の矢がたったのかもしれん。わしは二つ返事で本土のお誘いをお受けした。当初の高邁《こうまい》な理想を捨て、本土のスパイになることを決めた。もう七〇歳を超えておったし、少しでも楽をしたくて、ズルをしたわけだ。スパイになった途端、わしのグループはまるで別格扱いのように他所からの攻撃を蒙《こうむ》らなくなった。大学がそのように指導をしはじめたのじゃ。活動資金は本土が北海円を送金してくれた。こちらからは定期的に報告書を出した。本土から工作依頼があれば、人を出してその通りにした。ウインウインの関係じゃ。

本土からの工作依頼は、流言飛語《りゅうげんひご》や破壊活動だった。わしだって心苦しいこともあったよ。八〇歳を過ぎて生活がにっちもさっちもいかないのに、目を付けられて苦しんでいる人を見ていると、引導を渡してあげた方が親切な気もした。そこで思い至ったのが運動会の開催じゃ。運動会を行うことで、高齢者が健康を維持するきっかけになるし、それすら難しい人には理由を付けて北の果てへお送りすることもできる。北海州における超高齢者向け福祉政策、これが運動会なのじゃ。わしは本土から得られる資金と培ってきた人脈で、この運動会の開催をグループの主たる活動と位置づけた。

表だって活動を知られていないが、北海州で最も古く、もっとも強固なグループ、それがわしの創設した釈迦谷グループである。とはいえ、わしも齢すでに百を超え、肉体も精神も、かなり衰えている。そこでわしはグループの後継に、ちょうど数年前北海州に移住してきた倅のタケルを据えようと、最近になってタケルと接触するようになったのだ。

しかし、わしの感覚も鈍ったものよ。まさか、そこにいる腕っぷしの強い男が、タケルの留守に侵入しているとは思わず、おめおめと捕まりにいってしまった。わしも随分ナマクラになったものじゃ――。

月は濃い雲に隠れた。闇はなお濃くなった。

犬鳴・進一・枡田は家の外で襟《えり》を立てて話をしていた。窓から中をのぞくと、酉井が釈迦谷と谷に何やら熱心に話しかけている。

釈迦谷親子をどうするか――犬鳴・進一・枡田の三人が戸外《こがい》に出たのは彼らの処分を諮《はか》るためだ。だが、なかなか決めきらずにいた。釈迦谷は運動会という北海州最悪の行事の胴元であり、許されない人物だが、彼が本土と通じていることを考えると、下手な扱いはできない。息子の谷丈は具体的な背反《はいはん》は無いとはいえ、志を共有する協働グループの幹部として、その行動は疑問視される。仮にこのまま彼をグループ内に残したとしても、一度隠し事をした者が、もう二度と隠し事をしないとは考えられず、不和のもとになるだけだ。

「いっそ二人とも北の果てに送っちまうか」枡田が言った。

「それは……ちょっと残酷では？」進一は口元を歪めた。

「私も北の果てがいいかなと思ったんだが」犬鳴は述べた。「むしろ彼らを手のうちに置いておけば、いろいろなものが見えてこないか？　釈迦谷を二重スパイにして政府の情報を入手するとか」

「そんなにうまくいくもんかな？」枡田は目を細めた。

　進一は少し考え、

「ぼくは、釈迦谷は責任重大で処罰すべきだと思いますけど、谷さんは情状酌量《じょうじょうしゃくりょう》の余地があると思うんです。谷さんは、釈迦谷との関係を隠していたといっても、それは自分自身が排除されるのを懸念したためでしょうし、それに、この北海州という命懸けの地で、たとえ悪であっても権力の庇護《ひご》に入れるのなら、誰でもその下に入ることをためらわないかもしれない」

　犬鳴は一つため息をつき、

「まあ、今日の今日で何もかも決めてしまう必要はないかもしれないな。しばらくあの二人を監視下に置いて、議論を重ねるか……」

「おい」枡田が声を殺して言った。

「何か音が聞こえないか？」

　犬鳴と進一は耳をそばだてた。ザッザッザッザッ……足音だ。闇に包まれて姿は見えないが、林の向こうから、夜のしじまを少しずつ切り取るように、音が聞こえてくる。音の具合から、十人ばかりはいるようだ。

　三人は急いで室内に戻った。釈迦谷と谷丈は火の側で顔を強張らせていた。西井はピリピリした様子で異音に神経を尖《とが》らせている。誰もが息を殺していた。音は徐々に大きくなる。靴音、息遣い、落ちた枯れ枝をパキパキと踏み折る音――。

「一体何だ？」西井が小声で早口に言う。

「何者かがこの家に向かっている」枡田は身構えた。

　そしてついに、

ドカッ！　バキバキバキッ！


耳をつんざく烈音《れっと》――木戸が蹴破られた。

途端に無数の足音がどたどたと上がり込んでくる。進一らが身じろぎをする間もなく、部屋に厚い毛皮をまとった十名ばかりの大男たちが踏み込んできた。どの面々も深いしわの中に鋭い目をはめこんでいる。先頭にいた顎髭の男は、火の側の釈迦谷を見るなり
「老公、ご無事ですかッ！」駆け寄ってひざまずいた。

　他の毛皮の男たちは手に手に棒を構え、西井や犬鳴、進一を睨み付けている。

　枡田は目を吊り上げて怒鳴った。

「貴様ら、勝手に人の家に上がり込んで、どういうつもり

だッ！」

　すると顎髭の男、

「おい、俺の顔を忘れたのか？　お前こそ、さっき谷さんの家に勝手に上がり込んで部屋を荒らし、俺を踏んじばっただろう！」

　谷は目を丸くして枡田を振り返った。

「枡田さん、あんた、ヒトの留守中になんてことを！」

　枡田はブルブルッと上体を震わせ
「うるさいッ！　俺は俺たちの安全のためにそうしたんだ。それに顎髭、谷の家では貴様らが先に暴力を振るってきたじゃないか！」

　顎髭はケッと笑い
「他人が侵入してぼんやりしている奴があるか？　この空き巣野郎！」

「てめえなんか人がいるのに押し入ってくる強盗野郎だ！」

「やるかっ？」

「望むところだ！　もう一度叩き潰してやるッ！」

　すると
「これ、両名とも、やめたまえ」

　二人は身構えたまま声の方を振り返った。

　声の主は釈迦谷だった。

「枡田とやら、拳をおさめたまえ。鬼頭、御身もじゃ」

「し、しかし」顎髭は言った。「我々は、老公が拉致され、お助けするために馳《は》せ参じたのです。敵があればやっつけて、老公をお救いするのが当然です」

「わかったわかった。だが、もうよいのだ」

　釈迦谷の言葉に、顎鬚は一歩退いた。枡田も拳を収めた。他の毛皮の連中は棒を置き、片膝をついて釈迦谷の前に控えた。

　奇妙な静寂が部屋に広がった。

　卓上のオイルランプの小さな火をうけ、釈迦谷のしわくちゃの顔が赤々と揺れた。薄い唇は震えていた。彼は唇の先を微かに開けて、小さく言葉を吐いた。

「そろそろ潮時のようじゃの」

　釈迦谷は細足に力を入れて立ち上がった。顎鬚が手を差し伸べる。釈迦谷はそれを拒んだ。彼は二本の足でしっかりと立った。谷丈は父の脇に座っていた。彼は父を見上げた。父も息子を見下ろしていた。父は疲れた笑みを浮かべて息子の名を呼んだ。

「タケル」

　息子はうなずいた。父は申し訳なさそうに目を差し向け、

「お前には、だいぶ面倒を掛けたな。しかも、さらなる不自由を与えてしまった。ことここにいたっては、少なくとも、今の集まりに居続けることはできまい」

　谷はうつむいてその言葉を受け止めた。

「わしはいまこそ決めた」釈迦谷は頭を上げた。「わしは今日限り、グループのリーダーを辞任する。後任は、タケル、お前だ」

「ぼ、ぼくですか？」

谷は面喰った。周りに控えていた毛皮の連中も一瞬動揺したようだった。が、一様に納得している風にも見えた。顎鬚は目を潤ませて谷の顔を見つめていた。

「西井さん、とやら」

釈迦谷はそう言って協働グループの集まる一角を見た。西井は姿勢を正し、うなずいた。釈迦谷はそれを見て言った。

「わしは、世の中に長く出しゃばり過ぎたかもしれん。本土でも北海州でも政治まっしぐらで、いつだって夢を追いかけてきた。政治生活はかれこれ九〇年に差し掛かろうとしている。その間、老いなど微塵《みじん》も感じることはなかったが、それはわしの錯覚で、最近に至っては老害《ろうがい》でしかなかったのかもしれん。これまでわしは、自分の眼前に広がる世界のことだけを考えてきた。わしは、わしの介在しない世界、つまり次代について、考えが疎《おろそ》かだった。

それを自覚してなお、わしはこのまま北海州にのさばり続けようとは思わぬ。そこまで図々しくはないからな。さっそくだが、次代に全てを明け渡したい。

西井さん、御身は今北海州の一大勢力である協働グループの頭領だ。そしていまここに、北海州最古のグループの新リーダー、谷丈がおる。これからの北海州は、二つのグループが力を合わせて盛り立てて行ってほしい。わしの最後の仕事はその橋渡しじゃ——というのも、出しゃばり過ぎかな。

とにかく、そういうわけで、わしは今夜限り引退をする。これまでどうも相済まなかった」

釈迦谷は深々と頭を下げた。

「ちょっと待って！」

ただ一人、声を上げる者があった。進一だった。

「ひとつ伺います」

「何かな？」釈迦谷は促した。

「運動会はどうなるんです？」

「運動会……とな」釈迦谷は少し考え「今後のことは、何もかも、みんな御身らが考えればよい」

「北の果て送りはどうなるんです？　全てあなたの差し金なんですよね？」

「差し金？　どういうことじゃ？」

「運動会も何もかも、あなたが仕組んだことなんじゃないんですか？」

釈迦谷は少し間を置き
「わしは今夜を持って引退はするが、先ほどから言っておるように、わしは本土と密かに通じて今日までやってきた。それはわしの特権的な立場を保証するようでもあるけれど、同時にリスクにもなっておる。御身とて長生きをしたかろう。わしとて同じじゃ。短い老い先を大切にしたいのであれば、その件についてこれ以上わしに尋ねぬことじゃ」

「それは、あまりに無責任な」

「何とでも言いたまえ。まあ、今日という記念に、ひとつだけ御身らに聞かせておこう。北の果てというものは、御身らは忌《い》み嫌うかもしれぬが、真に必要なものなのだ」

「ウソだ！」進一は叫んだ。「あなたは以前、運動会でぼくの妻にこう言った。『病弱な人は健康な人の生活を妨げる。我々は我々の生活を守るために、我々自身を裁くしかない』。こんなの、弱者を切り捨てる論理だ！　必要なものか！　許されてたまるか！　いま、ぼくの妻は北の果てにいる。自ら望んで行ったんだ。釈迦谷さん、説明してほしい！　それはどこにあって、どんなところで、そこに行くとどうなるんだ！」

進一は真っ赤になってまくしたてた。釈迦谷は

「まあ、落ち着きたまえ。御身の妻が志願して行ったことについては、わしのあずかり知らぬ話だ。北の果てについては、御身らもいずれ知る時が来る。その時まで、待たれよ」

そう言って進一を制した。

進一は初めのうちは熱くなっていたが、プツンと興奮が冷めた。目の前の痩せ細った老人が、本当に権力を持っているのか怪しく思えたのである。落ち着き払っているのは虚勢《きょせい》で、本当は何にも知らないのかもしれない。

進一はそれ以上何も尋ねなかった。

その後、釈迦谷は谷と毛皮の連中を引き連れ、去って行った。進一ら協働グループにしてみれば、何一つ釈然《しゃくぜん》とした結論は見いだせなかったが、とにかくみなヘトヘトだったので、誰も何もそれ以上追及しようとはしなかった。

別れ際、谷は進一の前に立ち、虚《うつ》ろな目でほほ笑んだ。進一もつられてにっこりと返したが、谷の心の声がもろに聞こえたような気がした。もともと政治家の息子でお坊ちゃんだった男が、今日から急に一団の長となるのだ。その不安たるや相当なものだろう。

一行を戸口まで見送る者はなかった。外は真っ暗闇だった。窓の外に目を遣ると、小さな明かりが一列をなし、林の奥にぞろぞろと吸い込まれていった。

「何という一日だったろう！」

犬鳴は綿の抜けきったソファにザブンと腰を下ろした。枡田は何も言わず、いつまでも窓の外に目を遣っていた。進一は、つい先ほどまでこの部屋で巻き起こっていた一部始終を、記憶の中で再生していた。最後の最後に気炎《きえん》を飛ばしたのは自分だった。余韻はまだ我が身のあちこちにくすぶっている。

最年長の酉井だけが、いつまでも緊張した面持ちで部屋の中に立ち尽くしていた。周りの人間がおどおどする中、酉井だけがシャンとしていることは珍しくないが、その逆はなかなか無い。進一は酉井の落ち着きの無さが気になった。

すると、悶々《もんもん》としていた酉井が、ついに口を開いた。

「みんなに言いたいことがある」

全員の視線が集まる。

「私も、今夜をもって協働グループのリーダーを下りようと思う」

「えっ？」三人の声が揃った。酉井は続けた。

「釈迦谷がグループの長から身を引いたのを見て、時期だと思ったんだ。今夜の顛末《てんまつ》は、ひとつの政局だったと思う。とあ

る真実が明らかになり、物事の捉え方が変わった。協働グループもそれに沿って変革されなければ、今度は協働グループが旧来の枷《かせ》になりかねない」

「しかし……」犬鳴は何か言おうとしたが、次の句が出てこなかった。

「今後について一つだけわがままを言わせてくれ」

西井の声に力がこもった。

「後任のリーダーには、根澄さんに就いてほしい」

「えっ？」

進一は目を丸くした。

「そ、そんな。ぼくなんか、みなさんよりも後から入ってきた人間ですし、知識も何もかも足りなくて。ねえ、みなさん？」

そう言って犬鳴と枡田を振り返った。だが、枡田は
「俺は良いと思うぞ」

犬鳴も
「私も構いません。むしろ適任です」

そう言ってうなずいた。

「どうしてみなさんそんなに素直に同意するんですか？」

進一は呆れかえった。西井は答えた。

「枡田・犬鳴両名はお察しかと思うが、敢えて説明しよう。根澄さん、あなたは今ここにいるメンツの中で、最も谷丈の信頼を得ている。一緒に編纂室をやっていたこともあるが、日頃から彼は根澄さんには気を許していた。私や犬鳴さんには委縮していたところがあったし、枡田に至っては怖がられておった。そんな谷が、北海州最古参グループのリーダーになったのだ。これからは彼のグループと仲良くやって行かねばならない。それは根澄さん、あなたをおいて適任者はない」

「まあ……、そう言われれば、谷さんとはフランクな間柄でしたけど、だからといって谷さんとのやりとりだけがリーダーの責務じゃありません。ぼくにはいろいろ足りていません」

西井は笑って続けた。

「大丈夫だ。こんな言い方をすると気を悪くするかもしれんが、必ずしも優れた者がリーダーになる必要はない。周りが支えれば良いのだから。ただ、信用だけは、その本人しか持ちえない。集会の立ち上げからこれまでは、北海州の群雄割拠《ぐんゆうかっきょ》をまとめることがグループの最大事だった。わしはまさに適職だった。だがこれからは、多くのグループを信用で束ねていく時代だ。あなたの人柄で、優秀な人をまとめ上げて、これからの北海州を築いてほしい」

西井の言っていることは理に適《かな》っていた。以前の、権力を追い求めていた姿からは思いも寄らない発言である。もしかしたら、西井自身もここしばらくのグループ活動で、心境に変化が生じたのかもしれない。

「……わかりました」

進一はおずおずと口を開いた。「私はこれまで、何かのリーダーなどを務めたことは、一度もありません。ですからみなさん、本当に、協力の程、よろしくお願いします」

「もちろん」犬鳴は力強くうなずいた。

「俺がついてる。大船に乗った気でやっていきな」と枡田。

「アドバイスならいくらでもするぞ。ところで――」

　西井は気色を変えて言った。

「結局、なんだかんだで次回の集会の打ち合わせが済んでいないんだか……あれって、三日後だよな？」

「あッ！」

　三人の顔が青ざめた。今日の会議は枡田の谷家への侵入作戦の時間稼ぎで、結論に至っていなかった。

　犬鳴はニヤリとして言った。

「根澄さんの最初の職務は、徹夜会議の議長だな」

――とんでもないタイミングでリーダーになったものだ！

　進一は一気に憂鬱《ゆううつ》になったが、よくよく考えてみれば、本土で公務員をしていた時も、こんな役回りが多かった気がする。小さな実行委員会の庶務や雑務の責任者――そう思うと懐かしくもあり、苦渋《くじゅう》は苦笑に変わっていった。

　協働グループに新たな対抗勢力の登場か――。

　いままでなりを潜めたまま巨大勢力を保持していた釈迦谷グループの出現に、進一は狼狽《ろうばい》した。正直に言って、今回の顛末《てんまつ》までそんなグループが存在することすら、進一は知らなかった。こんな時にリーダーになって本当に大丈夫なのか。自分の中に安心材料など何一つ見いだせない。

　だが、状況は意外な展開を迎えた。

　例の夜の翌々日、釈迦谷グループを後継した谷丈が、たった一人で犬鳴邸を訪れ、進一に対し今後も一緒に行動をしたいと申し出た。ちょうどその時、犬鳴と枡田は明日に控えた集会の準備で不在だった。進一は一人で谷に対面した。

「根澄さん」谷は言った。「北海州に大きなグループが二つあっても、抗争の原因になるばかりです。今、互いの組織が代替わりした以上、合一するタイミングは今しかないと思うんです」

「確かにそうだけど……」

　進一が戸惑っていると、谷は進一の耳元に口を寄せて言った。

「大きな声じゃ言えませんが、私だって二日前まで協働グループに所属していたわけですし、それに、北海州に来てからずっと犬鳴さんと過ごし、彼の哲学に触れてきました。いまさら新グループのリーダーに収まったって、新しい色を打ち出すことなんてできません。私の本音は、やっぱりそちらがいいんです」

「谷さん、気持ちはわかるけど、お父様や構成員の人たちはどう言っているんです？」

「父は何も言いません。構成員は……私に従うと言っていますが、心の中まではわかりません。なにせ私が一番の新顔ですからね。ホンネは言ってくれないんですよ」

　進一はとりあえず話をあずかり、谷を帰した。やがて犬鳴と枡田が帰って来た。西井と羽田、馬頭も一緒だった。羽田と馬頭は進一の推挙《すいきょ》でグループの幹部になっていた。羽田はお調子者で不愉快なところもあるが、機動力が高い。馬頭はおっとりしているけれど、時折とてつもないアイデアを捻り出す。進一はこの二人に何かと世話になっていたので、ぜひ力を貸してほしいと思ったのだった。

進一は谷の申し出をみなに話した。犬鳴は

「彼は一度我々を裏切るようなことをしたが、釈迦谷丈見がいないのだから、もう問題は無いでしょう。それに、彼が言うように北海州に太陽は二つ要らない。大きなグループが一つになることは大いに結構だと思います」

枡田は反対するかと思いきや拳骨《げんこつ》を握りしめ、

「あんたらがみんな良いと言うなら、俺も構わない。なあに、変な動きを見せたらコイツを喰らわすさ」

西井・羽田・馬頭も賛成した。

翌日の集会で早速このことが報告された。谷は壇上に上がり一礼し、拍手を受けた。こうして谷グループは協働グループに加盟、西井グループを凌《しの》ぐ最大会派となり、谷丈自身はこれまで同様協働グループの幹部に収まった。しかし、谷の隠し事が発覚したのはほんの三日前で、集まった人々は谷がいつの間に別グループの頭目になったのか、なぜ改めて幹部に指名されたのか、さっぱりわからなかった。後になって谷が北海州創始者の釈迦谷丈見の長男であるという情報が出回った。北海州の高齢者たちはそれを知るや「親子とか家族ちゅうもんには、とかく他人様に知られたくないことがあるもんだ」と、それ以上追及しなかった。彼らにとって、ゴシップめいた話は関心の対象では無かった。これからの北海州がどうなるのか、どうすればよくなるのか、それだけが関心事だったのである。

集会は終了した。谷は集会閉会後の反省座談会で、進一ら幹部を前に宣言した。

「今後、誰が何と言おうと、運動会は開催しません！」

釈迦谷グループが長らく行ってきた運動会。その意図や具体的な運営方式は、釈迦谷グループ内に確固たるノウハウがあった。また、運動会の先に続く『北の果て』についても、つながりがないわけではなかった。ところが谷は、父から何も引き継いでいなかったし、運動会の担当がグループの誰なのかも知らされておらず、一切を把握していなかった。だが、そんなことはどうでもよかった。谷は純粋に平和を愛する人間として、高齢者の尊厳のために、中止を宣言したのだった。

進一は立ち上がって拍手をした。犬鳴や他の幹部たちも立ち上がって拍手をした。

「谷さん」進一の目には涙が浮かんでいた。「あなたの今のひと言は、北海州に新しい朝を告げる鶏鳴《けいめい》だよ」

事実、この宣言の後、北海州のどの地域の記録を紐解いても、運動会が開催されたという記述は無い。

宣言に当たり、谷は内心、

――新参者の私なんかの意見を入れて、確かに運動会は中止になるのだろうか……？

と、グループ内の軋轢《あつれき》が心配で仕方なかった。だが、以来運動会が行われていないところをみると、聞き入れてもらえたようだ。もしかしたら父が裏で指示をしているのかもしれないと思い、父に尋ねてみると

「わしは何も知らんぞ」

　と、ニヤニヤするだけだった。父は名うての政治家である。いろんな顔をしていろんなことを言う人種だ。言葉そのものは全く信ずるに足りない。けれども実際に運動会は無くなったのだから、問題は無いのだった。

　協働グループは躍進《やくしん》した。北海州で知らない者はいないし、多くの人が支持している。人間大学を円の中心とする広大な範囲のグループ・集落が参加・加盟している。進一は理想が実現しつつあることを確信していたが、どうしても気になることがあった。それは、行政との関わりである。北海州の大学や警察は、協働グループをどう思っているのか？　進一は元公務員として気が気でならなかった。

　そんな中、大学に通い続けていた羽田から情報が入った。

「大学が講義で協働グループを好意的に取り上げている」

　大学とは一度くらい大きな衝突があるだろう――というのが、犬鳴、酉井らの考えだった。それが一変して好意的であると聞かされ、幹部一同は驚いた。

　また、枡田からの情報によると

「最近、北海州で警察を見なくなった。奴らの寄合に張り込んで聞き耳を立てていたら、ほとんど復員させられているらしい。また、その寄合ってのも、勤務中にもかかわらず酒を呑んで酔いしれている。北海州の警察にやる気は無い」

　進一の住まい近くの寄合の両替商・タッタカこと竜田川によると

「円と北海円の為替の在り方について本土で議論が起こっている」

　貿易についても規制緩和の議論があるとのことだった。

　進一は考えた。これら大学・警察・税関の態度の変化は、北海州のパワーバランスの変化に伴う本土の方針転換なのか、あるいは、アテにしていたスパイ・釈迦谷の失脚に伴う何かなのか。それとも、本土は何か大きな野心を持って逆襲をはかっており、今は嵐の前の静けさのような一時の平和なのか。

　進一の不安を察して犬鳴が言った。

「根澄さん、ほんの一瞬の平和すら大切にできなかったら、未来の平和なんて信じられませんよ」

「はあ、確かにそうですけど……」

「リーダーが酉井さんから根澄さんに代わって数か月経ちますが、その間、全てのものが優しく収束していく方向にあります。私が絶対に和合《わごう》しないと思っていた大学ですら、そんな動きを見せている。これは根澄さんだからこそできた流れですよ」

「その件は釈迦谷さんの呪縛《じゅばく》が解けたからではないでしょうか」

「釈迦谷さんを引き継いだ谷さんを懐柔《かいじゅう》できたのは根澄さんです。因果の元をたどれば必ずあなたに行きつく」

　犬鳴は感慨《かんがい》深く息をついて続けた。

「ああ、北海州はこれからますます美しく変わっていきますよ。いまグループ内を見渡すと、誰もが北海州を故郷のように思い『住みやすい国にしよう』『経済を発展させよう』と夢を抱き、行動に移している。そしてその手応えを、一人一人が感じています。これまでエゴが飛び交って「皆が自分優先に考えて皆が損する」状態だった北海州が、互いに手を取り合い「皆が人を思いやり皆が得する」状況を迎えようとしているんです。こんなにわかりやすい社会の成功例もないでしょう！」

嬉々として語る犬鳴を見て、進一は大学に通い始めて最初に犬鳴の集まり――ただ講義を前で聴講するというだけの集まり――に参加し出した頃を思い出した。あの時の彼の話ぶりを久しぶりに見た気がしたのである。

――この人とくっついていてよかった！

進一は素直にそう思った。

だが彼には一つの重大な、宿願《しゅくがん》ともいうべき使命があった。「二年待つ」と言って自ら北の果てに去った妻・初音を迎えに行くことである。北の果てはどこにあるのか、それを突き止めぬ限り、そしてそこを訪れぬ限り、根澄家に平和はやってこない。

Chapter. 10　経済理論

行政が腑抜《ふぬ》けの態を示したことで、協働グループによる北海州統治はほぼ確実となった。それは、いうなれば戦国時代における天下統一に等しかった。州民全員、長年の抗争に疲れ果てていたので、太平の晩節の到来を心から喜んだ。しかしそうは言っても、州民の多くはついこの間まで独自の掟づくりに勤《いそ》しみ互いを傷つけ合うばかりで、理念など考えたことも無く、これからどうあるべきか意見を述べよと言われても、無策でポカンとしていた。何分高齢者のこと、大半が自分の経験則だけをたのみにしており、他人の話を素直に聞き入れられる人は少なかった。また、何か物を言って否定されるくらいなら、いっそ初めから物を言わない方がマシという人も多かった。

　彼らは飄々《ひょうひょう》とこんなことを言い交わした。

「何もかも、『お上《かみ》』がうまくやってくれるさ」

「なんせわしらが応援してるんだからな」

「どうなるかわからんが、やらせてみようや」

　お上というのは協働グループのことである。グループ自体は封建制度でも官僚社会でもないので上下の身分差は無いが、一部の「かしこい」州民たちは、協働グループのことを「お上」と呼んだ。彼らは自分の認める対象を美化することで、自尊心の補強剤としていた――北海州という新天地で新たな自尊心の礎《いしずえ》を築くのは難事業である。

　彼らは自分では何もしないのに、いざ何かおふれが出回ると

「えっ？　このタイミングでその手はないだろ」

「いやはや、次期尚早の策ですな」

「これだから行政の素人は……」

　臆面《おくめん》もなくこう言ってのけた。代替案を弁じるでもない。文句を言うことが彼らの存在証明であり、あるいはただ同属嫌悪的な衝動が言葉となってあらわれているに過ぎない。まことに罪の無い弾劾者たちだった。

　さすがに協働グループ幹部たちに、こういった手合いはいなかった。幹部連中はまるで高校のクラブ活動のような陽気さ、精悍《せいかん》さ、溌剌《はつらつ》さをもって、北海州の未来に心血を注いでいた。

　いま、彼らが盛んに議論しているのは、北海州のアイデンティティづくりである。中心人物は、グループ内きっての論客、犬鳴哲志。彼は、大義名分が無ければ組織をまとめ上げることはできないと思った。カリスマ性と経験値で人を引っ張ってゆく酉井のやり方は、草創期には適しているが、永続的には通用しない、このことは酉井自身も言明していた。

　伝統の断ち切られた北海州に伝統をつくることは難業である。犬鳴は組織のバックボーンになる何かを探した。手始めに、組織の目標・行動規範・性格をひと言にまとめ上げるコンセプトワードづくりに取り掛かった。これには酉井や進一、谷らも意見を寄せた。彼らの共通した見解は「分かりやすい北海州づくり」だった。また「既成概念に囚われない北海州づくり」も推

し出された。北海州は世界的に例を見ない高齢者だけの自治組織であるから、従来の社会理論が通用するはずも無い――というのが、その論拠である。

　ある時、幹部の集まりで犬鳴が言った。

「諸君、私は標語として【高齢者の高齢者による高齢者のための経済社会づくり】を掲げてはどうかと思う。北海州にいるのは高齢者であって、若者ではない。若者と同じ発想では上手くいかない。だったら、『高齢者による』としっかりと明示しておくのが良いと思う」

　一同納得していると、

「どこかで聞いたようなフレーズですね」

　羽田が立ち上がって発言した。

「お言葉を返すようですが、どうせここには高齢者しかいないんです。そんなことを明文化する意味はあるんですか？　それに、そこまで高齢者を強調するということは、若々しい発想は全て排除されるんですか？」

　犬鳴は羽田にほほ笑んで見せ、

「羽田さん。あなたは私が想定していた二つの問いを見事に二つとも言い当てましたよ。

　言葉とは不思議なもので、漠《ばく》としたイメージも一つの言葉に変換された途端、確固たる概念になる。しかも、言葉にするとコミュニティーで共有することができる。明文化にはそんな利点があります。どこかで聞いたフレーズのリズムを踏襲《とうしゅう》しているのも、その方が覚えやすく広まりやすいと思ったからです。

　さらに、若々しい発想を排除云々について。良いと思われる施策はどんどん採用すればいいと思います。ポイントは、あくまで高齢者が対象であることを忘れないでいることで、決して斬新な発想を否定するわけではない」

「なるほど。お見それしました」

　羽田は敬服《けいふく》して席に着いた。

　その後も話し合いは続いた。「今後、北海州で最も力を入れるべき事柄は何か」という問いかけに対し、ほぼ全員が唱えたのは経済だった。経済発展により、下は個々が豊かに暮らし、上は本土に負けない力を蓄え、これからも本土より送られてくる高齢者が、平和な晩節を送れるように整えておく。

　21世紀前半徳島県上勝町で平均年齢70歳になる高齢者たちが木の葉を料理のつまものとして商品化し、地域が活性化した事例があったように、高齢者が経済に役立つことはよく知られていた。

　ところが――現実はうまく運ばないもので、経済施策の柱として犬鳴と酉井が推進していた商店街構想は、早くも暗礁《あんしょう》に乗り上げていた。問題は、人々の住まいが離れ過ぎているために、消費や流通が滞る点にあった。住まいの割り当ては本土の管轄で、手の打ちようがない。

――なぜこのような方式が敷かれているのだろう……。

　進一は疑問に思った。北海州にまんべんなく経済がいきわたるように、本土が意図的にそうしたのだろうか。

　その考えを犬鳴に言うと、

「まさか。わざと分散してるんですよ。北海州が成長しないように」

犬鳴は片頭痛を堪《こら》えるようにして続けた。

「まあ、根澄さんの仰るのも一理あって、常識的には健康な血液が全身くまなく行き渡るように、全土を覆う経済の流れをつくるべきなのでしょう。しかし今の北海州の場合、例え過疎地域をつくってでも人口を集中させて経済発展を優先させた方がいいと思います。みんなが離れて暮らしていると、協力しようにも協力できない」

犬鳴の経済政策は、実地レベルでの試行錯誤を繰り返した。酉井グループの商店街や大学近辺、一部集落の協力を得て、経済モデルの実験が行われた。やがてそれが噂になり、経済は北海州内の大衆的な話題となりはじめた。これまで「お上の沙汰待ち」を決め込んでいた人々が、いつの間にか「州民総経済学者」である。もっとも、実際に彼らに広まっていたのは、自分の財布や持ち物の上手な運用方法など、細やかな薀蓄《うんちく》程度であった。

中には昔読んだ難しい本の知識をひけらかすようなものもいた。そんな連中から巻き起こったのが、「赤い北海州」論争である。経済学の基礎に「消費者は自分の欲求を最大限にしようとする。商売では利潤を最大限にしようとする」というフレーズがある。これが論争の背骨となった。

事の発端は、第何回目かの大集会。北海州の州民動向の報告で、担当した進一が結びでこう述べた。

「今後の北海州の経済活動は、自分たちが儲けるためではなく、困っている人を補うような、そういう事業の在り方も考えられると思います」

この言葉の真意には、「これまで北海州は血で血を洗ってきた。これからは血を汗に替え、共に最高の晩節を送ろうではないか」という、いかにも進一らしい平和的な理想があった。

ところがだ。

くだんの経済学のフレーズを覚えていた、とある口やかましい男が、クレームを突きつけた。

「経済とは、本来、個々人の効用を最大化するもの、企業の利潤を最大化するものだ。困っている人を補うような事業？ それじゃ、まるで共産主義じゃないか！」

進一が本土で定年を迎えた時点で、世界に完全な共産主義国家は残っていなかった。ゆえにグループの幹部連中は「なんとアナクロな」と真面目に取り合わなかった。だが、このクレームに同調する声が州内のあちこちから聞こえ始めたこと、グループ内部からも聞えてきたことから、放置できなくなった。こうして「赤い北海州」論争が始まったのである。

犬鳴は、

「根澄さんの言葉は、共産主義とは全く違う。労働者のための経済ではないんだから。我々が目指しているのは、高齢者のための経済なんだ」

と呆れ果て、こんな論戦に関わるのは時間の無駄と言わんばかりだった。

進一は自分の発言がここまで炎上するとは思いも寄らず、恥じ入るばかりだった。すると思わぬところで思わぬ人がこの論戦をかき消して、さらに見事なフレーズを発した。

それは、誰あろう羽田であった。

「いやはや、共産主義と非難する御仁とて、根澄リーダーが本気でそういうつもりで言っていないことは百も承知でしょう。揚《あ》げ足取りもいいところですよ。それはさておき、私はひとつ素晴らしいネーミングを考えたんです。それは『コンシダレイト経済』という言葉です。どうです?」

「コンシダレイト経済?」進一は首を傾げた。

「つまりですね」羽田は胸を張った。「コンシダレイトというのは『思いやり』という意味なんですが、思いやりが動力源となる経済システムをそう呼ぼうというのです。本土のように富めよ殖《ふ》やせよというのでなく、また、単に人に優しいというのでもなく、思いやりで回す経済の理想をあらわした言葉です」

なるほど、それは確かに共産主義ではない、おまけに進一の言いたかったことと一致している。何より、思いやりで回す経済――この言い回しが好い。コンシダレイトという単語は、相手のことを慮《おもんぱか》る想像力、すなわち思慮《しりょ》を必要とする。思いやりと思慮を両輪に、高齢者の側に立つ新たな経済理論として、「コンシダレイト経済」という言葉は新しい魅力を持っていた。

「素晴らしい名称だ」酉井と犬鳴は賛意を示した。

「日頃の能弁がようやく役に立ったな」と枡田。

進一も納得し、

「よし、これを次回の集会で発表し、赤論争は終わりにしよう!」

その後の集会で、「コンシダレイト経済」という言葉は、人々に大きな期待感と一抹《いちまつ》のクエッションマークをもって迎えられた。よくわからないけど協働グループが何か良い事をしてくれそうだという漠とした期待感が、共産主義非難を飲み込んでしまった。クレーマーも大方納得したようで、こうして「赤い北海州」論争は幕切れを迎えた。

協働グループは新フレーズ「コンシダレイト経済」を旗印に、次なる施策の検討に入っていった。


「酉井さん」

犬鳴宅で行われた幹部の集まりで、進一は酉井の前にグイと進み出て言った。

「あなたに『コンシダレイト経済』の実行委員長に就任していただきたいのですが」

「わ、私が?」

酉井は面食らった。車座の面々を一人ひとり確かめる。犬鳴、谷、枡田、羽田、馬頭――真剣な目で酉井を見つめている。

「これまでご自分のグループでやってきた商店街の理論を、今こそ活かす時です」と犬鳴。

「酉井さんは経験豊かだから、あなたしかいないと思います」と谷。

「そうだ。あんたには気骨もあるしな」と枡田。

羽田と馬頭も、西井に立ち上がってもらいたがっている様子だった。

西井は刺すような視線に耐えつつ言った。

「私の用いる手法は、所詮《しょせん》過去の成功体験を出ない。全て本土時代の経営論だ。先般諸君は、今までにない経済理論を打ち立てようと決めたばかりではないか。そのせいで赤だのなんだのという議論が起きたりしたが……。とにかく、本土と北海州は違う。私がやっても現状以上になることは無い。だからその任はご容赦《ようしゃ》を願いたい」

座は静まり返った。

「わかりました」進一が思いつめた目で言った。「確かに、西井さんのおっしゃる通りかもしれません。私たちは新しいことをやらなければならない。かといって過去を全て否定するわけではありません。西井さん、あなたの気持ちを汲《く》んでご辞退は受け容れますが、他の誰が委員長になろうと、アドバイスをお願いします」

「それはもちろんだ」西井はうなずいた。

「さて」進一は座を一望した。「それでは別の方に委員長をやっていただきましょう。といって、責任の重大さと、今まで誰もやらなかったことに挑む不安を考えたら、自ら名乗り出るのも難しいと思います。そこでぼくが指名させていただきたいと思いますが」

車座からはひと言も聞こえてこなかった。彼らはやりたくなくてだんまりを決めているのではない。誰もが同じだけの覚悟をして、この会議に臨んでいた。むしろやれるものなら俺がやりたいと思う面々ばかりである。

進一は厳かに口を開いた。

「では……犬鳴さん、谷さん。お願いします」

一同はどよめいた。

「二人か」西井の感嘆《かんたん》の声。

犬鳴は神妙な面持ちで虚空《こくう》の一点を見つめていた。谷は嬉しいような怯えるような、落ち着かない様子だった。

「どうしてこのお二人かというと」進一は二人を代わる代わる見て言った。「犬鳴さんは北海州きっての理論家で、誰よりも真っ先に経済の必要性を説いてこられました。ぼくはそれをずっとそばで見てきて、犬鳴さんの理論に間違いを感じたことがありません。

それに谷さん。あなたはいまや協働グループ随一の規模を誇る谷グループのリーダーです。あなたがこの委員に就く意義は大きい。それに、初めて『コンシダレイト＝思いやり』と聞いた時、ぼくはどうしてもあなたの柔和さを思わずにいられなかった。きっとあなたの優しさが、北海州の模範的な優しさになりますよ」

「そうか？」枡田の声は荒っぽかったが、いかにも揶揄《やゆ》するような口調だった。「谷は優しいけど優柔不断かもしれねえぞ」

進一は笑みを浮かべ
「そこは犬鳴さんがフォローをしてくれるでしょう。みなさん、二人が委員長になりますけど、他のメンバーが無関係というわけではありません。協力をよろしくお願いします。異議はありませんか？　無ければ拍手を願います」

暖かな犬鳴宅に拍手が鳴り響いた。犬鳴と谷は口を真一文字に結んで拍手を受けた。犬鳴はこれから先の道の険しさにめまいを覚えんばかりだった。谷はというと、むしろ腹を決めた様子で、瞳に光が漲《みなぎ》っていた。

——やはり政治家・釈迦谷丈見の子息なんだなぁ。

進一は納得のいく思いがした。


北海州の冬は日々募っていった。凍てつく風は雪と共に吹き荒れた。駅前広場が定番の大規模集会は、無期限休止となった。

そのため、犬鳴と谷にはコンシダレイト経済の具体的な方法論を編み上げる時間ができた。二人は人間大学の図書館に何泊も泊まり込み、ああでもないこうでもないと頭を捻《ひね》った。大学と協働グループの関係は良好だった。大学は学内の資料・資材・場所をいつでも無償で提供してくれた。協働グループも重要なイベントや研究会をつとめて大学で開催するようにしたので、人間大学は学生が増えた。お互い好都合だったのである。

日中は進一や酉井、枡田や羽田が図書館を訪れ、意見交換会を催した。時に、アドバイザーとして両替商の竜田川が参加することもあった。

数度のディスカッションののち、犬鳴は「意見が煮詰まってきたようなので、後は谷さんと二人でまとめます」と、意見交換会の幕引きを宣言した。

それから二週間が経ったある日——その間、犬鳴と谷はずっと図書館に詰めっぱなしだった——協働グループの幹部は、犬鳴の招集を受けて図書館に集まった。

進一が他の幹部と連れ立って小会議室の扉を開けると、犬鳴と谷の姿があった。

「ようこそみなさん！」

二人とも二週間前より少し痩せていたが、目はランランと輝いていた。ひげはきれいに剃られ、色の落ちた薄い唇が自信ありげに結ばれている。

「それでは今から『コンシダレイト社会・実践へのファイブステップ』を発表しますので、座ってください」

一同は着席し、講義を受ける学生のように前を見た。谷は部屋の片隅からホワイトボードを引っ張ってきて正面に据えた。

犬鳴の説明が始まった。彼はまるで本物の教師のように歯切れよく、聴講生ひとりひとりを目で追って話していった。時折口が乾くようで舌で唇を舐めた。二週間のカンヅメで力が抜け、唾液が出ないようだった。それでも調子を狂わすことなく弁じた。生産者責任を追求するのではなくどんな不完全なものでも、努力をしてくれた生産者を思いやることを基本とする。

犬鳴と谷の考えた「コンシダレイト経済」の実践方法は、五つのステップで構成されていた。一からスタートしてクリアすると自動的に次のステップへ進んでいく。具体的に各段階を見ていくと——

※ステップ1
【コンシダレイト経済産業の足掛かりづくり】

北海州の各地に小規模な商店街を作る（モデルケースは西井グループ：以下「西井型」）。生産者は自分の商品を持ち寄って自由に出店できる。利益目標は出店者の生活資金あるいは小遣い程度で良い。

並行して第一次産業の特産物を開発・生産し、直販を目指す。つまり、「思いやり×（第一次産業＋第三次産業）＝コンシダレイト経済産業」の形成を目指す。尚《なお》、これらは全て高齢者に無理の無い持続可能な範囲とする。

※ステップ2
【世界発信・コンシダレイト経済産業の実行】

北海州の特徴である「高齢者の高齢者による高齢者のための経済社会」は世界に例を見ない。今後高齢化社会が懸念される先進諸国のモデルケースとして発信し、諸外国の視察を迎え入れる。受け入れ準備を整えると共に、北海州はそれを利用し、北海州の特産物を世界に発信、販売を行う。

※ステップ3
【コンシダレイト経済産業の本格化】

世界発信に伴い、北海州の魅力を伝える。そのために、あらかじめ観光資源を整備しておく必要がある。例えば「健康に良い温泉」「素晴らしい景観」「美しい自然」「ウインタースポーツの最適地」など。無論、高齢者で管理可能な範囲で行う。第一次産業で生み出す特産物と第三次産業である観光がミックスされ、世界を相手にしたコンシダレイト経済産業が完成する。

※ステップ4
【コンシダレイト経済産業の発展】

ステップ3を発展させ、付加価値を高めることにより北海州を単なる「視察したい地」から「行ってみたい魅力的な場所」にする。観光客がやってきて楽しんでいく。あわせて特産物の発信・増産・拡販を行う。

※ステップ5
【コンシダレイト経済産業を超えて】

「高齢者のための社会」「コンシダレイト経済」の理念を強調し、独自の考え方に基づいた事業を行う。例えば、敢《あ》えて人工物を自然に戻す「逆・公共事業」、癒しを中心にした観光、新エネルギーの開発研究など。高齢者の行える範囲で、思いやりに満ち、かつユニークな事業を試みる。これにより、事業そのものの経済効果ならびに話題性によるさらなる情報発信が可能となる。


「コンシダレイト経済産業かぁ……」

進一はホワイトボートに並ぶ文字をワクワクする思いで眺めた。隣に座っていた西井はうなずき、

「ひと口にコンシダレイト経済産業と言っても、生産プラス販売のケースと、特産プラス観光というケースと、二つあるんだな」

羽田は身を乗り出し

「北海州をいかにして外国に発信するか……これがヤマ場と言えますね」

一人ひとり感想を述べていく。会議室は騒々《そうぞう》しくなっていった。みな異議を述べるのではなく、感心し、興奮しているのだった。

その後、ファイブステップは幹部ら総出で最終調整にかけられた。雪がおさまったら大集会が催される。その時にファイブステップを全土に公表することになるが、事前にどんな質疑にも回答できるように練り上げておかねばならない。頭を寄せ合って検討した結果、細かい言い回しなどに多少の変更はあったが、根幹はほとんど変わらぬまま、ファイブステップは完成した。すると、机の天板を叩いて声を張り上げる者がいた。谷である。

「雪がおさまるのを待っている時間は無いですよ！」

彼はいつになくいきりたっていた。彼は犬鳴との図書館生活でかなりモチベーションを上げていた。のちに犬鳴が「谷さんはあの二週間で随分変わった――高齢者だって成長できるんだね」と感嘆《かんたん》したほどである。谷は目を輝かせ、みなを促した。

「ステップ1を小規模で進めてみましょうよ。モデルとなる西井さんの商店街はあるし、犬鳴さんのこれまでのテストケースもヒントを与えてくれるので、スタートの準備はできています。ねえ、根澄さん！　ゴーサインを！」

「そ、そうだね！　やろう」

進一は気圧《けお》され気味に答えた。谷の言うことに間違いは無いと思った。それに他のメンバーの目もやる気に満ちていた。

その後、犬鳴と谷は図書館詰めを終え、それぞれの住まいに戻った。だがそれからも谷は頻繁に犬鳴邸を訪れた。考えなければならないことが目白押しだったからである。

コンシダレイト経済は、実践前からかなりの難しさが予想された。ステップ1に取り掛かるにあたり最初に引っ掛かったのは「自由に出店できる」ことに関する点だった。

ある日、谷と進一は冬の晴れ間に戸外に出て、白い息を吐きながら休耕地の畔《あぜ》を歩いていた。

「みんなどんな商品を持ち寄るかな？」

谷は進一を振り返って言った。進一は寄合の市場風景を思い出し

「ほぼ農産物だと思うよ。割り当てられた畑で作った物から自分の分をキープし、残った分を売る感じじゃないかな」

「それじゃ、一人当たりの持ってくる種類や量は、少ないだろうね」

「うん。ぼくが寄合で見た感じじゃ、一人一品程度だった。なにしろ本業の農家さんじゃないからね。作れる物も量も限られてくる」

「ということは、人々が、作りやすい作物だからって同じ物ばかり作って持ち寄ったら、商店街の品揃えは随分少なくなるね」

「そういうことになるね。しかも、その一品の供給量が多くなれば、価格が下がる」

　進一は自分が自然と「供給量」という言葉を使ったことにやや照れくささを覚えた。まるで自分が経済学者になったかのように感じられたのだ。リーダーになり、社会や経済について勉強したことが、いつの間にか自分の言葉のレパートリーまで変えてしまったようだ。

「そう、供給量だよ」谷も同じ言葉を使った。「少ない物は高くなり、多い物は安くなる」

「供給される物があまり偏《かたよ》り過ぎるのは問題かもね」

「グループの方から『あなたはこれを作ってください』と決めるのはどうかな」

「それだと自由じゃないね」

「じゃあどうすればいいかな」

　二人は揃って腕組みした。周囲の畑は日の光を受け、雪は半分くらい溶けていた。露《あら》わになった地面はすっかり乾いていた。鄙《ひな》びた冬景色を傍目《はため》に、二人はそのまま五分ほど黙って歩いた。

「でも、よく考えたら」進一が口を開いた。「誰も供給したがらない作物を自ら率先して作っていくのも、思いやりから出た行動という風にとらえられないかな」

「それは全体への寄与ってこと？」

「いや、欲しがっている人もいるかもしれないってこと。もっとも、商魂たくましい人の場合、こちらが何も言わなくても供給量の少ないところに敢えて挑んで稼ごうとするかもね」

　ちょうど同じ頃。

　昼下がりの小屋は炭の香が漂い、仄《ほの》かな暖かさを保っていた。

「実は、わからないことがあるんです」

　そう言って犬鳴は火鉢の炭を火箸で返した。真っ赤に焼けた面が上を向き、顔に熱気がかかる。火鉢を挟んで西井が座っている。彼は目を細めて犬鳴が炭を並べ変えるのを眺め

「ふむ……世の中わからんことばかりだ。むしろあなたの場合、考え込むタチだからますますわからないことが増えていく。で、何がわからないんだい？」

「例の商店街システムの件です。何度か実験を重ねていますが、どうしても発展が頭打ちになるんです」

「頭打ち？」

「そう。新しい商店街を作っても、人が来るのは最初だけ。初動景気はありますが、時間が経つにつれ需要が減り、櫛《くし》の歯が抜けるように店が閉じて、最終的に本土でいう『シャッター街』になります。早い時は一週間で閑古鳥《かんこどり》です。どうしたらいいんでしょう」

「その疑問にはわしも随分悩んできた。以前、グループの商店街を広げたいと思って、メンバーから有志を募り、やらせたことがある。彼らは自分の住まいの近くにちょっとした土地が

あったので、近所の寄合に申し出てそこを借り、大々的にオープンさせた。けれどもまもなく、いま犬鳴さんが言ったような流れで衰退したよ」

「そうだったんですか……。しかし不思議です。集落の小さな寄合の市場が消滅しないのに、規模の大きい自由参加の市場が持続しないなんて」

「寄合の市場なんてのは、みんな物を買いたくて訪れてるんじゃなく、近所づきあいで保たれているんだよ。テレビも新聞も無い北海州では、情報源は寄合だけ。それに近所と仲良くしとかないと、何かあった時に助けてもらえない。だからほら、寄合の市場ってのは、どこか盛況感が無いでしょう」

「たしかに。方々の寄合市場を見学しましたが、私なんかが歩いているとヨソ者を見る目でしたからね。微妙な緊張感がありました。

　でも、酉井さんの学内の商店街はうまくいっています。私が知る限り唯一の成功――もっとも『維持できている』というところまでですが、あれこそ我々の希望ですよ」

「そこまで褒められると嬉しいが、なぜ維持できているかと言われると、よくわからないところがあるね。まあ、敢《あ》えて言うなら、人間大学という人の集まる場所で開いていることが一つのカギかな」

「そう、人の集まる場所！」犬鳴は声を尖《とが》らせた。「それは私も思っていました。なんせ北海州は人が点在していて、いろいろな面で連携できない。商店街を作っても、人や物が集まらないんですよ。情報もね。だから、はじめっから人が集まる場所に商店街を作るべきなんですよ。私は以前、根澄さんに『過疎地をつくってでも人を集中させた方がいい』と言ったことがあります。酉井さんも同じ考えですか？」

　酉井は苦笑交じりに「いやいや」と首を振ってみせ、

「人を移住させて事を構えようというのは、コンシダレイトなやり方に反するかもしれん。でも、あらかじめ人が集まるところをつくっておいて、そこに商店街を設けるというのは、わしが学内で成功している部分と重なるような気がする」

「それじゃ、人の集まる場所をつくればいいんですね」

　火鉢を挟んだ二人の顔は、炭の紅に照らされて仄《ほの》かに赤味を帯びていた。二人の肌は年相応にかさついて、唇はひび割れていたが、瞳だけは若者のように輝いていた。

　どうやったら人が集まるか――そもそも高齢者が集まる動機とは何か。高齢者は若者とは違う。欲が少なく、活動的ではない。観光地を作ってはどうかという考えがのぼったが、その場所が観光地として定着するまでの時間と、そこに至る道路などを整備する金の捻出を考えると、現実的ではなかった。

　二人は火鉢を挟み、五分ほど黙り込んでいたが
「そうだ」犬鳴が声を上げた。「学校だ！　学校を作ればいい！」

「おお、そこは盲点だった」酉井は手を打ち鳴らした。「北海州の高齢者は情報に飢えている。寄合で得られる情報なんて半径三キロがいいところ。全土の情報を学べる学校を作ったら、

きっと人は集まる。それに、学校なら規模は大きくなくてもいい。元の住人が北の果て送りになって空いている小屋が、どこの集落にも三つ四つはあるから、そこを学び舎にすればいい」

「講師はどうしましょう」

「大学と話をすればいい。彼らも幾ばくかの収入になる。人が足りなければ卒業生を派遣すればいい。雇用も生まれるぞ」

「素晴らしい！　西井さん、あなたはやっぱり偉大だ！」

「学校と言い出したのは、犬鳴さん、あなただよ。いやはや、学内におりながら、完全に『灯台下暗し』だったわい」

　犬鳴は嬉しそうに揉み手をし
「人が集まる学校を作って、そのそばに商店街を作る――今度の幹部の集まりでさっそく発表しましょう。根澄さんも谷さんも、きっと驚くに違いない！」


　冬の北海州は雪が続き、大集会の開催はいつまでも難しそうだった。こう気候が悪くては予定の立てようが無い。幹部連中が諦めていると、人間大学から大講堂を使ってはどうかという提案があった。

　確かにキャンパスには別館の大講堂があった。だが、北海州創立以前から放置されており、周辺は藪《やぶ》に覆《おお》われ、屋内まで草木が生え散らす始末。なぜ中で植物が育つのか――天を仰ぐと天井が抜け落ちている。太陽の光が射し込み、雨が降り注いでいる。柱や壁はデコボコで、床板は腐って抜ける恐れがあった。

「あそこは何十年も放置されていて、危ないでしょう」

　協働グループが難色を示すと、大学の事務員は「心配無用です」と頭を横に振った。

「実は先月、釈迦谷さんがお見えになって大講堂をご覧になり、『これはイカン』と建築関係の人を大勢派遣され、つい昨日修繕が完了したんです」

　これには幹部一同驚いた。谷も知らなかった！

　釈迦谷は冬の間に協働グループが停滞してしまうことを危惧《きぐ》し、人脈と自己の財産を使って大講堂を復活させたのだった。崩壊寸前の建物をわずか半月ばかりで修繕してしまうとは、高齢者建築集団はかなりの業師《わざ》たちだったに違いない。釈迦谷は大学に「協働グループによろしく」と言い残し、それっきり連絡が取れなくなったという。

　とにかくこれで大集会を行う目途がたった。協働グループは大集会の日程を決め、キャンパスで告知を行った。いよいよコンシダレイト経済の「ファイブステップ」を発表できる。幹部連中は詰めのミーティングを行った。

　はじめに犬鳴から「各地に学校を作ろう」という提案がなされた。これには誰一人として異議を申し立てる者は無かった。

「我々だって元は学校で生まれた絆だしね」

「元々人が集まってるところで商売をする方が、出店者も希望が持てるよ」

「情報を共有する場所としても学校は必要だ」

　続いて進一より、商店街の供給について議題が示された。はじめに、供給のバランスの問題について触れ

「――とまあ、谷さんと大分話をしましたけど、どうしたら市場の品物が偏らないか、答えが出ず……。それで、みなさんに一緒に考えていただきたいと思います」

　次いで谷が言った。

「我々が標榜《ひょうぼう》する商店街は自由な市場だから、誰に何を作れと強要できません。ですが、どのような商品があったらいいか理想を示すのは構わないと思います。どんなものが供給されるべきだと思いますか？」

　最初に言葉を発したのは犬鳴だった。

「やはり、一番は食べ物でしょう。北海州は自然が厳しいし、冷蔵庫などの保存技術もほぼ無い」

「賛成です」手を挙げたのは羽田だ。「食べることに関して言えば、調理器具や食器も必要です。カマドもいるし、茶碗もいる。そういった工芸品を作れる人も探せばいると思います。それ以外は……基本は衣食住ですね」

　すると西井
「うむ。工芸はできる人が少ないだろうが、必要だな。だが第一はやはり食料だ。食料はいくら作っても喰えば無くなる。常に一定量が供給されていなければならない」

　進一はうなずき
「仰る通りです。実際、飢えが怖くて野菜を作っている人が多いんです。商店街に出てくるのはおそらくそのお余りでしょうから、必然的に野菜が並ぶでしょう。実は、谷さんと懸念したのはこの点です。みんながみんな似たような物ばかり持ち寄ったら、供給が偏って、価格は下がるし食料事情はいびつになります。これはいかがなものかと」

「確かに」

　一同、眉間にしわを寄せて考え込んだ。

　すると会議室の後方で「あのう」と声を挙げる人がいた。

「はい」進一はその男に発言を促した。

　男は立ち上がった。それは進一の知らない人物だった。確か西井グループのメンバーで、グループ内の商店街で農産物販売者のリーダー役を務めている――と聞いていた。西井は議題が農業になることを見越し、この人物を集会に参加させていたのである。

　男は、背は低く浅黒く、目も口も細筆で線を引いたように薄かった。だが身体つきは太々として、いかにも芯のある容貌《ようぼう》だった。彼は思いのほか甲高《かんだか》い声で言った。

「私は西井さんの商店街で農産物を扱っていますが、私自身は農業の経験はありません。ただ、本土でスーパーの青物担当をしていたことから、農産物の供給についてちょっと経験があるのです。それで思うところを申し上げたいと思います。

　私の見ますところ、北海州は土地は広いけれど重機は無し、道具は貧相、働き手は年寄りばかりで、開墾《かいこん》ができません。おまけに水の便は悪いし、肥料は無いし、除草剤も防虫剤も無い。つまり、小さな畑で少ない作物しかできません。しかもほとんどの人が農業は素人ときています。大量生産は無理です。よって、供給の偏りを懸念する程の状況は起こりえないでしょう。

たとえ豊年を迎えたとしても、全体量はタカが知れています。

実は、私がスーパーで青物担当をしていた地域が、この状態でした――と申しましても、これは私の前任者の話です。つまり二〇世紀末から二十一世紀初頭の出来事です。

場所は群馬県富岡市、そう（誰かの言葉に相槌して）、製糸工場が世界遺産になったところです。ここは山ばかりで平野部が少なく、畑は谷沿いのわずかな隙間だけで、とても大量生産なんか望めない地域です。小規模の農家さんが点々と農業を営んでいました。農家さんたちは彼らなりに何を作るのが得策か考えつつ、自分の得意な物を作っていました。都心のスーパーは各農協から仕入れますけど、富岡の物はあまり入れなかった――つまり、どうもピンとくる商品が無かったんですね。そんな中、そこの農協は、都心のスーパーにやはり富岡の農家さんの作物を入れたいと考えました。地元の農家を一軒ずつに様々な野菜の育成方法を指導しました。プロに対して角の立つこともあったそうですけど、農家さんたちも彼らの説く作物が重要だと思えば、従う道理があると考えたようです。

その後、農家さんたちは指導された作物を収穫し、農協に入れました。一軒あたり一種類で、少量です。でも何戸もの農家がそれぞれ違う作物を持ち込んだので、バリエーションは豊かになりました。農協はそれらを待っていたように仕入れました。農協を通して『朝穫り野菜』として東京近郊のスーパーに毎日配達されていました。これによりスーパーは『いつでもいろんな種類の新鮮野菜がある』店づくりを実現できましたし、農家さんも懐が潤った、というわけです。『多品種少量生産方式』と申しましょうか、このやり方こそ、今の北海州に向いているように思います」

「なるほどなあ」犬鳴は身を乗り出した。「つまりあなたの言われるのは、その方式を採用することが、北海州経済にもいいし、個々人の懐にもいいというわけですね」

「そうです」

「現時点では、その考えが最良だと思う。もっとも最善が何かはわからないが……みなさんはどうですか?」

犬鳴は一同に問いかけた。異議は無かった――もっとも、誰も農作物の流通に経験が無かったので、「そういうものなのか」とうなずくしかなかった。あとは酉井がその男を重用しているという信頼性が、この方式の採用の決定打となった。つまり、どこまでも曖昧《あいまい》とした議決となった。

けれども事実、このやり方はのちの北海州経済に多大に寄与することになる。トウモロコシ、ジャガイモ、アスパラガス、お米、白菜、レタス、キャベツ、ニンジン――数年後の北海州では、本土と変わらない種類の野菜の生産・供給が実現した。中には「北海州産」と銘《めい》打って海外に輸出される特産品もあるくらいである。ただ、この会議室の時点では、誰もそのような結果を想像することができなかった。無理も無い。暗中模索《あんちゅうもさく》のスタートである。

その日、この議題は次のように締め括《くく》られた。

「生産者が自分たちの畑で、北海州のニーズに応じた農作物を少しずつ作る。個々の生産力は小さく不完全かもしれないけれど、その努力を集めて大きな生産力に結びつける。これもまた『コンシダレイト経済理論』である」と。

Chapter. 11　別れ

大講堂は大きな拍手に包まれた。

久しぶりに行われた大集会、コンシダレイト経済のファイブステップは異議無く通過し、採択の拍手は高い天井にこだました。

表では雪が降りやまず、骨まで凍てつく厳冬一色だった。にもかかわらず、釈迦谷によって改修された新講堂には大きな暖炉が六基設置され、冬知らずの暖かさだった。

進一は歓喜の群衆を見て思った。

――もしかしたら、みんな居心地の良さに気を許して拍手したのかもしれないな。

扱う内容の難しさから、全ての人間に完全な理解を求めるのは不可能だ。進一は、鳴り止まぬ拍手を「理解」ではなく「信頼」と受け取った。協働グループはもはや巨大な体制である。北海州に住まう人々は、たとえ異論があろうとも、信じてついていくほか道は無い。進一は大勢の未来を預かっている責任を感じた。

それは他の幹部たちも同じだった。特に谷は、社会と経済への関心が強くなっていた。彼は事ある毎《ごと》に犬鳴や西井にくっつき、教えを乞《こ》うたり、自説を修正してもらったりした。時には犬鳴と西井が納得させられることもあるほどだった。

ある時、谷はじりじりした様子で進一に言った。

「北海州を発展させるために、できることはどんどんやっていきましょう！　ファイブステップ1の『何を作るべきか』を考えておくのは、コンシダレイトの理想に反しないってことでしたよね」

「そうですよ」進一は苦笑した。「谷さんの言いたいのは、春になってから決めたんじゃ遅いから、冬のうちに決めておこうっていうんでしょう？」

「そうです」谷は興奮気味にこたえた。「あれからまた考えたんですよ。何を作る・作らないということも大事ですが、ここ北海州は何を作るのに適しているのかを見定めるのも大事だと思うんです」

「確かに。犬鳴さんにも諮《はか》ってみよう」

「彼にはもう伝えてあります。なんせ私と彼はコンシダレイト実行委員の仲ですからね。そういうわけですから、この件は今度の幹部の集まりの議題にしましょう」

「なるほど、これは根回しってことか」

「根澄さんはリーダーですから」

次の幹部会議で谷の提案はすんなり受け入れられた。議場は「どんなものを生産すべきか」という議論に移った。

「洋ランの栽培がいいと思います」

誰が言い出したか、協働グループの中で特に挙げられたのが洋ランだった。しかも一人二人では無い。進一は意外だった。

「洋ランがこんなに人気だとは。ぼくは食糧自給が肝心だと思うんだけどなあ」

「理想的な品種を自由に挙げていいというなら、別に観賞用の植物でもいいでしょう」

そう言ったのは犬鳴だ。

「私も聞いたことがある。本土で洋ランが高額で取引されていて、しかも日本のは世界的に評価が高い、と。北海州で洋ランを育てて本土や海外に販売すれば、収益の高い特産品になるかもしれない」

「でもなあ」

進一にはどうもピンとこなかった。

グループの面々にアンケートを取ると、本土で洋ランを栽培していた人は思いのほか多く、男女比では男性の方がやや多かった。そのうちの一人に、どのくらい熱中していたのかと聞くと、彼は顔をほころばせて答えた。

「庭に何十鉢も持ってましたよ。本土最後の五年間は、倉庫を潰して温室にしましたし」

「栽培は難しいんですか？」

「正直言って大変です。温度やら水分やら、二十四時間気を遣います。それだけに咲いた時の感動と言ったら！　私は頃合いになるといつも有給を取っていましたよ」

「栽培方法は誰から習ったんですか？」

「本です。カリスマ的な洋ラン家がいましてね。その人のガイドブックが私のバイブルです」

「洋ラン家？」

「そう。門屋《かどや》梓《あずさ》って女性です」

周りにいた数人が「知ってる、知ってる」とはしゃいだ。男はそれにうなずいて見せ、

「ご存命なら九〇歳くらいじゃないかなあ。北海州でご縁があったらお会いしたいと思っているんですが……。九〇歳なら『北の果て』でしょうねえ」

進一は、花については全く無知だったので、それ以上気の利いた質問もできなかった。進一は犬鳴にこっそり言った。

「みんな洋ランを特産品に推しているようですけど、彼らは自分が好きだから言っているとしか思えないんですが」

「どうしてそう思うんです？」

「だって、北海州はこんなに寒いんですよ。花というのはデリケートなものでしょう？　適しているかどうか考えたら、おのずと答えは見えそうなものです」

すると犬鳴は笑みを浮かべ
「根澄さん、それが案外そうでもないみたいですよ。私が洋ラン好きから聞いた話ではね——」

洋ランは寒い地方での栽培に適しているらしい。なぜなら、寒い地方は冬の間ずっと暖房を使うので、室内が一定の温度に保たれるからだという。また、北海州の利点として、高齢者は家に長くいるので目が行き届きやすい。本土だと、栽培者が仕事で外出したりするので、その間に枯らしてしまうことがある
——という。

「私も関心が湧いて、図書館でこの本を借りてきました」

犬鳴の出したのは一冊の大判本だった。全ページカラーで、洋ランの大きな写真と、細かな文字で栽培方法が書きこまれている。犬鳴が洋ランを北海州特有の新商品候補としてあげた。著者名を見ると、門屋梓とあった。

「あ、先日メンバーの口から聞いた名前だ」

「その世界では有名人のようです」

「でも、『北の果て』らしいですね」

「年齢的にはそうだと思う。だけど、これだけ有名人なのに、誰一人こっちで会ったという話を聞かない。会った人に会った、という話も無い。さすがにおかしい。

聞いた話では、門屋梓はかなりの変人で、人との交際をほとんどせず、この本も編集者が拝み倒して作ったとか。洋ラン一筋で脇目もふらず生きていたんだろう。もしかしたら北海州でも一人でひっそりと生きているかもしれない。釈迦谷グループの運動会や北の果て送りの担当にさえ存在を気づかれることなく」

「……ありえますね」

本のカバーの折り返しに、門屋梓の顔写真が掲載されていた。細い目に極太の黒縁眼鏡。黒々とした髪はボリュームがあり、ストレート。いつ印刷された本か定かではないが、すでに妙《みょう》齢《れい》の雰囲気である。地味というより陰気な顔だった。

数日後、進一は幹部のミーティングで、門屋梓を探してみようと提案した。しかし、一部の幹部が懸念を示した。この寒空を歩き回って探すのは困難だというのである。進一は何とか食い下がり、「人づてに情報を求めて探す」ということで決着した。それから二週間が経った。しかし、門屋梓の噂は何一つ伝えられてこなかった。

「そのお婆さんがいなければ洋ランを育てられないわけじゃないでしょう?」

谷は苛立ちをあらわに言った。犬鳴は困惑の様子で

「それはそうだけど、実はそれ以前に、我々の手元には洋ランの種も株も無い。酉井さんの商店街には洋ランは無いんですか?」

酉井は首を傾げ

「どうかなあ。わしは花となるとバラとチューリップくらいしかわからんのだよ……」

その時、

「あの……」

聞き覚えのある女性の声がした。一同がそちらに視線を向けると、馬頭涼子の姿があった。

進一は目を輝かせ、

「馬頭さん、お久しぶりです。一体今までどうしていたんですか?」

馬頭はうっすらとほほ笑み

「ずっと風邪をひいて休んでいたんです。だいぶ良くなったのでそろそろ会合に参加しなければと思っていたら、羽田さんがお見舞いにいらして。今日は彼の助けがあったので、やってこれました」

「そうでしたか。……ええと、羽田さんは?」

「あの方ったら『涼子さんはまだ体調が悪いから』と、ブランケットを探しにいきました」

「相変わらず仲がよろしいな」酉井がニヤリとした。

「ところで」

馬頭は表情を切り替えた。

「先ほどから伺っておりましたら、洋ランのお話をされていましたね」

「そうなんです」犬鳴が答えた。「実験的に力を入れる以前に、洋ランの種が無いということで、諦めかけていたんです」

「その件でちょっと思ったことがあるんです。私の近所にお婆さんが独りで住んでいらして、そこのお宅には、それはもういっぱい鉢植えがあるんです。玄関先、庭先といわず、窓やちょっと開いた戸口にもズラリと並んでいます。きっと家の中にも、たくさんあるに違いありません。植物が大好きなんでしょうね。洋ランがあるかどうかはわかりませんけど、そちらに伺ったら種や株だけじゃなく、栽培についてのいろんな情報を得られるかもしれません」

進一は尋ねた。

「その方は、我々の集会に参加されたことのある方でしょうか?」

「どうでしょう? 無いと思います。かなりご高齢のようです。腰が曲って、長い白髪がすだれみたいに前に垂れていて。まるで魔法使いのお婆さんです。足腰が弱いらしく、庭先を歩いているのを見かけたけど、ごくゆっくりです」

「どうやって生活の糧《かて》を得ているんでしょう?」

「わかりません。もしかしたらお仲間がいらっしゃるのかも」

「情報源としては弱いなあ」犬鳴は顔をしかめた。

しかし進一は
「馬頭さんの言う通り、それだけ植物を育てている方なら、洋ランに限らずあらゆる植物について知識のある人なんじゃないでしょうか? ということは、農作物にも造詣《ぞうけい》が深いかも。ぜひ知り合いになっておく必要があると思います。それに、そのおびただしい鉢植えの中に、もしかしたら洋ランの一つや二つ、あるかもしれない」

「それはそうだな」酉井がうなずいた。「助け合う関係になるには、まず知り合いになっておかねばならん」

口コミ頼りの門屋梓の消息は相変わらず不明だし、その他の施策も雪が止まねば進めようもない。現状、やれることのない協働グループは、その老婆を訪ねることに賛成した。といっても、ただでさえ世捨て人の感のある相手に大勢で押し掛けては、嫌がられる可能性がある。そこで訪問するのは三人と決めた。進一と犬鳴、場所を知っている馬頭である。枡田が「そんな怪しい婆さんの家に、大幹部を二人もやれねえよ」と同道を申し出たが、犬鳴が「家を守ってくれ」とやんわり願い下げた。いくら高齢者とはいえ、女性の家に枡田のような荒々しい男を連れて行くのは、怖がられるのがオチである。

　その日、散会してメンバーが帰途につきだした頃、進一は校舎のはずれで羽田と鉢合わせた。羽田は大学とグループの折衝《せっしょう》役を担っており、彼はその日の会議が終わったことを大学の事務方に伝えに行って戻ってくるところだった。

「やあやあ、根澄さん、お疲れ様でした。今日も名采配《さいはい》でしたねえ。私なんかどちらかというとあなたの方が、犬鳴さんより頭脳明晰《めいせき》だと思っているくらいなんですよ」

　羽田はべらべらしゃべって大仰《おおぎょう》に会釈をした。

「しかし」羽田は何気なく曇天を見上げた。「北海州の冬は相変わらずですねえ。身も心も凍りますな。根澄さんが長らくご無沙汰している近所の寄合じゃ、参加者が半分を切っています。本土なら学級閉鎖ですな。旅立たれた人の噂もチラホラ聞いています……時に、涼子さんはもう帰られましたか?」

　進一はニヤニヤして答えた。

「いいえ。まだ会議室のストーブで暖をとっていらっしゃいますよ。暗くなる前にお帰りなさいと言ったら『羽田くんを待ってる』って」

「そ、そうですか、あは。いやあ、あの人は長らく風邪をひいていたからね。冬の風邪は高齢者には命とりです。お互い様で助け合わなくては、ね。

　しかしその、待ってるなんて——いや、なんでもありません」

　そう言って耳まで赤らめる羽田のぎこちない身振りは、見ている進一が恥ずかしくなるほどだった。

「お二人は相変らず仲が良いようですね」進一はズバリ言った。「どうです？　いっそのこと結婚しては？　——まあ落ち着いて。今はかつてのように行政が目を光らせることもないし、それに、もし結ばれれば北海州初の高齢者結婚ですよ。結婚は夫婦の助け合いですから、コンシダレイトの理念からも外れません。誰かが口火を切れば後は自然と続きます。どうでしょう?羽田家・馬頭家からはじめてみては」

　進一は柄に無く調子よくしゃべった——もちろん本気だった。羽田はその間またたきもせず、進一を見つめていた。あの饒舌《じょう》《ぜつ》な羽田が、口を真一文字に結び、息を飲んで真っ赤になっている。よく見ると微《かす》かに震えさえしている。進一は「もしや発作か?」と、やや不安を覚えた。が、

「根澄さん!」突然、羽田は激情を押し殺すように声を低くして言った。「今はまだ、今はまだです……!　春になったら、洋ランの件が落ち着いたら……!」

「落ち着いたら?」

「なっ、仲人《なこうど》になってくれませんか?」

　進一は思わず吹き出した。真剣な表情と意外な告白のギャップに、おかしさがこみ上げたのである。

「何がおかしいんです!」羽田は口を尖らせた。

「いや、すみません。ついその……仲人の件、ぜひお受けしますよ!」

　その後も羽田は進一をなじり、進一はおかしいのを堪《こら》えて謝り通した。だが内心は嬉しくて仕方が無かった。

——仲人なんて、本土でもやったことがない！

なじる羽田だって、目は煌々《こう》と輝いているのだった。


老婆の家を訪れる当日は、珍しく朝から雪が止んでいた。雪は地を覆い尽くしていたが、空には晴れ間が見えた。

犬鳴と進一は枡田に留守を頼んで駅に向かった。馬頭との待ち合わせ場所は、かつて進一が通学に利用していた駅である。

——そうか、馬頭さんの家の近くってことは、ぼくの家とも近くってことか。

進一は初音を北の果てに見送ってから犬鳴家に移ったきりで、それ以来自宅に帰ったことは一度も無かった。

——初音はどうしているかな……。

電車が走り出した。車窓に銀世界の北海州が広がっている。この世界のどこかに初音がいる。初音と同居した家のそばに行くと思うと、胸が疼《うず》く。

隣に座る犬鳴が、

「話のわかる婆さんだといいですね」

あまり心のこもっていない口調で言った。

目的の駅に降りた。駅舎に馬頭が迎えに来ていた。彼女はコートを二着重ねて羽織った上に、毛布のように厚いマフラーで顔の下半分をぐるぐる巻きにしていた。進一が「体調はどうですか？」と尋ねると、

「大丈夫ですよ。ネズミさん」

マフラーの下からこもった声が聞こえた。


三人は白い息を吐いて白樺林の小径を歩いた。枝ばかりの林は、陽の光を受けて白々と輝いていた。雪溶けの道は、歩くと底の方でシャリシャリと音がした。三十分ほど歩くと、木々の向こうに米粒のように小さく根澄家が見えた。進一は目を凝らした。家は黒い塊に見えるばかりで、壁や扉がどんな状態にあるかはわからない。

またしばらく歩いた。

「ほら、見えてきた。あの小屋です。お婆さんの家」

馬頭の指さす先に、濃い緑に囲まれたとんがり屋根の小屋が見えた。小屋はおびただしい蔦《つた》に巻かれていたが、茶色に枯れ切って、まるで恐竜のあばら骨のようだった。周囲に無数の鉢植えが見えた。それらは冬ながら見事に濃緑を保っていた。

——すごいな！　あれはどういう魔法なんだろう？

進一は、この近辺に一年近く住んでいたにもかかわらず、その家の存在に全く気づかなかった。無理も無い。あれだけ緑に包まれていたら、春夏は森と同化して見えないだろう。冬だけあらわれる家だ。

朽ちかけた木戸の前に立ち、進一はノックした。

「ごめんください……」

返事が無い。木戸は錠が無く、押すとすんなり奥に開いた。草の青い匂いと微かなぬくもりが三人を迎えた。

「ごめんください……」

進一はもう一度声を発した。返事は無い。屋内に足を踏み入れる。中は真っ暗で、表の雪でわずかに物の輪郭《りんかく》が窺《うかが》い知れる

程度だった。次第に目が慣れてくる。どうやら壁中、鉢植えのようである。足元にも大きい鉢、小さい鉢、無数に並んでいる。かろうじて細い道が残され、奥へ通じている。ぱちぱちと火の爆《は》ぜる音がする。きっと人がいるのだろう。三人が足音を殺して進むと、目の前にまた一枚の木戸があらわれた。進一は木戸を押した。こちらもすんなりと奥へ開いた。中から光が溢れ出て、三人の顔を照らした。

「わあ……」

三人は部屋の光景に息を飲んだ。明るく温かい室内。まるで図書館のように林立する棚に、おびただしい数の鉢植えが並んでいる。壁から壁、床から天井まで。置きどころの無いものは、天井から紐で吊るされている。微かに油の匂いがする。点々と行灯《あんどん》が灯されている。鬱蒼《うっそう》としているのに思いのほか明るいのは、行灯の光が鉢植えの葉に反射しているからだった。

進一は後ろの二人を振り返った。馬頭は頭を上げ、周囲をくまなく眺めていた。犬鳴は正面を見据えて顔をこわばらせていた。彼の視線をたどると、棚の陰に飾り彫りの一本足の円卓があった。椅子に小さな老婆が座っていた。彼女は虫のように背中を丸め、卓上の鉢を無心にいじっている。

「こ、こんにちは。お邪魔しています」

進一は話しかけた。ところが老婆は振り返りもしない。顔はうつむき、白い前髪がすだれのように垂れさがっていて、表情もわからない。絶えず手指を動かし、鉢植えの葉先を揉みしだいている。

——もしかして、我々が来たことにすら気づいていないのか？

進一がそう思った時、犬鳴が声を発した。やや苛立ち気味の声であった。

「お婆さん。あなたはどうしてこんなにたくさんの鉢植えを育てているのですか」

老婆はしばらく黙っていたが、やがて手指を動かしたまま、しわがれた声で尋ねた。

「どうして、とは、どういう、意味かね？」

今度は進一が尋ねた。犬鳴はムッとした顔を浮かべた。

「お婆さん、ぼくたちは、ここいらに鉢植えをたくさん育てている方がいるって聞いて伺ったんです。実は、洋ランに興味があって」

老婆は口では何も答えず、腕を伸ばして床の一隅《いちぐう》を指差した。そこに、スマートな葉を伸ばす鉢植えがあった。進一が、わけもわからず黙っていると、

「あれが洋ランじゃ。お前さんは、洋ランがどんなものかわからんのに、興味があるというのかい？」

「や、あの、すみません……」

老婆はまた鉢に夢中になった。進一がもじもじと犬鳴を顧《かえり》みると、彼は顔をしかめて老婆を見ていた。そして

「お婆さん、あなたは鉢にご執心でご存知かどうかわからないが、いま北海州は一大転機を迎えています。私たち高齢者は、健やかな晩節のために、北海州独自の経済を打ち立てなければなりません。ただ、北海州は、自活するにはあまりにも非力で

す。本土や海外との交易が必要不可欠です。我々は協議し、洋ランの輸出を検討しています。ご協力をいただけませんか」

老婆はもう何の反応も示さなかった。さすがに今のような言い方ではダメだろう――進一は、犬鳴がやけっぱちになっていると思った。もっとも、犬鳴としては伝えるべきことは伝えたわけで、洋ランの検討を決めたグループ幹部たちへの筋は通したことになる。

――犬鳴さんはもともと洋ラン自体に関心が無かったのかもしれないな。

進一はそう思ったが、彼が大学図書館から門屋梓の本を借りて特産品化を主張していたことを思い出し、わけがわからなくなった。改めて犬鳴に目を遣る。すると、彼は意味ありげに目配せをした。「引き揚《あ》げよう」と言っているのだった。進一も観念し、踵《くびす》を返そうとした。その時、

「お婆ちゃん、この子、可愛いね」

今まで黙っていた馬頭がそう言って、先ほど老婆が指さした洋ランの鉢を取り上げた。老婆の指の動きが止まった。馬頭は「これ、頂戴」

そう言って鉢を胸に抱きしめた。老婆は頭を上げた。前に垂れさがっていた白髪が額の前で割れ、顔が露《あら》わになった。進一はその瞬間、ハッとした。この人は――！

「その子の、どこが好きかの？」

老婆はボソリと言った。馬頭はニコニコして

「可愛いからよ」

「可愛いから、連れて行くというのか？」

「ううん」馬頭は首を振り「淋しがっているからよ」

「淋しがっている？」

「そう。この子には、お友達が要るわ」

「同じ洋ランなら、まだいくつかあるがの」

「ううん。お婆ちゃんが造る限り、その子は兄弟姉妹ね」

「育てているわしが母親か」

「そうね」

馬頭はほほ笑んだ。老婆もつられてほほ笑んだ。進一は口をポカンと開けて二人の顔を代わる代わる見た。犬鳴は呆れたようなじれったいような顔をして、成り行きを見守っていた。

女性特有の感性か、それとも馬頭と老婆の間にだけ交感するポエジーのようなものか。とにかく馬頭の発言を境に、老婆の態度は一変した。二人は短い言葉のやり取りをビーズ玉でもくくるようにつなげていった。それは実に楽しげだった。男二人は、壁際で他の鉢植え同様じっとしていることしかできなかった。

一時間ばかり経過した。進一と犬鳴は床に腰を下ろし、棚に背をもたれていた。老婆と馬頭はずっとおしゃべりしていた。他愛の無いことばかりで、男二人はくたびれていた。

だいぶ経ってようやく馬頭が本題らしき言葉を言った。

「北海州の人々は、みんなすっかり疲れ切っているわ。本土であくせく働いて、用済みになったら船で北海州に連れてこられて、あとはサバイバルみたいな生活……。癒しが無いわ」

老婆は何も言わない。くすんだ目玉がじっと馬頭の唇を見つめている。

「お婆ちゃん、私、お花でみんなを元気にしたいと思うの」

　老婆はしばらく考え、呟いた。

「花は……心のともだち、じゃから、の」

　この言葉を聞いて、進一は心の中でつながるものを感じた。

　犬鳴が借りてきた洋ランの本で、門屋は若い頃に恩師から贈られた言葉として「花は心のともだち」を挙げていた。そもそも彼女の著書はただの栽培本ではなく、花と人間の共生する詩情をも描いていた。彼女にとって花は、人間同様地上に等しく生命を受けた存在で、決して道具ではない。ましてや経済を云々《うんぬん》するようなものではない。だとすると、先の犬鳴の発言は老婆――門屋梓にとって最も不愉快な言葉だったはずである。ところが馬頭は、花に「可愛い」や「淋しがっている」など、人と同じ感覚を示した。門屋はその姿勢に心を許したのだった。

「お婆ちゃん。私に花を育てられるかしら」

　老婆は優しげに、

「大丈夫じゃ」

「じゃあ、私にお花を教えてくれる？」

「いいとも」

「洋ランを教えてくれる？」

「ああ。わしの一番好きな花じゃ」

「ありがとう。それじゃ、また来るわね」

　その日、三人は暗くなる前に家路についた。

　最初の訪問は挨拶程度で済ますはずが、たった一回の訪問で洋ランの栽培法を習う約束までとりつけた。馬頭のお手柄、大成功と言っていい結果である。だが、犬鳴は浮かない顔をしていた。

――犬鳴さんにも得手不得手はあるだろう。この件は馬頭さんに任せた方がよさそうだ。

　翌日から馬頭はひとりで老婆の家に通うようになった。家が遠い上に力になれそうもない進一と犬鳴は、同行しなかった。

　翌週、大学図書館で幹部の集まりが行われ、馬頭から報告があった。

「通い始めて約一週間、相変わらず口数の少ないお婆ちゃんだけど、花への愛情は並大抵じゃないことがわかりました。栽培の技術もね」

「さすが馬頭さんだ」立ち上がって拍手したのは羽田だった。

「実は、その老婆の宅は、私の家からも近いのです。つきましては、あの、その……ぜひお手伝いをさせてもらいたいものです！」

　すると犬鳴が口を尖らせ

「羽田さん。あのお婆さんは変人です。あなたみたいなおしゃべりな人が行ったって、何にもなりませんよ」

　羽田はいっぺんにシュンとした。進一は柔らかい調子で、

「まあ、時間がおありならぜひ行ってみたら？　馬頭さんも助かるでしょうし」

「わ、わかりました」羽田の顔がパッと明るくなった。

「あ、あのう」馬頭が申し訳なさそうに言った。「実は、私からも、ぜひお手伝いがほしいんです。お婆さんが鉢植えをいくつかくださったんですが、それを自宅に運ばなきゃならなくて……私の力では運びきれません。男手と言ったら、あの辺に住んでるのは羽田さんしかいらっしゃいません。ぜひ、お願いしたいのですが」

羽田は髪の毛まで逆立てるようにスクッと立ち上がり、

「も、もちろんですとも！」

その日の会議が終わり、進一が帰り支度をしていると、羽田が近づいてきて言った。

「さっきはどうもありがとうございます」

「いや、ぼくは何も。だって、馬頭さんははじめからあなたを頼る気だったようですし」

羽田は背筋を伸ばして気を付けの姿勢をし

「今日の根澄さんのご配慮、涼子さんの願いを受け、不肖羽田芳巳は本日から洋ランの栽培に心血を注ぎます！」

顔を引きつらせて宣誓した。進一は吹き出したくなるのを堪え、

「まあまあ、落ちついて。羽田さんは、ぼくや洋ランなんかどうでもよくて、涼子さんに夢中なんでしょ」

「えっ？　いや……」

「言っておきますけどね」進一は意地悪な目を向けた。「洋ラン栽培は全体事業です。みんなで取り組まねばなりません」

「……はい」

「けど、ぼくは邪魔しませんよ。当分は二人で頑張ってください。規模が大きくなったら話は別ですけど」

「ありがとうございます！」

「あ、それと、羽田さん」進一はつけ加えて言った。「洋ランの栽培には場所が必要でしょう。ぼくの家が空いてるので、使ってください」

「え？」

「ぼくの家は羽田さん・馬頭さんの家よりお婆さんの家に近い。それに、まさかお婆さんの家で栽培や量産をするわけにはいかないでしょう」

進一はそう言って羽田に鍵を渡した。

「部屋の隅の棚に、妻の物が少し残っています。それは触れないでいてください。あとはどう使っても構いませんから」

「わ、わかりました」

「それと」

「はい？」

「年甲斐も無い使い方、しないでくださいよ」

「もも、も、もちろんです！」

こうして羽田と馬頭の洋ラン栽培がスタートした。

羽田は根澄家に入り、家の改修をはじめた。屋内の温度管理のために、壁の隙間を埋めたり、暖炉を大きくしたりした。この作業には進一も参加した。久々に訪れる我が家は荒れ放題かと思いきや、まるで時間が止まったように最後の一日と何も変

わっていなかった。進一はしんみりとして目に涙を浮かべた。羽田は進一の背中に声を掛けた。

「大事に使いますから。ご心配なく！」

　馬頭は門屋梓の家に通い、洋ランの栽培知識を深めた。門屋は相変わらず言葉少なだったが、馬頭を大変気に入り、訪れるたびに洋ランの鉢をくれた。馬頭はそれを門屋宅の玄関脇に集めておいて、貯まったら羽田に声を掛ける。羽田はそれを雪の無い日に大八車《だいはちぐるま》で根澄家に運び入れる。一週間もすると、根澄家の暖かな部屋には、三十鉢以上の洋ランが並んでいた。

　羽田は温度管理のために根澄家に常駐するようになった。もっとも、自宅に帰っても別段やることは無い。どこにいても同じなら、洋ランを見ていた方がいい。日中は薪《まき》を集め、夜は暖炉の火を一定に保ち、洋ランに囲まれて眠る。

　馬頭は毎日昼過ぎ、門屋の家の帰りに根澄家に立ち寄った。

「今日はお水の加減をいろいろと習いましたわ」

　彼女はそのままその日のレクチャーのおさらいを始める。羽田はそれを聞く――最初のうちはちゃんと真面目に聞いているのだが、途中からウトウトしはじめる。時折「聞いてます？」となじられ、ビクッとする。そのたびに羽田は詫《わ》びるのだが、実は無性に幸せなのだった。

　そんな日々が二週ばかり過ぎたある日の昼過ぎ。

　馬頭は根澄家の洋ランを一鉢ずつ丁寧にチェックしていた。昨夜は猛吹雪で気温が下がった。その影響が無いか見ているのである。

　羽田は馬頭の背中を見て言った。

「涼子さん、雪が強い時は無理にいらっしゃらなくてもいいですよ」

　馬頭は振り返りもせず、

「そうはいきませんわ。この洋ランたちは北海州の未来を担っているんです」

「私が観ているのでは心配ですか？」

「そうじゃないわ。もう、あなたはすぐにそういう受け取り方をする」

「豪雪の時、外を歩くのは危険だから言ってるんです」

「十分気をつけますから」

「行きが晴れていても、帰りが荒れそうなら休むべきです。ほら、西に尖った山があるでしょう？　あのてっぺんに傘雲ができたら、その晩は間違いなく吹雪です。雲を見て決めたらよろしい」

「羽田くん、晴れようが吹雪こうが、洋ランは生きているの。命に休みはありませんわ。私は何があろうと、門屋さんの家にもここにも来ます！」

「無茶な。帰りはどうするんです？」

「その時は泊まります！」

――泊まる？　……泊まるだッて！

　羽田は自分の年齢を疑うほど熱っぽくなった。その日、馬頭が帰ったあと、羽田は心の中で進一に謝って、奥から初音夫人の使っていた毛布類を引っ張り出し、埃《ほこり》をはたいて外に干した。いつでも泊り客を受け容れられるように、である。

それからしばらく晴れの日が続いた。暦の上では三月間近だったが、寒さはまだまだ真冬だった。雪が減ったのがせめてもの救いである。

羽田と馬頭の洋ラン栽培は、冬で停滞している協働グループの中で唯一前進しているものとして、関心を集めていた。進一は、二人の激励と現状把握を兼ね、犬鳴と共に洋ラン栽培の視察に赴くことにした。幹部会で顔を合わせた進一・犬鳴・羽田・馬頭の四人は、段取りを打ち合わせた。

進一はわくわくしていた。全てが決まり、おさらいをして言った。

「じゃあ、三日後の昼前に羽田さんの家に集合し、ぼくの家・門屋さんの家の順に回る……ということで、お願いします」

羽田家に集合するのは駅に一番近いからである。羽田は前日は根澄家に泊まらず我が家に帰り、翌昼の三人の来訪を待つ。先に根澄家、次に門屋家を訪れるのは、犬鳴が根澄家で留守番待機をするからである。彼は相変わらず門屋が苦手だった。

翌日、翌々日の午前中とも良く晴れた。羽田が根澄家にいると、昼過ぎに馬頭がやってきた。彼女はいつものように洋ランの状態をチェックし、それが済むと部屋の掃除をはじめた。

「なにせ、明日は大家さんがお越しになるのだからね」

「そうですね」

「そしていよいよ、私たちの努力が初めて人の目に見られるんだわ」

彼女の目は輝いていた。

夕方、二人は根澄家を発《た》った。羽田は鍵を掛け、何気なく西の空を見た。すると、大空のどこにもちぎれ雲一つ見えないのに、なぜか西の山のてっぺんだけ傘雲が出ている。

「今日は雪になるのかしら？」馬頭は見上げて言った。

羽田はしばらく考え
「もう春は間近ですからね。天気雲も、季節が変われば意味が変わるでしょう」

「そうよね。これだけお天気なのだから、今夜も晴れるよね」

二人は別れ、それぞれ反対の方向に歩きはじめた。


その日の晩は、山の傘雲の示した通り、吹雪になった。暮れ時から気温が下がり出し、薄闇空が厚雲に覆われたかと思うと、降り出した雨はたちまち横殴りの雪になった。まるで嵐のようだ。

馬頭の家は六畳のひと間と猫の額ほどの土間があるだけで、北海州の一般的な家屋としては小さい方だった。家は風に煽《あお》られミシミシと揺れた。馬頭はストーブの火を強め、厚着をして毛布を重ね、手や足の指をさすった。

——この寒さ……洋ランちゃんたちは大丈夫かしら。

普段なら根澄家には羽田がいる。だが今日はいない。羽田は帰りがけ「火を安全な形で残して帰るんで、温度管理は大丈夫です」と言っていたが、まさかこんなに気温が下がるとは予想していなかっただろう。この寒さでは火が足りないかもしれない。それに、進一の家に隙間風が吹きこんだらどうしよう。羽田は改修して万全だと言っていたが、今夜は屋内にいて風の高い音が聞こえてくるほどである。壁が抜けて雪が吹きつけたら、洋ランは全滅だ。

――みんなの未来を背負ってる洋ランを、枯らすわけにはいかない！

気になると、いてもたってもいられない。

彼女はコートを重ねて着こみ、毛布のようなマフラーを首に巻いた。そして右手に赤銅《しゃくどう》色に錆《さ》びたカンテラを提げ、左手でいよいよ家の木戸を開けた。

ビュヴヴヴゥゥゥ！

冷たい風がどっと吹き込み、馬頭を屋内へと押し返そうとする。悪魔の歌声のような風切音が耳を苛《さいな》み、雪が渦を巻いて吹き荒れている。

馬頭は一歩、表に踏み出した。雪は思いのほか積もっていた。玄関先で膝《ひざ》まではまりこみ転び掛けた。気を取り直して腿《もも》を上げ、雪から足を抜く。そうして一歩、また一歩と前に進む。

荒れ狂う闇の中を、馬頭家の明かりとカンテラの小さな火が、少しずつ離れていく。

一体どれくらい歩いただろう。

正面から吹き付ける雪の中、目を凝らして前を見つめる。進一の家は近所だし、最近は毎日のように通っている。大袈裟に言って、目をつぶっても行ける――そう思っていたが、今夜は雪と闇が行く手を阻み、なかなか前に進めない。それに、降り積もる雪に足を取られ、いちいち腿《もも》を上げていると、徐々に方向がわからなくなってくる。果たして今進んでいるのが進一の家の方角なのか。

――根澄さんの家には明かりを残してきたから、光が見えてくるはず。ちょっとくらい方向がずれても、光を探せば……。

耳に聞こえる風音は途絶えることがなかった。彼女はカンテラを右手から左手に持ちかえ、闇の中に根澄家の明かりを探して歩いた。

翌朝。

曇天で、雲間のところどころにかすかに青空が覗いていた。雪は止んでいたが、降り積もった雪は白く深く大地を覆っていた。

羽田の家に、進一と犬鳴がやってきた。しかし、約束の時間を過ぎても馬頭がこない。羽田は首を傾げ、

「おかしいなあ。時間には厳しい人なのに」

三人は不安な気持ちになった。

あんまり遅いので、三人は馬頭の家に行ってみることにした。何事も杞憂《きゆう》であってほしい。三人は祈るような気持ちで三十分ほど歩き、馬頭の家に到着した。羽田が木戸をノックした。返事は無い。扉には鍵がかかっている。外壁を回りこみ、窓から中を覗き込む。

「あッ」

「どうしたんです?」進一も脇から中を覗いた。

羽田は怯えるような声で、

「涼子さんがいつも出掛ける時に身につけるマフラーが無い。ほら、あそこの壁に釘が出てるでしょう? 彼女はいつもマフラーをあそこに掛けているんです。あれが無いということは、彼女は家を出たんだ!」

「でも」犬鳴が言った。「ここから羽田さんの家までは一本道。彼女が家を出たんなら、途中で我々と会いそうなものです」

「そうですね……」

進一は首を傾げ、羽田に目を遣った。

「羽田さん、どうしたんです? 顔が真っ青だ」

「も、もも、もしかして……」羽田は唇を震わせて言葉を絞り出した。「彼女はゆうべ洋ランが気になって、吹雪の中を根澄さんの家に見にいったんじゃないでしょうか」

進一と犬鳴の表情が固まった。三人は踵《くびす》を返し、進一の家に向かった。彼らは終始うつむいて、大地に彼女の痕跡《こんせき》がないか目を配った。昨夜降り積もった雪はだいぶ溶け、容積こそ減っていたが、一面の銀世界に変わりはなかった。雪の眩しさに目を細め、少しずつ前に進む。すると、進一のつま先が雪の下で何かにぶつかってカツンと音を立てた。おそるおそる手を雪中に差し入れると、何か固い感触がある。手に取って雪から上げると、あらわれたのは赤胴《しゃくどう》色のカンテラだった。

――なんでこんなものが?

「おい! 二人とも! こっち!」

犬鳴の声がした。彼は進一から二十歩くらい離れたところに立ち、足下を見下ろして口をパクパクさせていた。進一と羽田は慌てて犬鳴の元へ駆け寄り、彼の視線の先を見た。そこには、うず高い雪に挟まれた一筋のごく浅い小川が流れていた。雪解け水は軽やかに、水面は陽の光と雪の白さを反射して輝いている。

その光の粒子の中に、厚いコートに身を包んだ人間が、うつぶせに倒れていた。

「涼子さん!」

羽田はジャブジャブと川の中に踏み込み、水に浸かった身体を抱き起した。その途端、羽田の動きが止まった。彼女の全身は、雪解け水と同じくらい冷え切っていたのだ。

まさか馬頭が、この近辺に数年住んでいて小川の存在を知らないはずがない。岸辺から事態を見つめていた進一の脳裏に、おそらく昨晩巻き起こったであろう不幸の顛末《てんまつ》が、古いフィルム映画のように描き出されていった――。

馬頭は吹雪の中を根澄家に向かい、途中、小川のところへ差し掛かった。小川は、両岸に降り積もった雪が橋のようにつながり、姿を隠していた。彼女は闇夜でそれがわからず、雪の橋を踏み抜き、命を凍らせるせせらぎにとり込まれてしまった――。

三人は馬頭の身体を川から引き揚げた。彼女の顔は雪のように真っ白だった。まぶたと唇だけ、うっすらと青みがかり、深い眠りについているように見えた。亡くなっているのは明らかだった。

羽田はなきがらにすがりつき、いつまでも泣いた。男泣きや号泣というのではなく、噛みしめるように延々と涙を流していた。

進一は近隣の寄合に声を掛けた。遺体はその日のうちに火葬された。立ち合いには寄合の人々が数十名集まった。進一の見知った顔もちらほらある。多くの人が目を腫《は》らし鼻を啜《すす》っている。彼女は近隣では好かれていたようだった。

全てが終わったのは夜だった。昨夜とうってかわり、空は満天の星だった。電車はとっくに無いので進一と犬鳴は根澄家に泊まることにした。進一にとっては久しぶりの帰宅である。一時期は妻を思い出すからと避けていたが、今夜はまた違った悲しみがある。

「今日は一人になりたくないんで……」

羽田も根澄家に泊まると言い出した。進一は黙ってうなずいた。一人で放っておくとどんな気を起こすかしれない。

進一は、その夜のことを忘れられない。

真夜中だった。進一は羽田に起こされた。眠い目をこすって何事か尋ねると、死者との婚礼を仲立ちしてほしいとのことだった。脇で犬鳴は深い寝息を立てていた。進一は承諾した。湯呑《ゆのみ》に白湯を汲んで三々九度《さんさんくど》の真似事をした。固めの杯を天にかざし、羽田と馬頭は夫婦になった。北海州に写真の無いことが、この時ほど口惜しく思われたことは無い。

「いろいろ、ありがとうございました」

羽田はか細い声で礼を述べた。

「いえいえ。約束でしたから」

進一は穏やかに言った。羽田はうなだれ、

「ああ、私はこれから、何を張り合いに生きていけばいいんだろう」

「羽田さんはやっぱり、ずっと馬頭さんのことを思い続けていたんですね」

「根澄さんには隠しきれないな」

「隠すことでも無かったのに」

「だって、この年で……ねえ、年甲斐もないでしょう」

「我々はこっちじゃ若手ですよ」

「確かに」羽田は遠い目をして言った。「もっとも、涼子さんには誰かを思って生きることに年齢なんか関係ないってことを教えてもらった気がします」

「そうですか」

「私、彼女に憧れてましたからね」

その後、羽田は協働グループを脱退した。みな羽田の心境を痛いほどわかったので、「培った友情はそのままに」別れを受け入れた。羽田は根澄家に置いていた鉢を馬頭家に全て運び込むと、そこで洋ランの栽培を継続した。彼は憧れていた人の志を継ぐことに人生を方向転換したのである。進一は時折心配になって羽田を訪れた。彼は饒舌《じょうぜつ》さをすっかり失い、黙々と洋ランを育てるだけの男になっていた。

それからしばらくして、進一は門屋の家を訪ねた。馬頭が亡くなったことをまだ知らせていなかったのである。ところが、家の中に門屋の姿は無かった。机や棚、鉢植えなどは以前とまったくそのままなのに、老婆だけいない。机に一綴《つづ》りのメモが残っていた。それは馬頭の筆跡で、門屋の言葉を書きとめたものだった。馬頭からの質問もメモされていた。馬頭は「寒さに極力強く、かつ極寒でしか出せない色の品種改良」について綿密に尋ねていたようである。

このメモを持ち帰って羽田に見せると、彼は声を噛み殺して泣いた。彼は馬頭家に加え門屋家の植物も面倒見つつ、馬頭の残したメモを頼りに品種改良の研究を始めた。

これが、のちにリメンバー・リョウコと呼ばれるようになるホッカイシュー・オーキッドの誕生に結びついていく――。

進一は犬鳴に尋ねた。

「門屋のお婆ちゃんは一体どこに消えたんでしょうね」

犬鳴はいかにも興味の無い調子で

「世捨て人でしたからね。あんまり人と関わり合いが出来過ぎて、嫌になって出て行ったんじゃないですか」

「そうですかねえ」

進一は借りっぱなしの門屋の本を手にして思った。

――この人はきっと自分の役割を知っていたんだ。いつかやってくる植物を愛する女性に、栽培技術を伝えることを。それが済んだから、旅にでも出たんだろう。

Chapter. 12 貿易

雪の日が少しずつ減り、太陽の運行がいつもより南にあるということが、はっきりとうかがい知れるようになった。北海州に確実に春が近づいていた。

「そら、もう朝ですよ！」

谷は犬鳴家を訪れ、まだ瞼《まぶた》をこすっている進一と枡田を揺り起こした。犬鳴はとっくに朝のお茶を済ませ、書見していた。

進一は眠たい目で谷を見遣り、

「何です？　こんなに早くから」

「忘れちゃったんですか？」谷は肩をいからせ、「今日は朝から山の木を見に行くことになってたでしょう！」


木を見に行くという話が出たのは、まだ羽田と馬頭が根澄家で洋ランを栽培していた頃のことである。

幹部の集まりで進一が発したひと言がきっかけだった。

「冬は薪を集めるのに骨が折れますね」

北海州の冬の暖房対策は死活問題である。薪になる枯れ枝は、雑木林に分け入ればいくらでも落ちているが、雪が続くと拾いに行くのも一苦労。人里ではすぐに枯渇し、金を出して買わなくてはならなくなる。生えている木を伐採する手もあるが、高齢者には酷だ。細い木なら何とかなりそうだが、肘《ひじ》や膝《ひざ》、腰を痛めるかもしれない。現に、身体がきつくて薪を集められず、凍えたり風邪をこじらせて亡くなったりする人も多いのである。

といった薪の話が、いつしか山の木々の話となった。

北海州は棄老政策開始以来きちんとした林業が入らず、山野は放ったらかしである。その結果、樹齢百年を超える樹木が山という山を覆い尽くしていた。

「あのような立派な木は、本土なら円換算で一本六桁くらいで売れるケースもあるぞ」

西井のその発言が、谷の目を輝かせた。

「それなら視察に行きましょう！　木なんてどこにでもいくらでも生えている。一本ン百万円の木があるなんて、まさにカネの山じゃないですか！　伐って本土に売りつけましょうよ！」

「じゃあ、今度、雪の無い日に、散歩がてらに見に行きますか」

犬鳴も乗り気だ。

実際、「散歩がてら」と言うくらい、銘木《めいぼく》はどこにでも生えていた。


針葉樹の枝ぶりに閉ざされた森の中は、薄暗くひんやりとしていた。時折木漏れ日が、眩しく輝きを散りばめる。足下の枯葉と枯れ枝をパリパリ音を立てて踏みしだき、四人の男が一列になって進んでいた。先頭から谷、犬鳴、進一、しんがりは枡田である。

周囲は見渡す限りカラマツ、トドマツそしてアカエゾマツ。朝夕の陽射しの浅い時間帯は、林の中まで深く光が差し込むが、日中は基本的に一面の影である。内部では植物同士の淘汰《とうた》が進んでおり、木と木の間はそれなりにスペースがある。木の影に落ちた種は、雨に腐るか、芽吹いてもじきに枯れる。良い場所に落ちた種だけが、若木となり、大木となる。

「一本、二本、三本、四本……ざっとこの辺だけで数百万円でしょうか？」

谷は興奮を隠しきれず、必要も無く声を殺して言った。

「お前さんみたいなのが詐欺に引っかかるんだよ」と枡田。

すると犬鳴、

「いやいや枡田さん。その値段、案外大袈裟でもないよ」

「本当かい？」

「うん。アカエゾマツは本当にそれくらいするかもしれない。なにせ希少だからね。現在は北海州にしか生えていない。本土は喉から手が出るほど欲しいはずだ。

それに、アカエゾマツには木材としての価値以外に、医学的な効能もあるといわれている。今後、健康と医学の分野でどんどん研究開発が進むだろう。それはつまり、経済にも大きく寄与するということ」

「お前さん、どこでそんなことを知ったんだい？」

「図書館の本に出ていたよ」

四人は立ち止まった。目の前に巨木があらわれた。ひときわ太い。四人で抱えきれないくらいである。近くに倒木の株があった。進一はその年輪を見た。濃密に詰まっていて数えることができない。一年あたりの成長がそれだけわずかなのだ。ということは、このあたりは決して植物の成長に適しているわけではないようだ。進一は再び巨木に目を戻した。そんな環境でこの太さなのだから、よほどの樹齢に違いない。進一は嘆息《たんそく》し、

「この木一本で、小屋の一つや二つは建ちそうですね」

「だけどこれ、伐《き》ろうったって伐れないな」と枡田。

「伐っても運ぶことができませんよ」谷の声。

「確かに」犬鳴は力なく答える。

林の中の空気がどんよりとした。

「あのう、みなさん」進一は言った。「別に自分たちで伐《き》ったり運んだりしなくても、本土の企業に来てもらって選ばせ、伐らせて運ばせたらどうでしょう？」

「おおッ！　それだッ！」三人の声が一致した。

「さすがは根澄さん」犬鳴は特に興奮気味だ。「本土の人間が森林を視察に来る――ビジネスなら一人ということは無い。少なくとも二、三泊はしていく。滞在すれば食事もとるし、まさか木ばかり見て帰るということも無いだろうから、北海州のあちこちを見て回る。お土産だって買うだろうし、帰れば土産話もする。木が売れればまたやってきて……そのたびに北海州にお金を落とし、しかも本土に発信してもらえる。一体、一石何鳥だろう！」

「そ、そうですね！」

進一は、自分の何気ない発想が思わぬところで膨らみ、犬鳴が無邪気に喜んでいるのを見て、なんだか自分もワクワクした。

木を見た帰り道。

「ああいう風に、パッとアイデアが閃《ひらめ》くところが、根澄さんのすごいところですね」

谷は進一を褒めそやした。進一は照れた様子で
「たまたまだよ」

「あのタイミングであの発言ができることが、どうして『たまたま』でしょうか。ああ、私にも根澄さんみたいな閃きがあったらなあ」

谷は両の手の平で、顔を洗うようにこすった。

「谷さん、今、何か考えあぐねていることでもあるの？」

「わ！　最近の根澄さんは冴えてるなあ。人の心まで読むとは」

谷は目をおどおどさせて言った。

「いやなに、さっき犬鳴さんが『本土に発信』ってことを言ったでしょう？　その時にふと思ったんですよ。北海州のことを、本土以外の外国にも発信できればなあって」

「外国かぁ」

「だいたい、北海州には通信ってものがありません」

北海州には携帯電話もインターネットも無い。州内では会って話すか人に手紙を託すしかなく、州外へは何の手立ても無い。もしも自由にやりとりできたのなら、本土の家族ととっくに連絡を取り合っていることだろう。そんなことをしたという話は一つも聞かない。

北海州が本土を超えて海外とやり取りをするには、少なくとも本土を経由しなくてはならないだろう。逆に言うと、本土はそうやって北海州を情報的に、外交的に封じ込めている。北海州は、あくまで本土あっての北海州なのだ。

進一は暗い思いにとり込められた。

——以前犬鳴さんが言っていたように、北海州が本土の消費先やガス抜きの役割をも担っているのなら、我々がどれだけ努力して北海州を実らせようとも、本土の一存で全てダメになる。これじゃ未来は無いよなあ……。

ちなみに、本土と北海州の間は完全に閉ざされているわけではない。現に根澄家の近くの集落では、両替商の竜田川が本土との怪しいパイプで生計を立てている。調べたところ、北海州内にこういう怪しいパイプ役は数名いるようだった。彼らはそれについて詳しくは語らないが、どうやら海上の軍事組織と通じているらしい。

北海州沿岸部は、行政機構ではなく軍事組織が所管しているという噂だった。しかし、その軍事組織について、州内をほぼ掌握《しょうあく》している協働グループにすら、何の情報も無かった。調査をしようにも、どこをどう調査していいのか、それすらわからなかった。

洋ランの件で羽田をグループから見送った後、立木販売計画は着々と進行した。この件はファイブステップの一環であることから、犬鳴と谷が担当した。二人は案内する山林をいくつか決め、視察のルートを選定した。進一は竜田川を招き、本土とのつなぎ役を求めた。

「根澄さんもすっかりビジネスマンだねえ」

竜田川は脂ぎった顔をニンマリとさせ、進一の目の奥を見た。

「タッタカさん、この件を思いついたのは、ぼくだけじゃない。みんなで頭を絞ったんだよ」

「わかってるさ」

それからわずか一週間後、竜田川から連絡があった。本土のハウスメーカーから山林視察の打診があったという。犬鳴は驚いた。

「何てスピードだ！　あのタッタカと言う人、何者なんでしょう？　それにしても、本土は北海州と企業の直接交渉をよく許したものですね。私が懸念していたのは、本土政府が北海州の山林を国有林と主張して勝手な伐採、売買を許さない場合でしたが」

「うーん」進一は首を傾げた。「その辺はどうしたのかわかりませんが、とにかく打診があったのは事実です。しかも、先方の企業は本土政府に申請して、北海州への商業渡航許可を取っているのだとか」

犬鳴と谷はハウスメーカーを迎え入れる準備に掛かった。北海州らしい宿泊施設、食事をプランし、秘湯接待コースとお土産まで準備した。さらに商談要員として酉井亘に「ご出馬」をいただいて、万全を期した。

やがてハウスメーカーのご一行が来訪。波止場《はとば》には百名近い協働グループメンバーがお出迎えした。初日はそのままお宿にお連れし、贅《ぜい》を尽くして歓待。一行は、随行に酉井亘がいることに驚いた。酉井は本土で有名な起業家である。この点も犬鳴の狙い目だった。

翌日は旅程のメイン・山林視察。ハウスメーカーの一行は度肝を抜かれた。

「こんな銘木、本土にはありませんよ！」

彼らは木肌をさすったり、輪尺《りんじゃく》で寸法を採ったり、写真を撮ったり、そのたびに吐息をもらした。

数日の視察を経て明日帰るという晩は、秘湯にご案内。ノンビリ湯船に浸かりながらハウスメーカーの部長が言った。

「北海州さんには酒もキャバクラも無いが、こんなに豊かな商用旅行を私は経験したことがありません」

共に湯に浸かった進一は、北海州に「さん」がついたのを聞き、成功を確信した。犬鳴も谷も嬉しそうだった。

——何もかもうまくいった。

協働グループの誰もがそう思った。ハウスメーカーが目印をつけていった大木の数から、儲けを皮算用。その金で駅をつくろう、学校をつくろうと、都市計画の夢を膨らませた。

ところが。

数日後、竜田川がもたらした立木の購入金額は、一本数千円×本数という、想像をはるかに下回る格安価格だった。

「ちょ、これはどういうこと?」谷が吠えた。

「俺に言われてもね」と竜田川。

思っていた値段よりゼロが三つも少ない。酉井は厳しい表情で

「多少は予想できていた。もう一度交渉を願おう」

竜田川に頼んでハウスメーカーの再訪を促した。

ほんの四日後、係長クラスの若い男が一人で乗り込んできた。彼は本社の言付け「素晴らしい立木を拝見したが、弊社も赤字を出すことはできないので云々《うんぬん》」を繰り返すばかり。値上げを頼んでも「ボクには権限がありませんので」と明言を避けられた。これでは交渉にならない。男を見送って数日後、ハウスメーカーから交渉終了の通達が来た。協働グループ初の商談は、接待の分だけ赤字を出して幕引きとなった。

「こんなこと、全部本土政府の狙いなんだ」犬鳴は歯噛《はが》みして言った。「北海州の木は、本土では間違いなく高値で取引されるはず。けれどもこっちでは値段がつかず、取引の対象にならない。そのことを本土はわかっている。そもそもあの値段じゃ、海を渡る運送料すら出ない。馬鹿にするにもほどがある！」

「足元を見られたってわけですね」進一はゲンナリした。「それじゃ、別の企業はどうでしょう？」

「たぶん来ないでしょう。大体、あのハウスメーカーも怪しい。本土政府に何か言いくるめられていたんじゃないでしょうか？タッタカさんのルートじゃ、本土の意志が介在して、向こうの思う壺《つぼ》ですよ」

「確かに……」

「今回の顛末《てんまつ》で、見積もり段階とはいえおかしな値段がつけられたことは本土に広く伝わっているかもしれない。妙な相場が生まれてしまったのなら、立木販売の件はこれで終了ですね」

この失敗は協働グループのモチベーションに大きく影響した。

「なぁにがコンシダレイト経済だッ！」

「綺麗事ばかり抜かしおって、夢で腹が膨れるかッ！」

集会や幹部ミーティングでは主導部への野次怒号が絶えなかった。結束そのものが危うい……進一は打開策を見いだせなかった。そんな事が続いたので、谷は引きこもって会に顔を見せなくなってしまった。無理も無い。グループ内では最近、「谷を下ろせ」という声が目立っていた。遮二無二《しゃにむに》頑張る谷を「にわか」とか「ボンボン」と揶揄《やゆ》する風潮もあった。本人に聞こえてしまったのだろう。

落ち込んでいるのなら、励ましたい。

ある日、進一は谷の住まいを訪れた。谷の家は海の近くで、潮騒《しおさい》の聞える場所だった。ノックして扉を開ける。谷は机に本を積んで勉強の真っ最中だった。

「やあ、根澄さん、こんにちは」

顔を上げ、ほほ笑む谷。進一は笑みを浮かべ

「よかった。元気そうだ。羽田さんのように引退してしまうのかと思ったよ」

「一時はそれくらい思い悩みましたけど、やはり親父の血ですね。非難されればされるだけ、ナニクソと思うようになって」

夕方、二人で浜辺を歩いた。波は静かだった。谷は薄暗い水平線の彼方を見て呟いた。

「やっぱり本土とは仲良くやれそうもありませんね」

進一は力なくうなずき、

「正直ぼくも万策尽きてる。谷さんの言う通り、本土以外の国とお付き合いをするのがいいみたい。でもどうすれば」

「エンジニアはいませんかね。外国の電波を受信する機械を作っちゃうような人は」

「枡田さんに聞いたことがある。やった人がいたけど、北海州は妨害電波で覆われているんだって。本土も抜かり無いね」

「じゃあ、いっそのこと、ヘリや飛行機を作ってしまいましょう」

「力技だね。仮に飛ばしたとしても、すぐに本土に撃ち落とされるよ」

「そうか……」

「それよりも、今度の立木貿易の失敗で、グループの結束が危機を迎えている。そっちの立て直しが先決かと」

「同感ですが、今、自分が出たら袋叩きに遭いそうで」

「うーん」

　進一は腕組みをした。ふと、波打ち際に目を遣る。何かがキラリと光った。光のもとに歩み寄ると、透明のガラス瓶が落ちていた。手に取る。大きさは風邪薬の瓶ほどで、手の平にちょこんと乗る。側面にラベルが貼ってある。読み方はわからないが、ロシアの文字のようだった。

「何を拾ったんです?」谷が声を掛けた。

「ガラスの瓶だよ」

「ああ、この浜にはいろんな物が流れ着きます。瓶なんて珍しくありません」

「これ、ロシアの文字が書かれているけど」

「海は世界中つながってますからね」

　谷がそう答え、十秒ほど経ち――二人はハッとして互いの顔を向き合った。そして異口同音《いくどうおん》に、

「これだッ!」

　二人はガラス瓶を大事に掲げ、そのまま犬鳴の家に駆けこんだ。

　海流には交流を呼び起こす可能性が秘められている。二〇一一年の東日本大震災の時、北米に流れ着いた日本の漂流物が多くの交流を呼び起こしたことがあった。レターボトルには、交流を生み出す不思議な力が宿っていると進一らは考えた。

　進一と谷は北海州の未来を脳裏に描き、レターボトルの神秘性を話しながら犬鳴の家を目指した。着いた頃には日はとっぷり暮れていた。犬鳴と枡田は夕食の準備にとりかかるところだった。

「おや、谷さん」かまどの火を筒で吹いていた犬鳴が、振り返って言った。「来るなら前もって言ってもらっとかないと、夕食は準備してないよ」

「そんなことはどうでもいいんです!」谷は叫んだ。「外国と連絡を取る方法、見つかったんです!　これです、これですよ!」

　そう言ってガラス瓶を差し出だす。犬鳴はキョトンとしていたが、やがて表情を緩め
「ははあ。面白いことを思いついたね」

　犬鳴は谷の住まいが海沿いであることを知っていたので、す

ぐに真意を察した。瓶に手紙を入れて海に流す——この古典的なやり方は、早速次のミーティングで犬鳴の口から提案された。

「レターボトルを海に流し、北海州の状況を海外諸国に発信しよう！」

進一は内心ビクビクしていた。「馬鹿げてる」「子供だましだ」と、物でも投げつけられはしないかと思っていたのだ。ところが意外や意外、提案は嬉々として受け入れられた。戸外では谷が密かに聞き耳を立てていた。彼は全員の賛成を知るや、喜びのあまり会議室に飛び込んだ。メンバー一同呆気《あっけ》にとられたが、あまりにわかりやすい谷の振る舞いに、どっと笑いが起きた。


かつてスコットランドの離島に住む人々は日常的にレターボトルをコミュニケーションの道具として活用した。レターボトルは外部への情報発信手段になり得る。問題は、流す瓶をいかに確保するか、それに尽きた。運を天に任せるレターボトルである。百や二百流したところで、どこかの誰かに届くとは限らない。北海州の沿岸部にいつも豊富に瓶が落ちているわけでは無いし、かといって瓶を製造する技術もコストも無い。

そこで犬鳴は妙計《みょうけい》を思いついた。

「まずは……かくかくしかじか」

谷は舌を巻いた。

「まさに名参謀……諸葛孔明も真っ青ですよ」

グループ幹部は犬鳴のアイデアを全員一致で可決した。今回は本土に悟られぬように竜田川を外して計画が進められた。


さて竜田川はいつもの両替商に戻っていた。立木の交渉決裂は彼にとって無念の極みだった。あわよくば仲介料をいただこうと思っていた。仲介役として北海州のご馳走や温泉めぐりに同道できたことだけが役得だった。

そんな彼のもとに、本土から連絡があった。例のハウスメーカーが、もう一度立木価格の交渉をしたいというのである。彼らの意図はつかめていた。前の交渉から時間を置くことで、北海州側の態度が軟化することを狙っているのだ。竜田川は協働グループにハウスメーカーの要望を伝えた。するとすぐに返事が来た。応じるとのことだった。竜田川は礼を言いつつ不思議に思った。本土の価格設定に感情的になっていたグループが、なぜかくも素直にテーブルに着くことを決めたのだろう。

交渉の日。協働グループからは酉井が席に着いた。ハウスメーカーは立木の価格を十倍まで出すと言った。それでも一本単価数万円程度に過ぎないが、以前よりかなり高値に映る。それがハウスメーカーの付け目だった。だが、酉井は一笑に付し、

「わざわざご足労いただいたが、もう立木は売らんのです」

「えっ？」

「やはり今後の地域資源などを考えるとですな……」

うやむやに言ってはぐらかす。だが無下に帰しはせず、

「せっかくですのでごゆっくり」と、ハウスメーカー一行を温泉にご案内した。

彼らが湯船に浸かっている間、酉井はハウスメーカーに同道してきた本土の役人と話しをした。いかにも世間話の態である。

「わしがいた頃もそうだったが、昨今の本土のゴミ問題はどうかな?」

「相変わらず深刻です」役人は顔をしかめた。「焼却炉のパワーが上がって可燃ごみの処分力は向上したんですが、瓶やペットボトルの処分が問題になっていまして」

「やっぱりなあ。わしは本土で経営をやっておった時から、それを懸念しておった。そこなんだが、北海州は土地だけはワンサカ余っている。どうだね、こっちに持ってきて捨てては」

「でも、それではこちらが困りませんか?」

「本土にはわしらの子どもたち世代が暮らしている。親が子を気遣うのは当然じゃろ。それに、北海州内にはそういう声も多いんじゃ。どうかね?」

「感謝します。本土に帰って上司に伝えます」

「うむ。ぜひそうしてほしい。……おお、そうだ。あなたは前回もハウスメーカーの同道役を務めていただいて、感謝している。ご恩返しじゃないが、この件は、あなたからの提案ということで進めてもらって構わない。あなたがこの北海州を実際に訪れ、この広大な土地に処分場を作ってはどうかと思った、と献策したらよい。そしたらあなたの手柄になる」

役人は恐縮し、

「いいんですか? 伝説の経営者・酉井さんからそのようなお言葉をいただけるとは……、感激です」

「魚心あれば水心。何かあったら、今後ともよろしく頼むよ」

ハウスメーカーは帰途についた。同道した役人は、酉井のアイデアを企画書にまとめ、自分の署名で上層部に提出した。上層部は狂喜《きょうき》した。目からウロコの解決法だった。ゴミはパンク寸前だったので法整備を待たずに北海州に送られることになった。政府は北海州と連絡を取り、処分場と船舶輸送の段取りをした。わずか十日後、ゴミの第一便が届けられた。海辺にうずたかく積まれたペットボトルと空き瓶の山——犬鳴が思いついた妙計とは、これだったのだ。

第二便、第三便……本土で処理しきれなくなったペットボトルと空き瓶のゴミは、北海州各地の沿岸部に届けられ、ひとまず休止となった。届けられた海沿い各地の寄合に、進一・犬鳴・酉井らが出向いて事情を説明、臨時に開催された大集会で、全州民に号令が掛かった。

進一は壇上で訴えた。

「本土から届けられたペットボトルと空き瓶は、ゴミではありません。私たちの声を届ける大切なツールです。みなさん、世界に向けて手紙を書いてください。書ける人は英語で、ロシア語で、スペイン語で、とにかく私たちの存在を訴えてください。ペットボトルと瓶はいくらでもあります。勝手に持っていって、手紙を入れて、海に流してください。この企画に終わりはありません。成果が表れるのが、何年後か、何十年後かわかりません。もしかしたら、私たちが北の果て送りになった後か、あの世に行った後かもしれません。それでも未来の北海州のために、続けてください」

かくして、レターボトル交流の作業が始まった。北海州の人々は毎日毎日手紙を書き始めた。内容は様々だが、主旨としては、北海州の悲しき由来、現状、自然、産物――などなど、北海州を全く知らない人が読んで興味を持ちそうな事が書かれた。自分なりに地図を作ってそれを描く人もいたし、元航海士は緯度経度を書き入れた。英語と日本語のみならず、フランス語・中国語・韓国語など、世界中の言葉が使われた。海に流す際は、めいめい好きなところから流した。協働グループは船を用意し、沖へ出て流した。潮流に詳しい人間のアドバイスを受け、北太平洋をぐるりと回って北米に至るプランを試みたのである。

　こうして毎日何千というレターボトルが大海原に旅立った。海は世界中につながっている。一番近い陸地は本土である。かなりの数のレターボトルが親潮に乗って南下し、三陸沖に達した。本土の海上保安庁は、おびただしい漂流物に気づき、いくつか拾い上げて中身を確認し、当局に通知した。当局は愕然《がくぜん》とし、絶対に本土の海岸に打ち上がらぬよう――本土の民衆に北海州の現実を知らさぬよう――徹底的な掃海《そうかい》を指示した。これには海・空の自衛隊も参加した。マスコミはこの異常事態をすばやく察知した。新聞は《敵は誰？　太平洋にまさかの自衛隊集結》と、不気味な見出しを書き立てた。

　本土政府は焦った。船舶・人員をどれだけ注いでも、レターボトルは次々に流れてくる。その処分も問題だ。当局はレターボトルの陸揚げを一本たりとも許可しなかった。全て船上で処分か、粉砕して海上投棄するよう命じた。それで現場が取った方法は、レターボトルを網に入れ、魚雷に紐づけして発射。数キロ先で爆破するという手荒なものだった。しかしこの方法も、繰り返すうちに各国の大使館から説明を求められた。本土政府は「期限切れ兵器の処分」と言い逃れたが、いつまでも誤魔化しきれるものではなかった。

　当局の長は頭を抱えた。

――ペットボトルや瓶をタダで引き受けるなんて、やっぱり虫のいい話だった。そもそも酉井亘は実業界ではかなりのペテンもやってのけた男だったじゃないか。とにかく、このままじゃ処分に掛かりっきりで仕方が無い。元を止めなくては。

　局長は自ら北海州に出向き、協働グループに会った。そして「リサイクル技術が向上したので、ペットボトルと瓶を返してほしい」と言った。応対したのは犬鳴だった。彼は「もう一つも残ってない」と答えた。訝しがる局長をいくつかの埠頭《ふとう》に案内した。そこは本土が船を着けてゴミを置いていった場所である。きれいさっぱり、チリ一つ落ちていなかった。局長はすごすごと帰っていった。

　それから約一か月後。

　進一が大学図書館の会議室で、酉井・犬鳴・谷・枡田らと協議をしていると、大学職員が息を切らせて駆け込んできた。

「みなさん、駅裏の広場に一機のセスナが着陸しました！　乗っていたのはアメリカの人権ＮＧＯ団体とジャーナリストです！」

「何？」犬鳴は訝しそうに言った。「セスナの故障か、補給か何かかな?」

職員は答えた。

「違います。『リーダーに会いたい』と言っています。すでに表に来ています! しかも」

「しかも?」

「彼らは手にレターボトルを持っています!」

進一らは表に駆け出した。天気のいい、涼しげな風の吹く日だった。図書館の前に、七、八人のシルエットが並んでいる。彼らは手に手に大小のボトルを持っている。

シルエットの中央の人物が進み出て言った。

「私タチノ手元ニ、アナタ方ノ手紙ハ、確カニ届キマシタ」

協働グループのメンバーは、目を潤ませて彼らの元へ歩み寄った。

これは北海州史の偉大なる一ページ、まるで浦賀にペリーが来航した時のような、新たな時代の始まりである。自立の一歩、解放の瞬間だった。

アメリカの人権NGOおよびジャーナリストは、彼らが北海州に至るまでの経緯を語った——。

北海州から親潮に乗り、三陸沖から黒潮に乗り換えてカリフォルニア海流にさらわれていったレターボトルは、北米大陸の太平洋岸に流れついた。海でそれを拾った人々は、ボトルの中の怪しげな手紙を真に受けなかった。だが、「ユニークな拾い物をした」と写真に撮ってSNSにアップされた数は、たちまちネット上を席巻した。ハッシュタグ#HOKKAIYHUは、あっという間に世界に伝播した。「ウチにも届いた」というコメントが、南米やオーストラリアからも聞こえてきた。

《北海州は本土政府によって存在しない国とされています》

とある手紙に記されたこの日本語は、アメリカの老舗《しにせ》週刊誌の表紙を飾った。追従するテレビや新聞。ついに話題はネットを超えた。ある人は「国連が動くべきだ」と言い、またある著名人は「民主主義をいきわたらせるために国家はこの件を見逃すべきではない」と述べた。けれども行動となると誰もが慎重になった。

「このままでは北海州の話題は沈静化し、そこに住む人は再び闇の中にかき消されてしまう」

それを懸念した、とある人権NGOが、ジャーナリストを抱えて決死の北海州突入を企てた。

それが今回の北海州上陸となったのである。

人権NGOとジャーナリストは一週間ほど滞在した。協働グループは、本土と違って対等に接してくれる海外機関に涙が出るほど感激し、出来る限りの接待をした。

いよいよ帰国の段。

「世界に北海州を発信してください」

進一の言葉を通訳から聞き取ったジャーナリストは、大きくうなずいた。

ジャーナリストは帰国後、北海州での体験を記事にした上、旅行記として発表。またたくまに世界的なヒットとなった。この本に感化された各界著名人が、次から次へと北海州へやってきた。協働グループはその都度接待を掛け、気持ちよくして帰した。大量に持たせた土産の中には、羽田の完成させたホッカイシュー・オーキッド「リメンバーリョーコ」が入っていた。

各国の政治・経済学会は、北海州という世界に類のない老人国家に強い関心を示した。コンシダレイト経済についても、多くの好意的な意見が発表され、書籍も出版された。ある学者は「成熟しきった資本主義社会の理想的な終着点」と評し、誰もが北海州を見習うべきだと言及した。

人権NGOは、ある世界的なフォーラムで、北海州を圧政事例として発表した。百を超える参加国は一様に本土政府を批難した。こうなると本土政府もさすがに黙殺はできない。ほぞを噛む思いで、北海州に経済の自治、貿易の自由を一定程度認めた。

これを聞いた一部の本土の賢い連中は、高まった北海州のネームバリューに便乗しようと考えた。しかし北海州のウリは風土を基調にしたものばかりで、真似できるものは無かった。北海州の観光資源はダイナミックかつ体験型で、外国人好みだった。立木・洋ランは、海外からバイヤーが直接訪れて、驚くほどの高値で買ってくれた。すでに北海州ブランドは確立されたも同然だった。海外にも思いやりの気持ちを生みださせ、世界中をコンシダレイトな経済に巻き込んでいった。本土が立ち入る隙はなかった。

「まさかレターボトル交流が北海州をこんなにも変えるとは。しかも短期間で！」

谷はそう言って進一を見た。

「たまたまだよ」進一は苦笑した。

「またそれを言う。たまたまで世界が動くわけありませんよ」

「それにしても、ICTが発展している世界で、まさかレターボトルというアナログの極みみたいなやり方が功を奏すとは思わなかった」

犬鳴はうなずき、

「物事のきっかけはわからないものだね。もっとも、レターボトルも最終的にSNSで拡散されたんだから、ICTの力は大きかった。成功の裏には、アナログもデジタルも巻き込んだ、我々の運と情熱みたいなものがあったんじゃないかな」

谷はパチッと目を開き、

「おや、いつも冷静沈着な犬鳴さんが、情熱なんて言葉を発するとは意外ですね」

「おお、谷さんがうつってしまったかな。いやはや、協働グループに谷さんは一人で十分だというのに」

「な、なんですと？」

ドッと笑いが起きた。

いま北海州は、最高の上り調子だった。このまま世界とつながっていけば、北海州の経済は本土並みに向上するかもしれない。

しかし——協働グループが喜びに浸《ひた》っているその時——、本土は着々と次の手を練っているのだった。

Chapter. 13 通貨戦争

海外からの渡航者が増え、北海州の国際的な評価が高まると、本土も北海州のことを無下にできなくなってきた。本土は北海州に公共事業を投入した。お陰で北海州はますます発展していった。

急速に普及したのが路線バスだ。本土と協働グループの合弁により路線バス管理団体が設立され、大学近辺を中心に運行が始まった。車輌は本土の払い下げ、運転手は北海州の高齢者から雇われた。

路線バスの運行開始に合わせ、道路整備も進んだ。北海州は長年、全土にわたり無舗装だった。毎日どこかで道路工事が行われ、アスファルトを塗り込める熱っぽい匂いがした。道路敷設は完全に本土の事業で、労働力も本土から持ち込まれた。労働者たちは北海州の様子を見て口々に言った。

「自然が豊かで素晴らしいところだ。俺、まだ爺さんじゃないけど、移り住みたいよ」

「外国人の姿が多いな。国際的にも評価されているってわけか」

「高齢者には経験と知恵がある。話していてためになる」

これが本土への土産話となる。本土の国民は、北海州の現状をほとんど知らされてこなかった。政府はただ一言、「我が国の行き届いた福祉は、老後の庭付き一戸建てを保証する」と繰り返すばかり。無論、北海州の情報開示を求める市民運動も無くはなかったが、なぜかいつも途中で沈静化した。マスコミに取り上げられることも無かった。

しかし今や北海州の情報は、労働者の土産話以外にも、海外のメディアを通じていくらでも入手できる。人々はネットで北海州を検索した。特に自分の親を北海州に見送った人は情報を欲した。結果、多くの閲覧者がこんなことを言った。

「俺のオヤジやオフクロは、こんなに素晴らしいところで老後を送っているのか！」

本土にとって幸いと言おうか、現況の北海州は世界の注目を浴び、検索でヒットする画像や動画はまるでユートピアだった。これがあと半年も前だったら、怒りの北海州解放運動が起きたに違いない。

もちろん、「今だけを見て安直に評価すべきではない」という人々もいた。北海州に対する世論は、主に融和派と保守派に別れた。

融和派はこういう意見だ。

「知恵と経験に溢れる北海州の高齢者は、国の宝として守るべきだ」

「北海州はみんないずれ行く場所。投資して整えよう」

一方、保守派は

「北海州と本土は、下支えと消費の関係だ。これからもそれぞれの役割を果たすべきである」

「北海州資源が海外に流出しようとしている。断固封鎖して本土の利益を優先しよう」

　本土政府は、表向きは融和派的な態度をとった。

「北海州をもっと住み良く！」

　そんな謳い文句でいくつも北海州特別予算を組んだ。その一環が路線バスや道路整備事業である。お陰で北海州はかなり便利になった。だが公共事業でできた道路や建物は全て本土の持ち物で、本土政府は北海州の交通インフラを牛耳ることで、北海州でのイニシアチブを握り続ける魂胆だった。また、事業の裏では談合や北海円でのマネーロンダリングを黙認し、本土の企業に有利な条件を優先させて、北海州の富を吸い上げた。

　このように、じわじわと北海州を弱体化させるのが本土政府の狙いだった。そもそも、本土政府の各省庁では、次のような通知が連綿《れんめん》と伝えられていた。

――本土の繁栄は北海州の下支えあってこそ。北海州が肥大するとバランスが崩れる。大きくなりそうなら、適度に叩け――。

　官僚たちは法令・通知を守り、北海州がひとたび一定の水準を超えようとすると、容赦なく押さえつけてきた。長年北海州が成長しなかったのは、こうした睨みが効いていたからである。

　ところが、今や北海州には、海外から多くの渡航者が訪れ、成長著しい。早急に押さえつける必要があるが、諸外国の手前、あからさまに手を打つことはできない。特に貿易の伸びは本土政府を悩ませた。北海円と円の交換額の推移を見れば、どれだけ貿易が行われているか把握可能である。額は天文学的に膨れ上がっていた。本土政府は焦った。このままでは、本土はいつか経済で北海州に飲みこまれてしまうかもしれない。

　いかにして北海州を抑え込むか――。

　本土政府は、ついに切り札を使う決意をした。

　ちなみに……北海州では、専用通貨「北海円」のみ使用が許されている。北海円は「円」としか交換できず、外国が北海円を保有することはできない。外国が北海州で何かを買おうと思ったら、まず自国通貨を円に替え、それを北海円に替えて買い物をする。帰る時は残った北海円を本土で円に替え、さらに自国通貨に替えなければならない。交換額の推移から貿易額がわかるのはそのためである。


「ビッグニュースです！」

　犬鳴邸に飛び込んできた谷は、自分の唾にむせて咳き込んだ。

「どうしたんです？　そんなに慌てて」

　進一はコップの水を差し出した。

　その日、犬鳴邸には犬鳴・進一・枡田の他、両替屋の竜田川と西井が集まっていた。

　協働グループは一か月ほど前から集落単位の徴税を始めていた。本土が北海州への投資を行う中、協働グループも独自の事業を進める必要があった。その財源としての徴税である。税で足りない分は、本土から借金をした。その額は百億北海円、円換算して一兆円にのぼった。もちろん資金的に返済可能の範《はん》疇《ちゅう》である。これらの管理は西井と竜田川に任された。

　谷が飛び込んできた時、メンバーは徴税額と返済額の帳尻が合うか検討会議をしていたところだった。

「おい、谷さんよ」枡田の厳しい目が向けられた。「俺たちは今、大事な話をしていたんだ。くだらねえことなら、後にしな」

「くだらなくないよ。大変なことだ!」

谷はコップを置いて言った。

「さっき、大学事務所に行ったら、本土政府から通知が届いていたんです。それによると、近日中に北海円を固定相場制から変動相場制にすることが決まったというんです!」

「なんだッて?!」一同、声を揃えた。

「パイプ役の俺すら知らなかったぞ!」竜田川は金切声を上げた。

犬鳴は狼狽《ろうばい》し
「酉井さん、これは一体どういうことでしょう?!」

「うーむ」酉井は眉をひそめた。「最近急に外国と北海州の交易が伸びているから、変動相場制にして北海円を強くしようというのではないか? 本土も北海円で一儲けしたいと考えているのではなかろうか?!」

「あのう」進一は尋ねた。「それって、北海州にとっていいことなんでしょうか?!」

「今の段階では何とも言えないな。今後、追加政策で北海円が世界に解放されたら、メリットかもしれない」

しかし、犬鳴は首を捻り、

「本土が北海州に有利に働くことをするとは思えないな」

進一の考えは犬鳴に近かった。本土の行動には裏がありそうだ。竜田川がその情報を知らなかったことも、極秘裏に進める理由があったからではなかろうか。

——嫌な予感がする。

翌々日、谷の知らせの通り、本土政府は変動相場制への移行を一方的に通知してきた。一北海円一〇〇円だった相場は、二十四時間後に九十八円になった。相場は早朝、大学事務局に知らされ、協働グループへは大学から紙面で伝えられる。翌日は一〇二円、翌々日は九十九円と、一〇〇円付近を前後した。谷と枡田は毎朝届けられる紙を見て「なあんだ。こんなものか」と平気な顔でいたが、竜田川と酉井は目を白黒させた。本土の借金の返済日が来月末に迫っている。最初の返済額は総額の一割、十億北海円。相場は返済額に影響する。二人が泡を喰うのも無理は無い。

一週間後、相場が大きく動いた。


一北海円=八十二円。


酉井と竜田川は青ざめた。

「一気に借金が二割増しになったぞ!」

酉井が取り乱すのを進一は初めて見た。竜田川は唇を震わせ
「この動きはおかしい! 何かおかしい!」

竜田川が主張するように、この暴落には裏があった。本土政府は、ため込んでいた北海円を一気に放出し、意図的に相場を下げたのである。一気に五〇円くらいまで下げたかったのだが、

露骨《ろこつ》に行うと本土絡みの公共事業や海外との兼ね合いもあるので、ひとまず八〇円を切らない程度にしたのだ。

　翌日、八十一円になった。協働グループ幹部は緊急会議を招集した。みな口々に思うところを述べた。

「本土は一北海円五〇円切りを狙っているに違いない」

「そうなりゃ借金は一気に倍だ！」

「どうして本土はあんなに北海円を隠し持ってやがるんだ？」

「もしかして刷りまくっているんじゃないか？」

　不安ばかりで建設的な議論にならない。

「本土と交渉してはどうだろう？」

　そんな意見が出た。実は竜田川の方で打診済みで、回答も寄せられていた。本土政府の答えは「変動相場制に移行してまだわずか一週間。しばらく推移を見守ってほしい」。

「――というわけで、交渉は拒否されました」

　竜田川はそう言って目をパチパチさせた。

「馬鹿野郎！」

　たちまち怒号が飛んだ。

「変なところで値段が落ち着いたらどうすんだよ！」

「変動相場制は本土の一方的な制度変更だ！　交渉も何も、そもそも不成立だ！」

「責任者、辞任しろ！　竜田川と西井さん、あんたらだ！」

「待ってください！」

　進一は皆を制して言った。

「皆さんの不安も怒りもわかります。でも、二人は一生懸命やってるんです。朝から晩まで数字に目を走らせ、夜は神経が昂《たかぶ》って眠れない程です。彼らを責めないでください。責任を問うのなら、ぼくに言ってください！」

　目に涙を浮かべて訴える進一に、一同口を噤《つぐ》んだ。

「みんな、落ち着いて」犬鳴が立ち上がって言った。「辞めろだの、責任を取るだの、そんなことは行動を尽くしてからでいいでしょう。今できることは何か、それを考えようじゃありませんか」

　枡田が手を上げた。

「あんたの言う通りだけど、今回ばかりは本土《あっち》に主軸があって、こっち側の努力だけじゃどうにもならないような気がする」

「何を言うんです。我々はレターボトルで世界発信に成功した。もっと地道なやり方でもいいから、なんとか事態を打開しようじゃありませんか」

「それじゃ犬鳴さん」西井が言った。「あんた、何かいいアイデアがあるのかね？」

「いいかどうかはわかりませんが、できることはこれしかない。北海州のみんなが手持ちの円を手放して、北海円に替えるんです」

　北海州の人々は、本土生活の記念や長年使った親しみから、意外と円をタンス預金していた。それらを解放すれば、それなりの額になるかもしれない。

「それがいい！　俺は手数料を取らないよ！」竜田川が叫んだ。

「やりましょう」進一は訴えた。「それしか方法はありません。

タッタカさんも、キツイでしょうがよろしくお願いします！」

協働グループはさっそく臨時大集会を招集し、全州民に手持ちの円の換金を呼びかけた。同時に、北海州全土に散らばっている両替屋が集まり、今後の換金業務について意見交換を行った。この会議の議長は竜田川が務めた。

翌日から人々は両替屋を訪れ、手持ちの円を北海円に換金しはじめた。

北海円が価値を落としている今、欲しくなるのはむしろ円である。しかし人々は「自分さえ良ければ」という考えを捨て、すすんで換金した。自分のことよりも社会や他の人のためにお金を使うというコンシダレイト経済理論が浸透している――犬鳴は実感した。

結果、北海円は徐々に値を上げていった。

八十五円、八十七円、八十九円……。もう少しで九〇円まで戻すかと思いきや――。

変動相場制移行から三週間目の朝。

犬鳴邸に届けられた相場情報に、進一は衝撃を受けた。

一北海円＝六十五円

「嘘だろ……」

頭の中が真っ白になった。打てるだけの手を打って、この結果だ。下がり方からして、今回も本土政府が北海円を放出したに違いない。彼らは北海州があがくだけあがいたのを見届け、一撃を喰らわしたのだ。

「五〇円切りは時間の問題だ」犬鳴は言った。「そうなれば本土への借金は二兆円になる。来月末のその一割の返済額は、一千億円ではなく、二千億円になる。破産です」

「犬鳴さん」進一はしょげきって言った。「どうしてそんなにサッパリした物言いなんです？　破産したらおしまいですよ！」

「それはそうだけど、だからって、どうなる？」

進一は黙りこまされた。犬鳴はフンと息をつき
「今回の通貨問題は、本土の思惑通りなんですよ。北海州は大きくなりすぎた。彼らは出る杭を打った。さすがに本土にこれだけ本腰を入れられちゃ、我々はひとたまりもない」

「もう手立てはありませんか？」

「現時点では、何も思いつかないな」

「それじゃあ、ぼくは……この間宣言したように、責任を取ることにします。そうしなきゃ、タッタカさんも西井さんも、ひどい目に遭わされるかもしれない」

犬鳴は首を横に振って言った。

「この件について、誰もあなたや財務管理の二人を責めやしない。これは本土の仕掛けてきた潰しなんだから。みんなそんな事、わかっている。この間の野次は怒りの矛先の持っていきようが無かっただけ」

「じゃあ、ぼくが辞めることに、意味はありませんか？」

「私は、無いと思う」

「いや、それでも辞めますよ、ぼくは……。次の集会で新たなリーダーを決めましょう」

「そこなんだが」

犬鳴は少し考えて言った。

「今後、誰が北海州のリーダーになろうと、ここまで募った本土の潰しからは逃れられないと思う。ならばいっそ、協働グループを解散し、北海州内に新たなイデオロギーが生まれるのを待ってはどうかな」

「解散?」進一は叫んだ。「解散して、どうなるんです? イデオロギーを待つ? そんな悠長《ゆうちょう》な。コンシダレイト経済理論はどうなるんです?」

「そもそもコンシダレイト経済理論が正しかったかどうかもわからない。だから一回問い直そうというんです」

「もうどうにもならないのか……」

「根澄さん」

犬鳴はほほ笑んで言った。

「私たちは何も無いところから、よくやったと思うよ。もはやこれまで。是非も無し」

六十五円急落の日から三日後――この日、一北海円＝六十一円まで下がっていた――大学の大講堂で臨時の大集会が開かれた。

行われたのは決議や報告ではなく、協働グループ解散宣言だった。

集まった人々に、怒りも悲しみも見えなかった。ただただ不安な顔が並んでいた。

「いや、根澄さん、アンタはスゴイよ」

衆日の注がれる壇上、酉井が軽やかな口調で進一を称えた。

「何がすごいって、有志の徴税を訴えて、ほとんど全部の州民からお金を集めることに成功した。これは偉業だ。

以前、わしが自分のグループを率いておった頃、割り当てを集めたことがあったが、みな訝しがって出さず、大した金額にならなかった。自分で言うのもなんだが、本土で経済人として実績を残し、ある程度知名度のあったわしですらできなかったことを、根澄さんはやってのけたのだ。ひとえにお人柄によるものだと思う。素晴らしい。無二の善政であった。ありがとう!」

かくして協働グループは解散した。酉井の雄弁でどうにか終わりが整ったが、誰もが内心「これからどうなるのだろう」と戸惑っていた。

協働グループは解散したとはいえ、まだ大きな仕事を抱えていた。本土から借りた莫大な金を返済しなければならない。完済するまで、グループを完全に解体することは許されなかった。

返済計画は絶望的だった。これから先、徴税で集めた金を切り崩して定期的に一定額ずつ返済していくが、このまま北海円が値下がりしていったら、返済額が増大し、いつの日かアシが出る。

進一は、メンバーが集まっていた時、誰へともなく尋ねた。

「これ、破産したらどうなるんです?」

「さあ?　見当もつきません」と犬鳴。

「以前の北海州に逆戻りかね」と西井。

谷は声を震わせ、

「我々が人身売買されるのではありませんか?」

枡田が目を怒らせ
「誰が高齢者を買うっていうんだ?」

「本土の人たちですよ」

「子供が親を身請けするってことがあるかよ……もっとも、そっちの方が幸せかもしれないな」

座に苦々しい笑いが起きた。子どものいない進一はやるせなかった。一瞬、北の果てに行った初音のことを思い出した。

——ロクな晩節じゃないなぁ……。

返済以外にも、考えなくてはならないことはたくさんあった。北海州の各地に造り上げた温泉や宿泊施設などの観光資源は、最寄りの集落に引き取りをお願いした。特産品の流通や輸出は、本土経由が絶対で、本土の搾取《さくしゅ》を避けられそうに無かった。しかし西井が画策《かくさく》し、外国企業に頼んで特派員を常置してもらい、半ば監視役のような態で管理をお願いした。外国企業は快く引き受けてくれた。

こうして事業は少しずつ協働グループの手を離れていった。ただ肩の荷が下りるのは確かだが、進一は淋しい思いがした。ただひたすら消滅への準備を重ねて行く工程は、昔本土で流行ったと言われる「終活」を思わせた。借金を返すだけの晩節。じりじりと削り取られていくような日々。夜、進一が夢にうなされるのを、犬鳴は何度揺り起こしたことか。

ところが、それから二週間ばかり経ったある朝、

「ちょっとこれを見て!」

息を弾ませて犬鳴邸に飛び込んできたのは、竜田川だった。手に一枚の紙を持っている。

「どうしたんです?」進一が出迎えた。

「今朝の相場で一北海円が六十八円に上がってるんだ!」

竜田川は両替屋として毎朝必ず相場をチェックしていた。六〇円まで下がった北海円はしばらく動かなかったので、当分このままだろうと思っていたら、いきなり八円も上がっていたので、慌てて報告に及んだのである。

奥から犬鳴と枡田が出てきた。

「タッタカさん。今言ってたのは本当かい?」

「いい加減なことを言ったら承知しねえぞ!」

「本当だとも!」竜田川は叫んだ。「北海円は本土によって完全に管理されている。本土が意図しない限り、大幅に値上がりするなんてありえない!」

犬鳴は尋ねた。

「じゃあ、どうして上がったんだ?　本土の気が変わったのか?」

「それは考えにくい」

「外国が北海円を買ったとか?」

「外国が北海円を持つことは許されていない」

枡田は眉間《みけん》にしわを寄せ、

「俺は長年情報屋稼業をしているけど、何でも疑ってみるもんだぜ。そもそも、その紙が怪しいんじゃないか?」

すると竜田川はトーンダウンし、

「これは大学事務局に届いた物で……その点は、確かに否めない。けれど……」

しかし、それから一週間、相場はずっと上がり続けた。一旦六十六円に下げ七〇円、七十二円、七十五円と上がり、一旦六十六円に下げたが、その翌日に七十一円まで再上昇した。六十六円まで下げた時は、本土がまた北海円を放出したらしい――この情報は信頼できる筋から寄せられた。

また、海外に輸出をしている北海州の人々の話からも、北海円が上がっているのは事実だった。

「こりゃ一体どういうことだ?」西井は首を傾げた。

「誰かが北海円を買い上げてるってことですね」と犬鳴。

「そう。それも意図を持った何者かがね」竜田川は興奮気味だ。

「今朝、急騰《きゅうとう》して七十七円を付けましたよ。一体どんな連中が北海円を買い取っているんだろう? 莫大な額ですよ。まるで市場の北海円を全てかっさらうように! とにかく今、本土と未知の存在の間で、見えない通貨戦争が起きていることは事実です」

「誰だかわからんが、有難いことだ」西井は顔をほころばせた。

「このまま上がり続けてくれれば、返済が助かるからな」

それから数日の間、相場はずっと上がり続けた。そしてついに返済日を迎えた。

その日、北海円は急騰し、なんと九十七円を付けた。

「良かった……」

西井と竜田川は胸を撫《な》で下ろした。これが二週間ばかり前の六十二円だったらと思うと……破産は必至だった。

「一体どこの誰が、北海円を動かしているんだろう」進一は首を傾げた「外国が北海円を持つことができないということは、本土か北海州の中に買った人がいるってことですよね」

「根澄さん、これは『人』ってレベルじゃない。何かとてつもなく巨大な組織だよ」

犬鳴は答えた。その声は久々に興奮で漲《みなぎ》っていた。

変動相場制に移行して二か月が経過した。

相場はしばらく一北海円＝九十五円前後で安定していた。その間も謎の組織と本土の間で、激しい売り買いが展開された。本土が北海円を放出すれば、謎の組織がゴッソリ買う。北海円が値上がりし、本土はまたしても放出する。それが何度か繰り返されたが、しまいには本土が根負けし、放出を止めた。すると謎組織も買い上げを止めた。謎組織は百円を超えるような買い上げはしなかった。どうやら本土の動きに合わせているだけのようだった。

安定した北海円安で、外国の観光客は以前より増えた。また、北海円の価値が固定相場制の頃より下がったおかげで、人々は北海円を手に入れやすくなった。そのことが、北海州の輸出を助け、経済発展の追い風になった。

「長いこと生きているけど、世の中何が起こる変わらないものだ」

酉井は感慨《かんがい》深げに言った。彼の手には帳簿が握られていた。このまま九十五円が続けば、返済は十分可能だ。竜田川と二人、しばしば顔を見合わせては、安堵《あんど》のため息を漏らした。

やがて州内に、ひとつの声が高まってきた。「協働グループ再登板待望論」である。気運は日々熱を帯びていった。自ら納税を志願する集落や個人もあった。それどころか、犬鳴邸に「税金」と称して現金を送りつけてきたり、熱烈な手紙を寄せたり、集団陳情のような来訪で家の前がごった返すこともあった。

犬鳴は言った。

「根澄さん。これだけ声が高まってる。あなたはどう思ってるんです?」

「どうって言われても——」進一は答えに窮《きゅう》した。

世間の気持ちはよくわかる。けれども、この待望論は、北海円を救ってくれた謎の組織のおかげだ。変動相場制に託《たく》した本土の目論見《もくろみ》は、北海州が自力で覆《くつがえ》したわけでは無い。再び同じような企みが襲い掛かってきた時、協働グループは自分たちだけで北海州を守ることができるだろうか——無理だ。そんな有様で世論に応えることはできない。

それに、謎の組織だって、どんな意図で北海円を買い上げたのかわからない。純粋に北海州を助けるためなのか、それとも儲けを企《たくら》んでのことか。後者だとすると、何かのタイミングで北海円を一斉放出されたら、間違いなく終わりだ。彼らが敵か、味方か。それすらわからない。

Chapter. 14　北の果て

早朝、朝霞《あさがすみ》ただよう犬鳴邸前。

谷は犬鳴邸からわずか百メートルほど離れた白樺林に身を潜《ひそ》め、息を殺して様子を伺っていた。

犬鳴邸の周辺には、すでに大勢の人間がたむろしていた。火を起こしている者、寝袋から顔だけ出している者、立ち上がって体操をしている者。彼らはみな、協働グループ再結成をのぞむ陳情デモ団であった。全部で百名くらいはいるだろうか。あちこちにテントが張られて、さながら戦争の野営地である。

――まったく……気持ちはわかるが、他人の迷惑を顧《かえり》みない連中だ。

谷は人々の動きに目を凝らし、犬鳴邸に向けて突っ走るタイミングを見計らっていた。

ところが、

「あっ！　谷丈だ！」

誰かが白樺林の谷に気づいて声を上げた。周りにいた数人が、声の主の指さす先を一斉に向く。

――しまったッ！

「逃がすな！」

あたりはにわかに騒然《そうぜん》とした。谷は覚悟を決めて駆け出した。このまま真っ直ぐ犬鳴邸に突っ込めば――しかし、十歩も行かぬ間に囲まれてしまった。数十名が折り重なって円を描き、一筋の逃げ道も無い。彼らは目を三角にして言った。

「あんた、谷さんだろ！」

「根澄さんと犬鳴さんに伝えてくれ！」

「協働グループをまたやってくれって！」

「金が要るならいくらでも出す！」

「人手がいるならいくらでも集める！」

「さあ、もう一度、コンシダ何とかを頼むよ！」

人垣《ひとがき》はじわじわと谷に詰め寄る。

――ええい！

谷は急に身を屈めると、人垣の脚の間に掻《か》い潜《もぐ》り、四つ這いになって前へ進んだ。

「お、おい、谷が消えたぞ！」

「下だ、下だ！」

谷はもみくちゃにされつつ人垣の背後へ抜け、身を起こして一気に駆け出した。連中も気づいて後を追う。谷は何とか犬鳴邸の戸口まで辿り着いた。だが、ドアは鍵が掛かって開かない。

「まてぇ！」

背後から追手の声。谷が慌てふためいていると、戸が開いて中から太い腕が伸び、谷の襟首《えりくび》を掴んだ。

「わっ！」

次の瞬間、谷は物凄い力で家の中に引きずり込まれた。戸はバタンと締められ、錠のかかる音がした。追手の声が急に遠くなった。彼らは決して犬鳴邸に直接触れない。枡田が怖いからである。

「毎日懲《こ》りずによく来るな」

枡田は谷の襟首から手を離した。

「まったくです」

犬鳴は腕組みして言った。

谷はホッと息を漏らした。そして頭をブルブルッと震わせ、

「何だってあの陳情団は人ん家《ち》の前に居続けるんです？　何日も何日も！　協働グループはもう終わったって言ってるのに！」

犬鳴は面倒な調子で答えた。

「やらないって言ってるから、やってくれって頼みに来てるんです。もっとも、私だって気持ちの半分くらいは彼らと同意見なんですがね。でも肝心の根澄さんが……」

「相変わらずですか」

犬鳴と谷は家の奥に目をやった。


外で人々が連日ガチャガチャやっている――。

玄関で谷と犬鳴がため息をついている――。

奥の部屋で表の喧騒《けんそう》を聞いていた進一は、それらが自分の頑《かたく》なさで起きていることをわかっていた。

「北海州のために再び立ち上がって欲しい」

その声に応えることは、今の進一にできる唯一のコンシダレイト理論に適《かな》った行動かもしれない。できることならその労をとりたい。

だが、どうしても気持ちがついてこない。

今、進一の胸中にあるのは、初音のことだった。

二年ほど前、初音はこう言って自ら北の果てに旅立った。

『あんたが北海州を変えて、北の果てという仕組みにもメスを入れて、迎えに来て』

彼女と約束した北海州の繁栄。それはある程度は果たせたと思う。だが、約束の最後のパーツである「迎えに来て」が、どうしても実現できない。北の果てはどこにあるのか。それがわからなかった。

人や文献に情報を求めた。しかし手掛かりは見つからなかった。万策尽きた結果、「初音のように自分から北の果てに行こう」と、以前妻の旅立ちの手はずを整えてくれた竜田川に頼みこんでみた。しかし
「根澄さん、北の果て送りってのは、もう無くなったんだよ」

「無くなった？　どういうことです？」

「北の果て送りは、例の『運動会』と密接につながっていた。谷さんが運動会の終結を宣言して、同時に北の果ても消えたんだ」

「そんなのはおかしい！」進一は声を荒げた。「じゃあ、北の果てに送られた人は、今どうなっているんです？　初音を送る時、タッタカさんはどうやって手はずを整えたんです？」

竜田川は首を横に振り、

「そうカッカされても、私にはわからんよ。奥さんをお送りした時は、釈迦谷グループのとある人物に話をつけたんだ。その

人とはいま連絡が取れなくなっている」

「そんな……」

「谷さんならもっと事情を知ってるんじゃないかな?」

　早速進一は谷に会った。しかし、谷は情けない顔を浮かべ、

「私はいまだに自分のグループの全貌《ぜんぼう》を掌握《しょうあく》できていないんです」

「じゃあ、親父さんに会せてくれよ」

「それが、私もここしばらく会っていないんです。人にお願いして行方を捜しているんですが、全く手掛かり無し」

「そうか……」

「もし父の行方が知れたら、教えてください」

　頼みの谷も、この始末だ。

――やれやれ……。

　北の果てとは何なのか。進一は改めてわからなくなった。ある時、西井に考えを訊いてみた。西井は少し考え、

「北の果てというのは、一つの表現で、そもそも本当は存在していないんじゃなかろうか」

「どういうことです?」

「遺される我々に向けて『北の果て』という言葉があるだけで、連れ去られた者はすぐに殺されているのではないか。北の果ての在所がいつまでも見つからなかったり、連れて行かれた人の消息が一切不明になるのは、初めからそれが存在しないからではないか」

「釈迦谷グループが殺戮《さつりく》をしたって言うんですか?」

「無論、裏には本土政府がおるんじゃろ」

　進一は真っ青になった。西井はこの時、進一の妻が北の果てへ行っていることを思い出し、「私見じゃ」と取り繕《つくろ》うように言った。しかし進一は西井の説に、哀しみと共に大きな納得を覚えていた。

――西井さんの説だと全部辻褄《つじつま》が合う。きっと初音は殺されてしまったんだ……。

　これ以降、進一は塞《ふさ》ぎこむようになってしまった。

　それから二週間あまり経過したこの日。

　谷は進一へビッグニュースを携え、デモの囲みを突破して犬鳴邸を訪れた。

「根澄さん」

　谷はひとり、奥の部屋に足を踏み入れた。進一は薄暗い部屋の真ん中の敷布《しきふ》に横たわっていた。こちらに背を向け、振り返りもしない。

「……何か用かい。今日は誰にも会いたくないんだがね」

　進一は絞り出すように返事をした。

「根澄さん、起きてこれを見てください」

　谷は進一のそばまでやってきて彼の手を取り、小さなガラス瓶を握らせた。

「……何これ?」

　進一はけだるげに腕を動かし、瓶を目の前に持っていった。透明なガラスの中に、くるりと巻いた紙が見える。

「なあんだ。レターボトルか……」

　進一は栓《せん》を抜きもせず、瓶を床に転がした。

「ちょ、待ってください！」

　谷は慌てて瓶を拾い上げた。

　進一が瓶を捨てておいたのも無理はない。北海州では、レターボトル交流で世界発信に成功して以降、いまだに空き瓶に手紙を入れて流すのが流行していた。どこかの誰かに自分のメッセージが届くというロマンチックなイベント性が、北海州の年中行事として根づいたのである。しかし、流された瓶のほとんどは、海流に乗りきれず、再び北海州の海岸に打ち上げられた。協働グループが北海州を主導していた末期は、あまりに流行り過ぎて海岸線を汚したので、ルールで禁止すべきという声も上がったほどである。

　谷は瓶の栓を抜き、指を突っ込んで中の巻紙を引き出した。紙は二枚重ねになっていた。谷はそれを反対に巻いて巻きグセを取り、進一の目の前に突き出した。

「さあ、これを読んでください！」

　進一は渋々紙に目を遣った。しわくちゃの焼けた紙に、どこかしら見覚えのある毛羽立った文字が並んでいる。

　読んでみると――

拾い主さま　この手紙を見つけたら、根澄進一という男に届けるか、このように伝えてください。

もうすぐ約束の二年です。わかっているでしょう？　いつまで待たせるの？　ふつう、二年といったら一年半くらいの心づもりではないかしら？　あんたは昔からキマジメで面白みがなく、人の気持ちの読めない人だったけど、時間にだけは遅れたことがなかった。そんな唯一の取り柄すら失くしてしまうくらいモウロクしたの？　とにかく、急いでください。でないと、あたしがひどい目に遭います。

追伸）ピーコ、食べてないでしょうね？

「これは……」

　進一は手紙を手にして固まった。

――いや、きっと傷心しているぼくを励まそうと、犬鳴さんらが作った偽手紙だ……。

　だが、何度も読み返すうちに、どうも嘘ではないように思えてきた。筆跡といい、文の調子といい、初音そのものだ。それに、「人の気持ちの読めない」という一節に、ピンと来るものがあった。協働グループ内では「人の気持ちを汲み取れる人」で通っている進一のことを、ここまで悪《あ》しざまに言えるのは、妻くらいのものである。

――確かに、本土にいた頃は「あたしのことを、何にもわかっていない！」と、よくヘソを曲げられたものだ……。

　ありありと浮かぶ初音との思い出。そうだ、この手紙はきっと初音からのものに違いない！

――彼女は生きている！「ひどい目に遭います」とは、どういうことだろう。彼女に危機が迫っているのか？　でも、すぐ後にピーコのことを書く余裕があるとは……ますますわからない！

進一は混乱しながら徐々に顔色を取り戻していった。谷はそれを見て嬉しさで抱きつかんばかりだったが、こらえた。

進一は二枚目の紙を見た。何やら地図のようである。

「陸と海と……小さな島が二つ描かれているけれど、これは一体どこなんだろう」

進一は首を傾げて谷を見た。谷は答えた。

「大学図書館の地図資料で調べたんですが、どうやら北海州の北の突端あたりらしいです」

「北の突端？」

「はい。そしてその二つの島は、それぞれレブン、リシリと言うのだそうです」

「島に二重丸がしてあるってことは、初音はここにいるのかな？」

「たぶんそうでしょう」

進一は地図の二島を凝視した。ここの島々が北の果てなのか。北の突端の島だけに、まさにその通りではないか。

「よし！」

進一は立ち上がった。

「ぼくのわがままを許してほしい。ぼくはこの島に行く！」

「こんな北の果てまで、どうやって行くんですか？」

「這《は》ってでも行くよ」

「巨大なクマが出るかもしれません」

「構わない。ここでボンヤリ老衰死するより、やるだけやって死んだ方がマシだ」

「でも、でも……」

谷は進一を何とか落ち着かせようとした。

「おやおや、元気が出てきたようだね」

部屋に犬鳴が入ってきた。

「狭い家だから全部聞こえたよ。話はわかりました。根澄さん、島へは私も同道します。北の果ての新情報が手に入るかもしれないし、なにより親友の奥さんが大事だ」

親友——その言葉に、進一の涙腺《るいせん》は緩みかけた。

「俺も参加させてもらうぞ」

犬鳴の後ろから枡田が顔を出した。

「俺はずっと北の果ての謎を追ってきた。行かないわけにはいかねえ。それに、あんた方のガードも必要だろう」

進一は遂に涙をこぼし、

「みなさん……ありがとうございます！」

進一、犬鳴、枡田の三人は、西井ら旧グループの幹部たちと、旅立ちの話をした。幹部らは「いくら何でもレターボトルに従って危険を冒すのはどうか」と、反対した。しかし進一は頑として引かなかった。結局、旅は三人の自己責任ということで皆の認めるところとなり、出発の日が決まった。留守中の責任者は西井に任されることになった。

三人の旅について、旧グループは本土政府に事前に連絡した。

旅行目的は「北部地域・海域の視察」とした。本土政府は了承し、協力を伝えてきた。

本土政府は通貨戦争の敗北以来、北海州をぞんざいに扱えなくなっていた。協働グループが解散したことは、もちろん承知していたが、旧グループが影響力を失っていないことを理解しており、むしろ歩み寄りを見せていた。そうした姿勢の背景には、国際的な世論が影響していた。

西井はそれをうまく利用し、本土から4WDの自動車と衛星回線の携帯電話をせしめた。

自動車自体は北海州内部にも数台あった。全て旧グループの管理下で、進一らの意志で自由に使えなくもなかった。だが救急車など緊急車両の役割があり、いたずらに持ち出せない。それに、北の旅路は悪路が予想された。管理下のコンパクトカーでは頼りないので、4WDを用立てたというわけである。携帯電話は進一ら一行と西井ら留守番役のやりとり用で、本土政府にも連絡可能だった。

また、レブン・リシリへの渡航は、州北部海域を管轄する海上保安庁が船舶を出してくれることになった。本土政府の手配である。保安庁の母港はテシオという場所にあった。地図で調べると、ちょうどレブン・リシリの対岸あたりにある。

「まずは、テシオを目指しましょう」

犬鳴はスケジュールを立てた。目的地までの所要時間を概算すると、三交代の運転しっぱなしで、順調にいっておよそ十時間。早朝に出て、日が沈むまでには着きたい。不安は補給である。途中に補給できる場所がある可能性は低い。あっても小さな集落で水や食料を分けてもらう程度だ。ガソリンが切れたら終わりである。4WDは燃費が良くないので、ポリタンクに予備を詰めていくことにした。

こうして迎えた出発当日の早朝。犬鳴邸の前に轟々《ごうごう》と4WDが到着した。家に前に集まっていた協働グループ再登板デモの人々は、久しぶりに目にする自動車に思わず道を開けた。運転席から颯爽《さっそう》と降りてきたのは谷。人々は口をポカンと開けて、家に入る谷の背中を見送った。

旧グループは今回の旅を関係者以外に知らせずに進めていた。下手に知られると、同道を申し出る者や、北の果てに仲間を送られた人々の感情的な行動を誘発しかねなかった。今日のこの日まで、4WDは大学の隅に隠していた。

進一、犬鳴、枡田の三人が家から出て、車に荷物を積み込む間、谷は運動家の面々にはじめて旅の目的を伝えた。人々は拍手の雨を降らせた。進一ら幹部陣三人がまとまって行動することが、のちの再登板へのいしずえになると予感したのである。

「北海州の将来について、車中で議論を尽くしてください！」

「旅のご無事を祈っておりますぞ！」

「根澄さんとご夫人の再会を祝福します！」

支度が整い、三人は人々の前に並んで顔を見せた。

「行ってきます！」

進一の声は、ひときわ高い拍手に包まれた。谷は涙ぐみ
「きっと無事で帰ってきてくださいよ」

そう言って進一の手を握った。

4WDは、エンジンの音高らかに、犬鳴邸前を出発した。

人々は小さくなっていく車の影をいつまでも見送っていた。

道のりは困難が続いた。出発後二時間くらいは、ぎりぎり行ったことのある範囲だった。そこを超えると無舗装どころか獣道のような道になった。路肩はほとんど草に覆《おお》われていた。倒木が道を塞いでいると、三人は車を降りて端にどけなくてはならなかった。水はけの悪いところは雨がたまって沼のようになっていた。進一は4WDをチョイスした酉井に感謝した。

未開拓地だらけだが、人の住む集落は思いのほか点在していた。三人はこんな内地まで人が住んでいることを知らなかった。

「ぼくらは内地を知らなさ過ぎましたね」

助手席の進一は、ハンドルを握る犬鳴に言った。犬鳴は

「我々はグループと言っても、所詮は体力も機動力も無い高齢者の集まり。無理も無いよ」

「確かに仰る通りですが……。満六十五歳で北海州に移される時、こんな山深いところに住まいを割り当てられたら、どうしようもないですね。ここいらに住む人は、きっと北海州が世界的に評判になっていることも、協働グループのことも、何にも知らないんでしょう。可哀想な気がします」

「いやいや。何も知らないなら、自分を不幸だとも思えないよ」

ところがだ。

とある集落で休憩のために4WDを降りた時のこと。三人が水を求めて集落の広場らしきところへ歩いていくと、

「おや？　あんたさんは、ネスミさんじゃないか？」

「おまえさまは、イヌナキ、さんじゃろ！」

わらわらと人が集まって三人を取り囲んだ。まるで有名人が来たかのような騒ぎである。聞けば、協働グループのことも、通貨戦争のことも知っていた。

「どうして私たちのことを？」犬鳴は尋ねた。

「ふぉふぉ、風の便りじゃよ」

彼らはしばらく逗留《とうりゅう》してはどうかと誘ってくれた。進一らは「先を急ぐ旅なので」と断ったが、彼らの親切は沁《し》みいるようで、断るのは心苦しかった。三人は「また来ます」と約束して出発した。どうして彼らが協働グループの存在を知っていたのかは、最後までわからなかった。

テシオを目指す道中で、三人はもう一つ驚いたことがある。それは、道中で数か所、本土政府の検問に出くわしたことだ。内地まで人が点在しているのと同じ様に、本土政府も内地深く食い込んでいた。

最初に出くわした検問所は山の中だった。鬱蒼《うっそう》とした森の細道を、金網フェンスのゲートが塞いでいた。警備に一名の制服警官。傍らにはセメント造りの小屋が見える。

4WDが近づくと、警官が道の真ん中に立ち車を止めた。彼は4WDが政府ナンバーを付けていることに安心した様子だったが、乗っているのが警察ではなく高齢者だったので目を丸くした。

「お前たちは何だ！　政府車輌でどこへ行く！」

三人は本土政府の許可を得て通行していると説明したが、警官は感情的になっていて、聞く耳を持たない。進むことも引き返すこともできずにいると、騒ぎを聞きつけて建物から上官らしき人物が出てきた。上官は車内の三人の顔を見るなり、

「おい、やめないか！　すぐにお通ししろ！」

「な、何故です？」

「このお三方は旧協働グループの幹部だ。お顔を見てわからないのか？」

警官は三人の顔をじっと見た。やがてハッとして
「あッ！　……たッ、大変に失礼をいたしましたッ！」

「まったく」上官は情けない顔を浮かべた。「今朝、通知でお三方が来たらお通しするようにと命令があったことは、伝えておいたはずだ。……や、失礼をいたしました。部下がとんだ粗相《そそう》を」

上官は頭を下げた。進一らは面食らい
「いやはや、お気遣いなく。お勤めご苦労様です」

——まさか本土の職員にまで、ぼくらのことがこれほど伝わっているとは……。

協働グループの存在は、進一が理解しているよりもずっと広範に知れ渡っているようだった。

三人は運転を交代して走り続け、夕方、海の見えるところまで来た。このまま北上すれば、テシオに着くはずである。替わり番でハンドルを握っていた進一は、犬鳴の座る助手席の窓をちらりと見た。海は夕陽を受けて赤く染まっていた。沖にくっきりと島影が見える。三角に尖ったシルエットは、海から突き出た刃のようだ。

「犬鳴さん、あれがレブンですかね？」

「いや、あれはリシリ」

犬鳴は手元の地図やメモを見比べて言った。

「あの島の向こうにもう一つ島があって、それがレブンです」

水平線と太陽がちょうど重なる頃、三人はテシオの海上保安庁に到着した。車を降りると、冷たい風が吹き付けた。

「お待ちしておりました」

海保職員が出迎えて、三人を宿舎に導いた。入浴を済まし、食事をとると、まぶたが自然とくっつくほどの眠気に襲われた。溜《た》まっていた疲れがドッと出た。それもそのはず、十時間と考えていた道程は、悪路で十五時間くらいかかっていた。

三人が与えられた部屋で寝支度を整えていると、職員がやってきて言った。

「リーダーの根澄さん……は、どなたでしょうか？」

「ぼくです」

「明日の航行の打ち合わせをお願いします」

「打ち合わせ？　……ああ、はいはい」

進一は欠伸《あくび》を噛み殺し、犬鳴と枡田を伴い、職員に連れられて会議室に入った。そこには制服姿の男たちが五人ほど待ち受

けていた。みな恰幅《かっぷく》がよく、いかにも海の兵士たちである。

「私が明日船長を務めさせていただきます。どうぞよろしく」

五〇歳ばかりの眼鏡の男が進み出て挨拶した。彼は早速卓上の地図の一点を指差し、

「さて、ここがいまいるテシオの基地です。明日向かうレブンは……」

「あのう、船長」進一は赤い目をこすって尋ねた。

「何です？」

「我々は、明日、昼前にボートを出してもらえれば、それでいいんですが……。打ち合わせなんて特に要らないでしょう？　だって、こちらに伺う前に車から見ましたが、ここから島まで、大した距離じゃないですし」

「そうだそうだ」枡田も憎々《にくにく》しげに言った。「俺たちは一日中運転してヘットヘトなんだ。こう見えて高齢者なんだぞ。お前さん方と違い、身体にガタがきてんだ。話なら明日にしてくれ」

犬鳴はその隣で立ったままうつらうつらしている。

船長はキッと目元を険《けわ》しくし、

「何を言ってるんですかッ！」

窓ガラスが震えるほどの大声を上げた。犬鳴はビクッとして目を覚ました。船長は三人の顔を一つずつ見て、

「いいですか？　あなた方、北の海を舐めちゃいけません。波は荒いし、天気は変わりやすい。国境が近いからヨソの国のおかしな船に出くわさないとも限らない。それに、あの島には誰も行ったことが無いんです！」

「えッ？」三人の声が揃った。

進一は卓上の地図のそばまで歩み寄り、

「あんなに間近にある島に、誰も行ったことが無いなんて、そんなのウソでしょう？」

船長は神妙にうなずき、

「そう思われるのは、ごもっともです。しかし、我が国の棄老政策――すみません。ネバーランド政策開始以来、レブン・リシリは無人で、国防上の拠点でもないので放置されているのです」

「これだけ目の前にあって、調査すらしないんですか？」

「我々は上層部の指令が無いと動けません。今はまだ、そのような命令は受けておらんのです」

「それじゃ、明日の航海は……」

「我々も初航行です。もちろん、近隣を航行したことはありますよ。けれども接岸・接近したことはありません。何せ、どこに岩礁《がんしょう》があるかわかりませんから」

「そんな……ようやくここまで来たのに」

「根澄さん、ご安心ください」

船長は厳しい表情を緩めて言った。

「我々は明日、政府の命令であなた方を島へお届けしますが、我々だってあなた方『協働グループ』の活躍は知っている。ご一緒できて光栄です。いやはや、北海州は変わりました。我々にとって、この海域に配属されることは、いまや誇りです。我々明日は我々の総力を結集し、必ずや航行を実現します。です

から、今夜の事前打ち合わせは、ぜひご参加をいただきたいのです」

船長の目には真心がこもっていた。かくなる上は、頼みの綱は船長だけである。

「頼みます」

三人は眠い身体に鞭打って、打ち合わせの席についた。


翌日は早朝出航した。早めに島の近海に辿り着き、陸沿いに回って着岸できそうな場所を探すためである。乗り込んだ船はあまり大きくは無かったが、船幅があり、頑丈そうだった。全体を白に塗られ、朝日に眩しかった。

天気は快晴。風は無く、海も凪《な》いでいた。船員たちが「こんな日は珍しい」と言うほど穏やかだった。

船は徐々にスピードをあげてリシリに近づいた。船尾《せんび》が黒々とした海に白く水泡の轍《わだち》を描いた。操舵室の船長は、前方の窓に映るリシリの島影をじっと見つめていた。

テシオの海保には、北海州側の沿岸地図はあったが、レブン・リシリの岸の形状がわかる地図は一枚も無かった。進一が意外がっていると、船長は「もしかしたら本土政府は持っているかもしれない」と言った（衛星写真のご時世に、地図が無いはずがない）。つまり、船長は自分の目と感覚で船を指揮していた。

進一、犬鳴、枡田の三人は、デッキに上がって水平線を眺めた。進一は傍らの犬鳴を見た。彼は目を赤く腫らして鼻を啜《すす》っていた。

「どうしたんです？　犬鳴さん」

「いや、何だかね」

犬鳴は袖《そで》で目元を拭《ぬぐ》った。

「六十五歳を迎えて北海州に来た時、もう二度と州の外には出られないと思っていたが……まさか、本土の職員に守られて、船で海に乗り出すとは……」

「そういえばそうですね」

進一も、北海州に足を下ろした時は、犬鳴同様「ここに骨を埋めるんだ」と思った。けれども、人生は何が起こるかわからない。このまま終わると思っていたものが、まだ先があると思えた瞬間、どれだけ喜びに感じられることか。自分の人生をもう一度愛することを許されたような気がして、進一もまた目頭を熱くした。

「おい、お前さん方」

並んで海を見ていた枡田が言った。

「どうしたんだい？　二人とも目を赤くしちゃって。涙脆《もろ》くなっちまったのか？　年のせいか？」

「年ならみんな相当とってるでしょうに」進一は苦笑した。「枡田さんだって、目が潤んでる」

「なあに。俺のは潮風が目に沁みてるのさ」

出航してから二時間弱、船はレブンのそばに辿り着いた。沿岸は張り出した木々と岩場で囲まれており、船の接岸を拒むかのようだった。船が島に近づくと、急に風が強くなり、波が高くなった。内陸の山から、風が吹き下ろす。船は沿岸に沿い、反時計回りに進んでいった。島から返す波に、船は揺れた。船長はデッキに出て、接岸できそうなポイントを目視で探し始めた。

　船の揺れが激しさを増すと、進一らは気持ち悪くなり、青い顔をして黙り込んでしまった。沿岸は見渡す限り岩と木々で、いつまで経っても接岸できる気配は無い。一周して適当な場所が見つからなかったら引き返す——と船長が言っていた。そうなったら、今後はどうするか。三人が青い顔をして不安に苛《さいな》まれていると、舳先《へさき》から船員の声が聞こえてきた。

「船長、島の突端に人の姿が見えます！」

「人？」

　全員が船員の指さす先を見た。確かに、海に突き出た岸壁《がんぺき》の上に、人影らしきものが見える。人影はこちらに向けて手を振っている。しかも数名いる。船が近づくにつれ、数が増えていく。どうやら向こうでも「何か来るぞ」と呼び掛けているようだ。

　船長は双眼鏡で影を確認し、

「間違いない。あれは人間だ」

　進一は船の揺れも忘れ、

「本当ですか？　山猿か何かじゃないですか？」

「いえ、人間です。ちゃんと服を着て、お互いにコミュニケーションを取っている。雰囲気から見て、あなた方同様、高齢者だと思います」

　犬鳴は興奮気味に

「きっとそうだ。あれはまさしく北の果て。あそこにいるのは、我々なんかよりずっと年配の高齢者のはずだ」

　船長は双眼鏡から目を離し

「あの岸壁の辺りならボートを着けられると思います。屈強な漕ぎ手をつけますから、準備を。おい、誰か、お三方にライフジャケットを！」

　船上はにわかに慌ただしくなった。

　レブン沿岸の海は、白波を上げて岸壁を轟々《ごうごう》と洗っていた。海保の職員たちは右に左に翻弄《ほんろう》されながらボートを岸に着けた。接岸したのは切り立った岩場で、船から降りたあともごつごつした岩肌を一メートル程よじ登らねばならなかった。最初に職員が一人上がった。そのあと、彼の手にすがり、犬鳴、進一、枡田の順に上がった。

「この年になってこんな真似をすることになるとはね」

　ボートはロープでつなぎ留められた。職員三人に、犬鳴、進一、枡田。六人が上陸した。島の中央にそびえる丘は、鬱蒼《うっそう》とした森に覆《おお》われている。近いところに視線を移すと、岩場から少し離れたあたりに、十名ほどの人の姿が見えた。彼らはこちらに近づき、

「おー、ようこそ！　まさか外から人がやってくるとは！」

　と、愛想好く声を掛けてきた。

日本語だ。進一はまずその点に安堵《あんど》を覚えた。

人々はみな進一らよりずっと年配だった。腰は曲り、白髪は肩まで伸び放題、手足は細く節くれだっている。しかし、肌艶《はだつや》はよく、目は輝いて、顔の表情がくるくる動いた。

老人たちは警戒する様子もなく、親しげに話しかけてきた。だが、こちらから何かを尋ねても、曖昧《あいまい》な答えしか返してこなかった。「ここはどこですか」と訊くと「ここはここじゃよ」と返ってくる。それがまたひどくいたずらっぽい笑顔で言われるので、何も言い返せなかった。

六人は、島の内部へ歩いていった。無舗装だが幅広でよく均《なら》された道だった。道々、島民とすれ違った。一人残らずかなりの高齢だった。着ている服は北海州と特に変わらない。印象的なのは、誰もが笑顔であること。ヨソ者を訝しがる目は一つも無かった。

——ここは本当に北の果てなのか？

進一は初音の地図を頭に思い描いた。印はレブンに付けられていた。確かにここのはずだ。しかし、進一の想像していた北の果ては、もっと過酷で非情な場所だった。こんなに笑顔が溢れかえっているはずがない。

しばらく歩くと、大小さまざまな建物が見えてきた。ほとんどが古びた木造の平屋である。北海州と大差が無い。けれども、家々の戸口に何やら機械のような物が取り付けられている。それが何であるかはわからないが、その点は北海州より未来的に見えた。

さらに道なりに進むと広場に出た。多くの人でごったがえしている。毛氈《もうせん》を敷いて小間物屋《こまものや》を広げる人、屋台で食べ物を商《あきな》っている人、美味しそうに食べている人、それを眺めている人。笑顔で売り買いが交わされている。どうやら自由市場らしい。

「みんな楽しそうだぜ」枡田は辺りを見渡して言った。

進一はうなずき、

「ええ。北海州よりも、本土よりも、活き活きとしている」

犬鳴は眉をひそめ、

「まさか離れ小島に、こんなに賑わった集落があろうとは……」

すると、背後から

「おや、もしかして根澄さんじゃないか？」

しわがれた声が聞こえた。

進一が振り返ると、目の前に一人の老人の姿があった。日焼けした肌、皺だらけの顔に白い顎鬚《あごひげ》。薄手のシャツの袖口《そでぐち》から、節くれだった細い腕が伸びている。九〇歳近いと見えるがハツラツとしている。

——どこか見覚えのあるような……。

頭を捻るが、どうしても思い出せない。

「えっと、どこでお会いしましたか……」

進一は言葉尻を濁して愛想笑いを浮かべた。

すると老人は意地悪く微笑み、

「無理も無い。ワシはそっちでは死んだことになっておるからのう」

そっち？　死んだこと？　ますますわからない。進一にこんな元気な爺様の知り合いがいただろうか。

「うーん……」

「ギブアップかの？」

「……すみません」

「わしゃ、栫谷じゃよ。昔集落で、みなに農業を教えておった、栫谷羊一郎じゃ」

「あーッ！」進一は胸の前で手を打った。

信じられない！

栫谷羊一郎――もちろん覚えている。二年半くらい前、進一の属する集落のリーダー格を務めていた人物だ。八十五歳に達して北の果て送りが決まり、初音と一緒に送別会に行った。その時は、農業で鍛えた身体も衰え、歩くのもやっとだった。

ところが、今目の前にいる栫谷は、心身ともに若返っているように見える。まるで別人だ。

「根澄さん」脇から犬鳴が尋ねた。「この人は、もしかして、かつて北の果て送りになった人ですか？」

「はい」進一は答えた。「集落を農業で導いた方で、ぼくも妻もだいぶお世話になりました。お別れの時は、そりゃあ泣きました」

「懐かしい話じゃのう」

栫谷は笑顔を浮かべた。

「ところでお前さん方は、ついに北の果て送りに相成った身かな？」

「いえ、私らはまだです」

進一はそう答えてから、ハッとした。

「……ということは、ここは『北の果て』なんですか？」

栫谷はうなずき、

「そうじゃ。ようこそ、幸せの最果て、北の果てへ！」

立ち話もなんだからと、六人は栫谷の家に招かれた。家は広場から歩いて一分もかからないところにあった。庭が広く、菜園になっていて、数名の老人たちがわきあいあいと野良仕事をしていた。栫谷は一番手近にいた老婆に何やら耳打ちした。すると彼女は顔を上げ、表へ飛び出して行った。

「さあ、中でお茶を飲みましょう」

栫谷は六人をなかに誘った。二十畳ほどの室内は思いのほか明るく涼しかった。壁沿いに、大きさも形も違う木製の椅子が十脚ばかり並べてあった。栫谷と六人の客はそれぞれ好きな椅子を取り、部屋の中ほどに置いた。

七人はちょうど円を描くように腰を下ろした。

海保の職員が、おそるおそる栫谷に尋ねた。

「本官は北海州の北部沿岸警備に従事している者です。我々がこの島に上陸するのは、州制度設立以来初めてだと思われます。なにせ渡航禁止でしたので。今回は、政府の特別許可が下りたので実現した次第です。

それにしても、わからんのです。なぜ政府は上陸を許可しなかったのか。その理由として、あくまで噂ですが、島が上陸を拒んでいたためだと聞いております。それは本当でしょうか?」

「はっはっは」栫谷は大笑した。「噂に過ぎませんな。現にお前さん方を歓迎しとるじゃないか。渡航禁止は、政府の側になんらかの意図があるのではないか?」

「それでは、今回許可が下りたのはなぜ――」

「さてね? ワシの口からこう言うのも何だが、職分は職分じゃよ。お前さん方の立場では、あんまり知らん方がいいことも、あるのかもしれんのう」

「恐れ入ります」職員は口を噤《つぐ》んだ。

その時、彼の腰のレシーバが、バイブレーション機能を作動させてうなった。職員は顔を曇らせ、

「我々職員は帰路の準備がありますので、船に戻らねばなりません。お先に失礼します」

「ふぉふぉ、まるで今の話を聴かれていたかのようじゃの」

職員たちは青い顔をして表に飛び出していった。

栫谷は彼らの背中を見送ると、さて、と恰好《かっこう》を崩し、

「ようやく棄老政策の恩恵を受けた人間だけになれましたな」

「恩恵?」枡田は首を傾げた。

「そうです。恩恵ですじゃ」

三人と一人の間に微妙な空気が流れた。

部屋の奥から一人の老婆がやってきて、栫谷に耳打ちした。

栫谷はニンマリと笑みを浮かべ、

「そうかそうか、呼び入れてください」

老婆は引き下がった。

進一は椅子から腰を浮かし
「お客さんですか? 我々は一旦遠慮しましょうか?」

「何を仰《おつしや》る」栫谷は進一を制した。「さあ、そこに座って。お前さんがいないと意味が無い」

「意味?」

やがて、奥の間からキンキンした女性の声が聞こえてきた。

その尖り具合、抑揚の大きさに、進一は妙な懐かしさを覚えた。

そしてついに、声の主が部屋に姿をあらわした。

「あんた!」

「初音!」

進一は椅子をひっくり返して立ち上がった。

目の前に、まごうことない妻・初音がいる。彼女も栫谷同様に、いくらか若返ったかと思うほど、目も肌もつやつやとしていた。

「あんた、あんた、あんた――」

初音は怒るような感極まるような様子で進一に詰め寄った。

「二年って言ったのに、なんでこんなに時間が掛かったのよ!」

「ごめんよ」

進一の目に涙が浮かんだ。

「でもまだ二年経ってないよ」

「体感時間は二十年よ」

「ここの場所がわからなかったんだ」

「だいたいね、あの時、トラックを追っかけてでもアタシから離れないのが夫ってものなんじゃないの?」

「そんなことしたら、きみが許さないと思って」

「そうよ、許さないよ、何やったって、許さないんだから……」

初音はこぼれる涙を拭いもせず、進一の胸ぐらにかぶりついた。言いたいことを言い終えると、夫の胸に顔をうずめ、肩を震わせた。気丈《きじょう》に嗚咽《おえつ》を噛み殺す初音に、進一も涙を禁じ得なかった。

「……よかったのう」栫谷は上擦《うわず》った声で言った。

しばらくすると、初音は顔を上げ、

「ほんとに、もう！」再び進一を責め始めた。

その様子はまこと意地らしく、年齢を感じさせなかった。まるで乙女のようだ。

「あの、奥さん」

ついに犬鳴が助け舟を出した。

「ご主人は、いつもあなたのことを言っておられましたよ。約束を果たすんだと、ずっと頑張ってこられた。おかげで北海州は随分変わりましたよ。いまやご主人は、北海州で知らない人のいない、超有名人です。彼の人望が本土の政府まで動かしたんです」

「そうだぜ」枡田も言った。「あんたの旦那は一見吹けば飛びそうなガラだが、実は芯の通った本物のオトコだぜ」

初音は進一の胸ぐらから手を解き、二人の方を向いた。

「みなさん、どうもありがとうございます」

そう言って深々と頭を下げた。

――さすがの初音も、他人の意見には耳を貸すかな？

進一は胸にジンジンと残る感覚を味わいながらそう思った。

が、初音はすぐに夫を向き直り
「あんたも頭を下げなさいよ！　あんたがどれだけ有名か、こっちまで聞こえてこなかったから全然わからないけど、どうせこのお二人にさんざん面倒をかけてきたんでしょ！」

「そ、そりゃまあ――」

「それに、栫谷さんにもお礼を言いなさい！」

「え？」

「え、じゃないわ。栫谷さんがいろいろ取り計らってくれたお陰で、北海州は――」

「これこれ、初音さん」

栫谷は初音を制した。

「そのことは、別に言わなくてもよいと思うんじゃが……」

「そのこと？」犬鳴は聞き逃さなかった。「そのこと、とは、一体なんです？」

「いや、よいのじゃよ」

「いえ、ぜひ伺いたいのです」犬鳴は食らいついた。「私たちは、北海州を良くしようと運動を続け、ある程度自立できるまでに至りました。しかし、それ以降いろいろあって、今は活動停止状態なのです。このままではいけない。だから、どんなことでも知りたいのです」

犬鳴の真剣な表情に、栫谷は困惑した。初音は栫谷に歩み寄り
「栫谷さん、別に後ろめたいことは無いでしょう？　あなたは

本当に人格者だから――徳を施《ほどこ》すにも陰徳《いんとく》しか認めないものね。でも、一切をはっきりさせることも、未来のためになるかもしれませんわ。あなたの農業のノウハウが、生命の記憶として植物の根となり葉となり、永遠に大地に刻まれるように、全ての経緯が歴史の一ページとして残されるべきだと思うんです！」

初音の堂々たる口っぷりを、進一はポカンとして聞いていた。犬鳴と枡田も目を丸くしていた。

さすがの栫谷も、参ったとばかり両手をあげ、

「わかった。全て話そう」

そう言って、進一と初音に座るように促した。

栫谷は静かに語り始めた。

――さて、何から話したらいいかのう。とりあえず、わしがこちらにやってきた時のことからにしようか。

二年と少し前、わしはお前さん方に見送られてこっちに来た。あの晩のことはよく覚えておるわい。真夜中に白い軽トラがやってきた。わしを北の果てに連れ去る車じゃ。覚悟は決めていたが、その時が来るとひどく怯えた。運転手がこう言ったのを覚えておる。

「アンタ、何も怖がることはありませんぞ」

わしは荷台に乗った。どうせ途中で殺すか、辺鄙《へんぴ》なところに置き去りにされるんじゃろう。その後、眠ったのか眠らされたのか、気がつくと、わしは知らない部屋で寝かされていた。明るくこざっぱりした部屋でな。周りを見ると、わしよりずっと年輩の爺様婆様が七、八人で寝台を囲み「目が覚めた様じゃ」と喜んでおった。わしは最初、何が起きたのかわからんかったが、周りの反応を見て「どうやら助かったようだ」と思った。

三、四時間が経ち、だいぶ意識がはっきりしてきた。頭が冴えると、いろんな疑問でいっぱいになった。わしは誰となしに尋ねた。

「ここは、どこですか？」

答えてくれたのは、まるで百日紅《さるすべり》のように手足の細い、でも肌に艶のある、仙人のような爺様じゃった。彼はうっすらほほ笑み

「病院じゃ。心配無いぞ」優しい声じゃった。

重ねて尋ねた。

「わたしはどうやらみなさんに助けられたようです。しかし、わたしは北の果てに行かなくては。それが決まりですから。どうすればよいのでしょう」

すると老人は目を細め

「お前さま、何を言ってなさる。ここがその北の果てじゃ」

「へ？」

にわかに信じられなかった。なにせ北の果てと言ったら、すなわち「死」とばかり思っておったのじゃからな。だが、年輩者たちの表情に嘘は無いようじゃった。

翌日、わしは百日紅《さるすべり》の老人に連れられ、建物の外に出た。病気で臥《ふ》していたわけではなかったから、ピンピンしておった。

表の様子を見て、わしは目を疑った。

お前さん方も、さっき道を歩いてみてわかったじゃろう。通りには家々が立ち並び、市が催され、人が行き交っておる。鄙《ひな》びてはおるが、活気は北海州以上。人々はかなり高齢だがカクシャクとしておる。

どこが姥捨山じゃろう。まるで高齢者の天国ではないか。

わしには一軒の家が割り当てられた──今のこの家じゃ。家の割り当て方は、北海州に最初に送られた時と同じだと思う。家に入って驚いた。北の果てに持ち込むことが許されとった家財が、すでに全部届いておった。衣服や薬、こまごまとした生活用品、お金。確認したが、何一つ欠けた物はなかった。

そこに暮らし始めてしばらくすると、何人か尋ねてきたよ。

「おお、栫谷さん、アンタもようやくコチラか！」

「噂を聞いて駆けつけたぞい！」

「待ってましたわ！」

「おまえ様に習った農業で、今も畑をやっているよ」

わしは彼らを見て、涙が出たね。

なぜって、みんな、わしが北の果てに見送った先人たちだったのじゃよ。もう会えないと思っておった方々に、またこうしてお目通りできるとは──本当の天国も、こんな感じなんじゃろうなあ──。

進一らは黙って栫谷の話を聞いていた。心の中は驚きの連続だった。「一つ伺いますが」

犬鳴が口を開いた。

「ここではお金を使えるのですか？」

「もちろん」栫谷はうなずいた。「もっとも、本土よりも、北海州よりも、重要性は低いかもしれないな。ここにいる人間は、八十五歳以上の年寄りか、例の運動会で選ばれた虚弱のいずれかで、そうそう金を使う暇も体力も無い。ものも喰わんし、そもそも欲が無い」

初音があとに続けた。

「でも、ここのみなさんは、驚くほど元気だわ。百歳を超えている方も多いし。ここに移り住んで持病が落ち着いたという人も、結構多いのよ」

「キミもあれだけひどかった咳が出なくなったね」進一が言った。

「ええ。すっかり治ったわ」妻は腰に両手を当てた。「風土の良さもあるけれど、なんたってここの医療は最先端よ。病院も施設もしっかりしている。この島で医療はインフラの一つ。各戸に健康状態のチェックシステムが配備されていて、島のメインホスピタルに接続されているの。

介護も万全よ。外出できない高齢者のために配送ロボットなんかも整備されていている。認知症の施設には、多機能ロボットが導入されている。北海州なんかよりよっぽど快適なんだから」

「なんてことだ！」犬鳴は声を上げた。

「あら、そんなに驚くこと？」

「奥さん、これが驚かずにいられましょうか。資金も資材も無い。労働力も無い。そんな北の果てに、どうして先端医療やロボットがあるんですか？　私たちは本土から北海州に流され、原始時代みたいな生活に逆戻りして、人間らしい社会を築き上げるのに精いっぱいだっていうのに。ここにはどうして、そんな便利さがあるんです？」

栴谷は再び話し始めた。

「ふぉ、ふぉ、それじゃあ、その後のことも話してみようか」

——北の果ては平和そのもので、人々も優しく、慣れるのはすぐじゃった。かつて見送った先人たちの何人かが、わしの家に集まって、また農業を始めた。喰うためというよりは、共に働く喜びを味わうためじゃ。この島には食料の無償配給がある。無理して生産をする必要は無い……おや、驚いたようじゃな。食料は本土から供給されるのじゃ。全て本土のお余りで賞味期限は切れているが、別に食べられないものじゃない。捨てるに惜しいものばかりじゃ。

お前さん方が怪訝《けげん》な顔をするのもわかる。わしも初めは、本土がそのような配給を行っているとは信じられなかった。意外なことに、その制度は棄老政策の初期からずっと続いておるという。みな有り難がって受け取っているよ。島の人々は超高齢者ばかりで自給自足は無理だから、絶対に必要な仕組みじゃ。ちなみに、配給が不足したとか、奪い合うなんてことは、聞いたことも見たことも無い。年寄りはそう多くは食べんからのう。

さて、わしの農業塾は日に日に規模を拡大していった。毎日「ワシもやりたい」「ワタシも加えて」と加入者が訪れた。塾の参加者が仲間と身体を動かし自分たちで生産する喜びを、ほうぼうで言って回って評判になったようだ。これまでこの島では、労働を自重する人が多かった。年寄りは怪我などしたら命取りじゃからの。北の果ては平和な余生を保証するが、現実にはただ茫然《ぼうぜん》と死を待つだけ。みなどこか寒々しい思いをしておったのじゃよ。命を育む喜びに、だれもが自然と惹かれたのじゃ。

ある日、噂を聞きつけて、一人の老人がわしのもとにやってきた。知っておるかな？　釈迦谷丈見という元代議士じゃ。はじめて部屋に入ってきた時、わしは一瞬で彼のことがわかったよ。「運動会の指揮を執っておった仙人みたいな老人じゃ」と。釈迦谷いわく、わしの農業塾は、彼のイメージしておった晩節の楽園の基本風景そのものらしい。彼はわしのことをもろ手を上げて激賞した。わしはてっきり「新入りが余計なことをするな」と叱られると思っておったから、逆で驚いた。

そのあと、釈迦谷から棄老政策の原理を聞かされた。制度の合理性もさることながら、釈迦谷がまこと大人物であると、わしは恐れ入ったよ。

かつて釈迦谷は、北海州と北の果ての二重棄老政策と、それに付随する運動会制度を打ち立てた。彼が理想とした晩節の地は、実はこのレブンと隣のリシリの二島によって実現しておる。北海州も高齢者の土地だが、あそこはその前段階的な地じゃな。

もともとレブンとリシリは棄老政策が布《し》かれる前から漁業基地として栄えておって、従前は船が往来したり、異国の船が補給に訪れていたらしい。今は船こそ行き来はないが、実は地下トンネルで通じておってな。海産物以外に海底資源も豊富で、燃料事情にも融通《ゆうづう》が利く。トンネル内で掘削《くっさく》が可能なんじゃ、釈迦谷がこの地に目を付けたのもわかるというもんじゃよ。

さて話を戻そう。棄老政策としての「北の果て」は、実にうまいシステムなんじゃ。北海州では五人に一人は冬を越せない。一人で死んでいく。釈迦谷は、そうなる前に、あらかじめ候補を選定し、「北の果て」に送ることを思いついた。候補は八十五歳以上の者、運動会で満足に走れない者、仲間とうまくやっていけない者などなど。北の果てには、そんな老いと来たるべき死を共感しうる人間が集まり、助け合って生きている。

北海州で同等のことをやるのは……無理じゃろう。死を共感するにはまだ若い者もおるし、助け合いを訴えても自分が元気なうちは損だ得だと打算が働く。これでは幸福な晩節は得られない。北の果ては、エリアと対象を絞り込むことで実現されておるのじゃ。

釈迦谷は北の果て制度の開始と同時に、本土による食料の無償配給を実現した。代議士時代に培った本土政府とのパイプを駆使してな。本土は自分らの経済を冷え切らせないために過剰生産を続ける必要がある。配給はその過剰生産の在庫の解決になる。つまり配給は本土にも北の果てにも好都合なんじゃ。こういったことは全て釈迦谷丈見の先見と政治力で成し遂げられておる――。

「釈迦谷さんならぼくらもお会いしました」

進一が口を挟んだ。

「今、彼の息子が勢力を引き継いで頑張っています」

「そうか。息子さんのことは何か言っておられたかなあ？」

桁谷は茶を一口すすり、乾いた唇を湿らせた。

「谷のことなんざ、どうでもいいさ」

黙って聞いていた枡田が口を開いた。

「さあ、話を続けてくれ」

――釈迦谷がわしのもとを訪ねた理由はただ一つ。わしに、北の果てのリーダーシップを執ってほしいとのことじゃった。わしは断ったさ。ここは平和そのもの。助け合いが根づいているし、衣食住の不安も無い。だが彼の言うのはその点では無かった。

「桁谷さん、あなたは農を通じてここにいる人々の心を潤した。人は、衣食住が足りていればそれでいいという生き物では無い。夢を持ち、生き甲斐を全うしようとするところに、人生の意義がある。あなたは農業塾でそれを体現し、多くの高齢者に生き甲斐を与えている。協働の発想は、確かにわしも持っていたが……あいにく手法を見いだせなかった。それで、あなたに頼むのだ」

わしは彼の考えに共感したよ。農業は植物を育て、同時におのれを育む。みなでやれば絆も育む。わしは本土でも北海州でもそれをやってきた。彼が北の果てでもそれをやってくれというのなら、断る理由はない。わしは申し出を受け入れた。彼は喜んだよ。必要な援助はなんでもすると言ってくれた。彼は帰り際に言った。

「本土はわしのパイプで動いているが、必ずしも味方では無い。本土には本土の思惑がある。塾を通してこの地にあまりチカラをつけてはならない。つけても示さないように」

　翌日、わしは農業塾の主だった連中を集め、会議を行った。農業塾に次ぐ新たな共同運営の企画を生み出すためじゃ。

「周りは海だし。漁業でしょ」

　誰かがそう言った。安直だがそれもよいと思ったよ。早速漁業経験者を招きヒアリング。話が進み、間もなく「北の果て漁労クラブ」が開講した。クラブと言ってもやることは本格漁業じゃ。ここらは良いウニやコンブがふんだんに採れる。大きな船舶が無いから沿岸の生き物の採取に絞った。八十五歳を過ぎた爺様婆様が、黒々とした海に潜るところは、なかなか見ものじゃぞ。

　ある時、島に見知らぬ船が流れ着いた。異国の船じゃ。船員らを救助したが、彼らの話す言葉がわからない。島中の人を当ってみると、その言葉をわかる者が一人いた。通訳させると、漂流者たちは大陸の人間で、海洋調査中に遭難したという。一週間ぐらい歓待してやったかのう。船はこちらで修理してやった。喜んでくれたわい。

　帰り際、向こうの人間がこう言った。

「こちらでご馳走《ちそう》になったウニとイクラ、その他の魚介、あれらは世界に誇れる味だ。我々と交易をしないか？」

　わしは漁労クラブに諮《はか》った。クラブは了承し、交易が行われることになった。みなワクワクしておったよ。北の果てに、はじめて対外ビジネスが始まるのじゃからな。無論、漁業も貿易も本土には完全に秘密。幸いレブンやリシリには本土の船も近づかない。交易相手も事情を察して、こっそりやってくるようになったよ。

　交易が始まると、北の果てに結構な額の金が入るようになった。また、交易国を通じて他の国々とも交流できるようになった。その少し後かのう、お前さん方北海州が世界中のＳＮＳの話題をさらったのは。例のレターボトルじゃ。もちろん知っておったとも。交易国からいろいろな情報を入手できるようになっていたからな。それからしばらくして北海円が変動相場制になったと聞いた。北海円は日に日に落ちていった。どう考えても本土は北海州を抑え込みに来ておったのう。あんた方も大変な苦労をしたはずだ。こっちじゃみな心配したよ。なにせ誰もが一度は北海州で生活しておったのじゃからな。苦労した分、愛着がある。わしらは「何とかできないか」と知恵を出し合った。それで出た案が、交易国を通じ本土に拠点を設け、北海円を買い取ることじゃった——。

「ってことは、あなた方が……いや、そんなはずは無い！」

　犬鳴は頭を激しく横に振った。

「本土と互角に渡り合い、北海円の暴落を食い止めた『謎の組織』の正体が、まさか北の果てのはずが無い！」

椊谷はほほ笑み
「ふぉ、ふぉ。そうか、『謎の組織』か。おもしろい。わしらは北海州でそのように呼ばれておったのかな？」

「では、本当にあなた方が……！」

「いかにも、その通りじゃ」

「ご、ご冗談を！」犬鳴は声を裏返らせて尋ねた。「だって、毎日何十円も暴落したんですよ。おそらく何十兆という資金が動いたはずです。そんな大量の資金が、この小島のどこにあるというんです？　あるわけが無い。数字が動いたのは、きっと為替のコンピュータにハッキングか何かをして……」

「犬鳴さん。さすがのわしらもそんな技術は持たん。それに、あくどいやり方はわしらの好まんところじゃ。信じて欲しい。金はいくらでもあるんじゃ。落ち着いて聞いてくれ」

　犬鳴は乗り出した身を引き、椅子の背にもたれた。

「北の果てには莫大な金がある」椊谷ははっきりと言った。「なぜなら、ここの人間の遺産は全額、島にプールされておるからじゃ」

「プール？」

「北海州から北の果てに移る際、みんな自分の金を全部持ってくる。しかし、実際にここで暮らしてみると、意外と金を使わない。喰う分には配給がある。むしろ使い道が無い。一年も経てば金のことなどどうでもよくなるよ。そして、そう長く経たないうちに寿命を迎える。結構な額の金を遺してね。遺された金には行く先が無い。周りに欲しがる者もない。それで、島にプールされるのじゃ。

　北の果ての仕組みができて五十数年が経ち、その間どれだけの人間が死んだかわからんが、とにかく物凄い額の金が毎年毎月貯まっている」

　犬鳴は呆然《ぼうぜん》と聴いていた。椊谷の言葉の通りだとすると、全ての日本人の最期の財産が、ここ北の果てに集まることになる。それが五十年以上も使われずに貯まっているというのだ。その金額たるや、ちょっとした規模の国の年間予算に匹敵するか、それ以上かもしれない。

　椊谷は続けた。

「しかも、最近では海産物の交易によって、北の果てにますます金が入るようになった。本当は金で交易するより物々交換の方がいいのじゃが、なにせ相手国に大したモノが無いから、仕方なしに金で売っているんじゃ。

　交易を始めてしばらく経った頃、釈迦谷がやってきた。お金の話になった時、プール金や海産物の売上を海外投資に使ってはどうかとの提案があった。資金運用じゃな。交易相手国も強くそれを望んでおった。付き合いも大事じゃからのう、早速島民と協議し、外国のとある筋を通じて投資信託を始めた。それが運のいいことに大当たりして……。本土に暮らしておった頃ならどれだけ喜んだことか。はは。金のいらない北の果てに、金の雨が降ったわけじゃ。

　そんな矢先、お前さん方を追い詰めた北海円の大暴落が始まった。本土の目論見《もくろみ》はわかっておる。わしらは見過ごすことができず、行動に移った。ありったけの金で、北海円を守りにいった」

「しかし」犬鳴は尋ねた。「それだけの巨額マネーを動かすとなるといろいろ物議を醸《かも》したでしょう」

「そうでもないぞ。ここにいる連中は金に関心が無い。わしが一応リーダーみたいな立場にいるが、農業塾の延長でお節介をしている程度じゃ。無論、諮《はか》れる人間には全て諮ったが、誰も北海州に救いの手を差し伸べることに反対する者はおらんかった。

それに、金はまだまだふんだんにある。通貨戦争をまだ続けろと言われれば、あと十年は続けられるんじゃないかな？」

「そんなに！」三人は口をあんぐりと開けた。

「どう？　わかったかしら」

初音は自信たっぷりに進一に突っかかった。

「北海州に平和が保たれた背景には、栫谷さんや、先人の莫大な遺産があったの。決してあんた一人の力じゃないわ。もっとも、犬鳴さんや枡田さんは、みるからに一癖も二癖もありそうで、きっと優秀な方々ね。あんた、しっかりしなさいよ」

「これこれ、初音さん」栫谷は初音を制した。「夫を人前でそんなにこき下ろすものでは無い」

初音は頬《ほお》を膨らませて黙った。犬鳴は笑顔を見せ、

「いや、実に驚きました。これまで私たちは、北の果ては政府と釈迦谷が仕組んだ悪しき制度で、運動会は口減らしだとばかり思っていました。どうやら全て、間違っていたようです」

「無理も無い。わしだってこっちにくるまで同じように思っておった」

栫谷はうなずいて言った。

「北の果てについて、何か思いを述べようとすると、真っ先に浮かぶのは、わしがここの病院に運ばれた時、ベッド回りで見守ってくれていた爺様婆様たちじゃ。あの人たちは、みんな好い笑顔だった。今はもう誰一人生き残っておらんがのう。

彼らに限らず、ここに住む人々は、みな、他人を慮《おもんぱか》る生活をしておる。それぞれ身体のあちこちがガタピシ言って、寿命までそう長くない。けれどもお互いの気持ちやつらさがわかるから、相手のことを自分のことのように心配りできる。

例の財産のプールじゃが、あれも厳密にルールがあるわけじゃない。遺された人の良きようにと、みな進んで遺《のこ》すんじゃよ。農業塾や漁労クラブも、自分たちだけでなく、誰かに食べてもらうため、欲しいと言う人の願いに応えるために続けられている。集まった金を運営して新しい富を築けたのも、元となるお金が人々から寄せられていたためだし、その金で通貨戦争を戦ったのも、北海州の同朋・後輩たちのためという気持ちが大きい」

「それって、もしかして……」進一は胸の熱くなる思いがした。

犬鳴がうなずいて言った。

「これぞまさしく、私たちが目指した助け合いの世界です。それが見事に経済にリンクしている……夢のような世界です」

「夢？　現実じゃぞ」栫谷は嬉しそうだ。「この島の人々の助け

合いの精神は、生半可なものじゃない。なぜって、みんな北海州からこっちへ連れてこられた際、一度死んだつもりでいるからな。怖いものなど何もない。

わしは自信を持って言える。人の心の強さ、助け合いの精神が、この島を美しい島にしている。介護施設は、比較的元気な人間が交代で世話をしに行っておるんじゃが、介護する側は、される側を煙たく思わず、真心で接しておる。明日は我が身じゃ。自分がされて嬉しいことを、相手に行っているだけ。本土のように、切羽詰まった介護事情が施設利用者を虐待したりすることはない。なにしろ同朋の世話なのだから、シモの世話でも何でも、しっかり丁寧にやりおおせるよ」

栫谷はアッハッハと笑った。互いがわかりあうことで理想を実現した社会。栫谷はそれを心から喜んでいるように見えた。

進一はふと考えた。

こういったことを独りで計画し、実現にこぎつけた釈迦谷丈見は、どれだけ大人物であろうか。彼に対して誤解があったことを、認めざるを得ない。はじめて運動会で見た時は、まるで悪魔だと思った。栫谷の話を聞いてはじめて、運動会は弱者を選り分けて手厚く保護するための選別会だったと理解できた。

きっと釈迦谷は、高齢者のたどる運命がどういうものかわかっていて、北海州や運動会、北の果てを計画したのだろう。

だが皮肉なことに、理想を実現する上で釈迦谷の誤解は避けられそうにない。なぜなら、北の果ても運動会も、本質の全てを人々に詳《つまび》らかにしてしまっては、実現できなくなるからだ。

もし北海州の人々が、北の果てのような居心地の良い別天地があることを知れば、誰もがそこへ行きたがるだろう。我先に、人を傷つけてでも、そこへ行こうとする。そうなると、本当に守るべき人間を守ることができなくなる。

運動会だってそうだ。生き死につながる運動会が不定期に開催されるとなると、人々は何とか生き残ろうと、身体を鍛えたり健康に留意したりするようになる。今考えると、運動会は北海州の人々の健康増進に一役買っていたのかもしれない。

釈迦谷はこれらをひた隠しにし、実行した。結果、彼は死神のように忌《い》み嫌われることになるが、人々は北の果てという最終局面で救われることになる。釈迦谷は自分を捨てて、やり抜いたのだ。

「栫谷さん」進一は尋ねた。「お伺いした話をまとめると、全てのはじまりは釈迦谷さんにあることがわかりました……実は私たち、彼とはかなりやりあったことがありまして。今日の話で、また会って話をしたいと思います。今、釈迦谷さんはどこにいるんでしょう？　実は彼の息子に消息を訊いたところ、『知らない』と言われまして」

「そうじゃろう」

栫谷の表情が一段沈んだ。

「実は、釈迦谷は先月までこの地に居った」

「えっ？」

「彼は百歳を超えてなお、ありとあらゆるところを駆け巡る運動家じゃった。だが、天命を察したようで、二、三か月前に北の果てに移り住んできた。ここで自分の最期の時間を過ごすためにな」

「それじゃ、釈迦谷さんは――」

「亡くなったよ」

「ああ」進一は嘆息した。

「谷にゃ、つらい土産話ができちまったな」

枡田が呟くように言った。

釈迦谷が想像を絶して長生きしたのは、本土の再生医療技術を秘密裏に施してもらっていたせいか、または彼の北海州への執念だったせいかはわからない。いずれにせよ、北海州に貢献し続け長寿を全うしたことに間違いない。


その日、進一・犬鳴・枡田は島に宿泊することになった。

本当はその日のうちにテシオに帰る予定だった。けれども、島の人々が次から次に栫谷邸を訪れて三人を帰さない。そこで枡田がボートの係留地に走り、海保職員に逗留《とうりゅう》を願った。海保職員が無線で船長に連絡を取ると、一日だけ許可が下りた。

島の人々の歓迎ぶりはすさまじかった。三人の来訪は口コミで島全体に広がっていた。人々は、進一らの知り合いであろうとなかろうと、北海州からやってきた「若者」を一目見ようと、栫谷邸に押しかけた。おかげで周辺はお祭り騒ぎとなった。犬鳴や枡田の知り合いもいて、彼らは抱き合って再会を喜んだ。

集まった中には、進一らと年齢の変わらない人もいた。

「最初の駅前集会に参加したよ。その後の運動会でこっちに来たんだ」

その人物は、進一からグループが解散したと聞いて涙した。

日暮れ頃になっても来客は絶えなかった。

栫谷は呼びかけた。

「みんな、我が家から飲み物や食べ物を持ち寄って、歓迎の宴《うたげ》をしようじゃないか！」

賛同の拍手が巻き起こる。慌ただしく宴の準備が始まった。

栫谷は庭にありったけのテーブルと椅子を並べた。人々は一旦帰り、改めて食材を持ってきた。陽が落ちると庭に火が灯《とも》された。全てが整い、人々は進一・犬鳴・枡田に乾杯した。こうして宴が幕を開けた。

進一はテーブルの間を一人一人挨拶して回った。元々人づき合いが得意でなく、進んでそんなことをするタイプではなかった。しかし、その晩はどうしても先人たちと声を交わしたいと思い、身体が自然と動いた。

席を回っているうちに、意外な人を二人も見つけた。

一人は、なりの良い痩せた女性。昔、進一の近所の寄合で野菜泥棒の罪で裁判に掛けられ、北の果て送りになった元弁護士である。あの時の彼女の断末魔は、進一の目や耳に焼きついている。けれども、いまの彼女は明るい顔で、飲み、食べ、談笑している。どんな紆余曲折《うよきょくせつ》があったのか分からないが、元気でいることに進一はホッとした。

もう一人は痩せ細った猫背の男。神経質そうな目で、遠くから進一の方を見ては、そっぽを向く。男は明らかに進一を避けているようだった。進一は彼が誰だか一発でわかった。門木譲だ。初めて参加した運動会の短距離走で、進一の足を引っかけた男である。牛見の話では、持病で入院し、そのまま姿をくらましたということだったが――まさかここにいようとは。見たところ、顔色はよく、病気とは思えない。もしかしたらこちらの医療で回復したのかもしれない。

「門木さん！」

進一は敢えて大きな声で呼びかけた。門木は背筋をビクリとさせて振り返り、申し訳なさそうに進一を見ると、

「根澄さん……俺が悪かったよ」

門木の顔が皺くちゃに歪《ゆが》んだ。進一はゆっくり首を横に振り、

「いいんです。あの時は誰もが何とか生きようと、もがいていましたから」

「でも」

「あなたはあのことを、ずっと気に病んでいたんでしょう？　お顔に書いてありますよ。あの時、確かにぼくはあなたを憎んだが、今はもう何とも思っていません、さあ、一緒に飲みましょう」

「……ありがとう！」

門木はこぼれる涙を拭いもせず、声を上げて泣いた。

初音は庭の片隅から進一の様子を見ていた。隣には肘掛椅子に身を委ねた栫谷羊一郎の姿がある。

「どうかね、キミの夫は変わったかね」

「そうですね……」初音は夫の頭を目で追いつつ答えた。「よく考えたら、変わったかどうか以前に、元々どういう人だったか忘れてましたわ」

「何年も連れ添って、薄情なことだな」

「いちいち覚えていたら、とてもじゃないけど一緒になんていられやしません。一から十まで冴えない人ですから」

「ヒドイ言いようじゃのう」

「でも、あたしは彼がきっと迎えに来るのを、疑ったことはありませんでした」

「ほう」

栫谷は彼女の横顔をしみじみと見た。――初音が北の果てに初めて来た時、肺炎を患っていて命が危ぶまれた。しかし養生をするうちにみるみる回復し、今ではすっかり健康を取り戻した。一時期は、もう初音の笑顔を見ることは出来ないと覚悟したから、大いに安堵《あんど》したものだ。

今夜の初音の笑顔は、いつにもまして眩しい。

栫谷は呟いた。

「やはり、夫婦は一緒が一番いいようじゃのう」

「どうしたんです？　急に」

「お前さんは、進一君と北海州に帰るんじゃろ？」

初音は悩ましい目をし
「……はい」

「そうか」栫谷は頬を上げて目を細めた。

初音は薄笑みを浮かべて言った。

「実は、さっき夫に話をしたんです。『北の果ては暮らしやすいし医療も介護も完備されているから、ここで暮らしたらどうか』と。そしたら彼は、『北海州には今でも運動会や北の果てにびくびくしている人がいる。自給自足の暮らしに不安を抱えている人がいる。そういう人たちを放ってはおけない』って」

「彼らしいな」

「夫と話す前に犬鳴さんに聞いたんですが、夫は北海州の重要なポジションの一人で、もはや夫一人の身体じゃないそうです。そこであたしは覚悟を決めました。夫が北海州に帰っても、あたしはここに残ろう。その方が北海州のためになる。きっとあたしは邪魔者だから……。そうしたら夫が『北海州の家は大事にとってある。一緒に帰ろう』って言うんですよ」

　栫谷は頬を緩め
「とんだのろけを聞かされたわい」

「まあ、先生ったら」

　初音は大袈裟に照れて見せた。

「そういうわけですので、あたしは明日、船に乗ります」

「うん」

「州でもこっちでも、お世話になりました。栫谷先生には、いくら感謝しても足りません」

「わしも、あんたには元気をもらったよ」

「いつの日か、夫婦で老けこんだら、またこちらに参りますので、その節はこれまでどおり、よろしくお願いします」

「はっはっは」栫谷は大笑した。「急いでくれよ。わしももう、だいぶ爺様じゃからのう」

Final Chapter 帰還者たち

数日後。

人間大学内、通称「釈迦谷講堂」には、大勢の人々が集まり、ステージが始まるのを今や遅しと待ちわびていた。

旧協働グループが主催する「北の果て紀行報告会」は、州内の大きな期待を集めていた。噂話と事前情報から、人々が興味を寄せるポイントは三つあった。一つは今まで謎だった北の果ての実情が明かされること。二つ、北の果ての帰還者を実際に目にすることで、自分たちの不安を拭い去れること。三つ、解散したはずの協働グループが、再登板を宣言しないまでも、主催して講演会を執り行うことである。

集まった人々は、開演前から思い思いに気持ちを述べた。

「わしはてっきり、あのお三方はまとめて北の果て送りになったと思っておったから、ビックリじゃわい」

「元リーダーの根澄さんのカミさん、帰ってきたらしいぞ」

「旅の途中で本土行政の船に乗ったんだとか。北海州を取り巻く状況も刻々《こっこく》変わっていくのう」

「とにかく、これで協働グループが再起してくれれば安泰じゃ」

「まだ何も聞いておらんのに気が早いな」

一方、舞台袖のグループの控室にも、大勢の関係者が詰めかけていた。西井グループ、釈迦谷グループの幹部たち、各地の寄合の長老連中、その他主だった面子には、両替商の竜田川、枡田の子分格の猪山大悟、洋ラン栽培一筋の羽田芳巳の姿もあった。ピーコを預けていた婦人も見えて、さらに増えたヒヨコたちを持ち込んだので、控室は鳥のさえずりでいっぱいになった。

進一の元を真っ先に訪ねたのは、同じ寄合の牛見だった。

「根澄さん、よく帰って来たなあ。無事で何よりだ」

二人は握手を交わした。進一はにこやかに

「門木さんに会ってきましたよ」

「まさか」牛見は目を丸くした。「あいつ、生きていたのか？」

「ええ。病気も治り、ピンピンしていました。運動会の仲直りもできました」

「信じられん！」

「本当ですって」

「北海州が変わるわけだ……あんた自身がおっきくなったんだな！」

両替商の竜田川は、初音の姿を見つけ、顔をくしゃくしゃにして言った。

「奥さん、よく帰ってきてくれた。俺は、あんたに頼まれて手配したが、ホントは心の中じゃ……」

「気にしないで、タッタカさん」初音は笑顔で答えた。「あなたがあたしをあっちに送ってくれたおかげで、あたしは北の果てに送られて帰還した最初の人間になれたわ。これって歴史上の人物ってことよね」

「相変わらずタフなご婦人だなあ!」

羽田は特に誰と話すということもなかった。黙って控室のいろどりにと、数鉢の洋ランを飾り置いた。それらは亡き馬頭が門屋梓から最初に引き継いだ鉢の数点だった。

「おい、みんな。そろそろ始めるぞ」

舞台から司会進行役の西井亘が顔を出して声を飛ばした。

「根澄さん、奥さん、犬鳴さん、枡田くん。準備はいいか?」

「はい!」

四人が並んで舞台袖を通りステージに向かうのを、控室の人々は拍手で見送った。

講堂は優しい眼差しと歓喜の拍手で満ち溢れた。

ステージに登場した四人の帰還者は、満場の拍手で迎えられた。一人ひとり、ひと言ずつ挨拶した。いつもは強気の初音も、大群衆の前では緊張を隠せず、ためらいがちにしていた。

その後、ステージは「報告会」と銘打ち、犬鳴哲志が一人で演台に立った。

犬鳴はまず最初に、北の果てが「レブン・リシリ」の二島であることを説明し、そこに辿り着くまで旅路、島の様子、生活水準、歓迎をうけた栫谷邸での出来事を語った。併せて栫谷から聞いた北の果ての正体と成り立ちを話した。聴衆は、聞くべきところは静かに耳を傾け、笑うところ、感嘆《かんたん》するところ、納得するところではそれぞれはっきりと反応を見せた。犬鳴はこれまでさんざん大勢の前で話してきたが、これほどまでに聴衆とシンクロした講演会は記憶に無かった。それだけ話の内容が人々の関心を捉えていたし、犬鳴の解釈もそれに応えていたのである。

「みなさん。私は、今までほんの僅《わず》かながら思い上がりを抱いていたことを告白しなければなりません」

犬鳴は明瞭な口調で言った。

「コンシダレイト経済理論は、高齢者の高齢者による高齢者のための施策として、北海州が先鞭《せんべん》をつけたとばかり思っていた。しかし違いました。北の果ては北海州よりもずっと前に、それを実現していたのです。現実に存在する成功例を目の当たりにし、私は思いました。これこそ、我々が目標とすべき社会である、と!」

聴衆の目は輝いていた。けれども犬鳴は不安に思った。——今日の講演で、自分の見てきたもの、思いの丈《たけ》が、どれだけみんなに伝わっただろうか。もしかすると、聴衆は協働グループの再結成らしき集会に期待を寄せているだけかもしれない。講演の中身とは関係なく、雰囲気に流されて浮かれているに過ぎないかもしれない……。

講演を終え、犬鳴は舞台袖に戻った。

「犬鳴さん」

袖の陰に控えていた西井が声を掛けた。彼は犬鳴の表情を見て、犬鳴の不安をすぐに察した。西井は近づいて言った。

「一度の講演で全てを伝えるのは無理だよ。ましてや理想を浸透させるなんて不可能だ。今日は、人々を死に追いやる北の果てが実はそんなものではなかったという事実を伝えられたら、それで十分だと思うぞ」

「西井さん……」犬鳴は顔を上げた。

西井はしわくちゃの右手を差し出した。

「これからまたコツコツと、理想郷を説いていこうじゃないか」

犬鳴は握手に応えた。自然と手が出た。

「そうですね。私たちはふたたび、一度たたんだ理念の旗を奮い起こさなくてはなりません。——ところで、根澄さんは？」

「ん？」

西井は首を伸ばして控室の奥に目を遣った。

「姿が見えんな。初音さん、ご主人は？」

向こうから「あたし、見ていませんよ」と声がした。


その頃進一は、ひとりで講堂の外へ出て、人間大学の図書館で谷丈と話をしていた。

その日は人が講堂に集中し、図書館は無人で係員もいなかった。施錠されていなかったのを幸いに、二人は静かなところで話すことができた。

「いいんですか？　根澄さんともあろう人が抜けだしてきて」

谷は言葉とは裏腹に嬉しそうに尋ねた。

進一は軽く首を振り
「構いませんとも。今日のは緊急の会議じゃなく、セレモニーですから。それより、お父さんの件、いくらか気分は落ち着きましたか？」

「ええ……まあ、なんとか。でも、一人でいると、だめですね」

谷は本来なら釈迦谷グループのリーダーとして、壇上で帰還者の祝福をするべき立場だったが、父の喪に服すとして、舞台に上がらなかった。一人静かに会場の端からステージを見守っていた。視力の良い進一は壇上で目ざとく谷を見つけ、降壇してから密かに会いにきたのだった。

「お父さんのことは、本当に残念だった」

進一は伏し目がちに言った。

「北の果てで釈迦谷さんの功績をいろいろ聞かされてね。目からウロコが取れる話ばかりで驚いたよ。それで、これまでの非礼をお詫《わ》びし、これからの北海州について意見を聞いてみたかったんだが……数か月の差だったらしい。本当に悔しいよ」

「その根澄さんの真心を聞けば、父も喜ぶと思います」谷は口の端にうっすらと笑みを浮かべて言った。「まあ、考えてみれば、父は自分のやりたいことに邁進《まいしん》し、願いをほとんど叶えた上に、誰よりも長寿だったんですから、贅沢な人生だったと思います」

「言われてみればそうだけど、惜しい人物が亡くなったことに変わりは無いよ。ところで谷さんは、お父さんの志をどれほど知っていたの？」

「志というと？」

「たとえば、北の果てが本当の理想社会の舞台だったり、食糧の完全配給だとか……」

「全然知りませんでしたよ。帰ってきた皆さんからそれを聞いてびっくりしたくらいです」

「普通の親子とは違ったのかな?」

「私にとって父は、幼い頃からずっと遠い存在でした。なんせ一緒に暮らしたことがありませんからね。何を考えているかも分かりません。幼かった頃の父についてのイメージは、一般の人たちとあまり変わりませんでしたよ。老人を切り捨てて経済を維持させようとする強硬路線の悪者だ、と。ただ」

「ただ?」

「父が六十五歳になった時、まさか自分から率先して棄老政策にのっかるとは思いませんでした。その時ちょっと子どもながらに『裏があるのでは?』と思いました……すぐ忘れてしまいましたけどね。父とコミュニケーションを取るようになったのは、私が北海州に来てからですから、ここ数年に過ぎません」

「情報網の無い北海州で、よくお父さんを探し当てたね」

「例の運動会です。私がこっちへ来て一か月後くらいに参加したんですが、その時、主催者の姿を見て『あ、父だ』と。競技が始まってからこっそり会いに行ったら、父も私をわかったようでした」

「その時は釈迦谷グループには誘われなかったの?」

「はい」

「どうしてだろう?」

「父と私はずっと離れていましたからね、父もその方がやりやすいんでしょう。私も、父のやっていることは意味不明だし、不気味だし、あまり寄り付きたくありませんでした。でも、運動会で見た父が以前よりずっとしわくちゃの爺様になっているのを見て、さすがに寂しさを覚えました」

「お父さんは、日本の高齢者の事ばかり考えて、きっと自分の年のことなんか考えもしなかったんだよ。結局のところ、自分が高齢者だと思ったら高齢者になっちゃうんだろうなあ」

「そうかもしれません」

谷は笑った。進一は谷の笑顔が嬉しかった。

「ところで根澄さん」谷は尋ねた。「これから、どうするんですか?」

「これから?」

「ええ、これから――覚えているでしょう? 北の果てに旅立つ前、犬鳴さんの家の周りに集まっていた、協働グループ再登板を求める人々の存在を。今日の集会は、その期待が人が集めたようなものです。根澄さんは、もう何もしようとは思わないんですか?」

「何も思わないわけじゃないけど」進一は言葉を濁らせた。「今日の報告会で、むしろ不安になったことがあるんだ」

「不安?」

「ぼくらは北の果てに行き、そこが理想郷であること、恐れるものではないといった事実を持ち帰り、みんなに伝えた。それは北海州にとっていいことだったんだろうか? 今思えば、北の果ては北海州にある種の緊張感を与えてくれていた。理不尽なものだったけど、決して不必要では無かったような気がするんだよ」

「一つの事実に辿り着いて、状況を俯瞰《ふかん》できるようになりましたね。確かにそれは言えなくはない」

「それに、北の果ての正体がわかったからって、本土との関係が良好になったわけじゃない。本土とは解決していないことが多々ある。そんな状況で、北海州の人々は安心してしまっていいのだろうか」

「相変わらずストイックだなあ。根澄さんは」

谷は進一をまじまじと見た。

「じゃあ、別の北の果てを、今度は本物の棄老政策でもやりますか」

「まさか」

進一は首を横に振った。

「北の果てを実際に見て、理想郷の型が明らかになった今、これからのぼくらは、夢を叶える力を、妙な緊張感や敵を通して培《つちか》うのではなく、自分たちで蓄えなければならない。それにはもっとお互いのことを慮《おもんぱか》る絆づくりが必要だ」

「具体的に、何をすればいいんです？」

「実は、ぼくはその答えをすでに持っているよ」

「え？」

「でも、それはぼく一人の力ではできない。これにはみんなの力、とりわけ谷さん、あなたの力が要る」

「わ、私の力ですか？」谷は自分を指さした。

進一は、谷の耳元にそっとひと言呟いた。谷はハッとして
「それはいい！」

その目はキラキラと輝いていた。

＊

「よーい……、ドン！」

しわがれた号令と乾いた打ち手の音。それを合図に一斉に駆け出す高齢者たち。

人間大学からほど近い草っ原に、明るい歓声が響き渡る。

北海州で復活した運動会は、参加者が互いを励まし、健康を増進し、自分に自信を持つことのできる、参加者のための競技会だった。以前のような鬼気迫る緊張感、北の果てへの恐怖など一抹《いちまつ》も無い。

運動会そのものは旧協働グループが主催していたが、運営は谷グループで執り行っていた。神出鬼没《しんしゅつきぼつ》の運動会を開催するノウハウは、谷グループの専売特許である。

二〇〇メートル徒競走を終え、肩を上下させて本部席へ戻る進一の元に、谷がタオルを持って駆け寄ってきた。

「お疲れ様です。大盛況ですね」

「そうだね」進一はタオルを手に取った。「これも全て、谷さんのグループが運動会のやり方を温存しておいてくれたからだよ」

「私自身は何も知らないんですがね。内部の人が、理解のある人で良かった」

「おおい、根澄さん」

手を振って近づいてくるのは、犬鳴と酉井の二人。

「ああ、どうも、お二人とも、お疲れ様です」
「それどころじゃないよ」と犬鳴。
「次は奥さんの走る番だよ」と酉井。
「や！　それはいけない。すぐに観に行かなきゃ！」
踵《くびす》を返してグラウンドへ駆け戻る進一を、谷と犬鳴、酉井も追った。

赤勝て、白勝ての応援合戦。仲間の熱戦を励まし、自分たちも身体を動かし、汗をかく。競技会なので必然的に勝敗が決せられるが、会の趣旨は、同じ時間を同じ場所で過ごす同朋《どうほう》との絆を深める催しである。勝ち負けなぞ関係ない。お互いの顔を目に焼き付けて、次回も共に参加しようと笑顔を交わすのである。

本土ではこの運動会の模様がニュースになり、お茶の間の温かな話題として迎えられた。レターボトルの一件から、国際世論への登板、劇的な通貨戦争――そして運動会。過激な話題からの劇的な変化に、誰もが親しみを覚えた。

これを最後に、北海州はあまり話題に上らなくなる。政府の方針により、本土―北海州間の往来が自由になったためである。北海州が身近な場所になったので、とりたてて話題の矛先にならなくなったのだ。これ以降、メディアでは日常のトピックスとして、洋ランが最盛期です、ブランド野菜が収穫です、レターボトル祭りです、などが伝えられるばかりとなった。

けれども、棄老政策自体が廃止されたわけではない。行き来ができても滞在には条件があった。だが、さほど厳しいものでは無かったので、本土の若者たちは、観光や親の顔を見に、気軽に北海州を訪れた。高齢者たちの中にも、数年振りに本土に足を踏み入れる者がいた。だが不思議なことに、本土に住まいを移し替えようとする高齢者はいなかった。本土のマスコミがそのわけをインタビューすると、誰もが決まって同じ内容の、シンプルな回答を述べた。

「いやなに。次の運動会があるからのう」

そう言ってしわくちゃの顔を、いかにも幸せそうにニンマリと緩めるのである。

コンシダレイト経済は、まだステップ3の発展途上である。旧協働グループは、徐々に次のステップを目指していく。北海州の本格的な経済成長はこれからだ。

かつての経済学は「欲」を基本とした経済行動で社会がうまく運営されるとし、実際にそうなってきた。ここ北海州では、旧協働グループが緩い形で復活し、自由放任の下、人々が「欲」ではなく「思いやり」を行動の原理としたコンシダレイトな経済が機能している。

（END）

あとがき

著者の一人である水之夢端（みずのむたん）は、現在大学で経済学の教鞭を執っている。経済は景気循環があり、良い時もあれば良くないときもある。二〇一〇年代は世界的に景気が安定し、低成長ながら回復してきた。しかし、特に日本はこの後少子高齢化が一段と進むと予想されている。その際もし景気が急激に冷え込んだら、経済活動に携われない人たちは経済社会のお荷物になりかねない。生産にも携わらない、消費もしない。しかし、「邪魔だ」とは言えない。

そのような人たちは、本当に経済活動に加われないのであろうか。「邪魔」な存在だけなのであろうか。その人たちだけが集まって、その人たちだけの社会ができたら、実は経済活動が生まれて、しっかりした経済社会が出来上がるのではないだろうか。高齢者が経済で活躍する個別事例は良く聞くが、ここでは経済社会全体のシステムの中心となりうることを示唆したい。

働きアリの2割は働いていないと言う。だからと言って、それらを取り除くと残った集団でまた2割が働かないと言う。この物語は逆である。経済社会において、働いている8割（現役世代）の側を取り除くと、働いていなかったはずの残った集団（高齢者）の8割が活躍するという考え方である。そのような発想で本小説を書いた。

企画出版として本書を実現させてくださった株式会社晃洋書房井上芳郎氏には謝意を表したい。

副題は「21世紀ネバーランド政策」という、夢のあるものとした。高齢者の人たちの素晴らしい潜在能力を再発掘し、社会の中でより重要な役割を発揮していただけるよう再考する、そのきっかけにしていただけたらと考えている。

平成二十九年十二月

水之　夢端

《著者紹介》

水之夢端（みずの むたん）

椋田　　擦（むくた りょう）

ソフト経済小説で読む超高齢化社会
――21世紀ネバーランド政策――

2018年5月30日　初版第1刷発行
2024年4月15日　初版第3刷発行

＊定価はカバーに
表示してあります

著　者　水之夢端 ©
　　　　椋田　擦
発行者　萩原淳平
印刷者　藤森英夫

発行所　株式会社　晃洋書房
〒615-0026　京都市右京区西院北矢掛町7番地
電話　075(312)0788番(代)
振替口座　01040-6-32280

ISBN978-4-7710-2985-9

印刷・製本　亜細亜印刷㈱